탈출기

대한민국 스토리DNA 024

탈출기
_카프문학 작품 선집

초판 1쇄 발행 | 2019년 7월 10일

지은이 권환 김기진 김남천 박영희 백신애 윤기정
　　　　이기영 이북명 조명희 지하련 최서해 한설야
발행인 이대식

편집 김화영 나은심 손성원 김자윤
마케팅 배성진 박상준 **관리** 홍필례
디자인 모리스

주소 서울시 종로구 평창길 329(우편번호 03003)
문의전화 02-394-1037(편집) 02-394-1047(마케팅)
팩스 02-394-1029
홈페이지 www.saeumbook.co.kr
전자우편 saeum98@hanmail.net
블로그 blog.naver.com/saeumpub
페이스북 facebook.com/saeumbooks
인스타그램 instagram.com/saeumbooks

발행처 (주)새움출판사
출판등록 1998년 8월 28일(제10-1633호)

ⓒ 새움출판사 김기진 이기영 한설야, 2019
ISBN 979-11-89271-76-3 04810
　　　 978-89-93964-94-3 (세트)

• 잘못된 책은 바꾸어 드립니다.
• 책값은 뒤표지에 있습니다.

대한민국
스토리DNA
024

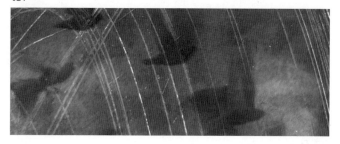

탈출기

카프문학 작품 선집

최서해 외

새움

차례

편견과 오해에 갇힌 문학, 카프KAPF를 정리하며

중·고등학교를 마친 한국인이라면 문학 시간에 한번쯤은 '카프'라는 명칭을 들어 보았을 것이다. '카프' 하면 흔히 '일제강점기 때의 사회주의 문학단체' '작품 대부분이 살인과 방화로 끝난다' 혹은 조금 더 깊이 들어간다면 '관념적이고 정치적 목적성이 짙어 그 작품 수준은 높지 않다' 정도로 인식하고 있다. 그런데 실제 작품을 읽어 보았는가 하면, 대답은 부정적이다.

대한민국 스토리DNA 스물네 번째 책, 『탈출기-카프문학 작가 선집』은 1920년대와 1930년대 한국문학의 성장과 발전에 큰 축을 담당했지만, 일제강점기에는 검열로, 대한민국 정부 수립 이후에는 반공 이데올로기에 의해 불온서적으로 지정되어 가려지고 지워졌던 '카프문학'을 온전히 마주 보고자 엮은 책이다. 카프 결성(1925) 이전의 신경향파문학부터 카프의 해산(1935)까지 주요 작가들의 작품을 발표된 순서에 따라 배치하여 카프문학의 흐름을 알 수 있게 하였으며, 해방 이후 사회주의 지식인의 내면 풍경을 짐작케 하는 작품까지 수록해 당대의 시대상을 간접적으로 엿볼 수 있게 만들었다.

이제 우리 한국문학의 잃어버린 파편, 카프문학을 만나 보자.

신경향파문학과 카프의 결성

3·1운동 직후 조선에는 《창조》(1919), 《폐허》(1920), 《개벽》(1920), 《백조》(1922) 등 문학 동인지들이 하나둘씩 생겨났다. 김동인의 근대적 소설 문체, 주요한의 자유시, 염상섭의 자연주의 문학 등 한국의 근대문학과 리얼리즘 문학의 단초는 이들 동인지에서 활동한 작가들과 그들의 작품에서 그 근원을 찾을 수 있다. 그런데 이후 이들 동인지의 예술지상주의적인 경향과 낭만적·퇴폐적인 작품 성향에 반발하여 당대 조선 하층민들이 처한 현실을 그려 내고자 하는 새로운 흐름이 나타나기 시작했다.

박영희는 1925년에 발표한 평론 「신경향파의 문학과 그 문단적 지위」에서 김기진의 「붉은 쥐」(1924), 조명희의 「땅 속으로」(1925), 이기영의 「가난한 사람들」(1925), 송영의 「늘어가는 무리」(1925) 등의 작품들에 주목하며 이들의 작품들을 신경향파문학新傾向派文學이라 명명했다. 신경향파문학은 1917년 러시아 혁명 이후 시작된 계급주의 사상이 일본을 통해 우리나라로 유입되면서 전개된 것으로, 계급주의에 기반하여 가진 자에 대한 빈궁한 하층민의 저항이라는 요소를 품고 있었다.

신경향파문학의 주축은 당시 일본에서 유학하고 있던 지식인들이었다. 이들은 1923년 관동대지진 직후 조선인 학살을 피해 대거 귀국하였는데, 일본에서 사회주의 사상을 접하고 경도되었던 김기진, 박영희, 이상화 등이 문학단체 '파스큘라PASKYULA'를 조직하고 계급주의 문예운동을 벌였다. 그리고 이미 국내에서 활동하고 있던 프로문학 집단 '염군사焰群社'와 손을 잡고 1925년 새로운 프로문학 단체를 발족시켰으니 이것이 바로 '카프'다.

카프KAPF는 에스페란토어로 'Korea Artista Proleta Federatio'
의 약칭이며 '조선프롤레타리아예술가동맹'을 의미한다. 당시 김기
진·박영희·이상화·송영 등이 발기인으로 참여했고 조명희·최서
해·이기영·조중곤·윤기정·한설야·임화·김남천 등이 가세했다.
이들은 "예술을 무기로 하여 조선민족의 계급적 해방을 목적으로
한다."는 강령하에 문학 운동을 전개하기 시작했다.

예술을 할 것인가 정치를 할 것인가? 카프의 첫 번째 방향 전환

박영희는 평론 「문예운동의 방향 전환」(1927)에서 신경향파문
학과 카프문학을 엄밀히 구분하였다. 특히 전자를 카프문학의 전
단계로서 '자연생장적'이며 '허무적·절망적·개인적'인 것으로 규정
하고 이것이 장차 '목적의식적'이며 '성장적·집단적·사회적'인 무
산자문학으로 전환되어야 할 것을 역설했다. 다시 말해 계급의식
에 근거한 저항과 투쟁 이면에 사회주의 이상향의 비전을 보이며
함께 이를 건설하고자 하는 정치적 목적이 있어야만 진정한 무산
자문학無産者文學에 이르게 된다고 구분지은 것이다.

그러나 김기진은 박영희의 작품 「철야」와 「지옥순례」를 두고 소
설의 미적 형식을 갖추지 못한 채 계급의식을 선전·선동하는 내
용에만 치우치는 것을 비판했다. 이에 대해 박영희가 김기진의 주
장은 예술지상적이며, 문학 활동은 프롤레타리아 사회 건설의 한
톱니바퀴가 되어야 한다는 반박을 발표하며 논쟁의 양상을 띠게
되었다. 이른바 '내용·형식 논쟁'으로, 이는 본질적으로 문학의 지

향점을 예술에 둘 것인가 아니면 사회의 변혁에 둘 것인가를 두고 벌인 논쟁이었다.

두 사람의 논쟁은 밖으로 민족주의 계열 문인들까지 참여하며 문단 전체의 논쟁으로 번졌다. 그러나 카프의 분열을 우려한 주변인들의 만류로 결국 김기진이 뜻을 굽히며 사태는 일단락되었다. 이후 박영희가 카프 내의 주도권을 쥐며 카프문학의 정치성과 선전성이 더욱 강조되었는데, 이러한 일련의 사태를 일컬어 카프의 '제1차 방향 전환'이라 한다.

무엇을 할 것인가? 카프의 두 번째 방향 전환과 소멸

카프의 주도권을 쥔 이후 박영희는 문학의 사회적 기능을 강조하는 〈목적의식론〉을 주장했다. 그러나 그것만으로는 충분하지 않다고 생각하는 이들이 있었다. 그들은 임화·김남천·안막 등 카프 도쿄 지부(1927~1930)에서 활동하다 귀국한 젊은 일본 유학생들이었다. 그중 이북만은 박영희의 주장에 대하여 "작품 행동에만 국한된 운동만으로도 무산계급해방 운동이 가능하다고 생각한다면 그는 공상주의자."라는 비판을 가했다. 또 당시 카프문학이 독자들에게 호응을 얻지 못하고 직접적인 선전 표현들이 검열되자 김기진은 노동자와 농민이 읽기 쉬운 통속소설 수준으로 작품을 쓰자는 〈대중화론〉을 주장하였는데, 임화는 이에 대하여 "혁명적 원칙의 왜곡" "예술지상주의자"라 비판하며 '대중화 논쟁'을 촉발시켰다.

그들이 주장하는 것은 '예술운동의 볼셰비키화' 즉, 레닌주의에 입각하여 무산계급의 폭력혁명을 목표로 지도부가 대중을 선도하는 전방위적이고 과격한 정치투쟁이었다. 그들에게 있어 문학은 예술이 아닌 다만 선전과 선동의 수단이었으며 문학뿐만 아니라 영화, 연극 등 예술 전반에 대해서도 같은 태도를 취했다. 이들이 김기진과 박영희 등 카프의 원로 문인들을 축출시키며 카프는 세대 교체가 이루어졌고, 이로써 카프는 '제2차 방향 전환'을 맞이했다. 이후 박영희는 카프 활동에 회의를 품고 1934년 《동아일보》에 "얻은 것은 이데올로기요 잃은 것은 예술"이라는 말을 남기며 카프 탈퇴를 공식화했다.

그러나 이처럼 볼셰비키화된 카프의 활동을 일제는 강력히 탄압했다. 1931년에 임화 등이 만든 영화 〈지하촌〉을 빌미로 1차 검거를 시행한 데 이어 1934년 7월 카프의 직속 극단인 신건설사에 대한 2차 검거를 단행하여 카프 지도부 대부분을 체포한 것이다. 이때 카프 문인들 태반이 전향 또는 변절을 하고 풀려나면서 카프는 실질적으로 와해되었고, 결국 1935년 6월 임화·김기진·김남천 등이 카프 해산계에 날인하면서 카프는 공식적으로 해산했다.

금서가 된 카프문학, 편견과 오해를 넘어서

카프 해산 뒤 전향하거나, 친일로 변절하거나, 은둔했던 카프 작가들은 1945년 해방이라는 전기를 맞이했다. 이때 임화·이태준·김남천 등의 '조선문학건설본부', 임화와 뜻을 달리하던 이기영·한설야 등이 따로 조직한 '조선프롤레타리아문학동맹' 등의 단체가 창설되었다. (두 단체는 1946년 '조선문학가동맹'으로 합병된다.) 그러나 1947년 남한에서 조선공산당의 활동이 불법화되어 당 지도부가 월북하면서 카프 문인들 역시 대거 월북하였다.

그 후 1948년 남한에서만 실시한 선거로 8월 15일 이승만을 대통령으로 하는 대한민국 정부가 수립되고 이어 북에서도 9월 9일 김일성을 수상으로 하는 조선민주주의인민공화국이 수립되며 조선은 둘로 갈라졌다. 그리고 1948년의 국가보안법 제정, 1950년 한국전쟁, 휴전 이후의 반공 이데올로기를 거치며 월북 및 납북된 작가들의 작품은 우리 문학사에서 배제되기 시작했다. 말하자면 카프 문인들과 그들의 작품은 일제강점기에는 민족운동의 말살로, 해방과 대한민국 정부 수립 이후에는 반공주의로 인해 읽어서는 안 될 불온서적, 금서가 된 것이다.

1987년 6·29 민주화선언 이후 이듬해까지 단계적으로 시행된 '월북 작가의 해방 이전 작품에 대한 해금 조치'로 카프 문인들을 비롯해 정지용·백석·이용악·박태원·이태준 등 월북 작가들의 작품집과 연구서들이 쏟아져 나오고, 일부는 교과서에도 실려 소개되기도 했다. 그러나 여전히 카프문학에 대한 인식은 실제로 읽은 작품에 근거하기보다는 '들은 대로, 배운 대로'의 피상적인 차원에 머물러 있다.

일제강점기의 카프문학은 당대 민족해방운동의 한 방편이자 하층민의 삶을 보여 주는 창窓이었다. 그리고 카프 내·외부의 활발한 논쟁과 거기에서 다루어진 풍부한 쟁점들은 우리 한국문학의 발전에 자양분이 되었다. 이들의 활동을 간과하고서는 한국문학의 온전한 자취를 파악할 수 없다. 뿐만 아니라 공포와 그로테스크를 기법으로 사용한 최서해, 생기 넘치는 인물 형상을 창조하며 농민소설의 최고봉에 이른 이기영, 조선 최초의 노동자 출신 작가로 근로 현장과 노동자의 애환을 핍진하게 그려 낸 이북명, 젊은이의 미묘한 심리를 섬세하게 묘사한 지하련 등이 보여 주는 반짝임은 '카프문학'이라는 이름과 인식을 뛰어넘는 독창성과 새로움을 지니고 있다. 이러한 것은 직접 읽어 보지 않으면 알 수 없다.

지워지고 잊힌 그들의 작품을 불러내 온전히 마주할 때에만 편견과 오해를 벗어던질 수 있다. 이번 선집을 통해 카프문학 작가들과 그들의 작품에 대한 평가가 실제 텍스트 위에서 이루어지기를, 또 앞으로 다양한 관점에서 조명되기를 기대한다.

2019년 7월
대한민국 스토리DNA 연구소

일러두기

1. 이 책은 '카프(KAPF)문학'으로 분류되는 주요 작품들을 선별하여 엮은 것이다.
2. 각 작품은 발표된 순서에 따라 작가별로 배치하고 출전을 표시했다.
3. 텍스트의 표기는 작품의 원형을 해치지 않는 선에서 현재의 어법과 표기법에 맞게 수정하여 실었다. 다만 작가의 의도나 문투가 담긴 일부 표현, 방언이나 속어, 대화체의 옛 표기 등은 되도록 원본을 살렸다.
4. 당시 검열로 인하여 삭제가 된 부분들은 그대로 표시했다.
5. 몇몇 용어의 경우 독자의 이해를 돕기 위한 간략한 설명을 하단에 넣었다.
6. 한자는 대부분 한글로 바꾸었으며 필요한 경우 한자를 넣어 병기했다.

붉은 쥐

김기진

1

　겨울은 눈앞에 있었다. 모든 것이 눈이 돌아갈 만큼 바쁘게 겨울을 준비하고 있었다. 12시를 치게 되었어도, 하늘은 개이지 않고 잔뜩 찌푸리고 있었다.

　방 안의 사람들은 끝없는 이야기에 기운이 풀어져서, 모두 다 입을 다물고 괴로운 듯이 벽에 기대어 앉아 있었다. 담배의 연기는, 방 안의 공기를 더 한층 무겁고, 견디기 어려울 만큼 텁텁하게 만들고 있었다. 한정 없는 이야기가 시작되다가, 어찌하다가 끊어지고서 지금은 모든 사람들이 입을 다물고 다 각각 깊은 연못 속에 빠져 버렸다. 힘이 없다. 팔에도, 얼굴에도, 입귀에도 ― 온갖 곳의 기운은 그동안의 쉴 새 없이 주고받고 하던 이야기로 말미암아 다 빠져 버린 것같이, 온몸이 기운 없는 살덩어리같이 놓여 있을 뿐이다. 방 안을 둘러보면, 그곳은 마치 시골 어느 곳의 구두 짓는 방이나 다를 것이 없을 만큼 더러웠다. 뜰로 향한 문은, 깨어진 유리조각을 신문지로 기운 듯한 유리 영창이 닫혀 있고 그 유리창으로는 연기와 먼지와 때 묻은 구름으로 말미암

　　　　　　　　　　　　　　　붉은 쥐

아 지저분해진 하늘이 내다보이고는 행길거리로 붙은 들창은, 오래전부터 사용이 되지 않았던 듯이 열어 보지도 못하도록 아주 봉해 버려 있었다. 벽은 떨어지고, 장판은 벗어지고 빈대 피는 여기저기의 벽 위에다 그 검은 흔적을 남겨 놓았다. 여러 해 동안을 두고 수많은 사람들이 이 방에서 살다가 나갔다는 듯이, 벽 위에는, 빈대 피가 달음박질한 그 사이사이에, 서투른 글씨로 사람의 이름을 쓴 것과, 주소를 쓴 것과, 혹은 날짜를 쓴 것이 하나 가득하였다. 그리고 이것은, 이 방을 맨 처음에 셋방으로 내놓자 들었던 사람이 떠나간 뒤로는 한 번도 도배를 한 일이 없다는 것을 증명하는 것이었다(이 집은, 생각건대 처음에는 아마, 훌륭한 양반이 떵떵 울리고 살던 집인데, 그 후로 이 집이 팔린 뒤로 새로 산 집주인은 이 집을 방방마다 따로 떼어서 세를 놓은 듯싶다).

대갓집의 줄행랑이 되다시피 지어 놓은 이 집은, 방방이 다른 사람들이 살고 있었다. 그 곁의 방에는 충청도에서 올라온 듯싶은 젊은 내외와 그들의 어린 자식 두 아이가 세 들어 있었고, 그 다음 방에는 늙은 노인 내외와 연초 회사에 다니는 그들의 나이 어린 손자인 듯싶은 사내아이가 세 들고 있었다. 이와 같이 그 다음 방에도, 그다음 방에도, 한 집 가구가 살고 있었다.

방 안에 있는 사람들은 기운 없는 속에서도, 바깥에서 일어나는 모든 소리 — 옆의 방에서 지껄여 대는 소리, 또는 행랑 뒷골목으로 소리를 외치면서 지나가는 물건 장사의 반벙어리 소리, 멀리 들리는 행길거리의 시끄러운 소리, 그러고는 겨울을 준비하는 흐리멍덩한 하늘 아래에서 일어나는 온갖 잡소리에 귀를 기울이고 주의하는 듯이 고개를 수그리고 있었다.

무슨 소리가 있었느냐? 구루마 바퀴가 땅바닥과 이를 가는 소리가 있었다. 사람의 발바닥이 땅바닥과 입 맞추는 소리가 끊일 새 없이 일어났었다. 옆의 방에서 간간이 들리는 한숨 섞인 글소리가 있었다. 한량없는 이야기에, 마음과 입술이 피곤한 이 사람들에게는, 오히려 머리를 누르는 무거운 느낌을 주는 구스렁대는 소리였었다. ─ 사는 게 뭐예요. 벌거지죠……. 먹고 살라니.

여편네인 듯싶은, 말소리가 들렸다. 충청도에서 올라온 젊은 여편네의 말소리다.

"그거 참, 기막힙니다! 무얼 하러 알뜰한 이 세상에 나왔는지……. 시골선 편지도 없나요? 일본 사람의 집에 천거하여 준다고 그러더니만……?"

지금은, 그 여편네의 일가 되는 듯싶은 젊은 사내의 말소리다.

"편지가 뭐요! 애 아버지가 한 보름 전에 길거리에서 만났다는데……. 사직골 어디 와서 묵다가 갔다는데, 이왕 여기까지 올라왔다가 겨우 하나 남은 누이동생 좀 찾아보고 가면 누가 어쩌는지 그대로 갔다는데요. 일본 사람의 집에 가서 어린애 보기로 하고 들어가게 해주마고 그러더니만 그 말시 말할 것 없이 떡 떼먹듯이 시치미 뚝 뗀다니깐……. 작년에 꿔다 먹은 나락이 있는데 그걸 갚으라고 야단을 치기에, 일본 사람의 집에만 들어가게 해주면 갚으마 했지. 그러고 나서는 여태껏 소식이 없으니깐……. 아마 의절하자는 수작이랍니다……. 애아버지는 지겟

벌이도 없어서 펀둥펀둥 놀지요. 나는 배가 이 모양이 되어서 쇠통 먹지도 못하고…… 벌써 사흘째 아무것도 먹지 못했답니다. 바느질 품도 팔어 보지만 일 없을 때는 그것도 못하니까……. — 휴우 글쎄 사는 게 아니란밖에 어쩝니까. 벌거지 모양으로 꼼지락거리다가 언제 어떻게 죽어…… 버릴른지, 모르지요……."

한숨 섞인, 음침한 목소리가 숨이 차서 토막토막 끊어져 가면서 다시 이어진다. 방 안의 사람들은 지금, 그들의 슬픔의 깊은 연못에서 빠져나올 줄 모르고 마치 굴뚝 속 같은 컴컴하게 연기 낀 이 방 안에 앉아서, 옆의 방의 말소리를 듣고 있었다.

"편지나 써 부치고서 죽든지 살든지 이번뿐이니 와서 보라고 말하는 수밖에 없어요. 일본 사람의 집은 어떻게 되었느냐고 물어나 보고, 나는 아무것도 못 먹고 객지에서 죽을 지경이고, 어린애 아비는 지겟벌이도 없어서 돈 한 푼 구경도 못한다고, 편지나 해보지요. 휘—. 누이동생 하나 남은 것이 불쌍하면, 와 볼 테고, 그렇찮으면, 오냐 어서 잘 죽었다 할 테지……."

조금 있다가 부스럭 소리가 나더니, 옆의 방문이 열리자, 신발 끄는 소리가 들리더니, 이 방문 앞에 기침소리가 가냘프게 들리더니 문을 열고서, 얼굴이 뚱뚱 부은 여편네의 대가리가 나타났다.

"박 주사 나리……."

여편네는 이렇게 말했다. 박형준이는 입에 물었던 담배를 놓고서 "왜 그라시오" 하였다.

"저어, 어려우시지만 편지 겉봉 하나만 써 주십쇼. 여기 이렇게 쓴 것을 보시고서……?"

여편네는 지금도 숨을 어깨로 쉬면서, 형준이 앞에다, 꼬깃꼬깃하게 구겨진 헌 봉투 하나와, 새 봉투 하나를 꺼내 놓았다. 형준이는 묻지 않고 그 봉투를 집어서 책상 위에 올려놓고서 붓을 들었다. 바깥에서, 그 여편네의 큰아들 되는 다섯 살쯤 먹어 보이는 아이가 눈물 흔적을 묻히고 있는 얼굴을 하여 가지고 돌아왔다. 저의 어머니의 치맛자락을 붙들고 응석을 한다. 저의 어머니는

"어디 가서 애놈들하고 또 장난하다가 얻어맞았구나? 빙충맞은 것……!"

하고, 분해하는 듯이, 또는 동정하는 듯이 어린애의 때 묻은 얼굴을 내려다보았다. 형준이는 이 여편네의 고생하는 것을 잘 알고 있었으며, 또한, 무엇이 없어서 고생한다는 그 원인도 잘 알고 있었다. 그래서 겉봉을 쓰면서, 눈은 겉봉투에서 떼지 않고 다만 입으로 이렇게 말했다.

"거북아, 너도 얼른 커서 돈 많이 모아 가지고 훌륭한 사람이 돼야지! 잘 살아야 한다. 돈 많은 훌륭한 사람이……."

이렇게 말하다가, '돈 많은 훌륭한 사람'이라고 말한 것이, 스스로 우습기도 해서 그렇다고 그 자리에서 웃는 것이 그다지 필요하다고 생각하지도 않았지만, 자기도 스스로 걷잡지 못할 만큼, "허허허……." 하고 속이 텅 빈 선웃음을 웃었다. 그러나 그다음 순간에, 돈만 있을 것이면 이 세상에서 훌륭한 사람 노릇을 할 수 있다 ─ 하는 그러한 생각을 하자, 형준이는 속으로 자기

가 지금 웃은 것이 공연한 짓이었던 것을 깨닫고 스스로 비웃는 듯이 두 입 귀를 축 쳐뜨리고서 아래윗니를 꼭 물었다. 그렇다, 돈만 있으면 훌륭한 사람이 된다 ─ 이것은 거짓이 아니다.

여편네는 편지 겉봉을 써 주는 것을 받아 가지고는 자기의 아들 거북이를 데리고 자기의 방으로 갔다. 여편네가 열어 놓고 간, 마당으로 난 유리 영창을 형준이가 닫았다. 방 안에 앉았던 사람들은 이때에야 몸을 조금씩 움직거렸다. 형준이는 다시 담배를 물고서, 성냥불을 그어 대고 나서, 연기를 입안으로 하나 가득하게 빨아 마셔 가지고는 후 하고 내뿜었다. 유리조각으로 내다보이는 늦은 가을의 하늘은, 마치 지금 유리 영창으로 엉키어 가는 이 담배의 연기와 같았다.

"아아, 오십 년만 자다가 일어났으면 좋겠다!"

지금 형준이의 마음은 자기의 입에서 흘러나온 담배의 연기와 같았고, 유리조각으로 내다보이는 흐린 하늘과 같았다. 갑갑하였다. 답답하였다. 그 날개를 걷어치우고 싶으나 될 수 없다. 눈을 감으면 온 세계가 캄캄하였다. 눈을 뜨면 마음과 몸이 무거웠다. 어찌 하나? 그래도 어찌 하는 수는 없다. 초 찌끼와 같이 가라앉았고 사북 개천의 썩은 흙과 같이 굳었고, 구정물과 같이 흐려진 마음, 그 마음을 어떻게 해보는 수가 도저히 없었다.

"아아, 오십 년만 자다가 일어났으면 좋겠다!"

"자고 나면 시원할 줄 아나? 발등에 떨어지는 급한 불을 어떻게 하고?"

C가 화증 난다는 듯이, 담뱃불을 재떨이에 부비어 끄면서 이

같이 말했다.

—일부 삭제—

"(공백)　　　　우리가 우리의 말로 글을 쓰고 우리가 우리의 말로 이야기를 하여 들려준들 무슨 소용이 있나? 지금은 늦었어……! 그것도 전 같으면 모르겠네. 하지만 지금 와서 그게 무슨 소용이 있겠나. 부지하세월이지! 우리는 직접 일본말로 글을 쓰고 일본 사람에게로 맞부딪쳐 파고 들어가야지……."

C가 A의 말이 끝도 나기 전에 가로채 가지고는 이와 같이 기다랗게 늘어놓는다. 형준이는 가만히 앉아서 귀를 기울이고 있었다. 이것이 아까부터 또는 그전부터 오늘까지, 이 사람들이 한량없는 이야기에 몸까지 피곤해지는 이야깃거리였었다.

C가 다시 말을 이었다.

"행길로 다니는 보통학교 아이들이 무슨 노래를 하는지 자네는 아나? 저녁밥 먹고 마당에서 뛰노는 보통학교 계집애들이 무슨 노래를 부르고 있는지 자네가 아는가? 머리를 질끈 동이고 나막신 신고서 걸음 걷는 채로 어깨를 으쓱으쓱 하고 걸으면서 'ココハオクニノナソビケリハナレテトホ キマンツツノ…' 하는 보통학교 아이들을 자네는 무슨 약으로 고쳐 볼 텐가? '우, 나로드!'* 좋은 말이지!"

---

* 브나로드 운동(v narod movement)을 가리키는 것으로 추정. '인민 속으로'라는 뜻을 가진, 19세기 후반 러시아에서 일어난 농촌 계몽 운동.

　　　　　　　　　　　　　　　　　　　　　　　　　　붉은 쥐

형준이도 A도 C도 다 같이 이와 같이 생각하고 나서 똑같은 괴로움을 맛보게 되었다. ― 우리에게 아무 일도 안 된다. 우리들은 아무 일도 못할 백성들이다. 이와 같이 똑같은 때에 세 사람은 입속으로 중얼거렸다. 그들의 앞에는 깊고 깊은 절망의 연못이 있을 뿐이다.

2

형준이는 흥분하였다. 걸음을 걷는다느니보다는 차라리 엉금엉금 기어 다닌다고 하는 것이 적당할 만큼 그는 허리를 구부리고 윗 양복 주머니에다 두 손을 찌르고서 성큼성큼 기운 없이 걸었다.

여러 가지 생각 ― 참말로 수효도 없이 많은 생각이 걷잡을 수 없게 머릿속으로 떠올라 와서 형준이로 하여금 이 땅덩이 안에 살고 있는 백성이 아닌 별다른 사람이 되게 하였다. 형준이의 머리는 ― 머리뿐만이 아니라 그 몸뚱어리의 전체가, 육체가, 정신이, 인제, 이 모양으로는 도저히 살아갈 수 없게 되었다. (이하 삭제)

만약에 될 수만 있으면 형준이는 지구의 적도赤道를 자기가 살고 있는 이곳으로 옮겨다 놓았을 것이다.

적도. 그렇다. 적도는 형준이가 오래전부터 그리워하던 곳이다. 푹푹 찌는 더위, 방바닥에서 내뿜어 보내는 화끈화끈한 입김, 짐승과 나무와 풀들의 코를 찌르는 듯한 내음새 — 이것들은 오래전부터 형준이가 그리워하던 것들이다. 그리하여 형준이가 그리워하는 그 적도는 지금은 형준이의 가슴속에 있었다. 그 가슴의 전체가 한 개의 불덩어리나 다름이 없이 되었다. 어느 때는 그 가슴뿐만 아니라 그 몸뚱어리의 전체까지 온통 한 개의 불덩어리로 화해 버리는 때도 적지는 않았다.

그러면 무슨 까닭으로 이 세상은 아니, 이 조그마한 동양의 한 모퉁이에 있는, 콩 껍질만 한 이곳에 있는 사람들은 형준이로 하여금 한 개의 불덩어리가 되도록 하였느냐? 그러나 나는 그 까닭을 자세히 말하려고 하는 것이 아니라. 여하간 그는 이 땅에서 생겨나 가지고 이곳의 사회에서 생장한 까닭으로 좋든지 나쁘든지 간에 적도를 꿈꾸지 않고서는 지낼 수가 없게 되었다는 것이다.

형준이의 이와 같은 꿈, 참말로 가엾은 꿈은, 그가 길거리로 돌아다닐 때, 더 굉장하고, 곱고, 찬란하였었다. 그래서 형준이는 날마다 볼 일도 없으면서, 전찻길을 따라서 끝나는 데까지 걸어 다니는 것이다. 전차 바퀴의 이를 가는 소리, 자동차의 짖는 소리, 자전거의 종소리, 사람의 발소리, 구루마의 시끄러운 소리 — 이것들이 한데 범벅이 되어 가지고 어우러지는 속에서 형준이는 자기의 즐거운 꿈을 낚시질하는 것이다.

꿈 — 이것은 형준에게 있어서는 꿈이 아니다. 적어도, 세상 사람들이 말하는 그와 같은 뜻의 꿈이라는 글자는 이 형준이의 머릿속에 와서는 적합하지 못한 것이다. 그에게는 오히려, 이 현실이, 도리어 꿈이나 혹은 그림자같이 생각되고, 자기의 머릿속에 일어나는 현상이 보다 더 현실인 듯싶게 생각되었다. 그래서 형준이는, 자기의 머릿속에서 짜 내놓는 세계에, 자기 자신을 심고 자기 자신을 키우고 자기 자신을 뻗어 보는 것이다.

왜? 무슨 까닭으로 자기가 살고 있는 이 현실을 도리어 그림자나 꿈같이 생각하고, 자기의 머릿속에 일어나는 활동을 보다 더 현실로 생각하느냐? 그러나, 그가 살고 있는 이 세상은 너무도 아름답지 못하고 너무도 깨끗하지 못하고, 너무도 반듯하지 못하였다. 거짓투성이다. 때투성이다. 어디를 가든지 도적놈이 있었다. 행세하고 다니는 신수 좋은 도적놈이 있다. 어디를 가든지 점잖은 도적놈의 발아래에 불쌍한 사람이 있었다. 사람의 탈을 쓴 이리의 무리가 떼를 지어 가지고 그 위에서 춤을 추고 있다. 눈 가는 곳마다, 발 가는 곳마다, 곳곳마다, 사람의 모가지가 비틀리는 광경뿐이다. 아니다. 사람이 아니다. 벌거지다. 강아지다. 그렇다. 강아지에 지나지 못한다. 그래서 그는 흥분하지 않으면 안 되게 되었다. 그가 꾸부정한 허리를 펴 보지도 못하고, 흥분이 되어서 전차길가로 걸어 다니는 까닭이 여기에 있었던 것이다.

따라서, 형준이에게는 이 지구 덩어리가 한량없이 작게 생각되었다. 사방을 돌아보나 아기가 자기 어머니의 품 안에 들어 있는 것과 같은, 그와 같은 넓고 큰 느낌은 없었다. 동쪽도 막다른 곳인 것과 같고, 서쪽도 막다른 길인 것과 같이 생각되었다. 사실, 지구는 넓다. 지구의 겉껍데기에는 십육억 몇천억 명이 살고 있다. 그러나, 그에게는 협착하기 한량없는, 조그만 흙덩어리같 이밖에는 더 크게 생각되지 않는 것은 무슨 까닭이냐? 사실 그렇지 않은 것이 어찌 하여서 이 구겨 내던져 놓은 휴지조각 같은 형준이에게는 너무 협착한 것같이 생각되느냐?—

—사람의 자식들은 이제는 제가 서 있을 곳을 잃어버리고 말았다. 지금까지 걸어온 길은 그 목표가 틀렸던 까닭으로 보잘것 없이 망해 버리고 말았다. 생각건대 이 세계는 이제 여기서 더 나아갈 수도 없으렷다. 형준이는 이와 같이 생각해 본 적도 드물지 않았다. 그는 사람들이 이 땅 위에서 무슨 짓을 하고 지나왔는지 잘 알았다. 그리고 이 앞으로의 사람들도 무엇을 하고 지나갈 것인지도 잘 알았다. 사람들은 이 땅 위에다 해골바가지의 산을 쌓아 놓는다. 쌓이고 쌓여 층층으로 쌓여 있는 사람의 시체는 앞으로 사람들의 나갈 길이 무엇이라는 것을 가르쳐 주는 것이다. 쉴 새 없이 땅껍질은 사람의 손으로 파 제껴진다. 마치 지렁이의 일을 가로맡아 가지고 노동하다시피.

그러나, 사람들은 몇 자 못 되는 땅속을 파 보았으나 진리는 발견하지 못했다. 진리는 그와 같이 쉽게 손에 붙잡히는 것은 아니었으니까. 해골바가지의 산을 몇 번 쌓아 놓고는 다시 몇 번을 파서 헤쳐 보았으나 진리는 그렇게 쉽게 발견되지 못했다. 마치,

진리라는 것은 연기와 같이 사라져 없어지는 것처럼. — 형준이는, 이와 같이 살아 나온 사람의 자식의, 피곤한 시대에 태어난 최후의 자식이었다.

그렇다. 피곤한 시대다. 피곤한 인생이다. 사람들은 피곤했다. 이것은 결단코 허풍으로 하는 말이 아니다. 간 곳마다, 패잔敗殘한 사람의 자식들이 우물우물하고 있지 않느냐? 기운 없이 늘어진 팔과 다리가, 온 세계를 파묻고 있지 아니하냐. 그 무엇을 기다리고 있는 그들의 얼굴은, 눈깔만 휘둥그렇게 뜨고서 풀기 없이 늘어져 있다. 절망과, 절규의 뒤범벅이 된 덩어리가, 바다의 밀물과 같이 온 지구의 표면을 뒤엎어 출렁거리고 있을 뿐이다.

—사람으로 하여금 저희들의 원시시대로 돌아가게 하였으면……. 형준이는 때때로 이와 같이 생각해 보는 적도 있었다. 그러나 그렇게 생각할 때마다, 자기가 자기의 물음에 대해서 스스로 대답하듯이 고개를 절레절레 흔들면서 입속으로 이렇게 중얼거리는 것이다.

사람은 지금 같아서는 도저히 '세기世紀'와 역행할 수는 없다. 왜 그러냐 하면 현대의 문명은 사람으로 하여금 저희들의 원시시대, 본능생활로 돌아가게 하지를 않으니까. 사람이 본능생활로 돌아가자면, 지금의 이 문명의 찬란한 옷을 벗어 버리지 않으면 안 된다. 그러나, 찬란한 문명의 옷을 사람들이 넉넉히 벗어 버릴 수가 있을까? 노No…… 결단코 사람의 자식들은 현대의 찬란한 문명의 옷을 벗어 버리지는 않는다……'

형준이는 이와 같이 생각하였다. 그의 인생문제의 해결은, 오

로지 본능생활로 돌아가는 길에 있었다. 그러나, 거기에는 크나큰 절대絶大의 난관이 있었다. 즉, 말하자면 문명이라 하는 것이다. 그는 고개를 숙이고서 무거운 다리를 끌고 D공원을 향했다.

전차는 서쪽으로부터 데굴데굴 굴러오다가, 공원 앞에서 다리가 무거운 듯이 잠깐 멈추고는, 또다시 그 느릿느릿한 마취를 계속하는 것이었다. 때 묻고, 낡아 빠진 폐물이 되다시피 더러운 전차가 지나가자 그 뒤로, 아까 지나가던 전차보다도 더 헐어 빠진 자동차가 하나 줄달음질을 쳤다. 자전거가 지나갔다 그다음으로 인력거가 지나갔다. 그다음으로, 티끌을 뒤집어쓴 사람의 얼굴, 또 얼굴, 얼굴……

하늘은 무겁게 머리 위를 덮고 있다. 티끌과 연기가 한데 합해진 것처럼 흐려진 하늘은, 뾰족집의 지붕 꼭대기 위에까지 내려와 있는 것 같았다. 해는 보이지 아니하나, 그러나 때는 황혼이었다.

그는 무거운 걸음걸이로 공원 안에 들어가, 벤치에 걸터앉았다.

3

대체 이 모양으로 어느 때까지 지내 갈 테냐? 형준이는 생각하였다. 이 견딜 수 없는, 단 하루 동안을 참고 보지 못할 더러운 현실과, 스스로 정 떨어지는 자기 자신의 빙충맞은 인물에 대해서, 깊이 생각하고 있었다. 나날이 흘러가는 오늘날의 형편과, 힘 없고, 용기 없고, 등신 같은 오늘의 사람들이, 과연 얼마나 두고, 어느 때까지나, 이 현상을 그대로 가지고 계속해 갈 것이냐. 이 것을 생각하자 그의 눈앞은 캄캄하였다. 자기가 생각하는 사람 들의 행복이라는 것은 과연 어느 때나 이루어질 것이며, 또는 처 음부터 이루어질 가망이 있는 것인지 없는 것인지? 오늘날의 문 명 — 자본주의의 문명 — 은 사람들에게 있어서 양잿물이나 비 상 같은 것이다. 먹기만 하면 그 독이 온몸으로 퍼져 흘러서, 얼 굴로, 사지로, 피부의 털구멍마다 온갖 곳으로, 그 독이 배어나 오는 것이다. 살가죽의 구멍을 찾아서, 피는 흐르고, 오장의 썩 은 물 흐르는 그와 같은 독액毒液이다. 이 문명이 그대로 계속되 면 세상은 실로 한심하기 그 끝이 없다. 그러나, 그러나 사람들 은 이 문명을 지극히 자연으로 이루어 놓았던 것이며, 또한 이 문명 속에서 커 나아가지 않으면 안 되는 것이다. 누가, 일부러 이와 같은 획책을 뜻하고 꾸미어 놓은 일이 아니고, 사람이 살아 나오는 동안에 저절로 이와 같이 되어 나온 일이다. 그렇다고 이 것이 이대로 계속해 나가면 될 수 있겠느냐 하면, 그것은 될 수 없다. 일찍이 문명은 사람의 생활을 행복하게 하였었다. 그것이 몇백 년을 지나지 못한 오늘날에 와서는 도리어 사람을 주리 틀 고, 얽어매고, 목을 비틀게 되었다. 즉 말하자면, 사람은 저희가 지어 놓은 그물 속에서 저희가 꼬아 놓은 빨랫줄로 저희의 몸을 단단히 감고서 꼼짝을 못하고 몸부림만 치는 것이다. 딱하기 짝 이 없다. 가엾기 한량없는 일이다. 어디를 보든지 식상한 문명병

환자가 고개를 펴지 못하고 기운 없이 기대 서 있다.

현대인의 모든 재앙은 이 문명병에서 나온 것이다. 사람들은 모두들 식상했다. 단단히 식상했다. 그렇다, 포식飽食 폭식暴食한 여독餘毒으로 가는 곳마다 식상한 사람의 얼굴이 우물우물하다. 그런 데다가 더구나, 식상한 한편으로는 영양부족으로 흐느적 흐느적 하고 있는 사람들이 구물구물하고 있는 것은 어찌 된 까닭이냐?

그렇다, 이것은 어찌 된 까닭이냐? 영양부족은 어찌 된 까닭이냐? 이것은 자본주의 문명의 특색이다. 코머시알리즘商業主義, 코렉티비즘集中主義의 저주할 만한 결과일 뿐이다. 대량생산과 식민지 정책이 모두 다, 자본주의에서 근원되어 내려오지 아니한 것이라고 말할 사람이 누구냐. 세계는 이것으로 말미암아 먹칠해졌다.

그러나 앞으로 보이는 그 무슨 인생의 해결이 있느냐? 오냐, 이것으로 할 것이면 반드시 인생은 해결된다는 그 무슨 프로그램이 있느냐? 그 무슨 프레퍼레이션이 있느냐? 그 무슨 독트린이 있느냐? 종교냐? 이상향이냐? 사회주의의 탁크틱크*이냐? 인조人造의 신의 신비적 계시냐? 마법사의 황금의 지팡이냐? 점쟁이의 주문이냐? 또는 그 외의 무엇이냐?

모든 것이 아니었다. 동시에 모든 것이 모를 일이었다. 안다는 것은 하나도 없고 모든 것은 모를 일이었다. 다만, 영구히 변하지

---

* tactics. 전략, 전술.

않는 것은 천 년 전에도 이와 같았었고, 천 년 후에도 이와 같을, 어제도 이와 같았었고, 오늘도 이와 같을 것이고, 내일도 이와 같을 것은, 다만 살아 있는 사람은 결국에 가서 죽는다는 것 하나뿐이다. 죽는다는 것, 이것뿐이다.

그렇다, 사람은 한 번 살다가 한 번 죽는다. 이것만큼 확실한 것이 어디 있느냐? 무엇이 귀하냐? 무엇이 대단하냐? 사람은 났다가 죽는다는 것을! 모든 일은 다 고만고만한 것이었다. 큰 것도 없고, 작은 것도 없다. 다만 산다는 것은 현재일 뿐. 이렇게 살아도 사는 것이요, 저렇게 살아도 사는 것이다. 다만 현재에서 살아나가기만 하면 고만이다. 그러나, 나날이 글러가는 이 문명 속에서 어떻게 했으면 좋겠느냐? 하는 것보다도, 이 문명을 어떻게 했으면 좋겠느냐? 해결도 없고 답안도 없는 것을 어떻게 했으면 좋겠느냐?

모르겠다! 알 수 없다!

형준이는 오래 생각하던 끝에, 이와 같이 입속으로 중얼거렸다. 하늘과 땅은 지저분하기 짝이 없다. 한량없이 흐리어졌다. 자기의 앞에는, 캄캄한 어둠이 가까이 다가올 뿐이다. 무엇을 했으면 좋겠느냐? 는 것보다도, 이 당장에 지금 와서는 무엇을 생각했으면 좋겠느냐? 하는 것도 알지 못하였다. 다만, 머릿속이 텅 비어질 뿐이요, 모든 것은 공空이다, 무無다! 하는 생각 ─ 연기같이 흐릿한 머릿속에는 허무虛無라는 글자가 하나 가득 쓰였을 뿐이다. 참말로 그는 모든 것이 알 수 없게 된 동시에, 모든 것을 온갖 것을 잊어버렸다. 그는 오랫동안 멍하니 앉아 있었다. 길거리에는 일제히 전등불이 켜졌다.

형준이의 머리에는 다시 생각이 일어나기 시작하였다. 배가 고프다는 깨달음이 그의 머리를 찔렀던 것이다. 그리고 그는 요즈음에 자기의 생활을 살펴볼 기회를 붙잡았다.

굶으며 먹으며 하며 가면서 지내 온 자기 자신을 돌아다보았다. 날마다 재촉하는 방세에 쫓기는 자기 자신을 돌아다보았다. 대체로 사람이 굶어 가면서 억지로 살아도 관계치 않겠나, 다른 사람은 먹는 것이 남아서 어쩔 줄 몰라 돈 쓰기를 물 쓰듯이 하는데?

모든 것으로 종국까지 미처 생각하기도 전에, 그의 머릿속에는 더러운 현실이라는 부르짖음이 떠올라왔다. 그의 머리에는 이미 며칠 전에 그의 동무들과 앉아서 이야기하던 때의, "오십 년만 자다가 일어났으면 좋겠다!" 하던 그와 같은 감정은 없었다. 나날이 쫓기고 위협당하고, 채찍질 받는 두려운 생활의 위협을, 인제 와서는 견디지 못하였다. 주머니 속에는 떡 한 개를 살 만한 돈이 남아 있느냐? 하면 그의 손은 빈손이었다.

—그렇다, 이 모양으로 살아 나갈 필요는 없다. 현실은 어디까지든지 포악 무도 잔인하다. 나는 아직도 좀더 살아야겠다. 산다는 것은 나의 권리이다. 너희들이 도둑질하면 나도 도적질하면서 살아갈 테다. 네가 나에게 밥 한 사발을 거절할 경우이면, 나는 네 밥의 한 사발을 빼앗겠다! 나는 네 위에 선다. 나는 너를 발아래에 밟고서 그 위에 선다. 현실이라는 너를 짓밟고서 그 위에 서겠다……

붉은 쥐

형준이는 입안의 소리로 이렇게 중얼거렸다. 그의 머릿속에는 원대한 이상도, 지고한 포부도, 인류의 행복도, 조선의 구제책도, 전투의 순서도, 교화의 이론도 이제 와서는 없었다. 그의 눈앞에는 행길로 다니는 사람의 얼굴이며, 길거리에 늘어서 있는 거무투투레한 집들이며, 구루마며, 전차가 한데 범벅이 되어 가지고 기계공장에서 쉴 새 없이 돌아가는 벨트와 같이, 또는 양쪽 끝에서 잡아당겨 늘이고 있는 엿과 같이, 넙적한 허리띠 모양으로 눈앞을 가리고서 빙글빙글 돌고 있는 것같이 보일 뿐이다. 자기 자신을 잊어버리고서, 그는 벤치에서 몸을 일으켰다. 그는 눈을 커다랗게 뜬 채 한 걸음 발을 내디뎠다. 또 한 걸음 발을 내디뎠다. 그가 다섯 발자국을 걸어 나가지 못하여서 그의 발바닥에는 무엇인지 뭉클하는 것이 있었다.

　그는 주춤하고 소름을 쳤다. 발바닥에 밟히었던 것은 무엇이냐. 그는 물러서 발아래를 내려다보았다. 땅바닥 위에는 피 묻은 쥐가 한 마리 자빠져 있다.

　쥐가 자빠져 있었다? 그는 또다시 한번 몸서리를 쳤다. 머리 끝이 모두 다 하늘로 올라가는 듯싶었다. 무서워서였냐? 아니다. 그렇지도 않다. 그는 다만 마음으로 놀랐을 따름이다. 어디서 어떻게 되어서 죽어 가지고, 이곳에 내던져 놓여 가지고, 지금은 다시, 자기의 발아래에 밟혀 버린 까닭으로, 창자가 튀어져 나오고 모가지가 납작하게 눌려서, 온몸이 새빨갛게 피 묻어 버린, 이름도 없는 조그만 동물의 시체를 보고 마음으로 놀랐던 까닭이다.

그의 머리에는 온갖 쥐새끼들의 모양이 나타났다. 수챗구멍에서 사람의 기척이 없을 때 고개를 불쑥 내밀고서 새까만 눈동자를 깜박거리고 있는 강아지만 한 쥐, 또는 그 언제인가 밤에 자다가 천장에서 와르락다르락 하여 가며 시끄럽게 야단을 치고 달음질하다가, 천장의 구멍으로 빠져서, 자기의 이불 속으로 떨어져 들어온 일이 있던 그 조그만 생쥐, 또는 헛간 구석으로, 쌀 섬 가로, 장독대 모퉁이로, 개구멍 속으로 마루 밑 구멍으로, 사람이 살고 있는 곳에 어디를 가든지, 신출귀몰하게 나타났다 없어졌다 하여 가면서, 고기도 먹고, 닭알도 먹고, 생선도 물어가고 두부도 긁어 먹고, 밤도 먹고 가마니도 쪼아 놓고 벽 틈에다 구멍도 뚫고, 벽장 속에다 똥도 누어 놓고, 상자 속에서 해산解産도 해붙이는 온갖 쥐새끼들에 대한 기억이 떠올라왔다. 사람의 집 안에 있어서, 크나큰 도적놈인 이 쥐가 어디서 또 무슨 짓을 하다가 커다란 사람의 손에 붙잡히었든지, 몽둥이로 얻어맞았든지 하여서, 이곳에 내버림을 받은 이 쥐에 대해서 그는 조용히 생각하였다. 쥐의 사람의 집 안에서 하는 활동이야말로 목숨을 내놓고서 하는 두려울 만한 활동이다. 쥐가 헛간 속에서 나올 때 얼마나 한 주의를 하여 가면서 소리도 내지 않고 기어 나오느냐. 사람의 바시락 소리만 들으면 얼마나 민첩하게 숨어 버리느냐. 이것들은 저희의 목숨을 내놓고서, 먹을 것을 구하러 돌아다니는 것들이다. 저희들을 잡기 위해서는 사람들은 고양이도 기르고 쥐덫도 사다 놓고 약품도 만들고 있다. 그러나 저희들에게 있어서 그와 같은 사람의 행위는 두려웁기는 할

지언정, 그렇다고 저희들의 활동을 단념하게 하는 아무런 권위도 없다. 떼어 버릴래야 떼어 버릴 수 없는 생명을 위해서는, 도리어 생명을 내놓고서까지 활동을 하지 아니치 못한다. ― 이것이 쥐의 생활철학이다.

이와 마찬가지로 사람도 생명을 위해서는 도리어 그 생명을 내놓고서까지 활동을 한다. 그렇다. 사람은 ― 짐승은, 생명을 그와 같이 사랑한다. 어느 때, 언제, 어느 곳, 어디서, 이 피 묻어 창자까지 튀어져 나온 붉은 쥐와 같이 죽어 버리는지는 모르나 불쌍한 사람들은 쥐새끼와 같이 돌아다니지 아니하고는 못 산다. 아침부터 저녁까지, 또는 저녁부터 아침까지 눈깔이 빨개 가지고 돌아다니는 사람을 보아라. 행길에 죽어 자빠져 있는 붉은 피 묻은 쥐와 무엇이 다르랴. 저 사람의 엿을 보기를 쥐같이 하고, 저 사람의 방심한 틈을 노리고 기다리기를 쥐같이 하고, 저 사람 몰래 도적질하기를 쥐같이 하고, 저 사람을 헐뜯기를 쥐가 물건을 쪼아 놓듯 하고, 저희끼리 싸움하기를 쥐같이 하고, 저 사람의 집을 치기를 쥐같이 하고 저 사람을 속이기를 쥐같이 하는 것이 사람이다. 만물의 영장인 사람이다.

형준이는 이와 같이 생각하고서 낡아 빠진 양복주머니 속에 두 손을 찌른 채로, 다시 발을 옮기어 놓기 시작하였다. 그의 눈앞에는 이십여 년 동안의 지내온 경험과 사상이 한 뭉치가 된 듯이, 혹은 다 각각 떨어진 채로 연결이 된 듯이 번갯불 모양으로 눈 한 번 깜짝하는 동안에 처음서부터 끝까지가 눈앞에 나타났다가 사라졌다. 그는 공원 바깥으로 나왔다. 행길에는 이때가 사람이 제일 많이 다니는 때다. 젊은 사람, 늙은 사람, 어린애, 어른, 여자, 사내 할 것 없이 바쁘게 오고 가고 한다. 기운 없이 팔과 발을 움직이면서 영양부족 식상한 누런 얼굴을 쳐들고서, 형준이의 앞으로 지나가는 사람들을 그는 한꺼번에 눈동자 속에다 사진 박았다. 그는 성큼성큼 걸었다. 전찻길을 건너 행길의 한가운데로 나섰다. 그리고 입속으로 중얼거렸다.

―쥐다, 쥐다! 쥐새끼들이다. 쥐새끼들이다!

그는 무의식으로 전찻길의 커브까지 걸어왔다. "쥐다! 쥐새끼다!" 쉬지 않고 입속으로 중얼거렸다.

별안간 그는 배가 고프다는 것을 느꼈다. 그 순간에, 그는 그 어떠한 이상스러운 흥분을 깨달았다. 두어 발자국 앞으로 떼어 놓다가 다시 무슨 생각이 난 듯이 돌아섰다. 전차교차점電車交叉點에는 순사 두 사람, 전차 인스펙터어檢察官 한 사람이 서 있었다.

그는 주저하지도 않고 다짜고짜로, 그 옆에 길가에 있는 식료품 상회로 저벅저벅 걸어 들어갔다. 그는 안내하는 사람을 기다리지도 않고, 유리문을 해 닫은, 쇼우 박스를 열고서 크림이 들어 있는 빵과 조그만 면보를 집히는 대로 주워서, 양복 아랫바지의 호주머니 속에다 집어넣고 돌아서서 나왔다.

그는 또다시 뚜벅뚜벅 걸어서 그 옆에 있는 귀금속 파는 집에 들어가서 아까와 마찬가지로 문을 열고서 손에 붙잡히는 대로 시계, 반지 들을 훔쳐 넣었다. 그가 행길로 나서서 오른손 편 골목으로 돌아들어갈 때 자기 뒤에서 들리는 사람의 달음박질 소리를 귀로 들을 수가 있었다.

그는 정신없이 줄달음질 쳤다. 그의 오른 손가락 끝은 양복 윗저고리 호주머니 속에 있는 딱딱한 금속의 물건을 여러 번 긁었다.

그러자 다짜고짜로 돌아서서 한 방을 탕 쏘았다. 와르르…… 하고 수없는 사람들의 발자취 소리가 잠시 동안 들리지 않았다. 그는 되는대로 달음박질했다. 골목 모퉁이에서 두 사람이 흘끔 흘끔 쳐다보고 지나갔다. 그는 "쥐다! 쥐새끼들이다. 쥐다!" 하고 입속으로 중얼거리면서 달음박질했다. 뒤에서는 또다시 거진거진 쫓아오는 사람들의 발소리와 아우성을 치는 고함소리가 들리기 시작하자, 맨 앞에 선 두 사람의 순사와 형준이의 사이는 그다지 멀지 아니하게 되었다.

형준이는 한번 흘끔 돌아다보자, 자기의 위급함을 느낀 듯이 전속력을 다해서 줄달음 쳤다. 그는 오른손에 든 피스톨을 함부로 내저으면서, 탕탕 쏘아 가면서 도망질쳤다. 길이 왼편으로 꼬부라지면서 넓은 행길이 내다보이었다. 컴컴한 밤은 전등불빛 아래에서 귀신과 같이 묵묵히 서 있었다. 전차가 지나가고 자동차가 지나갔다. 그는 좌우전후를 살피지 않고 큰길로 뛰어나갔다. 얼마쯤 달아났다. 그러나, 자기의 뒤에서 시끄러웁게 종을 치면서 바람같이 달려오는 소방대의 자동차를 그는 보지를 못하였다. 그가 전찻길 위로 달음질치다가, 하마터면 자기의 앞으로 마주 보면서 종을 치고 오는 전차에 치일 뻔하다가, 갑자기 몸을 피해서 왼편 구루마 다니는 길로 따라 나가자, 뒤에서 큰일이 난 듯이 바람같이 따라오던 소방대 자동차에 걸어채어서, 그는 세

칸三間이나 날려서 담뱃가게 앞에 가 철퍽 떨어졌다. 세계는, 여기서 깨어져 버리는 것 같았다. 그의 두개골은 깨어지고, 그의 한 편짝 다리는 부러지고, 아랫배 가죽은 찢어져서 창자가 튀어져 나왔다. 검붉은 피가 여기저기에 점점이 튀어갔다.

뒤에서 따라오던 순사와 뭇사람들이 형준이의 몸뚱어리를 둘러쌌을 때는, 이미 때는 늦었다. 형준이는 입으로 코로 피를 토하고, 눈동자는 튀어나와서 떨어지고 혓바닥은 이와 이 틈으로 한 자는 늘어져 있었다. 소방대 자동차는 잠깐 동안 머물렀다가, 바로 곧 종을 치면서 또다시 바람같이 지나가 버렸다. 순사들은 형준이의 몸에서 떨어진 시계, 반지, 빵, 과자 같은 것을 주워서 가려고 덤비는 뭇사람들을 쫓아서 헤치기에 힘을 썼다.

그 이튿날, 형준이가 가지고 있던 피스톨의 출처와 그와 관련된 사실의 혐의자로 세 사람의 청년이 경찰서로 일본 순사에게 붙잡히어서 끌려가고 서울 안의 신문은 이 일에 대해서 크나큰 거짓말의 기사를 내었다.

1924. 11. 《개벽》 53호.

붉은 쥐

김기진

1903. 충청북도 청원에서 출생.
1913. 영동공립보통학교 입학.
1916. 보통학교 졸업 후 배재고등보통학교 입학.
1920. 일본에 유학하였으며,
     4월 《동아일보》에 시 「가련아(可憐兒)」를 발표하며 등단.
1921. 릿쿄대학 영문학부 예과에 입학.
1922. 5월 김복진, 박승희, 이서구 등과 함께
     연극단체 '토월회(土月會)' 결성.
1923. 릿쿄대학 중퇴 후 귀국.
     《개벽》에 비평 「프로므나드 상티망탈」을 발표해 평론가로 등단.
     9월 문학동인지 《백조》의 창립 동인으로 참가.
1924. 문예단체 '파스큘라(PASKYULA)'의 창립 회원으로 참가.
     《개벽》에 단편 「붉은 쥐」 발표.
     10월 《매일신보》 사회부 기자로 취직.
1925. 《시대일보》로 이직. (이듬해 폐간)
     8월 '조선프롤레타리아예술가동맹(KAPF)' 창립회원으로 참가.
1930. 《중외일보》에 사회부장으로 입사.
1931. '카프 제1차 검거 사건'으로 체포되었다가 10일 만에 석방.
1934. '카프 제2차 검거 사건'으로 70여 일간 구금되었다가 석방.
1938. 《매일신보》 사회부장으로 입사.
     9월 조선 총독의 남도 시찰에 동행하여 기사 「남총독 수행기」 작성.
1941. 대동아전쟁을 옹호하는 시 「아세아의 피」 발표.
1943. 징병과 학병을 선전하는 「나도 가겠습니다」 등의 시 발표.
1945. 7월 대일본흥아회 조선지부 총무위원 역임.
1950. 한국전쟁 당시 서울에서 체포.
     인민재판에 회부되어 즉결처분을 받았으나 구사일생으로 생환.
1951. 대구로 피난. 육군종군작가단 입대.
1954. 역사소설 『통일천하』를 《동아일보》에 연재.
1985. 5월 8일 사망.

호는 팔봉(八峰). 김기진(金基鎭)은 도쿄 유학 시절에 사회주의 사상과 문학에 관심을 갖게 된 뒤 1923년 관동대지진 직후 귀국하여 프롤레타리아문학을 제창하고 문학운동에 앞장섰다. 1924년에는 박영희, 이상화, 김복진 등과 함께 좌익예술단체인 파스큘라를 결성했고, 1925년 염군사와 제휴하여 조선프롤레타리아예술가동맹을 창립했다.

1926년 조선공산당 기관지인 《조선지광》에 발표한 「문예시평」에서 김기진은 박영희의 작품 「철야」, 「지옥순례」를 두고 "소설이란 하나의 건축이다. 기둥도 서까래도 없이 붉은 지붕만 입혀 놓은 건축이 있는가." 하는 〈소설건축론〉을 근거로 하여 소설의 형식적 요건을 갖추지 못한 채 계급의식을 선전·선동하는 내용에만 치우침을 비판했다. 그러자 박영희는 투쟁기에 완전한 프로문학을 생각한다는 것은 아직 이르며(〈시기상조론〉), 문학은 완전한 건물이 아닌 건축의 한 부분(〈문학치륜설〉)이라는 내용의 반박을 발표했다. 이후 카프의 내분을 우려하여 김기진이 사죄의 내용을 담은 글을 발표함으로써 프로문학 운동의 주도권은 박영희가 쥐게 되었으며, 이때부터 카프문학의 정치성이 더욱 강조되었다. 이 사건을 '내용·형식 논쟁'이라 하며, 근대비평사에서 문학의 내용과 형식의 관계가 어떠해야 하는가를 둘러싸고 벌어진 최초의 논의로 일컬어진다. 이후로도 김기진은 노동자 농민이 읽기 쉬운 통속소설 수준으로 작품을 대중화하자는 〈대중화론〉을 주장하여 임화 등 젊은 카프 극좌파와 '예술대중화 논쟁'을 일으키기도 했다.

김기진은 1931년 '카프 제1차 검거 사건'과 1934년 '카프 제2차 검거 사건' 때 모두 검거되었고, 1935년 6월 그가 카프의 문학부 책임자로 임화와 함께 카프 해산계에 서명·날인함으로써 카프는 10년 활동의 막을 내렸다.

1938년 이후 김기진은 조선총독부 기관지인 《매일신보》의 사회부장, 조선총독부의 지시로 설립된 조선문인보국회의 상무이사 등을 역임하며 언론인과 문인 양 방면에서 친일 행적을 보였다. 이로 인해 1950년 한국전쟁 당시 서울에서 체포되었으며 인민재판에서 즉결처분을 받았으나 죽을 고비를 넘기고 생환했다. 이후 대구에서 종군작가로 입대하여 1953년까지 전선문학에 해당하는 글을 썼고, 1954년 『통일천하』, 1955년 『군웅』, 1964년 『성군』 등의 역사소설을 신문에 연재했다.

사망 후 4년 뒤인 1989년 『김팔봉문학전집』(전7권)이 발간되었으며 같은 해 《한국일보》가 주관하는 '팔봉비평문학상'이 제정되었다.

전투

박영희

1

싸워라! 싸워라!

2

"글쎄 이 자식아! 물건을 팔러 다니면 외치고 다녀야지 팔리지. 이건 무슨 벙어리 장사냐? 자식이 저렇게 못나고야 집안이 아니 망할 리가 있담?"

하고 한 사십이나 먹어 보이는 진환은, 추워서 떨고 앉았는 자기 아들 순복이 보고 꾸짖기 시작하였다.

"어디 몇 개나 팔았나 보자!"

하고 순복이가 끼고 앉았는 만주*통을 왈칵 잡아끌었다. 그리고 뚜껑을 열어 볼 때 남아 있는 만주는 열두 개나 있었다.

* まんじゅう. 밀가루, 쌀가루 따위로 만든 반죽에 소를 넣고서 찌거나 구운 과자.

"그래 기껏 돌아다녀야 세 개밖에는 못 팔았단 말이냐? 글쎄 외치고 다녀야지. 이러고서야 밤새도록 돌아다녀 보아라!"

하고 통을 순복이에게로 내어밀었다. 그러나 진환은 이 순간에 말할 수 없는 슬픔을 새삼스럽게 깨달았다. 무엇보다도 통을 순복이에게로 내어던질 때, 예전에 순복이가 학교에서 돌아와서 저녁에 자기 앞에서 복습을 할 때에 한문을 잘 읽지 못하므로 책을 순복이 앞에 내어던지면서,

"글쎄 이 자식아, 학교에는 헛다닌단 말이냐?"

하고 큰 소리로 나무라던 생각과 또한 조선어독본을 읽을 때에 자기 나라의 말이며 글인데도 발음 하나 똑똑히 못하며, 조선말로는 잘 읽지 못하는 것을 「黃昏の雲は……」 「다송아래노구모」라는 소리는 헛소리하듯 매우 잘 읽을 때에 자기는 또한 큰 소리로

"글쎄 너는 언문 하나 똑똑히 모르면서 그것이 무슨 반벙어리 소리냐? 무엇, 다소가─! 그까짓 학교는 다니지도 말아라."

하고 나무라던 생각이 한꺼번에 솟아올랐다. 그러나 그까짓 학교나마 다시 다니지 못하게 만든 자기의 신세를 생각할 때에 아들이 불쌍한 것보다도 자기의 신세가 죽어 버려도 아깝지 않을 만치 부끄럽고도 분하였다. 그러나 겉으로는 아무러한 모양도 나타내지 아니하고

"글쎄, 왜 또 이렇게 말을 아니 듣고 앉았어?"

하고 추위에 떨고 앉았는 아들을 보고 악을 썼다. 그때에 겨우 외로운 순복은 실심하고 앉았는 어머니의 얼굴을 바라보고

애원하듯이 말대답하였다.

"오늘은 몸이 아파요."

하고는 겨우 말을 마치고 또다시 그의 아버지의 얼굴을 바라다보며 무슨 동정하는 빛을 찾으려 하였다. 그러나 그의 아버지는 눈을 감고 앉아서 무슨 생각을 하는 듯하였다. 눈을 감아서 날카로운 표정은 좀 덮이었으나 여전히 엄숙한 아버지의 신색 위에는 말할 수 없는 괴로운 빛이 가득하였던 것을 발견하였다. 순복은 또다시 어머니의 얼굴을 살피어 보았다. 그러나 방바닥을 내려다보고만 앉았는 그의 어머니의 눈에서는 한 방울 한 방울 눈물이 뚝뚝 떨어졌다. 그러고는 아무 소리도 없었다. 방 안은 한껏 고요하였다. 그러나 아버지의 눈 감은 얼굴의 눈을 뜰 수 없을 만치 괴로운 빛과 어머니의 위로해 주는 대신으로 쏟아지는 맑은 눈물과 순복의 설움은 조금도 덜함이 없이 어떠한 절정에 이르렀었다. 이 어린 순복은 마음이 걷잡을 수 없이 어지러웠다. 더욱이 두려운 아버지의 날카로운 꾸지람보다도 어머니의 말없는 눈물이 얼마나 순복이를 흔들었는지 모른다. 순복은 어찌할 수 없이 거진 무의식적으로는,

"어머니!"

하고 불렀다. 저도 어찌해서 부른지는 몰랐다.

"……."

아무 말도 없이 어머니는 그윽이 머리를 들고 망연히 앉아 있는 순복이를 치어다볼 때에 그의 눈 속에서 쏟아지는 눈물은 더한층 순복이를 향하고 퍼부어 내린다. 이때에 순복이는 아버지

만 아니 계셨으면 그냥 어머니의 무릎 위에 엎드려서 기쁨을 얻을 때까지 울고 싶었다. 그러나 어머니의 눈물을 바라다보고 있던 순복은 별안간 자기 눈에서도 뜨거운 눈물이 걷잡을 수 없이 쏟아져 내림을 알았다. 이때에 순복은 모든 괴로움, 모든 슬픔, 모든 학대를 생각할 여지 없이 무엇이 가슴을 뭉클하게 하였다. 그것이 어머니의 눈물이 주는 순복이의 새로운 용기이었다. 그것이 연약한 어머니의 눈물에서 얻은 순복이의 결심이었다. 눈에 눈물이 고인 채 순복은 그냥 벌떡 일어났다. 그리고 만주 통을 둘러메고 방문 밖에를 나왔다. 별안간 추운 바람이, 온갖 결심을 품고 나오는 순복의 가슴을 떨게 하였다. 찬바람이 어린 순복의 연한 뺨을 날카롭게 스치고 지나간다. 별이 흔들리는 어두운 하늘에서는 집덩이 같은 바람이, 바닷물 같은 바람이, 지동치듯이 '획획' 소리를 지르고 강철같이 '챙챙' 하면서 돌아다닌다. 그 많은 바람이 장차 순복이의 몸을 얼게 할 바람이다. 순복이는 뚜벅뚜벅 대문 밖에를 나왔다. 시꺼먼 하늘과 땅 사이에는 다만 두려운 바람이 바다와 같이 파도를 칠 뿐이다.

밤 10시!

집집마다는 문이 닫혔다. 볼그스름한 들창의 불빛이 이상하게도 순복이 마음을 끌게 하였다. 사람도 없는 외로운 길을 희망 없이 걸어가는 순복이는 어디를 가는지 어디로 갈는지 정처 없는 바람과 한가지로, 발 가는 대로 나아갔다. 그러나 발은 조금도 정지하지 않고 무슨 목적지를 향하고 가는 사람처럼 빨리 빨리 나아갔다. 이것은 날마다 하는 순복의 일과와 같은 것이기 때문이다.

순복이는 자기 집이 아주 눈에 보이지 않을 때에 비로소 떨리는 목소리로,

"만주노, 호야 호야!"*

하고 외쳤다. 그러나 그 소리는 매우 듣기에 싫을 만치 어색하였다. 또한 괴로운 목소리였다. 그는 어느 때든지 자기 집 동네에서는 "호야, 호야 만주!"라는 것을 외치지 않았다. 늘 다른 동네에서만 소리를 질렀다. 그러나 그것도 다른 아이들처럼 쉴 새 없이 소리를 지르는 것은 아니다. 하룻밤에 잘해야 다섯 번 소리를 지르거나 말거나 한다. 그것도 요즈음 일이다. 첫 번 날은 거진 만주통을 메고 시내를 산보하는 데에 더 지나지 않았다. 그러므로 만주는 한 개도 못 팔고 싸움만 수없이 했다. 그의 첫날의 싸움 이야기는 이러하였다.

3

순복이가 만주통을 메게 된 원인은 물론 그의 아버지의 여러해 동안의 사업에 대한 실패로 말미암아 가세가 빈한한 것에 있었다. 그러므로 그의 아버지인 진환이 돈푼이나 있었을 때에는 자식에게 대해서도 그리 인색하게는 아니하였다. 더구나 아들이

* ほやほや. 갓 만들어서 따끈따끈하고 말랑말랑한 모양.

많지 못한 그는 오직 하나인 순복이와 그 아래로 계집애 순희, 둘밖에는 없었다. 얼마나 귀엽게 길렀으랴! 더욱이 학교에서 제일 쾌활하고 또한 총명하다고 칭찬을 받던 순복은 자기 아버지뿐만이 아니라 일가친척까지도

"순복! 순복!"

하고 칭찬을 마지아니하였다. 그러나 그것도 순복이가 학교를 퇴학하기 전까지 일이고, 순복이가 만주통을 메기 전까지의 일이다. 그가 만주통을 메고서는 외로운 밤 길바닥 위에서 학대를 받지 않으면 아니 되며, 구박을 받지 않으면 아니 되며, 추위에 떨지 않으면 아니 되며, 배고픔에 울지 않으면 아니 되었던 까닭이다. 만주통을 처음으로 메고 자기를 칭찬해 주며 자기를 부러워하던 모든 아이들 가운데로 만주를 팔러 나아가는 열다섯 살 된 순복의 마음은 죽어도 참말로 할 수 없었다. 학교에서도 혼자 날치던 순복, 장난하는 데에서도 늘 승리자였던 순복, 자존심이 많던 순복, 호화롭던 순복으로는 할 수가 없었다. 그러나 때때 밥을 굶고 그 외에 아버지의 두려운 매에는 하는 수 없이 눈물을 흘리면서 뜨끈뜨끈한 만주통을 메게 되었다. 만주통을 메고 어색하게 비실비실 걸어가는 순복이는 만주를 어떻게 하면 다 팔고 들어가나 하는 생각은 없었다. 그는 다만,

'오냐! 어느 자식이든지 나를 보고 무엇이라고만 해보아라. 이 만주통으로 해골을 깨뜨려 버리리라!'

하고 원망하는 소리가 마음속에서 뜨겁게 끓었다. 그의 아버지의 학대와, 그의 운명의 유린에 반동적으로는 누구든지 만주

통 멘 순복이를 놀리는 아이에게 순복이는 치명적으로 싸우리라 하였던 것이다. 그때에 그는 목창을 멘 무사와 같이, 잠깐 동안은 모든 것을 잊어버리고 뚜벅뚜벅 걸어서 갔다. 때는 오후 4시이었다.

할 수 있는 대로 사람이 많이 있는 데로는 다니지 아니하려던 순복이는, 길가에서도 혹 아는 동무를 만나지 아니할까 하고 일부러 행랑 뒷골목으로 다니는 순복이는 어느덧 고만 C동 어구에를 저도 모르게 다다랐다.

붉은 벽돌집! 순복이는 문득 이 집 앞에를 왔다. 아! 얼마나 반가우랴? 한 달 만에 비로소 만난 이 집이 삼 년 동안이나 순복이를 즐겁게 어루만져 주던 곳이다. 그 집 안에는 순복이하고 어깨를 같이하고 즐겁게 놀아 주던 동무들도 있었고, 순복을 마음껏 뛰게 할 수 있던 넓은 운동장도 있었다. 또한 그곳에는 사랑하여 주던 선생님들도 있었고, 정이 들어 하루라도 아니 볼 수 없었던 동무들도 있었다. 그러나 어찌해서 그들을 다시 만나지 못하게 되었으며, 어찌해서 그는 그 운동장에서 뛸 수가 없이 되었나 하고 순복이가 생각할 때에 그는 말할 수 없는 외로움을 맛보았다. 그는 생각하기를,

'이것은 아버지의 허물도 아니고 어머니의 잘못도 아니고 나의 게으름으로도 아니다.'

하였다. 그것은 자기 아버지가 어머니의 옷을 전당국에 갖다 잡히고 순복이의 마지막 월사금을 물어 주었던 까닭이다. 그런고로 그의 아버지의 물건, 그의 어머니의 옷은 전당국 속에 들

전투

어가 있는 것을 순복이도 잘 아는 까닭이다. 순복이의 나머지 즐거움은 전당국 속에서 홀로 즐기거니 하는 생각도 순복이는 짐작하게 되었다. 같은 나이지만 부잣집 아이들보다 가난한 집 아이들의 생각은 놀랄 만치 실제 생활을 잘 아는 것이다. 그러나 순복은 그 붉은 벽돌집을 또한 미워하지 않을 수 없었다. 많은 아이들…… 어떤 아이는 삼 년이나 낙제를 하면서도, 어떤 아이는 늘 벌만 서는데도 학교에서는 즐거이 맞아준다. 그러나 공부도 잘하고 또한 쾌활한 순복이는 어찌해서 학교에서 더 맞아 주지 아니하며, 더 사랑하여 주지 아니하는지! 그럴수록 순복은 그 붉은 벽돌집을 미워하였다.

붉은 벽돌집! 삼 년 급에서 그가 공부할 때에 순복이가 앉은 자리가 제일 순복이 마음에 맞았었다. 그 자리는 바로 남쪽을 향해서 운동장을 내다볼 수 있는 창 앞이었다. 겨울에는 볕이 들고 여름에는 바람이 들어오는 자리였다. 그런 고로 순복이는 그 책상 밑에다가 몰래 자기의 이름을 새기었다.

'그러나 지금은 내 자리에 누가 대신으로 앉았을까?'

하고 생각할 때에는 몹시도 부끄러웠다.

또한 순복이를 제일 사랑하던 김 선생은 어느 때에 순복이를 어루만지며

'너 졸업하거든 ××고등 보통학교에는 내가 할 수 있는 대로 입학하기에 쉽게 할 터이니 아무쪼록 공부를 잘하여라.'

하던 김 선생이 순복의 생각에는 몹시도 야속하였다. 만일 지금 그가 김 선생을 만날 것 같으면 순복이는 부끄럼과 무안함에

얼굴이 붉어지며 그냥 그 자리에서 울고 말았으리라! 그 넓고도 넓은 벽돌집이 지금 와서는 순복이에게는 자기의 몸을 안아 주는 초가 한 간만도 못 하게 생각되었다. 그러나 그 대신 얼마나 미워하였는지 모른다.

이와 같은 생각을 하다가 어느덧 그 학교 문 앞에를 왔다. 마침 하학해서 자기 집으로 돌아가는 아이들이 셋씩 혹은 다섯씩 손목을 붙잡고 학교를 나온다. 순복은 그렇게 친하게 놀던 그 아이들 보기가 한없이 부끄러웠다. 그런 고로 얼른 그 학교 담을 끼고 골목길로 들어섰다. 그러나 순복은 몸이 떨리었다. 무슨 부끄러움을 발견된 것처럼 얼굴이 붉어졌다.

"저 자식! 순복이지! 만주노 호야! 호야!"

하는 소리를 들은 까닭이다. 그 순간에 부끄러움에 취한 순복의 다리는 달아나려 하였으나 활발한 순복의 마음은

'대항하라. 그까짓 자식이 무서워서 달아나려고 하니. 너는 못난이다! 대항하라.'

하고 부르짖었다. 순복은 가던 발을 멈추고 홱 돌아섰다. 그의 얼굴은 문득 용사와 같이 빛났었다.

"무어, 어째!"

하고 세 명 학생 앞으로 갈 때에 순복을 놀리던 학생이 기복인 것을 순복이가 알았다. 기복은 학교에서 공부할 때부터 순복이의 약한 대적이었다.

"무엇 어째, 이 자식아?"

하고 기복이와 세 학생이 일제히 달려들었다.

"지금, 이 자식 너 무어라구 했니?"

하고 순복이는 만주통을 내려놓으면서 흥분된 말소리는 떨렸다.

"무엇, 너 만주 장수이지?"

"그래, 어째?"

"그러니깐 만주 장수라는데…… 무어야, 이 건방진 망할 자식…… 그것 참!"

하고 기복이가 말을 하자마자 순복이의 떨리는 주먹은 문득 기복이의 언 뺨을 찰싹 하고 때리고 말았다.

"이 자식, 만주 장수! 그러니 어째? 너는 학생이지?"

하고 둘째 번으로 또 그 옆에 아이를 갈렸다. 얻어맞은 세 학생은 모자와 두루마기를 벗고 일제히 순복이에게로 달려들었다. 굳센 순복의 두 팔과 분노한 세 학생은 죽기를 다하고 땅 위에서 서로 멱살 붙잡고 뒹군다. 얼마 동안 서로 자빠졌다가 엎드렸다가 하다가는 불행히 기복이의 구두 뒷징이 순복의 이마를 찼다.

"아, 이 자식 봐라!"

하고 다시 용기를 다해서 벌떡 일어난 순복의 이마에는 이미 붉은 피가 뚝뚝 떨어진다. 전선에 나선 가장 용감한 병사와 같이 순복은 이손 저손으로 이마의 피를 되는대로 씻어 가면서 떨리는 주먹을 불끈 쥐고,

"이 자식들 오너라! 오너라!"

하고 손에 잡히는 대로 그들의 학생의 옷자락에다가 피를 씻는다. 아무리 세 사람이 힘을 다해서 싸운다 하여도 순복이처럼

치명적 전투는 아니었고, 서로 서로 몸을 피하려는 데에서 그들 세 사람은 지고 말았다.

"이 자식들, 내가 만주 장수 못할 것이 무엇이니? 너희들은 만주 장수 안 될 줄 아니? 왜, 못 오니? 자! 오너라!"

하고 순복은 떠들었다.

"그까짓 개자식하고 싸움도 할 것 없다! 자! 가자! 가!"

하고 핑계를 하여 가면서 입으로 욕만 하고 돌아서서 세 학생은 가려고 한다.

"이 더러운 자식들, 쫓겨 가는 자식들!"

하고 쫓겨 가는 세 학생을 향하고 욕을 하였다. 기복이가 문득 다시 오면서,

"이 자식아, 무엇이 더러우냐?"

하면서 옆에 놓인 만주통을 힘껏 발길로 찼다. 통은 엎어지면서 만주는 그냥 땅 위에 쏟아졌다. 기복이와 두 학생은 싸움할 때보다 더한 용기를 다해서 달아난다. 순복이의 전 생명을 표시하는 이 만주가 땅 위에 엎어질 때에 순복의 몸은 문득 뜨겁게 떨리었다. 전신의 피의 순환과 한가지로 그들을 쫓아갔다. 그러나 그 세 학생은 누구의 집인지 길가의 어떤 집으로 들어가 버리고 문을 닫아 버렸다. 순복은 분함에 가슴이 터질 듯하였고 염통이 갈라지는 듯하였다. 힘을 다해서 쫓아갔으나 원래 뒤진 순복은 그들을 잡지 못하고 닫은 문을 발길로 차면서

"문 열어, 문 열어!"

하고 거진 울 듯한 목소리로 부르짖었다. 그러나 아무도 대답

하는 사람도 없고 아무도 나오는 사람도 없었다. 모든 것을 잊어버린 순복은 문이 깨어져라 하고 잡아 흔들기도 하며 돌로 때리기도 하며 발길로 차기도 하였다. 그러나 오히려 나오는 사람이 없었다. 하는 수 없이 잠깐 동안은 순복이도 무슨 생각을 하는 듯이 망연히 섰었다.

"이 자식아, 그까짓 자식을 못 잡는단 말이냐? 어…… 참. 옛다, 이 통 속에 만주 들었다."

하면서 자기가 그렇게 분한 일을 당한 듯이 헐떡거리면서 순복이 옷에 묻은 흙을 털어 주는 한 아이가 있었다. 그는 두루마기도 얻어 입지 못하였고 옷도 순복이처럼은 입지 못한 거리로 다니는 표랑아와 같았다. 순복이는 그 아이를 물끄러미 쳐다보면서,

"그 자식들이 누가 그럴 줄 알았니?"

하고 오랫동안 친숙한 동무와 같이 그 만주통을 받았다. 그때에 비로소 문을 열고 어떤 어른 한 사람이 나타났다. 순복의 고식되었던 감정은 다시금 뜨거워졌다. 그러므로 그 열린 문으로 와락 들어가려고 할 때, 그 어른이 순복이의 팔을 잡으면서,

"지금 문을 흔든 자식이 누구냐?"

"나예요!"

하고 순복이가 말을 할 때에 그 어른은 순복이의 뺨을 때리면서,

"이 자식! 문을 왜 흔들었니? 이 문값을 물어내라! 만주 팔러 다니면 만주나 팔지 남에 집 아이들을 왜 때리어. 배우지 못한

자식! 그래, 이놈아! 네가 들어가면 어떻게 할 터이냐?"

하고 성난 눈으로 순복이를 본다. 이 권력 아래에서는 순복이
도 대항할 수 없는 것과 같이 그냥 울어 버렸다.

"만주 값을 내— 만주 값을 내요. 남의 것을 발길로 차고 달아
나고서…… 응, 응!"

하고 울고 서 있다. 그 어른은 잠깐 동안 무슨 생각을 하고 섰
었다. 별안간 순복이 옆에서 서 있던 그 애가 그 어른 앞으로 쓱
나서면서,

"제가 보았습니다. 처음부터 그 아이들이 먼저 이 애를 때리
고 발길로 통을 찼어요. 만주 장수는 죽을 사람이에요?"

하고 순복이 대신으로 영악하게 말을 하였다.

"그러면 만주 값이 얼마란 말이냐?" 하고 그 어른이 말을 물
어보았다.

"칠십 오 전이에요."

하고 순복이는 울면서 대답하였다. 그 어른은 아무 말 없이
지갑을 꺼내 가지고 오십 전 은화 한 푼을 주면서,

"옛다, 이 자식! 네가 가만히 있었드면 그 애들이 그 통을 찰
리가 있니. 다시 그런 일을 했다가는 그냥 두지 않을 테야, 응!"

하고 순복이를 협박하였다.

"아무리 일은 그래도 저희는 이것으로 밥을 먹는데 만주 값이
나 다 물어주셔야지요."

하고 역시 그 순복이 옆에 선 아이가 대신으로 말하였다.

"애, 그 자식! 그것만도 나니깐 주는 것이야. 잔소리 말어!"

하고 문을 탁 닫고 들어갔다. 순복은 얼마 동안 우두커니 생각하였으나 하는 수 없이 만주통을 또다시 둘러메었다. 그때 그 옆에서 도와주던 아이가 순복이의 어깨를 다정하게 잡고서,

"너의 집은 어디냐?"

"우리 집은 천연동이다."

"너의 이름이 무엇이냐?"

"김순복이다."

"너는?"

"나는 박칠성이다."

하고 그 두 아이는 서로의 초면 인사를 가장 자유스럽게 하였다.

"너, 그래, 그런 자식들을 가만히 둘 터이냐? 조금만 내가 싸우는 것을 일찍 보았어도 그 자식들을 죽여 놀 것을ㅡ."

하고 칠성이가 분함에 못 이기는 듯이 부르짖었다.

"글쎄, 어떻게든지 혼을 내야 할 테다. 그런데 너는 내가 싸우는 것을 언제부터 보았니?"

하고 웃으면서 순복이가 말을 물어보았다.

"그 자식들이 통을 찰 때에야 보았다. 그런데 그 자식들을 가만히 둘 테냐?"

하고 칠성이가 순복이를 격동시킨다. 그것은 다른 까닭이 아니다. 칠성이란 아이도 처음에는 만주 장사를 하였다. 그런 고로 여러 가지로 아니꼬운 꼴을 보았었던 고로 칠성이는 어느 아이고 만주 팔러 다니는 아이를 볼 때이면 이같이 동정하였다. 더욱

이 이번에 순복에게는 사건이 큰 것만큼 깊이 동정을 하였었다. 지금의 칠성이는 남의 집에서 심부름꾼 노릇을 하게 되었으므로 오랫동안 순복이와 이야기할 수는 없었다.

"네가 만일 그 자식들하고 싸운다면 어느 때든지 나도 가서 싸울 터이니 나한테로 와서 불러라! 응, 우리 집은 K동 삼십칠 번 지다."

하고는 순복이의 어깨를 탁 치고는 그냥 헤어져 버렸다. 잠깐 동안이었으나 순복이게는 칠성이가 잊을 수 없는 동무이었다. 길거리에서 학대받는 순복이를 누가 위로하였으랴! 오직 처음 만난 칠성이의 용감한 목소리로 "또 싸워 보자!" 하는 간단한 말이 쾌활한 순복이게는 또 없이 즐거운 위로였다. 순복이는 모든 것을 잊어버리고 작전 계획에 바빴다.

4

순복이는 원래 쾌활은 하였으나 다른 아이들하고 싸우는 것을 즐겨 하지는 않았다. 장난에다 운동에는 승리를 하였으나 남하고 싸움을 잘 하지 않았던 순복은 물론 승리라는 것도 없었다. 그러나 그가 만주통을 메게 된 때부터 그에게는 뜻하지 않았던 굳센 힘과 생각지도 않았던 싸움의 승리를 늘 생각하게 되었다. 그러면 그 힘은 어디로부터 나온 힘일까? 어른과 같은 비루한 굴복과 타협과 허위를 갖지 아니하고, 마음의 자유와 강직

전투

과 완고한 성질을 가진 아이들 중에 하나인 순복이로서는 같은 아이들의 학대를 도무지 참을 수가 없었다. 더구나 같은 아이들로서 남들은 다 학교에 가는데 자기는 학교 문 안에 들어서는 자유를 주지 아니하고, 또한 유쾌하게 뛰놀 시간의 자유를 주지 아니하며, 또한 배가 부르도록 먹을 것의 자유를 주지 못하였다. 그런 고로 또한 그는 그것들의 반동적으로 자기를 저주하는 그들을 오직 힘과 주먹으로 두드려 버리려는 굳센 생각이 있었던 것이다. 더욱이 순복이가 길에서 다른 학생들을 만날 때이면 그들은 "순복이냐? 너 왜 학교에 오지 아니하니?" 하고 어깨를 치던 그 아이들도 순복이가 만주통을 멘 후부터는 무슨 구경거리나 난 것 모양으로 길에서 만나기만 하면 "저것 보아라! 순복이 자식이 만주 팔러 다닌다!" 하고 뒤를 쫓아다니는 것이 그만큼 순복이에게도 위대한 반항하는 힘을 주었던 것이다. 순복이 집에서도 전에는 학교에서 돌아오면 그의 부모는 "오죽 춥겠니? 자, 아루묵*으로!" 하던 것이 지금은 순복이를 보기만 하면 "몇 개나 팔았니?" 하는 것이 다정한 말이 되고 말았다. 순복이도 전과 같은 순복이었고, 그의 부모도 전과 같은 부모이었고, 그의 동무들도 전과 같은 동무이었으며, 그의 동네도 전과 같은 동네이었는데 무엇이 그렇게 다르게 만들었는지를 순복이는 생각하려 하였으나 찾지를 못하였다. 다만 순복이가 현저히 발견한 것은 다른 아이들이 아침밥을 먹고 동무들하고 학교에 가는 시간

* 아랫목

에 자기는 뜨끈뜨끈한 만주를 메고 홀로서 길가로 다니면서 "만주노, 호야 호야" 하고 외치는 것이 다르며 다른 아이들이 저녁이면 더운 방에서 동생들하고 복습을 하는 시간에 자기는 주머니의 때 묻은 돈을 세면서 길 위에서 떠는 것이 다를 뿐이다. 그러고는 다른 것은 다 같은 것뿐이다. 조그마한 것이라도 다른 것은 없다. 그런데 왜 아이들은 순복이를 보면 못 견디게 놀리며 또 순복이하고는 한 가지 놀아 주지를 아니하는지? 순복이는 며칠 동안에 또한 발견한 것이 있다. 그것은 '남들이 나를 업수이여긴다!' 하는 것이었다. 업신여긴다는 말이 어떠한 의미에서 나왔다는 것을 알려고 하는 것보다 '너희들이 나를 업수이여기면 나는 힘과 주먹으로 너희를 놀려 먹겠다!' 하는 것이 요사이 얻은 것이다. 그러나 순복이는 어른한테 얻어맞을 때에는 늘 반항하지 못하고 울고 말았다. 그에게는 눈물이 반항의 모든 것이었다. 그러나 이제는 눈물을 흘릴 만큼 그렇게 못나지는 않았다. 상당한 이론을 가지고 또한 어른에게도 반항하려 하였다. 그런 후부터는 동네에서도 순복이는 어른을 몰라본다고 욕을 하기 시작하였다. 그러나 순복이는 그럴수록 외로운 나무와 같이 점점 마음이 굳어지기 시작하였다. 아무도 없고 오직 순복이 혼자이었다. 순복이는 산 속에서 뛰는 사자와 같이, 호랑이와 같이 이 세상에서 미움과 학대를 받으면서 오직 마음은 용감하게 길들여졌다. 그러나 그와 같이 점점 난폭하여 가는 순복이 마음을 조절하여 주는 힘이 또한 있었다. 그것은 자기 아버지의 폭력도 아니고 자기 어머니의 연약한 눈물도 아니었다. 다만 열네 살 먹은 정애란 계집애의 함부로 웃는 웃음이었다. 정애는 아무나 보고 잘 웃는 계집애였다. 그런 고로 아무도 그까짓 정애의 웃음 같은 것은 돌아보지도 아니하였으나 오직 순복이의 철없는 마음에는 그 웃음 속에 힘이 있었고 또한 아이들의 불완전한 희망도 있었다. 다른 동무들이 순복이를 점점 배척함을 따라 순복의 구슬프고 외로운 정은 모두 정애에게로 옮기고 말았다. 정애뿐만은 아니다. 순복이의 동생 순희도 또한 유일한 동무와 같이 동생 이외의 더한 정이 들어 간다. 그러나 정애처럼 그렇게 가슴이 흔들리는 정은 아니었다. 그런데 정애를 못 본 지가 오늘이 벌써 열흘이나 되었다.

정애는 순복이 어려서부터 한동네에서 아래윗집에서 자라났었다. 그런 고로 아이들끼리만 아는 것이 아니라 그들의 부모끼리도 퍽 숙친하였던 것이다. 순복이 아버지하고 정애의 아버지하고는 날마다 술 먹으러 다니는 술친구였다. 그러나 정애의 아버지는 오 년 전에 이 세상을 떠나고 말았다. 그런 후부터는 정애의 집도 점점 가난하여졌던 것이다. 정애는 순복이 집에를 어려서부터 와서 순희와 놀았기 때문에 좀 점잖아서도 그냥 다니었던 것이다.

그러나 정애의 어머니는 정애가 순복이 집에 가는 것을 좋아하지 않는 것도 요즈음 일이었다. 그럴수록 동무가 없는 순복이는 정애가 보고 싶었다. 저녁이면 순희와 정애와 순복이가 한 가지 이야기를 하던 것도 벌써 오래전의 일이었다. 순복이가 만주 통을 메게 된 후부터는 물론 한가히 놀 틈도 없지만 정애도 또

한 순복의 집에 오지 않았다. 집에 들어오는 순복이는 늘 아버지의 꾸지람뿐을 들으며 어머니의 슬픈 낯을 대할 뿐이었다. 사실 어느 때는 정애를 생각할 틈도 많지 못하였다. 어느 날 순복이는 순희에게 이와 같이 물어보았다.

"이애, 순희야, 요새 우리 집에 정애 놀러오지 않던?"

"벌써 우리 집 안 온 지가 언젠데?"

"너도 정애한테 놀러 가지 안했니?"

"응, 그런데 접때 내가 정애한테 놀러갔드니 정애 어머니가 그러는데 정애를 어느 아는 집에 심부름하고 아이 봐주는 계집애로 보냈답디다."

"그래서 우리 집에를 오지 아니하였구나?"

"그럼, 밤에나 제 어머니에게로 온대."

동생의 전한 바를 들으면 순복이는 영영 정애하고는 이별인 것 같았다. 늘 밤낮 없이 돌아다니게 된 순복은 무엇보다도 정애라는 어여쁜 동무를 잃어버리게 된 것이 섭섭하였다. 순복은 자기가 만주통을 메고 돌아다닐 때에는 정애는 무거운 어린아이를 등에 업고 돌아다닐 것을 생각하였다. 그때에는 자기도 모르게 눈물이 눈에 고임을 깨달았다. 어찌하였거든 모든 마음 아프게 된 일이 모두 다 순복이가 만주통을 멘 후에 생긴 일이다. 그러므로 순복이는 통을 멜 때마다 한숨을 아니 쉰 적이 없었다.

이와 같이 나이 어린 순복이의 가슴도 세상에서 생존경쟁에 날마다 부딪치는 괴로움을 맛보게 되었다.

5

어느 일요일 날 아침이었다. 오늘도 다른 날과 같이 순복이는 만주통을 메고 나가게 되었다. 오늘은 학교에 다니는 아이들은 모두 다 유쾌하게 노는 날이다. 그러나 만주 장수 순복이는 일하는 날이다. 수천만 학생에게는 한 달에 네 번씩 휴일이 있었다. 그러나 또한 수천만 가난한 집 아이들에게는 일 년에 하루의 휴일도 없었다. 아침 일찍이 추운 하늘에서 울려오는 예배당의 종소리는 많은 아이들을 부르는 군호이다. 아이들을 불러서 무엇을 하느냐? 많은 아이들은 뜨뜻한 난로를 둘러싸고 턱턱 걸상에 앉아서 풍금에 맞춰서 노래를 부르고, 또한 어여쁜 그림과 상급을 주기도 하고 또한 그 주일 동안에 생일 되는 아이가 있으면 한가지로 축하도 하며 또한 선생들은 아이들에게 천당과 지옥의 이야기를 가르쳐 주기도 하며, 가난한 아이를 불쌍히 여기며, 배고픈 아이를 도와주라는 것 등…… 여러 가지 재미있는 학과를 가르치는 주일학교의 종 치는 소리이다. 또한 길가에 학생모를 쓴 아이들은 다 각각 서로 동무를 불러 가지고 산보를 다니는 것이었다. 또한 어떤 아이들은 자기들의 아버지에게로부터 돈을 타 가지고 공책과 연필과 공과 그 외에도 여러 가지 물건을 사러 다니기에 즐겁게 해를 보내는 날이었다. 그러나 순복이에게는 부르러 오는 사람도 없고 또한 그들의 틈에 같이 앉아서 놀 만한 자리도 주지 못하였다. 지난 일요일에도 너무 심심해

서 순복이가 주일학교에를 갔더니 너무도 옷이 더럽고 냄새가
나므로 도둑질하러 온 아이와 같이 내어쫓김을 받고 말았다. 그
렇다! 순복이에게는 잘 만들어 놓은 방과 교회는 적합하지 아니
하였다. 그에게는 큰 길과 작은 길이 그의 생활을 계속시켜 주는
곳이었으며 사람 많은 시장과 땀을 씻는 노동자들이 모여서 쉬
고 있는 집 짓는 데나 땅 다지는 데가 순복이를 맞이하여 주는
곳이었다. 그곳에 가야 비로소 만주를 팔게 되는 까닭이다. 순복
이에게는 아무 곳도 놀 곳이 없으며 또한 놀게 하지 아니하였다.
다만 어디서 운동회가 있고 어디서 학생들의 운동 시합회가 있
나 하고 늘 귀를 기울이고 다닌다. 그러므로 늘 옛날 동무들이
자기를 놀리거나 혹은 조소하는 이를 보면 이 모든 하소연의 분
풀이를 하기 위해서 목숨을 내놓고 싸움을 한다. 학생모를 쓰고
길로 다니는 아이들을 볼 때에 순복이는 늘 싸움 준비를 하면서
그 아이 앞으로 갔었다. 다만 그 아이가 미워서만 그러는 것은
절대로 아니었다. 그 아이들이 가지고 있는 환경과 순복이가 가
지고 있는 생활이 필연적으로 싸우게 하는 것이다. 다시 말하면
순복이의 나라는 그 아이들의 나라보다, 일반 사회에 대해서 무
능력한 것을 가진 나라이다. 그런 고로 그들에게 압박을 당하는
순복이의 나라는 늘 그 상대 되는 나라를 만나면 싸우려는 것
이었다. 이것은 사람과 사람의 진리였다. 오늘도 순복은 여전히
만주통을 메고 넓은 길 좁은 길을 돌아다니는 판이다.

오후 1시!

순복이는 이곳저곳 돌아다니기에 다리가 아픈 것보다도 배가

전투

고파서 못 견딜 지경이다. 순복이는 날마다 이렇게 배고픈 것을 경험하는 것이다. 그러나 어느 날이고 한번 점심을 먹어 본 때는 없었다. 12시부터 배가 고프기 시작하는 순복이는 아무러한 어려운 일이 있어도 눈을 딱 감고 오후 2시까지만 참으면 그만 배고픈 것을 잊어버리게 된다. 기갈이라는 것도 어찌할 수 없는 것과 같았다. 이렇게 아니 다니는 데 없이 돌아다니는 순복이가 우연히 또 C동 어구에를 왔다. 그 동네를 들어서자 별안간 마음속에 일어나는 분노를 참을 수 없었다. 그것은 며칠 전에 기복이란 아이와 싸움하던 생각이 나기 때문이다.

'기복이 자식이 내 만주통을 발길로 찼지. 어디 이 자식 눈에 보이기만 하여라, 주릿대를 안길 터이니…….' 하고 기복이 집 문 앞을 흘긋 보았다. 그러나 물론 기복이는 없었다. 그 대신 어떤 계집애가 손을 눈에다 대고서 훌쩍훌쩍 울고 서 있다. 그것이 누구이냐? 순복은 무의식중에 가슴이 울렁거렸다. 그것은 틀림없이 정애의 보고 싶던 자태이었다. 순복이는 곧 정애에게 달려들려 하였으나 별안간 부끄러운 생각이 났다. 자기가 만주통을 메고서는 첫 번 만나는 것이기 때문이다. 그러나 순복의 마음은 이와 같이 부르짖었다.

'순복아! 정애는 또한 어떠한 처지에 있는지를 아니? 정애를 혹은 기복이가 때리지나 아니하였니? 가서 위로를 해주어라!'

그러므로 순복이는 빨리 정애 앞으로 갔다.

"정애야! 정애야! 너 왜 여기 서서 우니?"

정애는 눈물이 어린 눈을 들고 말을 물어보는 사람이 누구인가를 바라다보았다. 정애가 비로소 순복인 줄을 알게 될 때에 정애는 한없이 반가왔으나 한편으로 부끄러웠다. 그것은 계집애가 길에서 우는 것뿐만 아니라 남의 집에서 하인 노릇을 하는 것이 부끄러운 것이었다. 그러나 정애가 다시 만주통 멘 순복이를 물끄러니 쳐다볼 때 정애는 곧 빙그레 하고 웃었다. 그러고 속마음으로는 "만주노, 호야 호야!" 하는 순복이의 목소리를 듣고 싶었다. 그러나 순복이도 정애가 자기의 만주통을 보는 줄 알고 한없이 부끄러웠다. 그 아이들은, 즐거움과 부끄러움에서 서로서로의 슬픔을 잊어버렸다.

"나는 이 집에서 심부름하게 되었단다."

하며 정애는 기복이 집을 가리켰다. 그때에 순복이는 얼마나 가슴이 서늘하게 되었는지 모른다. 별안간 온몸에는 다시 피가 끓기를 시작하였다.

"그런데 울기는 왜 우니?"

하고 기복을 연상하면서 정애에게 물어보았다.

"아침에 주인집 아이가 공연히 나를 가지고 장난을 하기에 욕을 하였더니 주인 나리가 도련님에게 욕하는 법이 있느냐고 꾸지람을 하기에 나는 아무 말도 아니하였는데 낮에 일하는 나를 발길로 차서……" 하고 정애는 다시 울기 시작한다.

"내가 고, 고만 넘어, 어, 졌단다. 그런데도 주인 나리는 날더러 도련님 하라는 대로 하지 않는다구 보기 싫으니 나가라고……"

하고는 흑흑 느끼면서 운다. 이 말을 들은 순복이는 그 당석에서 그놈의 집을 뛰어 들어가고 싶었으나 이런 일이 처음이 아

전투

닌 그는 무슨 큰 권력이 자기네 머리 위에서 "꼼짝 마라." 하는 듯이 협박하는 것을 생각하였다. 그때 순복이는 첫날에 사귄 박칠성이란 아이를 문득 생각하였다. 그리고 순복이는 무슨 결심을 한 듯이,

"정애야, 너 언제 집에 가니?"

하고 물었다.

"저녁이면 집에 가서 잔다."

"응, 그러면 울지 말고 들어가 있거라."

하고 순복이는 어디인지 향하고 정다운 친구 정애를 버리고 빨리 갔었다.

◎

저녁 7시쯤 해서, 열세 살, 열네 살쯤 먹은 학생 아이들이 다섯 명이 서로 손목을 마주 잡고 저희끼리 지저귀면서 간다. 활동사진 이야기를 하면서 가는 것을 보면 아마도 그 애들은 구경을 가는 모양이었다. 그 애들이 반쯤 열린 K학교 운동장 앞 가까이 왔을 때에 어떤 아이 하나가 기복이의 다리를 뒤에서 한 번 지르고는 그 K학교 운동장으로 달음질해서 들어갔다. 그 다섯 아이들도 쫓아 들어갔다. 달아나던 아이는 운동장 가운데서 딱 섰다.

"이 자식, 너 왜 나를 찼니?"

하고 기복이가 그 아이 멱살을 붙잡았다. 이 아이는 틀림없이 순복을 도와주는 칠성이었다.

"너 이 자식! 전번에 순복이란 애의 만주통을 발길로 찼지?"

하고 물을 때에 기복이는 무슨 양심의 가책을 받는 모양으로 잠깐 동안은 아무 말도 없이 의아하고 섰었다. 그러나 옆에 섰던 아이 하나가 영리하게,

"너 이 자식, 웬 참견이냐? 너는 명색이 무어야?"

"명색이?"

"그래!"

우선 말하기 전에 칠성이는 기복이의 뺨을 때렸다. 기복이 맞는 것을 보고 다른 아이들이 일제히 달려들었다. 그리고 칠성이를 발길로 차기 시작한다.

"이 자식들!"

하고 저편 어둠 속에서 순복이하고 다른 아이 하나가 나타났다. 이리 해서 저편의 다섯 명과 이편의 세 명이 서로 땀을 흘려 가면서 싸운다. 기복이의 주먹이 칠성이를 때리면, 문득 순복이의 발길이 기복이의 허리를 지른다. 순복이가 땅에 엎어지면 칠성이는 어느덧 기복이 등 위에 올라앉게 되었다. 순복이와 칠성이의 원래 찢어지고 더러운 옷은 말도 할 것 없거니와 기복이의 비단 두루마기와 그 외의 네 명의 아이들의 깨끗한 옷도 흙에 더럽혀지고 또한 찢어졌다.

"너 이 자식! 저번에 내 만주통을 발길로 찼지. 어디 좀 보아라!"

하고 순복이는 기복이를 넘어뜨리면서 떠들었다. 그러자 다른 아이가 덤벼들어서 순복을 넘어뜨린다. 그러면 또한 칠성이가

주먹으로 그 애들을 때리기 시작한다. 이렇게 한 반 시간 싸움하는 동안에 기복이는 손등에서 피가 나고 다른 두 아이는 입에서 피가 나고 순복이는 이마에서 피가 흐르고…… 그러나 칠성이는 아무 데도 다친 곳이 없었다. 그중에 제일 힘이 있어 보인다. 그렇게 됨을 따라 다른 아이들은 다 달아나고 다만 칠성이하고 기복이하고 순복이만이 피를 흘리면서 서로 싸우고 있다. 다른 아이들은 기복이의 집으로 일르러 갔다.

"그리고 너 이 자식 정애는 왜 때렸니? 너만 사람이냐?"

하며 땅 위에서 순복이는 기복이하고 뒹군다. 처음보다는 힘이 빠지었으므로 인제는 서로 욕만 하면서 땅바닥에 드러누웠다.

칠성이가 별안간 울고 악을 쓸 때에 순복이가 깜짝 놀라 일어나려 하는 그때에 별안간 큰 손바닥이 눈에 불이 나도록 순복이를 때린다. 이때껏 맞던 손과는 픽 달랐다.

"이 자식아!"

하고 소리를 지를 때에 순복이는 저절로 무엇에게 들리어 일으키어졌다. 순복이가 그제야 어떤 어른이 때린 것을 알았다. 그것은 기복이의 집의 행랑사람이었다. 그때에야 비로소 기복이 집에서 누가 온 것을 알았다. 알자마자 이 뺨 저 뺨을 얻어맞는 순복이는 대항할 방책이 아득하였다. 순복이는 그냥 그 자리에 엎드러졌다.

"어쿠!"

하면서 그 기복이 집 하인이 넘어질 때에는, 칠성이가 던진 돌이 그놈의 발뒤꿈치를 때린 까닭이다. 한번 주저앉은 하인은 다

시 일어날 힘이 없었다. 그리고 날카로운 목소리로

"하하……."

하고 웃는 소리는 틀림없이 정애의 목소리였다.

싸움! 사람과 사람이 싸우지 않는다 함은 그보다 더 큰 싸움을 생각하는 동안을 말함이다. 세상에는 남을 시기하는 싸움도 있고 사랑으로 해서 싸우는 것도 있으며, 명예를 위한 싸움도 있고 욕심을 위한 싸움도 있다. 기운을 자랑하는 싸움도 있으며 위엄을 위한 싸움도 있다. 그런 고로 나라와 나라의 싸움도 있고 사람과 사람의 싸움도 있다.

그러나 오직 싸움할 한 가지가 있다. 그것은 인간의 자유가 없어지는 때에 일어나는 치명적으로 부르짖는 싸움이며, 생활의 안락을 여지없이 빼앗길 때에 일어나는 붉은 피 마당에서 싸움이 비롯되는 것이다. 그런 고로 약자여! 너는 달아나려고 하지 말고 또한 종교나 도덕을 요구하지 말라! 오직 싸움만이 너의 훌륭한 종교이며, 그의 생활의 진리를 위해서 싸우는 마당에서 피를 뿌리면서 서로 먹을 것을 나누는 데 비로소 위대한 도덕이 있다. 너희의 생명이 없이 도덕이 어디 있으며 기갈 들린 사람의 종교가 어디 있겠느냐?

싸우라! 싸우는 사람에게는 승리가 있다. 그렇지 않으면 실패가 있다. 실패를 당한 사람에게는 늘 미래가 있고 늘 승리를 생각할 수 있는 것이다. 그러나 아무것도 하지 않고 운명을 기다리는 사람에게는 '무無'가 있을 뿐이며, 줄어드는 붉은 피의 잦아

가는 구슬픈 소리를 외칠 뿐이다.

인간의 권세여! 사람마다 있을 지어다! 노예를 면하려는 싸움이여! 땅 위에서 거룩할 지어다. 그런 고로 참된 사람이 되기 위해서 싸우며 너희를 한가지로 창조하신 하느님의 마음을 즐겁게 하기 위해서 싸우라.

이에서 순복의 싸움도 무의식중에서 가장 완전한 싸움의 하나이었다. 자기 생활을 저주하는 사람들과 싸움할 만한 하느님에게서로부터 받은 특권이 있었다.

6

정애의 활동으로 순복이 아버지가 피가 흐르는 순복이를 업어 온 그 이튿날이었다. 머리를 때 묻은 헝겊으로 이리저리 얽어매고서 순복이는 어둠침침한 방 속에 드러누워 있었다. 그러나 그의 어머니의 쓸데없는 걱정에 그의 아버지의 꾸지람은 또다시 시작되었다. 이때에 정애가 들어왔다.

"너 왔니?"

하고 순복이 어머니가 반갑게 맞았다.

"순복이가 어제 몹시 다쳤는데 밤새는 어찌나 되었는지요?"

하는 정애의 목소리는 사랑스러운 것보다는 굳센 무슨 언약이 있는 것 같았다. 전지에서 싸운 병사와 병사 사이에는 늘 이렇게 넘쳐흐르는 애정이, 다른 사람들보다 더욱 많았다. 아니다. 더욱 진실하였다. 그러자 또 아이 하나가 들어왔다. 그것은 전지에서 분투하던 동지인 칠성이었다.

"어떠냐?"

하고 쾌활하게 칠성이는 웃었다.

"칠성이냐?"

하고 즐겁게 순복이는 일어나 앉았다.

"그런데 순복아! 내가 오다가 그 하인 놈이 길에서 이야기하는 것을 들었지."

하고 무슨 결심한 모양으로 떠들었다.

"그래서?"

하고 순복이는 칠성이 앞으로 가까이 앉았다.

"그놈이 제 친구하고 길거리에서 떠드는데, 그 기복이 아버지가 경찰에서 말을 해서 우리를 잡아간다고―."

"잡아가?"

"돈이라도 들여서, 우리가 그 앞에서 눈에 띄기만 하면."

"하하."

하고 순복이의 싸움 좋아하는 마음에는 한층 즐거웠다.

"잡혀가? 기운이 없을 때까지 싸워 보고서……."

하고 순복이는 무슨 생각을 했는지 일어났다. 알지 못하는 사이에 정애까지 세 아이는 일제히 일어났다. 원인을 몰랐다. 다만 염통 속에서 뜨거운 피가 일제히 우렁차게 뛰었던 까닭이다.

피! 그들에게는 피뿐이었다.

이 순간에 이 어두운 방에는 별안간에 밝은 광명이 이 세 아이를 비추었다. 세 아이는 서로 보고 웃었다. 굳은 약조의 웃음이 말없이 서로 언약을 맺었던 것이다.

"그러면 우리도 싸움에 준비를 해야겠다!"

하고 순복이와 정애와 칠성이는 무슨 이야긴지 소곤거렸다.

순복이는 만주통을 내버리고 정애는 기복이 집에를 가지 아니하고, 칠성이는 심부름을 하지 않았다. 그들에게는 때가 온 까닭이다. 생명과 한 가지 하는 최후의 때가 온 까닭이다. 또다시 세 사람은 서로 보고 웃었다. 그것이 최후의 웃음이 아닐런지?

◎

싸움에 이름난 순복패를 '소년불온단'이라고 이름을 지어 준 경찰서에서는 이 어린 세 명을 잡을 양으로 수백 원의 돈으로 수십 명의 순사를 비밀히 꾸미어 활동을 하였었다.

1925. 1. 《개벽》 55호.

사냥개

박영희

1

밤이 깊어서 모든 것이 무거운 침묵에 잠겼을 때 별안간 정호의 집 넓은 사랑에서는 사냥개 한 마리가 큰 소리로 짖었다. 고요하던 하늘은 무겁게 이 개의 갈라진 목소리를 울려 주면서 그 나머지 소리를 하늘 끝 저편으로 그윽히 사라지게 한다. 별들은 까딱없이 반짝이고 있다.

개는 또 짖었다. 어두운 밤에 잠자지 못하고 이다지도 목이 터지는 듯하게 짖는 개의 소리는 이 넓은 집을 둘러싼 침묵보다도 더 두렵고 괴로운 울음소리 같았다. 추운 바람이 넓은 사랑 마당에서 먼지를 몰아 가지고 죽은 듯이 고요한 대청 속으로 몰려 들어간다. 모든 것은 잔다. 그러나 바람만이 무슨 감춘 물건을 찾는 듯이 넓은 우주의 새새 틈틈으로 혹은 위엄 있게 혹은 가냘프게 휘돌아다니는 듯하였다.

이 어둠 속에서 개는 또 짖었다. 소리 크게 짖었다. 이처럼 무겁게 어둡고 위엄 있게 거룩한 침묵이 무슨 싯붉은 분노를 개에게 던져 주는 듯이 개는 하늘을 쳐다보고 짖었다.

이 개가 짖는 소리에 덩그러니 빈 이칸방*에서 혼자 자는 주인영감 정호는 소스라쳐서 일어났다. 추운 바람이 보이지 않는 틈 사이를 통해서 방 안으로 서늘하게 들어왔다. 흠씬 밝아 보이는 전등불은 까딱도 없이 전구 속에서 자지러지게 타고 있다. 별안간 정호는 가슴이 두근거리고 머리가 오싹하고 몸이 자기도 모르게 한번 떨렸다. 변으로 오늘에 와서는 상노**조차 제집엘 가고 없었다. 그러나 정호는 이 넓은 사랑에서 예사로 혼자 자기 때문에 그리 별다르게 생각은 되지 아니하였으나 밤중에 개가 짖음은 이상하고도 두렵고도 괴이한 일이다. 그러나 한편으로는 개의 짖음을 반가와도 하였다. 그것은 다른 것이 아니라 육십 원이나 되는 많은 돈을 주고 산 그 사냥개가 이제야 참말로 도적을 지키게 되었다는 것이 정호의 마음을 얼마쯤 가라앉게 하였다.

'─저놈이 자꾸만 짖으면 도적이 아니라 귀신이라도 물러갈 것이다.' 하고 정호는 속으로 생각을 하면서 또다시 개가 짖기를 기다리었다. 그러나 웬일인지 그의 가슴은 울렁거리었다. 그러나 또다시 두려운 침묵은 이 넓은 집을 둘러싼다. 처음보다도 더 무서운 침묵이다. 이때에 정호의 마음은 부질없이 떨리었다. 때때로 눈에는 보이지 않는 무슨 붉은 불덩어리가 그의 눈앞으로 가까이 오는 듯하였다. 이때에 그는 별안간 상서롭지 못한 기괴한 연상이 시작되었다. …………별안간 어디서 왔는지도 모르게 들어온 키 크고 남루한 옷을 입은 사람이 손에 칼을 들고 앞에

* 二間房. 두 칸이 되는 크기의 방. 한 칸의 면적은 5.76제곱미터.
** 床奴. 밥상을 나르거나 잔심부름을 하는 어린아이.

섰다. 그 새파란 칼날은 눈이 부시게 타는 전깃불에 반사가 되어서 방금 누구를 죽여서 붉은 피가 칼날에서 아직도 나머지 생명이 날뛰는 것과도 같고, 혹은 그 생명의 사라지는 그윽한 외마디 소리가 그 칼날로부터 들리는 듯하였다. 방 안에는 아무도 없고 오직 그 칼날뿐만이 승리하는 생명을 가지고 시시각각으로 이 단조하고 무미한 침묵을 사정없이 찔러 버리려고 하는 듯하였다.

………… "—너는 내 요구를 잘 알 터이지?" "—너는 현금으로 백만 원을 가졌다는 부자라지? 자! 이 칼이 네 생명을 찍는 대신에 이 칼끝에다가 삼천 원의 지표를 찍게 하여라! 어서 어서 나는 갈 길이 바쁘다." …………

하는 소리가 끝으로 희미하게 사라지면서 정호는 무슨 꿈이 나쁜 것처럼 깜짝 깨었다. 이것은 무서움에 쫓기는 두려운 때에 일어나는 정호의 환상이었다. 그는 석 달 전 어느 날 밤에 그러한 두려운 광경을 경험해 보았다.

'—개가 웬일로 짖지를 않을까?' 하고 속으로 정호는 근심을 하면서 떨리는 손으로 미닫이를 가만히 열었다. 바람이 왈칵 들어왔다. 마치 문밖에서 이때껏 기다리다가 몰려오는 것 같았다. 캄캄한 마루 위에 앉은 개는 고요히 앉아서 하늘만 물끄러미 쳐다보고 있다.

'—저놈이 왜 자지를 않을까?' 하고 정호는 다시 문을 닫고 여전히 그 넓은 방 아랫목에 엄숙하게 앉았다.

'—아니다. 두려울 것이 도무지 없다. 저놈만 있으면 나는 아

　　　　　　　　　　　　　사냥개

무런 걱정도 할 필요가 없을 것이다.'

하면서 얼마 동안은 마음을 놓았으나 또다시 두려운 생각이 불일 듯 했다.

'—오늘 낮에 삼만 원을 논을 사려고 은행에서 찾아왔는데 누가 알지나 않을까?' 할 때에 그의 두 손에서는 은근히 땀이 흘렀다.

'—어서 이 밤이 밝았으면!' 이렇게 속으로 바라면서 장차 어떻게 했으면 좋을까를 생각하였다. 그러다가 '삼만 원!' 하고는 또다시 의심이 마음속에서 일어난다. 그는 하는 수 없이 벽장 문의 자물쇠를 열고 문을 가만히 열었다. 시커먼 어둠의 눈이 정호의 눈과 한가지로 그 금고를 보았다. 그는 아무도 없는 방 안을 한번 다시 돌아다보았다. 더욱이 저편 구석을 유심히 보다가 하는 수 없이 그 금고를 내리었다. 그리고 주머니에서 열쇠를 꺼냈다. 자물쇠에다가 넣어 놓고 또다시 방 안을 한번 돌아보았다. 역시 방 안에는 아무도 없었다. 열쇠를 돌렸다. '쩽' 하고 울리는 쇳소리에 정호의 가슴은 무슨 망치로 때리는 듯이 서운하였다. 손은 떨리기 시작하였다. 금고(가지고 다니는 금고다) 문을 열고서 뭉치뭉치 묶어 놓은 지화를 헤어 본다. 여전히 손은 떨리었다. 헤어 보니 천 원씩 묶은 것이 서른 덩이가 틀림이 없었다. 그는 그제야 '후—' 하고 은근히 한숨을 죽여 쉬었다. 그리고 다시 금고 문을 닫고 앉아서 생각한다.

'—내일이면 삼천 오십 원이 없어질 터이다.' 하는 생각을 할 때에는 잠깐 동안은 두려운 것도 잊어버리고 다만 인색한 마음의 돈 쓸 걱정이 마음을 바작바작 잦아붙게 한다. 오십 원은 어찌 하였든 삼천 원은 아무리 해도 내일 낮 안으로는 내주어야 할 것이다. 그것은 다섯 째 첩을 며칠 전에 얻어 들일 때에 우선 급한 대로 삼천 원의 돈을 주겠다고서 그 첩을 끌어들였기 때문이다. 그것뿐만은 아니라 논 삼백 석도 주겠다 하였다. 그러나 논은 어찌했든 첫날밤만 지내면 주기로 약속한 삼천 원이 벌써 닷새가 되어도 소식이 없었다. 그러므로 오늘 밤에도 그의 다섯 째 첩이 자기 집으로 달아나고 말았다. 그나마 달아날 때에도 이런 말을 하였다.

"—점잖치 못하게 거짓말을 해요? 그만두어요. 그 재물이 그대로 부지할 줄 아시우? 내 생전에 좀 볼 걸!" 하던 소리를 정호가 생각할 때에도 또다시 두려웠다. 또다시 외롭고 두려운 침묵을 깨달았다. 별안간 이러한 생각을 정호는 하였다.

…………그년이 머리를 풀어 산발하고 입 살은 제 독에 못 이겨 물어뜯어서 붉은 피를 흘리고 손에는 칼을 들고 가만히 들어와서, "나는 너 때문에 깨끗한 처녀의 몸을 더럽혔다. 우리 집은 가난해서 우리 부모는 네가 논 주고 돈 준다는 바람에 너의 다섯째 첩으로 준 것이 아니냐? 그런데 너는 나의 생명까지 다 빨아먹고 말았다. 이 칼을 받아라!" 하고 정호의 옆에서 부르짖을 듯도 싶었다.

이때 밖에서는 별안간 개가 뛰어 내려가는 소리가 들렸다. 정호는 그 순간에 그냥 쓰러졌다.

얼마 후에 정신을 차려서 정호는 일어나 앉았다. 자기가 알 만

사냥개

치 몸은 땀에 젖었다. 오늘밤에 어찌해서 개는 잠자지 않고 이렇게 애를 쓰는지!

모든 사람이 정호를 욕하며 또한 그의 재산을 달라고 무섭게 조르는 대신에 정호는 오직 이 사냥개를 의지하려 하였다. 그런 고로 한꺼번에 오 원을 쓰지 못하는 정호가 육십 원이라는 거액을 내버리고 가장 용감하다는 이 사냥개를 산 것이다. 그에게는 그의 재산 보호가 자기 생명의 즐거움이었고 또한 그것이 웃음이었고 또한 그것이 세상의 모든 것이었다. 그런 고로 이 사냥개가 그의 재산만을 잘 보호하여 주었으면 그는 또 없는 친구요 또 없는 사랑하는 물건이었다.

정호는 날마다 사람들에게 졸린다. 기부금으로 혹은 구제비로 그렇지 않으면 연조비로 찬조비로 가지각각의 명칭 아래서 졸린다. 굳기로 동네에 이름이 높고 기부금 안 내기로도 유명한 정호인 줄도 알면서도 그래도 처음 가는 손님은 돈 달랄 일이 있으면 우선 그 집으로 갔다. 우선 요사이에도 두 가지의 조건에서 돈을 달라는 사람이 있었다. 하나는 '기근 구제비'로 하나는 'T동 사립소학교에 기부금'으로 졸리는 판이다. 학교 기부금으로 이십 원을 적고 기근 구제비로는 삼십 원을 적었다. 그러나 말뿐이고 내지는 아니하였다. 기부금을 재촉하려고 들어오는 천수라는 사람이 문간까지 들어오는 것을 주인 정호가 무어라고 하였는지 그 사냥개가 쏜살같이 내달아 와서 짖고 야단을 하고 심지어 옷자락까지 물어 짖는 고로 하는 수 없이 도로 나갔다. 또한 기근 구제비를 달래러 오던 이도 역시 그와 같은 대우에 하는 수 없이 돌아갔다. 그것은 어저께 일이다. 문득 정호는 그 두 사람들이 나가면서 '이놈! 어디 얼마나!' 하고 핏빛 낀 눈으로 사랑을 물끄러미 바라보던 생각이 났다. 별안간 밖에서는 개의 뛰는 소리와 한가지로 '찍찍' 하는 소리가 들린다. 이 순간에 두려움이 점점 더하는 정호는 또한 이러한 환상이 시작되었다.

………… '자기 동네에 다 쓰러져 가는 초가집에서는 뻣뻣이 굶어 죽은 송장이 하나하나 나간다. 그러더니 나중에는 굶어 죽은 수만의 귀신이 자기를 에워싸고 들어온다.' …………

이러한 생각이 헛청대고 정호를 괴롭게 한다. 두려움에 취한 정호는 방을 한 번 더 살펴보았다. 그때에 밖에서는 겨울이 마른 나뭇가지가 한꺼번에 '솨—' 하고 떠든다. 정호는 '저 흰 벽이 모두 귀신들이 아닐까?' 할 때에 그는 그 벽을 보기가 죽기보담 싫었다. 그러므로 그는 자기 손을 물끄러미 바라다보았다. 흰 전등불에 비치는 자기 손가락만 내려다볼 때에 그 손가락은 점점 희게 변하였다. 그러더니 희게 변하다 못해서 나중에는 송장의 마른 뼈처럼 되었다. 그때에 별안간 정호는 두려웠다. 자기가 송장이나 아닌가 할 만치 두려웠다. 그리해서 그는 두려움을 억지로 참고 한번 주먹을 쥐어 보았다. 그러고는 정호는 자기의 눈을 어떻게 무엇을 보아야 무섭지 않을까 하고 애를 쓰는 중이다. 무엇이 마루 위로 선뜻 올라섰다. 정호는 깜짝 놀라면서 그냥 그 자리 위에 쓰러졌다. 이러한 환상이 나타났다.

………… '기근 구제회에서 왔던 사람과 기부금 달래러 왔던 두 사람이 각각 손에 단총을 들고 와서 "너는 이다지도 우리를

사냥개

구박하였다. 받아라! 이 복수의 탄환을!'" …………

하는 듯한 환상을 정호는 깨달았다. 그러나 그것이 변으로 잠자지 않는 사냥개의 자취인 줄은 몰랐다.

"—어이구! 죽겠다." 하고 정호의 얼굴이 백지장처럼 희어졌을 때에 그는 모든 사람이 그리웠다. 구박하던 큰댁네도 그리웠다. 돈 달라고 밤에 만나면 꼬집고 바가지를 긁던 셋째 첩도 그리웠다. 삼천 원을 아니 준다고 달아난 그 젊은 첩이 지금 이 자리에 있다고 하면 그저 삼만 원이라도 주고 싶었다. 그러나 그들은 하나도 그 옆에는 없었다. 다만 같이 잠자지 못하는 것은 사나운 개 아니 주린 배고픈 개뿐이었다.

'—아무리 하여도 오늘 밤에 이 돈을 가지고 이 방에서 자야겠다.' 하는 생각이 정호의 마음속에 일어났다.

'—큰마누라에게 맡기고 나도 그 방에서 자야겠다.' 하는 생각이 여러 해 만에 처음 일어났다. 그만치 이 밤이 두려웠다. 또한 큰마누라는 첩들처럼 그렇게 못 믿지는 아니하였던 까닭이다. 하는 수 없이 그는 떨리는 다리를 억지로 일어났다. 금고는 옆에 끼었다. 그리고 검은 두루마기를 뒤집어썼다. 그리고 뒷마루로 난 방문을 가만히 열어 보았다. 어둠뿐이 왈칵 눈앞에 뜨인다. 그러나 모든 것을 지긋지긋하게 참고 마루 옆에 혹시 누가 서 있지나 아니 할까 하고 가슴이 울렁거리면서 한 발 한 발 나아갔다. 침침한 별빛에 그윽히 비칠 듯 말 듯한 자기의 그림자가 또없이 두려웠다. 마당에를 내려섰다. 저편쪽 안채로 붙은 담을 끼고 도적질하러 들어가는 사람처럼 한 십 보쯤 갔을 때에 별안간 '씩―' 하고 달려드는 물건이 있다. 정호는 그 자리에 펄썩 주저앉았다. 그것은 정호의 사냥개다. 그 개는 정호의 두려워하는 몸과 검은 두루마기로 싼 몸을 그의 주인으로는 볼 수 없었는 것 같았다. 그냥 그를 향하고 짖는다. 더욱이 양심의 도적인 정호의 옆에 가진 그 검은 금고를 보고 짖는다. 그것은 그 금고를 놓고 가라는 것 같았다. 그러나 정호는 그 뜻을 몰랐다. 여전히 그 금고를 옆에 끼고 다시 일어나서 또 몇 걸음 걸으려 하였다. 그 개는 그의 옷자락을 물었다. 정호는 또한 어찌할 수가 없었다.

"―내가 너의 주인이다." 하는 말을 개에게 하고 싶었으나 소용이 없음을 알고 그냥 손짓만을 하였다. 그것은 걱정 말고 어서 가서 잘 자라는 뜻이다. 그러나 또한 개도 그 뜻을 몰랐다. 나중에는 개가 뛰어 오르기 시작한다. 이제 와서는 정호도 어찌할 수 없었다. 하는 수 없이 발로 덤비는 개를 한번 찼다. 별안간 이상한 소리와 한가지로 개는 이 낯모르는 도적의 옆으로 목을 그냥 물었다. 그는 그만 쓰러졌다. 쓰러지는 것을 본 개는 무엇에 별안간 흥분이 되었는지 또다시 줄되*를 물었다.

이제로부터 피는 흘러내린다. 이 어두운 밤에 붉은 피가 혼자서만 몰래 땅속으로 숨어 흐른다. 인색한 주인을 만나 여러 날 고기를 먹지 못한 개는 그의 피를 한번 바싹 마른 혀로 핥았다. 그러나 그 개는 이렇게 두려운 경우에 미쳐버렸다. 넓은 마당에

* '주둥이'로 추정.

서 이리 뛰고 저리 뛰다가는 넘어진 그를 물어 보고 또 핥아 보고………… 그는 옛날에 사냥하러 다닐 때와 같이 이것이 무슨 사냥할 물건이나 같이 이리 어르고 저리 어르기도 하였다. 이러다가 개는 어둠을 향하고 갈라진 목소리로 짖는다. 찬바람은 날카롭게 불어 흐른다.

혼절한 정호는 아주 죽어 버렸다. 모든 두려움과 모든 불안과 한가지로 이 땅 위에서 사라지고 말았다.

2

그 이튿날 늦은 아침 때 정호의 시체가 발견되었을 때는 그 개의 자취는 또다시 볼 수 없었다. 다만 마당 한편에는 붉은 얼음이 깔렸을 뿐이었다. 그 붉은 얼음 위에는 검은 금고가 있을 뿐이다.

◎

죽음의 원인은 아무도 몰랐다. 그러나 이 금고 속의 삼만 원은 오직 홀로 알았을 것이다.

3

그날 밤새도록 개가 자지 않고 돌아다닌 것은 배가 고파서 먹을 것을 찾으려고 잠을 못 자고 애꿎은 쥐만 물어 죽이었던 것이었다. 그러나 도적을 충실히 지키는 개는 마지막 주인까지 죽여 버리고 다시는 어디로 갔는지 모르나 그는 살아 있으면 끝없이 넓은 대지 위에서 자유롭게 돌아다니면서 주린 배를 불릴 것이다.

낮이면 굵은 쇠사슬에 목이 매여 있고 밤에는 그 줄을 끌러 놓는 그러한 아픈 생활도 다시는 그에게 없을 것이다.

1925. 4. 《개벽》 58호.

사냥개

지옥순례

박영희

1

C동이라 하면 물론 경성부 내에 속한 동네이지마는 실상인즉 도시에서 좀 떨어져 있는 곳이었다.

W산이 뒤를 막고 서 있으며 그 산에서 한 백 간 내외 되게 떨어진 곳에 한 동네가 있으니 이 동네 이름이 즉 C동이다. 오래전에는 이 C동과 뒷산 사이에 한 백 간 남짓한 거리에는 울멍줄멍한 언덕들이 되는대로 깔려서 험한 길을 만들었으되 그 언덕들 위에는 아카시아와 어린 솔나무가 드문드문 있었을 뿐이다.

그러던 데가 지금은 한 삼십 호나 되는 집이 빽빽이 서 있다. 물론 이러한 산 밑에 집들은 이삼 칸 초가집이 아니면 대개는 움집들이었다. 이와 같은 집들이 생긴 후로 가난하다고 하던 C동은 그 움집들에 비하면 상당한 중산계급이 된 듯하였다. 그 C동은 아무리 구차한 동네라고는 하지만 그래도 아침저녁으로 굴뚝에서 연기는 난다. 그러나 이 산 밑 동네에는 한 집에 하루 두 번 굴뚝에서 연기 나기가 어려웠다. 그것도 여름이나 가을 이야기고 추운 겨울에는 참으로 살기에 어려웠다. 그것은 그

지옥순례

들의 직업이 시절을 따라서 얻을 수 있는 직업이니 얼른 말하면 모군*벌이, 목도**벌이, 그렇지 않으면 곡괭이로 땅 파러 다니는 벌이꾼이었다. 그것 저것 할 것 없는 사람들은 아랫동네나 혹은 다른 동네에 가서 찬밥 덩어리를 얻어다가 생솔가지를 꺾어서 겨우 밥이라고 끓여 먹는 것이다. 그런데 그 주에 올봄부터는 그러한 움집은 도시의 미관을 손상한다고 당국의 명령으로 헐어 가지고 가라고 야단이었다. 만일 이 헐어 가지고 가는 자가 없으면 강제로 와서 그들의 ××× 헐어 버리겠다고 ××을 하였으므로 그래도 웬만한 사람들은 애써서 집이라고 지었던 움집이나마 또다시 헐어서 거들머지고 아직도 시비 없는 산 밑으로 옮기어 갔다. 그런데도 아직도 옮기지를 못하고 움집이라고는 하나만 남아 있는 데가 있으니 그 집은 그 동네에서 '칠성이 집'이라고 부르는 집이었다.

그는 그 산 밑 동네 중에서 제일 꼭대기 산 밑에서 살았다. 직업이라고는 모군벌이나 곡괭이벌이의 종류이었다. 그러나 겨울만 잡아들면 그나마 제때이었다. 그런 데다가 칠성이 아버지는 근일에 일터에 사람이 많다고 해고를 당하고 말았다.

---

* 募軍. 공사판 따위에서 삯을 받고 일하는 사람.
** 두 사람 이상이 무거운 물건을 얽어맨 밧줄에 몽둥이를 꿰어 어깨에 메고 나르는 일.

2

이때는 C동 산 밑 동네에는 겨울이 닥쳐 온 때이었다. 추운 바람이 오막살이나마 떠갈 듯이 휘갈겨 불었다. 쌀쌀한 눈이 산 밑 집들을 파묻어 버리고 말았다. 가난한 사람들의 심려 흐르는 우울의 부르짖는 소리는 이 깨끗한 눈 속에서 군늉스럽게* 흘러나왔다. 그 중에서 칠성이 집은 제일 꼭대기에 있는 것만치 제일 먹을 것이 없었다.

어느 날인가 이틀을 두고 눈이 퍼부어 내리었는데 그 동네 사람들은 이틀 동안 칠성이 집 식구를 만나지 못하였다. 그래도 날마다 칠성 아버지는 한번씩 이 동네를 오르내리었는데 이 눈이 퍼붓는 이틀 동안을 무엇을 먹고 있는지 나오지 아니하였다.

바로 눈이 개이던 날 밤이었다. 바람이 첩첩이 쌓인 눈덩이 위를 휘갈겨 불어 새파란 달빛에 칼끝 같은 푸른 눈가루가 사람의 살을 점점이 베어낼 듯이 춤추며 휘도는 날 밤이었다.

이틀 동안이나 아무것도 먹지 못하고 악마의 손아귀와 같은 추움의 손아귀는 뼈만 남은 칠성이 아버지의 온몸을 압착하여 버렸다. 그런데도 어린 칠성이와 누더기를 입은 아내의 주림에서 울부짖는 소리는 차마 듣기 어려웠다. 진달(칠성 아버지의 이름)이는 추움과 주림과 싸우다 못하여서 벌떡 일어나 앉았다. 아래턱

---

* 군늉스럽다 : 행동과 마음이 몹시 이상스럽고 음험하다.

지옥순례

을 덜덜 떨면서 약간 흘러 들어오는 달빛에 겨우 사지를 오그리고 자는 자식과 아내의 죽은 듯이 해쓱한 얼굴을 내려다보았다.

'저년의 것들이 내일 아침에 뒈지는 꼴을 뉘 애들 놈이 본담!'

하고 그는 그의 식구가 내일 아침이면 죽을 것을 상상하였다. 그러다가 문득 자기 자신도 내일이면 죽을 것을 또다시 깨달았다.

"다 죽어!" 하고 그는 아래턱을 덜덜 떨었다. 그러는 순간에 그의 가슴에는 별안간 큰 용단성이 났다.

'오냐! 죽을 것이면…… 그냥 죽어서 무얼 하니 먹고나 죽자!'

이러한 생각이 그의 새로운 생명의 길을 인도하여 주는 듯이 그에게 새로운 용기를 주었다. 그러면서 그는 아랫동네의 굵직굵직한 집들이 생각나자 곧 다시 지금쯤은 한잠이 깊이 들었을 것이라는 것을 쉽게 생각하였다. 그리고 그는 벌떡 일어나려 하였다. 그러나 넓적다리와 종아리는 추움과 주림의 소금으로 절인 자반 모양으로 들러붙어서 잘 떨어지지 않았다. 그러므로 그는 처음에 엉금엉금 기어서 간신히 움문 밖에를 나왔다. 그렇게 애를 쓰다가 그는 겨우 일어났다. 눈 쌓인 언덕에서 넘어지며 자빠지면서 간신히 C동네를 내려왔다.

"아! 추워!"

하고 그는 온몸을 덜덜 떨었다. 그러자 그는 어렴풋이 건넛집 생철 굴뚝에서 봄 아지랑이처럼 희미하게 나오는 연기를 바라보았다. 바라보자 그는 무엇 하나를 깨달은 듯이 그 굴뚝 있는 데로 빨리 갔다. 그는 그 굴뚝을 그냥 얼싸안았다. 온 얼굴을 그

굴뚝에 대었다. 원체 얼은 몸이라 얼른은 몰랐으나 한참 있을수록 미지근한 감촉이 얼굴을 좀 녹이어 주는 듯하였다. 그는 이렇게 한참이나 전연히 무의식적으로 굴뚝은 얼싸안았으나 큰 효과를 얻지 못하였다. 다만 뼈에 사무친 기갈에 못 이기어서 그는 다시 그의 목적을 다하기 위해서 이 집 저 집을 엿보기 시작하였다. 집집마다 사람들은 깊이 잠이 든 모양인데 대문은 작으나 크나 다 굳게 닫히어 있었다. 얕은 토담으로 기어 올라갈 양으로 안 펴어지는 오금을 억지로 다 펴고 발돋움을 하면서 손을 눈 쌓인 돌 위에 대었다. 추운 바람이 그의 겨드랑이 속으로 쑥 들어와서 그를 또다시 떨게 하였다. 그의 손은 무슨 물건을 완전히 붙잡기 어렵게 떨리었다. 이렇게 주춤거리는 판에 좀 떨어진 곳으로부터 사람의 발자취가 들리었다. 그는 깜짝 놀라서 달빛에 그늘진 담 모퉁이에 쭈그리고 앉아서 떨었다. 그 발자취 소리는 점점 가까이 왔다.

"만주노 호야 호야."

하고 별안간 질러진 어린애의 날카로운 목소리는 칼날같이 그의 가슴을 찔렀다. 놀라기는 하였을망정 그에게는 그 애가 그리 두렵지는 않았다. 그러자 그는 또 다른 생각이 번갯불처럼 생각났다. 그리 해서 그는 문득 대담하게 그 애의 오는 곳을 바라보고 가기 시작하였다. 그 애는 진달을 만나자 무엇이 두려웠던지 옆으로 피해서 가려고 할 때에

"이놈아! 떡 남았니?"

하고 진달이는 고함쳤다.

지옥순례

"……."

"몇 개 남았어? 이놈 왜 말이 없어!"

"여덟 개 남았어요."

하고 그 애의 손은 벌벌 떨리면서 떡통을 단단히 붙잡았다.

"허허! 너도 퍽 추운 모양이로구나! 너 몇 살이냐?"

"열여섯……."

하고 그는 억지로 말하였다.

"그래 추운데 나한테 다 팔고 일찍이 가거라!"

하고 그의 태도는 퍽 온화하였다. 그러자 그 애는 못 믿는 듯이 주춤하고 있었다.

"이 자식아! 나려봐! 애 자식도! 어디 보자! 더우냐?"

하고 그 애의 소매를 잡아당기었다 그 애는 할 수 없다는 듯이 떡통을 내려놓고 말았다. 진달이는 덮개를 벗기었다. 덥고 흐무러진 기운이 그의 정신을 마비시키고 말았다. 그는 거진 무의식적으로 떡 두 개를 훔쳐 잡아 한 손에 하나씩 들자마자 미친 사람 모양으로 한입에 떡의 절반이나 입속에 넣고 말았다. 그것을 본 그 애는 그의 먹는 것을 보고 더욱이 두려웠다. 볼 동안에 떡 세 개를 먹고 말았다. 그리고 또 한 개를 집었을 때에 그 애는

"떡값 내고 잡수세요!"

하고 떨리는 소리로 떠들었다. 그 소리가 나자마자 진달이는 그 애의 뺨을 가볍게 때리면서

"그 자식이란! 무엇 떡값! 먹어야지!"

그애는 거진 울 듯한 목소리로—

"왜 남을 돈도 아니 내고 때려요?"

"그놈! 잔소리 퍽 한다!"

하면서 그는 손에 든 떡을 먹으면서 어슬렁어슬렁 산길로 올라간다. 이제야 눈치를 챈 그 애는 얼른 떡통을 메고 쫓아가면서

"돈 내요!"

"왜 돈 아니 내요?"

하는 그 애의 목소리는 울음이 섞이어 나왔다.

"무어야?"

"돈……." 하고 대답을 마칠 새가 없이 그는 주먹으로 그 애를 갈겼다. 그러나 그 애는 그럴수록 자기도 알 수 없는 어떠한 새로운 힘을 얻었다.

"돈……, 아— 아하—."

하고 울면서 그의 바지를 붙잡고 쫓아간다. 그러다가 그 애가 붙잡았던 바지는 원체 낡은 것이라 쭉 찢어지고 말았다. 그는 돌아서면서 주먹으로 그 애의 입을 때렸다. 곧 입은 터져서 붉은 피는 흰 눈을 붉게 물들인다. 이 순간에 두 사람은 한 가지 새로운 힘을 얻었다.

"아— 아—." 하고 질서 없이 부르는 외마디 소리는 깊이 잠든 동네를 문득 불안케 하였다.

강한 바람과 한가지로 사람의 비운을 고하는 두려운 부르짖음은 점점 하늘 높이 떠 올라가는데 이 동네는 마치 ××××× 모든 이익을 ××× ××× 그들의 생활과 그들의 생각이 침체되었을 때에 소극적으로 압박을 받지 않는 같은 계급의 ×××××

×× ×××× 평화를 차지하게 하는 듯하였다. 오히려 ××××
끝없는 구렁텅이에 잡아넣어서 ×××××××××× ××××××
×××××××××× ×××××× ××××××× 그대로 되는 것을
보고 한편으로는 그들의 평화를 찬양하며 한편으로는 노동자의
무지를 조소하는 듯이 평화로이 잠자는 이 동네는 그들을 조소
하는 듯이 고요하였다. 침묵에 빠졌다.

진달이는 피를 흘리면서 쫓아오는 그 애를 잡은 채 산길을 향
하고 올라갔다.

부르짖는 두려운 비명의 소리는 그치지 않았다. 진달이는 그
애를 끌고 올라가면서 여러 가지로 생각하였다.

'돌로 때려서 죽여?'

'아니다.'

'그러면? 그냥 숨통을 눌러서?' 할 때에 자기도 모르게 온몸
에는 소름이 쭉 끼쳤다.

'그럴 수가 있나.' 하고 그는 주저하였다.

'그러나 이놈이 돈 달라고 야단을 치니 어떻게 하나?' 하고 스
스로 반문하였다.

'안 돼! 없애 버리지!'

'아니 그럴 것 없이 내 집을 가르쳐 주고 내일이고 언제고 받
어 가라고 하면 어떠할까?'

'그러나 내가 돈 내기도 까면 일이지만 독이 바싹 난 이놈이
말 들을 일이 또한 깜깜하다.'

'에라! 없애 버리고 남은 떡이나 마저 먹자!'

'그러면 어떻게! 목을 맬까?' 하고 그는 문득 그의 주머니를 만져 보았다. 그는 그의 주머니칼이 들어 있는 것을 알게 될 때에 저으기 안심하였다.

이렇게 두 사람은 두려운 죽음의 길을 찾아서 산모퉁이로 사라지고 말았다.

3

그는 맹수와 같이 횡폭하였다. 그러나 지금의 그는 가을의 낙엽 모양으로 조그마한 바람에도 온몸이 떨리었다. 추웠다. 뜨겁던 피는 또 없는 공포에 점점 차지고 말았다. 그는 간신히 자기 방에 들어와 누웠다. 몸은 점점 떨리었다. 자는 줄 알았던 그의 아내는 깨었는지 또다시 추움에서 아래턱 떠는 소리가 난다.

"아— 추워!" 하고 진달이는 사지를 바싹 오므리었다.

"어디 갔다 왔우?"

"춘데 어디를 가? 어이 배고파! 추워!"

"똥 누러 갔었지!" 하고 아니 대답할 수 없는 것이나 같이 간신히 변명하였다.

"에그머니, 무엇을 먹었다구 똥을 눈대?"

진달이는 또다시 두려웠다. 무심히 나온 자기의 모순된 말이 또다시 그를 두렵게 하였다.

"오는 것이야 있나 공연히 뒤가 무거워."

"냉배가 아픈 게지?"

"그래 참 냉배가……."

그는 이제야 겨우 살길을 찾은 것처럼 말대답을 하고 한숨을 후 내쉬었다.

"아이구 아침에는 아무것이고 좀 먹어야지."

하고 아내가 떠는 목소리로 말할 때에 진달이는 들을 수가 없이 괴로왔다.

"왜 안 자고 떠들어?"

"잘 수가 있어야지."

"안 자면 별 수 있나?"

"그나마 자다가 깨었어!"

그 소리에 진정 못된 진달이의 가슴은 또다시 두려움에 뛰었다. 그러나 아내가 무엇 때문에 깨었다는 것을 아니 묻고는 견딜 수가 없었다.

"무슨 소리에? 응?"

"이상한 소리에 깨었어!"

"사람 살리라는 외마디 소리가……. 그것이 웬일일까? 정녕 사람의 소린데……?"

"……."

그는 두근거리는 가슴을 억지로 진정하려 하였으나 되지 않았다. 아직도 식지 않은 사람의 피가 두 손가락에서 끈적거리고 있는 것을 문득 감촉할 때에 그는 더할 수 없이 몸이 추웠다.

"똥 누러 갔다가 그 소리 못 들었우?"

"……."

"응? 잠이 벌써 들었우?"

"꿈을 꾼 게로군!"

하고 한마디를 간신히 말하고는 문득 그는 지금 행한 잔인한 장면을 연상하여 보았다.

"어⋯⋯추워⋯⋯." 하고 그는 또다시 부르짖었다. 그러면서 그의 눈앞에는 가장 두렵고 무서운 장면이 나타났다. 그는 두려우면서도 그의 기억을 사라지게 할 수는 없었다.

"추운데 그리 떨어져서 잘 것이 무엇이야."

하고 아내는 마르고 찬 손으로 남편의 손을 더듬어 잡았다. 그의 손은 몹시도 곱았다. 얼음을 만지는 것보다는 오히려 죽은 사람의 몸을 만지는 것 같았다. 그리고 아내도 무의식적으로 온몸이 서늘하였다.

"손에 무엇이 있어 끈적거리어?"

진달이는 또다시 두려웠다. 그 순간에는 자기의 아내까지 이 비밀의 사건이 누설되지 않게 하기 위해서 없애 버리고 싶었다. 아내가 붙잡은 그의 찬 손은 문득 떨리기 시작하였다.

"뒷간에 갔다더니 똥을 묻혔남! 에그 더러웁게―."

"⋯⋯."

잠깐동안 진달이는 의아하여서 무어라고 대답할 줄을 몰랐다.

"들어오다가 넘어졌어―."

"얼음판에서 무엇이 있다고―."

아내는 변으로 남편의 말이 친절함을 오늘 밤에 경험하여서 그런지 잠이 안 오고 추워서 모든 것을 다 잊어버리고 이야기를 하는지 말을 많이 한다. 어찌할 줄 모르는 남편은 별안간 무슨 계책을 발견한 것처럼—

"무슨 잔말이야 빌어먹을 년……."

하고 손을 획 뿌리치면서 날마다 해내려오던 횡폭한 가장의 잔인스러운 언사를 그의 수단으로 발견하였다.

"……."

아내는 잠잠하였다. 어느 때든지 남편이 이렇게만 말이 나온 후에 자기가 그래도 말대답을 하게 되면 그때에는 영락없이 주먹찜질을 당하는 까닭이었다.

문득 방 안은 죽은 듯이 고요하였다. 진달은 또다시 외마디 소리를 지르면서 달빛에 더운 피가 검붉게 흰 눈 위에 떨어지는 것과 마지막 숨이 넘어갈 때에 뒤집어쓰던 그 눈방울이며, 그러나 마지막 힘을 다해서 발길로 찰 때에 그만 짚단 쓰러지듯이 눈 위에 쓰러지는 꼴이 눈앞에 어렴풋이 나타났다.

'아! 저 눈, 피가 흐르는 저 입과 코! 갈퀴 같은 저 손톱…….'
하고 그는 머리를 수그리었다.

'어디로 갈까?'
하고 그는 다시 생각하였다.

"가기는 어디로 가? 갈 데가 있나." 하고 그는 혼자서 묻고 대답하였다. 그러나 오늘 밤에 이곳에서 지낼 수는 없다—.

'달아나야겠다—.'
'달아나면 어찌하나?'
'달아나면 무섭지는 않지.'

하고 그는 도망갈 궁리를 하였다.

'가게 되면 산 너머로 가는 것이 상책이다. 옳다! 뒷산을 넘어 솔밭 속에서 쉬어 가지고 또다시 그 뒷산을 넘어……'

이렇게 그는 생각을 되풀이하였으나 이내 일어날 용기가 다 풀리고 말았다. 이렇게 하다가 어느 때인지 그는 정신이 혼돈하였다.

◎

―그는 산을 넘었다. 솔밭에서 쉬었다. 또 산을 넘었다. 이렇게 하기를 그의 몸에서 땀이 흐르도록 달아났다. 그러나 간 곳마다 그 애의 죽은 몸뚱어리가 가로놓이었다. 이것을 피하려고 죽을 힘을 다해서 뛰었으나 피할 수는 없었다. 그는 그의 생활의 이익을 ×××××× ××× 빼앗기듯이 그의 정신을 이 송장에게 간 곳마다 빼앗기었다. 모든 노력과 모든 정력을 아울러 허비하였다. 그는 극도로 분노하여서 그 죽은 몸뚱어리를 발길로 힘껏 찼다. 그러자 그는 외마디 소리를 치며 다시 정신이 회복되었다.

아! 두려운 현실! 그는 또다시 놀라웠다. 그가 눈을 뜰 때 날은 벌써 밝았는데 그의 앞에는 그의 아들 칠성이가 피 묻은 떡을 먹고 있다. 찬 눈 위에서 밤새도록 피와 한가지로 굳어버린 단단한 떡을 그는 맛있게 먹다가 그의 아버지가 깬 것을 보고는 그 떡이나마 빼앗길까 보아서 슬쩍 돌아앉았다. 진달이의 정신은 또 몽롱하여졌다. 온몸은 조금도 움직일 수 없이 마비되었다.

지옥순례

"어머니도 먹었지. 아버지도 가서 먹어요."

어린놈은 이렇게 떠들었다.

"아! 떠들지 말어. 이놈아, 그래 네 에미는 어디로 갔니?"

하고 간신히 물었다.

"순천이 집에 가서 물 끓여 먹고 가지고 온다고 갔어……."

"웬 나무로?"

"떡통을 깨뜨려서 불을 때―."

"응!"

그는 한편으로는 놀라면서도 한편으로는 벌써 평범하였다.

"얘. 얼른 가서 물 끓였거든 좀 가지고 오너라!"

그는 어찌하였든 몹시도 목이 말라서 무의식적으로 떠들었다. 그러자 아내는 물을 가지고 왔다.

"더운 물 자시우."

그는 무어라고 물어볼 새도 없이 그냥 받아서 들이키었다. 그러고는 아무 말도 하지 않고 그냥 또 누웠다.

아내는 떡 먹었다는 말도 없이 시치미를 떼고 무슨 큰 수나 난 듯이 또 밖으로 나아갔다.

◎

떡통을 땐, 연기가 아직도 사라지기 전에 진달이와 그의 아내와 아들과 순천이 아버지와 그의 집안 식구는 한줄에 매여서 잡히어 갔다. 동네 사람들은 처음에 시퍼렇게 질린 얼굴로 그들의 가는 것을 물끄러미 바라다보았다. 그들은 그리 놀라지도 않고 또한 그리 두려움도 없는 것 같았다.

진달이는 ××××××××× 잃어버린 적은 지옥에서 ××××× ××××××××××××××××으로 옮기어 갔을 뿐이다.

땅 위에 낙원을 건설한다고 하는 ×××××××××××××× ×××××××××××××××××××××××××××××× ×××××××××××××××××××××××××××××××× ×××××××××. 시성詩聖 단테는 모든 지옥을 구경하였다. 그 러나 ××××××××××××××××××××××× 죽어 버렸 다. 그렇지만 진달이는 ××××××××××××××××××××× × 모든 지옥의 순례를 이제 시작하였다. 빈궁의 지옥에서 태형 의 지옥으로 좁고 춥던 좁은 지옥에서 넓고 화려한 지옥으로 옮 기어 갔다. ××××××××××××××××××××××× 옮기어 갔다.

그들은 최후의 적은 힘이 남을 때까지 이렇게 지옥에서 지옥 으로 쉬지 않고 옮기어 다니고 말 것이다.

1926. 11. 《조선지광》 61호.

지옥순례

박영희

1901. 서울 출생.

1916. 배재고등보통학교 입학.

1920. 고등보통학교 졸업 후 도쿄 세이소쿠 영어학교 입학.

1921. 귀국 뒤 《장미촌》 《백조》 등 동인지에서 활동.

1923. 《장미촌》 창간호에 시 「적(笛)의 비곡(悲曲)」 「과거의 왕국」을 발표하며
   등단.

1924. 《개벽》 학예부장에 취임. 같은 해 김기진, 이상화 등과 파스큘라 결성.

1925. 카프 결성에 참가해 교양부 책임자에 오름.
   《개벽》에 단편 「전투」 「사냥개」,
   평론 「신경향파의 문학과 그 문단적 지위」 발표.

1926. 《조선지광》에 단편 「지옥순례」 발표.

1927. 「문예운동의 방향 전환」 「문예운동의 목적의식론」을 발표하며
   카프의 '제1차 방향 전환'을 주도. 신간회에 가입하여 활동.

1928. 공산당 검거 사건과 '12월 테제' 이후
   카프 도쿄 지부의 이탈과 함께 주도권 상실.

1931. '신간회' 해체 직후 일본 경찰에 의해 구속. 이듬해 석방.
   (제1차 카프 검거 사건)

1933. 12월 10일 카프 탈퇴.

1934. 1월 2일, 《동아일보》에 공개적으로 카프 탈퇴와 전향 선언.
   '제2차 카프 검거 사건'으로 1년간 구속.
   석방된 뒤 순수문학과 예술주의로 전향.

1937. 시집 『회월시초』 발간.

1938. 전향자 대표로 선출되어 친일 활동.

1943. 조선문인보국회 간부 취임.

1945. 광복 후 강원도 춘천으로 낙향. 춘천공립중학교 교사로 근무.

1948. 서울대학교 사범대학, 국민대학교, 홍익대학교 등에서 강사로 근무.
   전향 좌익 경력자 단체인 국민보도연맹에 가입하여 간부로 활동.

1950. 한국전쟁 초기에 조선인민군에 체포.
   서울형무소에 수감된 후 종적을 감춤. (납북된 것으로 추정.)

호는 회월(懷月), 송은(松隱). 박영희(朴英熙)는 초기에는 《백조》의 동인으로 활동하며 「월광으로 짠 병실」 등 탐미주의적인 시를 발표했으나, 1923년 김기진과 함께 파스큘라를 결성하고 1924년 《개벽》에 입사한 뒤로는 프로문학으로 전향했다.

1925년 카프를 창립하며 지도적인 위치를 맡아 소설과 평론을 주로 발표했다. 같은 해 《개벽》에 발표한 평론 「신경향파의 문학과 그 문단적 지위」는 무산계급문학의 필요성과 역사성을 이론적으로 규명하여 경향문학의 형성과 발전에 초석을 다졌으며, 현실과 민중에 대한 관심을 제고시켜 한국문학사에 리얼리즘의 전통을 마련한 것으로 평가된다. 박영희는 이 평론에서 김기진의 「붉은 쥐」(1924), 조명희의 「땅 속으로」(1925), 이기영의 「가난한 사람들」(1925), 송영의 「늘어가는 무리」(1925) 등 일련의 작품들을 가리켜 종래의 감상적 낭만주의나 자연주의적 색채를 띤 부르주아 문학의 전통과는 다른 '새로운 경향의 문학'이라는 의미로 '신경향파문학'이라 명명하였다. 그리고 「문예운동의 방향 전환」(1927, 《조선지광》)에서 신경향파문학을 '자연생장적인 것'으로 구분하여 규정하고 이것이 장차 '목적의식적'인 무산자문학으로 전환되어야 할 것을 역설하였다.

박영희는 카프 활동 기간 동안 내·외부에서 벌어진 격렬한 논쟁의 중심에 있었다. 1926년 조선일보에 평론 「신흥예술운동의 이론적 근거를 논하여 염상섭 군의 무지를 박(駁)함」으로 민족주의 진영의 대표 작가인 염상섭을 비판하였으며, 같은 해 말 김기진이 「문예시평」에서 박영희의 작품 「철야」, 「지옥순례」를 비판한 것에 반박하며 카프 내부에서도 '내용·형식' 논쟁을 촉발시켰다. 이때 임화 등 강경파의 가세로 박영희가 힘을 얻어 프로문학 운동의 주도권을 쥐게 되었으며, 이어진 아나키즘 논쟁을 거쳐 김화산 등의 아나키스트 분파를 제명시키면서 카프가 더욱 분명한 좌익 강경 노선과 정치 투쟁을 추구하게 된 '제1차 방향 전환'이 일어났다.

이후 박영희는 좌·우익 항일세력이 합작하여 결성된 신간회의 활동에 참여하며 기존의 계급문학운동이 추상적인 이념 논쟁을 거듭했음을 자인하고, 문학의 사회적 기능을 강조하는 '목적의식론'을 주장하며 실천적 구체성을 획득하고자 했다. 그러나 박영희의 이러한 주장은 이북만 등 젊은 카프 작가들에게 "작품행동에만 국한된 운동만으로도 무산계급해방 운동이 가능하다고 생각한다면 그는 공상주의자."라는 비판을 받았다. 게다가 1928년 '공산당 검거 사건'으로 신간회의 핵심 요인들이 구속되고, 국제 공산당 조직인 '코민테른' 집행위원회 정치서기국이 '12월 테제'를 발표해 민족주의 세력과의 협력을 거부하게 되자 카프 도쿄 지부가 경성 지부의 신간회 지지 노선을 이탈하는 일이 발생했다. 결국 박영희는 카프 내의 주도권을 상실하기 시작했고 마침내 "예술운동의

지옥순례

볼셰비키화"를 주창하던 도쿄 지부의 임화, 김두용 등에게 밀려났다.

점차 카프 활동에 회의를 품게 된 박영희는 결국 1933년 12월 10일에 카프를 탈퇴했다. 이어 1934년 1월 2일《동아일보》에 사설「최근 문예이론의 신전개와 그 경향」을 발표하며 "얻은 것은 이데올로기요 잃은 것은 예술"이라는 말을 남기고 카프 탈퇴를 공개 선언했다.

그 후 박영희는 1938년 7월 전향자 대회에 참가하며 친일 활동을 시작, 1939년 조선문인협회 간사, 1940년 국민총력조선연맹 문화위원, 1943년 조선문인보국회 간부로 활동했다. 친일 행적으로 인해 광복 후 강원도 춘천으로 낙향하여 중학교 교사로 근무하였으며, 다시 상경한 뒤 서울대학교와 국민대학교, 홍익대학교 등에서 강사로 근무했다. 한국전쟁 발발 뒤 서울에서 조선인민군에게 체포되어 서울형무소에 수감되었고, 이후 종적을 알 수 없으나 납북된 것으로 추정된다.

탈출기

최서해

1

김 군! 수삼차 편지는 반갑게 받았다. 그러나 한 번도 회답치 못하였다. 물론 군의 충정에는 나도 감사를 드리지만 그 충정을 나는 받을 수 없다.

―박 군! 나는 군의 탈가脫家를 찬성할 수 없다. 음험한 이역에 늙은 어머니와 어린 처자를 버리고 나선 군의 행동을 나는 찬성할 수 없다. 박 군! 돌아가라. 어서 집으로 돌아가라. 군의 부모와 처자가 이역 노두에서 방황하는 것을 나는 눈앞에 보는 듯싶다. 그네들의 의지할 곳은 오직 군의 품밖에 없다. 군은 그네들을 구하여야 할 것이다.

군은 군의 가정에서 동량棟樑이다. 동량이 없는 집이 어디 있으랴? 조그마한 고통으로 집을 버리고 나선다는 것이 의지가 굳다는 박 군으로서는 너무도 박약한 소위이다.

군은 ××단에 몸을 던져 ×선에 섰다는 말을 일전 황 군에서 듣기는 하였으나 그렇다 하여도 나는 그것을 시인할 수 없다. 가족을 못 살리는 힘으로 어찌 사회를 건지랴.

박 군! 나는 군이 돌아가기를 충정으로 바란다. 군의 가족이 사람들 발아래서 짓밟히는 것을 생각할 때 군의 가슴인들 어찌 편하랴—

김 군! 군은 이러한 말을 편지마다 썼지? 나는 군의 뜻을 잘 알았다. 사랑하는 나의 가족을 위하여 동정하여 주는 군에게 어찌 감사치 않으랴? 정다운 벗의 충고에 나는 늘 울었다. 그러나 그 충고를 들을 수 없다. 듣지 않는 것이 군에게는 고통이 되는지? 분노가 되는지? 나에게 있어서는 행복일지도 알 수 없는 까닭이다.

김 군! 나도 사람이다. 정애情愛가 있는 사람이다. 나의 목숨 같은 내 가족이 유린받는 것을 내 어찌 생각지 않으랴? 나의 고통을 제삼자로서는 만 분의 일이라도 느낄 수 없을 것이다.

나는 이제 나의 탈가한 이유를 군에게 말하고자 한다. 여기에 대하여 동정과 비난은 군의 자유이다. 나는 다만 이러하다는 것을 군에게 알릴뿐이다. 나는 이것을 군이 아니면 다른 사람에게라도 알리지 않고는 견딜 수 없는 충동을 받는 까닭이다.

그러나 나는 단언한다. 군도 사람이어니 나의 말하는 것을 부인치는 못하리라.

2

김 군! 내가 고향을 떠난 것은 오 년 전이다. 이것은 군도 아는 사실이다. 나는 그때에 어머니와 아내를 데리고 떠났다. 내가 고향을 떠나 간도로 간 것은 너무도 절박한 생활에 시들은 몸이 새 힘을 얻을까 하여 새 희망을 품고 새 세계를 동경하여 떠난 것도 군이 아는 사실이다.

─간도는 천부금탕*이다. 기름진 땅이 흔하여 어디를 가든지 농사를 지을 수 있고 농사를 지으면 쌀도 흔할 것이다. 삼림이 많으니 나무 걱정도 될 것이 없다.

농사를 지어서 배불리 먹고 뜨듯이 지내자. 그리고 깨끗한 초가나 지어 놓고 글도 읽고 무지한 농민들을 가르쳐서 이상촌을 건설하리라. 이렇게 하면 간도의 황무지를 개척할 수 있다.

이것이 간도 갈 때의 내 머릿속에 그리었던 이상이었다. 이때에 나는 얼마나 기뻤으랴! 두만강을 건너고 오랑캐령을 넘어서 망망한 평야와 산천을 바라볼 때 청춘의 내 가슴은 이상의 불길에 탔다. 구수한 내 소리와 헌헌한 내 행동에 어머니와 아내도 기뻐하였다.

오랑캐령을 올라서니 서북으로 쏠려오는 봄 세찬 바람이 어떻게 뺨을 갈기는지,

"에그 칩구나! 여기는 아직도 겨울이구나."

어머니는 수레 위에서 이불을 뒤집어썼다.

"무얼요. 이 바람을 많이 맞어야 성공이 올 것입니다."

나는 가장 씩씩하게 말하였다. 이처럼 나는 기쁘고 활기로왔다.

---

* 天賦金湯. 하늘이 내린 좋은 땅.

3

김 군! 그러나 나의 이상은 물거품으로 돌아갔다. 간도에 들어서서 한 달이 못 되어서부터 거친 물결은 우리 세 생령의 앞에 기탄없이 몰려왔다.

나는 농사를 지으려고 밭을 구하였다. 빈 땅은 없었다. 돈을 주고 사기 전에는 일 평의 땅이나마 손에 넣을 수 없었다. 그렇지 않으면 지나인支那人의 밭을 도조*나 타조**로 얻어야 한다. 일 년 내 중국 사람에게서 양식을 꾸어 먹고 도조나 타조를 지으면 가을 추수는 빚으로 다 들어가고 또 처음 꼴이 된다. 그러나 농사라고 못 지어 본 내가 도조나 타조를 얻는대야 일 년 양식 빚도 못 될 것이고 또 나 같은 시로도***에게는 밭을 주지 않았다.

생소한 산천이요, 생소한 사람들이니, 어디가 어쩌면 좋을런지? 의논할 사람도 없었다. H라는 촌 거리에 셋방을 얻어 가지고 어름어름 하는 새에 보름이 지나고 한 달이 넘었다. 그새에 몇 푼 남았던 돈은 다 불려먹고 밭은 고사하고 일자리도 못 얻었다.

나는 팔을 걷고 나섰다. 이리저리 돌아다니면서 구들도 고쳐 주고 가마도 붙여 주었다. 이리하여 호구하게 되었다. 이때 H장

---

* 賭租. 남의 논밭을 빌려서 부치고 논밭을 빌린 대가로 해마다 벼를 내는 일 또는 그 벼.
** 打租. 수확량의 비율을 정하여 놓고 소작료를 거두어들이던 소작 제도.
*** しろうと(素人). 초심자. 풋내기.

에서는 나를 온돌장이라고 불렀다. 갈아입을 의복이 없는 나는 늘 숯검정이 꺼멓게 묻은 의복을 벗을 새가 없었다.

H장은 좁은 곳이다. 구들 고치는 일도 늘 있지 않았다. 그것으로 밥 먹기가 어려웠다. 나는 여름 불볕에 삯김도 매고 꼴도 베어 팔았다. 그리고 어머니와 아내는 삯방아 찧고 강가에 나가서 부스러진 나뭇개비를 주워서 겨우 연명하였다.

김 군! 나는 이때부터 비로소 무서운 인간고人間苦를 느꼈다. 아아, 인생이란 과연 이렇게도 괴로운 것인가? 하는 것을 나는 생각하게 되었다. 나는 나에게 닥치는 풍파 때문에 눈물 흘린 일은 이때까지 없었다. 그러나 어머니가 나무를 줍고 아내가 삯방아를 찧을 때! 나는 피가 끓었으며 나의 눈은 눈물에 흐려졌다.

"에구, 차라리 내가 드러누워 앓고 있지, 네 괴로와하는 꼴은 차마 못 보겠다."

이것은 언제 내가 병들어 신음할 때에 어머니가 울면서 하신 말씀이다. 이것을 무심히 들었던 나는 이때에야 이 말의 참뜻을 느꼈다.

'아아, 차라리 나의 고기가 찢어지고 뼈가 부서지는 것은 참을 수 있으나, 내 눈앞에서 사랑하는 늙은 어머니와 아내가 배를 주리고 남의 멸시를 받는 것은 참으로 견디기가 어렵구나.'

나는 이렇게 여러 번 가슴을 쳤다. 나는 밤이나 낮이나, 비 오나 바람이 치나 헤아리지 않고 삯김, 삯심부름, 삯나무, 무엇이든지 가리지 않았다.

"오늘도 배고프겠구나, 아침도 변변히 못 먹고……. 나는 너

배 주리잖는 것을 보았으면 죽어도 눈을 감겠다."

내가 삯일을 하다가 늦게 돌아오면 어머니는 우실 듯이 말씀하셨다. 그러나 나는 혼연하게,

"배는 무슨 배가 고파요."

대답하였다.

내 아내는 늘 별말이 없었다. 무슨 일이든지 시키는 대로 소곳하고* 아무 소리 없이 순종하였다. 나는 그것이 더욱 불쌍하게 생각되었다. 나는 어머니보다는 아내 보기가 퍽 부끄러웠다.

"경제의 자립도 못 되는 내가 왜 장가를 들었누?"

이것이 부모의 한 일이언만 나는 이렇게도 탄식하였다. 그럴수록 아내에게 대하여 황공하였고 존경하였다.

어떻게 하면 살 수 있을까……? 이러한 생각은 이때 내 머리를 몹시 때렸다. 이때 나에게는 부지런한 자에게 복이 온다 하는 말이 거짓말로 생각되었다. 그 말을 지상의 격언으로 굳게 믿어 온 나는 그 말에 도리어 일종의 의심을 품게 되었고 나중은 부인까지 하게 되었다.

부지런하다면 이때 우리처럼 부지런함이 어디 있으며 정직하다면 이때 우리 식구같이 정직함이 어디 있으랴? 그러나 빈곤은 날로 심하였다. 이틀 사흘 굶은 적도 한두 번이 아니었다. 한번은 이틀이나 굶고 일자리를 찾다가 집으로 들어가 보니 부엌 앞에서 아내가 (아내는 이때에 아이를 배어서 배가 남산 만하였다) 무엇

---

* 소곳하다 : 고개를 귀엽게 조금 숙이다.

을 먹다가 깜짝 놀란다. 그리고 손에 쥐었던 것을 얼른 아궁이에 집어넣는다. 이때 불쾌한 감정이 내 가슴에 떠올랐다.

'……무얼 먹을까? 어디서 무엇을 얻었을까? 무엇이길래 어머니와 나 몰래 먹누? 예편네란 그런 것이로구나! 아니 그러나 설마……. 그래도 무엇을 먹던데……'

나는 이렇게 아내를 의심도 하고 원망도 하고 밉게도 생각하였다. 아내는 아무런 말 없이 어색하게 머리를 숙이고 앉아 씩씩하다가 밖으로 나간다. 그 얼굴은 좀 붉었다.

아내가 나간 뒤에 나는 아내가 먹다 던진 것을 찾으려고 아궁지를 뒤지었다. 싸늘하게 식은 재를 막대기에 뒤져내니 벌건 것이 눈에 띄었다. 나는 그것을 집었다. 그것은 귤껍질橘皮이다. 거기는 베어 먹은 잇자국이 났다. 귤껍질을 쥔 나의 손은 떨리고 잇자국을 보는 내 눈에는 눈물이 괴었다.

김 군! 이때 나의 감정을 어떻게 표현하면 적당할까?

—오죽 먹고 싶었으면 길바닥에 내던진 귤껍질을 주워 먹을까! 더욱 몸 비잖은 그가! 아아, 나는 사람이 아니다. 그러한 아내를 나는 의심하였구나! 이놈이 어찌하여 그러한 아내에게 불평을 품었는가? 나 같은 간악한 놈이 어디 있으랴. 내가 양심이 부끄러워서 무슨 면목으로 아내를 볼까?

—이렇게 생각하면서 나는 느껴 가며 눈물을 흘렸다. 귤껍질을 쥔 채로 이를 악물고 울었다.

"야, 어째 우느냐? 일어나거라. 우리도 살 때 있겠지, 늘 이렇겠느냐." 하면서 누가 어깨를 친다. 나는 그것이 어머니인 것을 알

왔다. 나는

"아이구 어머니, 나는 불효외다."

하면서 어머니의 발을 안고 자꾸자꾸 울고 싶었다. 그러나 나는 아무 소리 없이 가슴을 부둥켜안고 밖으로 나갔다.

'내가 왜 우누? 울기만 하면 무엇 하나? 살자! 살자! 어떻게든지 살아 보자! 내 어머니와 내 아내도 살아야 하겠다. 이 목숨이 있는 때까지는 벌어 보자!'

나는 이를 갈고 주먹을 쥐었다. 그러나 눈물은 여전히 흘렀다. 아내는 말없이 울고 섰는 내 곁에 와서 손으로 치마끈을 만지작거리며 눈물을 떨어뜨린다. 농삿집에서 길러난 아내는 지금도 어찌 수줍은지 내가 울면 같이 울기는 하여도 어떻게 말로 위로할 줄은 모른다.

4

김 군! 세월은 우리를 위하여 여름을 항상 주지 않았다.

서풍이 불고 서리가 내리기 시작하였다. 찬 기운은 헐벗은 우리를 위협하였다. 가을부터 나는 대구어大口魚 장사를 하였다. 삼원을 주고 대구 열 마리를 사서 등에 지고 산골로 다니면서 콩大豆과 바꾸었다. 난 대구 열 마리는 등에 질 수 있었으나 대구 열 마리를 주고 받은 콩 열 말은 질 수 없었다. 나는 하는 수 없이 삼사십 리나 되는 곳에서 두 말씩 두 말씩 사흘 동안이나 져 왔다. 우리는 열 말 되는 콩을 자본 삼아 두부 장사를 시작하였다.

아내와 나는 진종일 맷돌질을 하였다. 무거운 맷돌을 돌리고 나면 팔이 뚝 떨어지는 듯하였다. 내가 이렇게 괴로울 적에 해산解産한 지 며칠 안 되는 아내의 괴롬이야 어떠하였으랴? 그는 늘 낯이 부석부석하였다. 그래도 나는 무슨 불평이 있는 때면 아내를 욕하였다. 그러나 욕한 뒤에는 곧 후회하였다.

콧구멍만 한 부엌방에 가마를 걸고 맷돌을 놓고 나무를 들이고 의복가지를 걸고 하면 사람은 겨우 비비고 들어앉게 된다. 뜬 김에 문창은 떨어지고 벽은 눅눅하다. 모든 것이 후줄근하여 의복을 입은 채 미지근한 물속에 들어앉은 듯하였다. 어떤 때는 애써 갈아 놓은 비지가 이 뜬 김 속에서 쉬어 버렸다. 두붓물이 가마에서 몹시 끓어 번질 때에 우유빛 같은 두붓물 위에 버터 빛 같은 노란 기름이 엉기면(그것은 두부가 잘될 징조다) 우리는 안심한다. 그러나 두붓물이 희멀끔해지고 기름기가 돌지 않으면 거기에만 시선을 쏘고 있는 아내의 낯빛부터 글러가기 시작한다. 초를 쳐 보아서 두부발이 서지 않고 매캐지근하게 풀려질 때에는 우리의 가슴은 덜컥한다.

"또 쉰 게로구나! 저를 어찌누?"

젖을 달라고 빽빽 우는 어린아이를 안고 서서 두붓물만 들여다보시던 어머니는 목 메인 말씀을 하시면서 우신다. 이렇게 되면 온 집안은 신산하여 말할 수 없는 울음, 비통, 처참, 소조한*

---

* 소조(蕭條)하다 : 고요하고 쓸쓸하다.

분위기에 싸인다.

"너 고생한 게 애닲구나! 팔이 부러지게 갈아서……. 그거 팔 서 장을 보려고 태산같이 바랬더니……."

어머니는 그저 가슴을 뜯으면서 운다. 아내도 울 듯 울 듯이 머리를 숙인다. 그 두부를 판대야 큰돈은 못 된다. 기껏 남는대 야 이십 전이나 삼십 전이다. 그것으로 우리는 호구를 한다. 이 십 전이나 삼십 전에 어머니는 운다. 아내도 기운이 준다. 나까지 가슴이 바짝바짝 조인다.

그날은 하는 수 없이 쉰 두붓물로 때를 에우고 지낸다. 아이 는 젖을 달라고 밤새껏 빽빽거린다. 우리의 살림에 어린것도 귀 치 않았다.

5

울면서 겨자 먹기로 괴로운 대로 또 두부를 하지 않으면 안 된다. 그러나 이번에는 땔나무가 없다. 나는 낫을 들고 떠난다. 내가 낫을 들고 떠나면 산후여독으로 신음하는 아내도 낫을 들 고 말없이 나를 따라 나선다. 어머니와 나는 굳이 만류하나 아 내는 듣지 않는다.

내 손으로 하는 나무이언만 마음 놓고는 못 한다. 산 임자에 게 들키면 여간한 경을 치지 않는다. 그러므로 우리는 황혼이면 산에 가서 도적 나무를 하여 지고 밤이 깊어서 돌아온다. 아내는 이고 나는 지고 캄캄한 밤에 산비탈로 내려오다가 발이 미끄러지거나 돌에 채이면 곤두박질을 하여 나뭇짐 속에 든다. 아내는 소리 없이 이었던 나무를 내려놓고 나뭇짐에 눌려서 버둑거리는 나를 겨우 끄집어 일으킨다. 그러나 내가 나뭇짐을 지고 일어나면 아내는 혼자 나뭇짐을 이지 못한다. 또 내가 나뭇짐을 벗고 아내에게 이어 주면 나는 추어 주는 이 없이는 나뭇짐을 질 수가 없었다. 하는 수 없이 나는 어떤 높은 바위에 벗어 놓고 후에 지기 편하도록 아내에게 이어 준다. 이리하여 산비탈을 내려오면, 언제 왔는지 어머니는 애를 업고 우둘우둘 떨면서 산 아래서 기다리시다가도,

"인제 오니? 나는 너 또 붙들리지나 않는가 하여 혼이 났다."

하신다. 이때마다 내 가슴은 저렸다. 나는 이렇게 나무 도적질을 하다가 중국 경찰서에까지 잡혀가서 여러 번 맞았다.

이때 이웃에서는 우리를 조소하고 경찰에서는 우리를 의심하였다.

"흥, 신수가 멀쩡한 연놈들이 그 꼴이야. 어디 가 일자리도 구하지 않구. 그 눈이 누래서 두부 장사 하는 꼬락서니는 참 더러워서 못 보겠네. 불알을 달고 나서 그렇게야 살리?"

이것은 이웃 남녀가 비웃는 소리였다. 그리고 어떤 산 임자가 나무 잃은 고발을 하면 경찰서에서는 불문곡직하고 우리 집부터 수색하고 질문하면서 나를 때린다. 그러나 나는 호소할 것이 없었다.

탈출기

5

김 군! 이러구러 겨울은 점점 깊어가고 기한은 점점 박두하였다. 일자리는 없고……. 그렇다고 손을 털고 앉았을 수도 없었다. 모든 식구가 퍼러퍼래서 굶고 앉은 꼴을 나는 그저 볼 수가 없었다. 시퍼런 칼이라도 들고 하루라도 괴로운 생을 모면하도록 쿡쿡 찔러 없애고 나까지 없어지든지, 나가서 강도질이라도 하여서 기한을 면하든지 하는 수밖에는 더 도리가 없게 절박하였다. 나는 일이 없으면 없느니 만큼, 고통이 닥치면 닥치느니만치 내 번민은 컸다. 나는 어떤 날은 거의 얼빠진 사람처럼 눈을 감고 깊은 생각에 잠긴 일도 있었다.

이때 내 머릿속에서는 머리를 움실움실 드는 사상이 있었다 (오늘날에 생각하면 그것은 나의 전 운명을 결정할 사상이었다).

그 생각은 누구의 가르침에 일어난 것도 아니려니와 일부러 일으키려고 애써서 일어난 것도 아니다. 봄 풀싹같이 내 머릿속에서 점점 머리를 들었다.

—나는 여태까지 세상에 대하여 충실하였다. 어디까지든지 충실하려고 하였다. 내 어머니, 내 아내까지도 뼈가 부서지고 고기가 찢기더라도 충실한 노력으로 살려고 하였다. 그러나 세상은 우리를 속였다. 우리의 충실을 받지 않았다. 도리어 충실한 우리를 모욕하고 멸시하고 학대하였다.

우리는 여태까지 속아 살았다. 포악하고 허위스럽고 요사한 무리를 용납하고 옹호하는 세상인 것을 참으로 몰랐다. 우리뿐 아니라 세상의 모든 사람들도 그것을 의식치 못하였을 것이다. 그네들은 그러한 세상의 분위기에 취하였었다. 나는 이때까지 취하였었다. 우리는 우리로서 살아온 것이 아니라 어떤 험악한 제도의 희생자로서 살아왔었다―.

김 군! 나는 사람들을 원망치 않는다. 그러나 마주魔酒에 취하여 자기의 피를 짜 바치면서도 깨지 못하는 사람을 그저 볼 수 없다. 허위와 요사와 표독과 게으른 자를 옹호하고 용납하는 이 제도는 더욱 그저 둘 수 없다.

―이 분위기 속에서는 아무리 노력하여도 우리는 우리의 생의 만족을 느낄 날이 없을 것이다. 어찌하여 겨우 연명을 한다 하더라도 죽지 못하는 삶이 될 것이요, 그 영향은 자식에게까지 미칠 것이다. 나는 어미 품속에서 빽빽 하는 어린것의 장래를 생각할 때면 애잡짤한 감정과 분함을 금할 수 없다. 내가 늘 이 상태면(그것은 거의 정한 이치다) 그에게는 상당한 교양은 고사하고 다리 밑이나 남의 집 문간에 버리게 될 터이니, 아! 삶을 받은 생령을 죄 없이 찌그러지게 하는 것이 어찌 애닯잖으며 분치 않으랴? 그렇다 하면 그것을 나의 죄라 할까?

김 군! 나는 더 참을 수 없었다. 나는 나부터 살리려고 한다. 이때까지는 최면술에 걸린 송장이었다. 제가 죽은 송장으로 남을 어찌 살리랴? 그러려면 나는 나에게 최면술을 걸려는 무리를, 험악한 이 공기의 원류를 쳐부수려고 하는 것이다.

나는 이것을 인간의 생의 충동이며 확충이라고 본다. 나는 여기서 무상의 법열法悅을 느끼려고 한다. 아니 벌써부터 느껴진다. 이 사상이 나로 하여금 집을 탈출케 하였으며, ××단에 가입케 하였으며, 비바람 밤낮을 헤아리지 않고 벼랑 끝보다 더 험한 ×선에 서게 한 것이다.

김 군! 거듭 말한다. 나도 사람이다. 양심을 가진 사람이다. 애정을 가진 사람이다. 내가 떠나는 날부터 식구들은 더욱 곤경에 들 줄도 나는 알았다. 자칫하면 눈 속이나 어느 구렁에서 죽는 줄도 모르게 굶어 죽을 줄도 나는 잘 안다. 그러므로 나는 이곳에서도 남의 집 행랑어멈이나 아범이며, 노두에 방황하는 거지를 무심히 보지 않는다. 아! 나의 식구도 그럴 것을 생각할 때면 자연히 흐르는 눈물과 뿌직뿌직 찢기는 가슴을 덮쳐 잡는다.

그러나 나는 이를 갈고 주먹을 쥔다. 눈물을 아니 흘리려고 하며 비애에 상하지 않으려고 한다. 울기에는 너무도 때가 늦었으며 비애에 상하는 것은 우리의 박약을 너무도 표시하는 듯싶다. 어떠한 고통이든지 참고 분투하려고 한다.

김 군! 이것이 나의 탈가한 이유를 대략 적은 것이다. 나는 나의 목적을 이루기 전에는 내 식구에게 편지도 하지 않으려고 한다. 그네가 죽어도, 내가 또 죽어도……

나는 이러다가 성공 없이 죽는다 하더라도 원한이 없겠다. 이 시대, 이 민중의 의무를 이행한 까닭이다.

아아, 김 군아! 말을 다하였으나 정은 그저 가슴에 넘치누나!

1925. 3. 《조선문단》 6호.

박돌의 죽음

최서해

1

밤은 자정이 훨씬 넘었다.

이웃의 닭소리는 검푸른 새벽 빛 속에 맑게 흐른다. 높고 푸른 하늘에 야광주를 뿌려 놓은 듯이 반짝이는 별들은 고요한 대지를 향하여 무슨 묵시를 주고 있다. 나뭇잎에서는 이슬 듣는 소리가 고요하다. 여름밤이언만 새벽녘이 되니 부드럽고도 쌀쌀한 기운이 추근하게* 만상萬象을 소리 없이 싸고돈다.

남자인지, 여자인지, 어둠 속에 잘 분간할 수 없는 히슥한** 그림자가 동계洞契사무소 앞 좁은 골목으로 허둥허둥 뛰어나온다.

고요한 새벽이슬에 추근한 땅을 울리면서 나오는 발자취는 퍽 산란하다. 쿵쿵 하는 음향은 여러 집 울타리를 넘고 지붕을 건너서 어둠 속으로 어둠 속으로 규칙 없이 퍼져 나갔다.

어느 집 개가 몹시 짖는다. 또 다른 집 개도 컹컹 짖는다. 캥캥한 발바리 소리도 난다.

* 추근하다 : 물기가 조금 있어 축축하다.
** 히슥하다 : 희멀겋다.

뛰어나오는 그림자는 정직상점正直商店 뒷골목으로 휙 돌아서 내려간다. 쿵쿵쿵…….

서너 집 내려와서 어둠 속에 잿빛같이 보이는 커다란 대문 앞에 딱 섰다. 헐떡이는 숨소리는 고요한 공기를 미미히 울린다. 그 그림자는 대문에 탁 실린다. 빗장과 대문이 맞찍혀서 삐걱 하고는 열리지 않았다.

"문을 좀 벗겨 주오!"

무엇에 쫓긴 듯이 황겁한 소리는 대문 안 마당의 어둠을 뚫고 저편. 푸른 하늘 아래 용마루선線이 죽 그인 기와집에 부딪쳤다.

"문을 좀 열어 주오!"

이번에는 대문을 두드리고 밀면서 고함을 친다. 소리는 퍽 황겁하나 가늘고 쟁쟁한* 것이 여자다 하는 것을 직감케 한다.

"에구 어찌겠는구? 이 집에서 자음메? 문을 빨리 벗겨 주오!"

절망한 듯이 애처로운 소리를 치면서 문을 쿵쿵 치다가는 삐걱삐걱 밀기도 하고, 땅에다가 배를 붙이고 대문 밑으로 기어 들어가려고도 애를 쓴다. 대문 울리는 소리는 주위의 공기를 흔들었다.

이웃집 개들은 그저 몹시 짖는다.

닭은 홰를 치고 꼬꾜요— 한다.

"그게 뉘기요?"

안에서 선잠 깬 여편네 소리가 들린다.

---

* 쟁쟁하다 : 야무지고 맑다는 뜻의 북한말.

"에구 깼구만!"

엎드려서 배밀이 하던 여인은 벌떡 일어나면서,

"내요, 문을 좀 벗겨 주오!"

한다. 그 소리는 아까보담 좀 나직하다.

"내라는 게 뉘기오? 어째 왔소?"

안에서는 문을 벌컥 열었다. 열린 문이 벽에 부닥치는 소리가 탁 하고 울타리에 반향하였다.

"초시* 있소? 급한 병이 있어서 그럼메!"

컴컴하던 집 안에 성냥 불빛이 거물거물하다가 힘없이 스러지는 것이 대문 틈으로 보였다. 다시 성냥 불빛이 번득하더니 당그렁 잘랑 하는 램프 유리의 부닥치는 소리와 같이 환한 불빛이 문으로 흘러나와 검은 땅을 스쳐 대문에 비치었다. "에헴." 하는 사내의 기침소리가 들렸다. 칙칙거리는 어린애 울음소리가 난다. 불빛이 언뜻 하면서 문으로 여인이 선잠 맨 하품 소리를 '으앙' 하며 맨발로 저벅저벅 나와서 대문 빗장을 뽑았다.

"뉘기오?"

들어오는 사람을 기웃이 본다.

"내오."

밖에 섰던 여인은 대문 안에 들어섰다.

"나는 또 뉘기라구? 어째서 남 자는 밤에 이 야단이오?"

안에서 나온 여인은 입을 씰룩 하였다.

---

* 初試. 과거의 첫 시험. 또는 그 시험에 급제한 사람. 또는 예전에, 한문을 좀 아는 유식한 양반을 높여 이르던 말. 여기서는 의원인 '김 초시'를 이름.

박돌의 죽음

"에구 박돌㼅이 앓아서 그럼메! 초시 있소?"

밖에서 들어온 여인은 떨리는 목소리로 아첨 비슷하게, 불빛에 오른쪽 볼이 붉은 주인 여편네를 건너다본다.

"있기는 있소!"

주인 여편네는 휙 돌아서서 안으로 들어가더니,

"저 두에 파충댁이로구마! 의원이구 약국이구 걷어치우오! 잠 두 못 자게 하구!"

소리를 지른다. 캥캥한 소리는 몹시 쌀쌀하였다. 지금 온 여인은 툇마루 아래에 서서 머리를 숙였다 들면서 한숨을 휴 쉬었다.

정주*에서 한참 동안이나 부시럭부시럭 하는 소리가 나더니 사잇문 소리가 덜컥 하면서 툇마루 놓인 방문 창에 불빛이 그득 찼다.

"에헴, 들오!"

다 쉬어 빠진 호박통을 두드리는 듯한 사내의 소리가 들린다. 밖에 섰던 여인은 툇마루에 올라섰다. 문을 열었다. 방으로 흘러나오는 불빛은 마루에 떨어졌다. 약 냄새는 코를 쿡 찌른다.

2

"하, 그거 안됐군. 그러나 나는 갈 수 없는데……."

---

* 鼎廚. 정주간. (특히 북쪽 지방에서)부엌과 안방 사이에 벽이 없이 부뚜막에 방바닥을 잇 달아 꾸민 부엌.

몸집이 뚱뚱하고 얼굴에 기름이 번질번질한 의사는 창문 정면에 놓인 약장에 기대앉았다.

"에구 초시사, 그래 쓰겠소? 어서 가 봐주오."

문 앞에 황공스럽게 쭝그리고 앉은 여인의 사들사들한 낯에는 어색한 웃음이 떠올랐다.

"글쎄 웬만하문사 그럴 리 있겠소마는, 어제부터 아파서 출입이라군 못하고 있소. 에험, 에험, 악."

의사는 입에 물었던 담뱃대를 뽑아들더니 안 나오는 기침을 억지로 끄집어내어 가래를 타구에 뱉는다.

"그게(박돌) 애비 없이 불쌍히 자란 게 죽어서 쓰겠소? 거저 초시께 목숨이 달렸으니 살려주오."

의사는 땟국이 꾀죄한 여인을 힐끗 보더니,

"별말을 다 하오. 내 염라대왕이니 목숨을 쥐고 있겠소? 글쎄 하늘이 무너진대도 못 가겠소."

하며 담배 연기를 휙 내뿜고 이마를 찡기면서 천장을 처다본다. 흰 연기는 구름발같이 휘휘 돌아서 꺼멓게 그을은 약봉지를 대롱대롱 달아 놓은 천정으로 기어올라서는 다시 죽 펴져서 방 안을 채웠다. 오줌 냄새, 약 냄새에 여지없는 방 안의 공기는 캐한 연기와 어울려서 코가 저리도록 불쾌하였다.

"제발 살려 줍시오. 네? 그 은혜는 뼈를 갈아서라도 갚아 디리오리! 네, 어서 가 봐주오."

"글쎄 못 가겠는 거 어찌겠소? 이제 바람을 쏘이고 걷고 나면 죽게 앓겠으니…… 남을 살리자다가 제 죽겠소."

"가기는 어듸로 간단 말이오? 어제해르, 그레, 또 밤새끈 앓구서리."

의사의 말 뒤로 이어 정주에서 주인 여편네가 캥캥거린다.

여인은 머리를 폭 숙이고 앉았더니,

"그러문 약이라도 멧 첩 지어 주오."

한다.

"약종이 부족해서 약을 못 짓는데."

의사는 몸을 비틀면서 유들유들한 목을 천천히 돌려서 약장을 슬근히 돌아본다.

"약값 염례는 조곰도 말고 좀 지어 주오."

"아, 글쎄 약종이 없는 것을 어떻게 짓는단 말이오? 자, 이거 보오!" 하더니 빈 약 서랍 하나를 뽑아서 땅바닥에 덜컥 놓는다.

"집에 도야지 새끼 하나 있으니 그거 모레 장에 팔아 드릴께 좀 지어 주오."

"하, 이 앞집 김 주사도 어제 약 지러 왔다가 못 지어 갔소."

의사는 어이없다는 듯이 입을 벌린다.

"그래 못 져 주겠소?"

폭 꺼진 여인의 눈을 이상스럽게 의사의 낯을 쏘았다. 의사는

"글쎄 어떻게 짓겠소?"

하면서 여인이 보내는 시선을 피하려는 듯이 미닫이 두껍집에 붙인 산수화山水畵를 본다.

"에구, 내 박돌이는 죽는구나! 한심한 세상두 있는게?"

여인의 소리는 애참하게 울음에 젖었다. 때가 지덕지덕한 뺨

을 스쳐 흐르는 눈물은 누더기 같은 치마에 떨어졌다.

"에, 곤하군. 아함! 어서 가 보오."

의사는 하품과 기지개를 치면서 일어섰다. 여인은 눈물을 쓱 쓱 씻더니 벌컥 일어섰다.

"너무 한심하구만! 돈이 없다구 너무 업시비 보지 마오. 죽는 사람을 살려 주문 어떠오? 혼자 잘 사오."

여인의 눈에는 이상한 불빛이 섬뜩하였다. 그 목소리는 싹 에 는 듯이 아츠럽게* 들렸다. 의사는 가슴이 꿈틀하였다.

3

여인은 갔다.

한 집 건너 두 집 건너 닭 우는 소리가 요란하다. 이웃에서 개 짖는 소리도 들렸다.

포플러 잎에서는 이슬 듣는 소리가 은은하다.

"별게 다 와서 성화를 시키네!"

여인이 간 뒤에 의사는 대문을 채우고 안으로 들어오면서 중 얼거렸다.

"그까짓 거렁뱅들께 약을 주구 언저게 돈을 받겠소? 아예 주 지 마오."

---

* 아츠럽다 : 보거나 듣기에 견디기 어려울 정도로 거북하다는 뜻의 북한말.

박돌의 죽음

주인 여편네는 뾰루해서 양양거린다.

"홍, 그리게 뉘기 주나?"

의사는 방문을 닫으면서 승리나 한 듯이 콧소리를 친다.

"약만 주어 보오? 그놈의 약장, 도끼로 마사* 놓게."

의사의 내외는 다시 불을 끄고 자리에 누웠으나 두루 뒤숭숭하여 졸음이 오지 않았다.

4

"에구, 제마!** 에구 배야!"

박돌이는 이를 갈고 두 손으로 배를 웅크려 잡으면서 몸을 비비 틀기도 하고 벌떡 일어나 앉았다는 다시 눕고, 누웠다가는 엎드리고 하여 몸 거접할 곳을 모른다.

"에구, 내 죽겠소! 왝, 왝."

시큼하고 넌들넌들한 검푸른 액을 코와 입으로 토한다. 토할 때마다 그는 소름을 치고 가슴을 뜯는다. 뱃속에서는 꾸르르꿀하는 물소리가 쉬일 새 없다. 물소리가 몹시 나다가 좀 멎는다 할 때면 쏴 뿌드득 뿌드득 쏴 하고 설사를 한다. 마대 조각으로 되는대로 기워서 입은 누덕바지는 벌써 똥물에 죽이 되었다.

"에꾸, 어찌겠니? 의원 놈도 안 봐주니……. 글쎄 이게 무슨 갑

* 마사다 : 무스다. 옛말로, '짓찧어서 부서뜨리다'는 뜻.
** 어머니.

작병인구?"

어머니는 토하는 박돌이의 이마를 잡고 등을 친다.

"에구, 이거 어찌겠는구? 배 아프냐?"

어머니는 핏발이 울울한 박돌의 눈을 들여다보았다. 눈이 휘
둥그레져서 급한 호흡을 치는 박돌이는 턱 드러누우면서 머리만
끄덕인다. 어머니는 박돌의 배를 이리저리 누르면서,

"여기야? 어듸 여기는 아니 아프냐? 응, 여기두 아프냐?"

두서없이 거듭거듭 묻는다.

"골은 아니 아프냐? 골두 아프지?"

그는 판한 기름불 속에 열이 끓어서 검붉게 보이는 박돌의 이
마를 짚었다. 박돌이는 으흐 으흐 하면서 머리를 꼬드기려다가
또 왝 하면서 모로 누웠다. 입과 코에서는 넌들넌들한 건물이 울
컥 주루룩 흘렀다.

"에구! 제마! 에구 내 죽겠소! 헤구!"

박돌이는 또 쏜다. 그의 바지는 벗겼다. 꺼끌꺼끌한 거적자리
위에 누운 그의 배는 등에 착 달라붙었다. 그는 가슴을 치고 쥐
어뜯고, 목을 늘였다 쪼그리면서 신음한다.

"늬 죽겠구나! 응 박돌아, 박돌아! 야, 정신을 차려라. 에구, 약
한 첩 못 써 보고 마는구나! 침이래도 맞혀 봤으면 좋겠구나!"

박돌이는 낮빛이 검푸르면서 도끼눈을 떴다. 목에서는 담 끓
는 소리가 퍽 괴롭게 들렸다.

"에구, 뒷집 생원은 어째 아니 오는지, 박돌아!"

박돌이는 눈을 떴다. 호흡은 급하고 높았다.

"제마! 주*를 먹었으믄!"

"줄을? 에구, 줄이 어듸 있니?"

어머니는 한숨을 쉬면서 등불을 쳐다본다. 그 눈에는 눈물이 고였다.

"그러문 냉수를 좀 주오!"

"에구, 찬물을 자꾸 먹구 어찌겠니?"

"애고고고."

박돌이는 외마디소리를 치더니 도끼눈을 뜨면서 이를 빡 간다.

뒷집에 있는 젊은 주인이 나왔다. 어둑충충한 등불 속에서 무겁게 흐르던 쾌저분한 공기는 새로 들어온 사람에게 몰려들었다. 젊은 주인은 부엌에 선 대로 구들을 올려다보면서 이마를 찡그렸다.

찢기고 뚫어지고 흙투성이 된 거적자리 위에서 신음하는 박돌의 모자의 그림자는 혼탁한 공기와 판한 불빛 속에 유령같이 보였다.

"어째 의원은 아니 보임메?"

젊은 주인이 책망 비슷하게 내뿜었다.

"김 초시더러 봐달라니 안 옵데. 돈 없는 사람이라구 봐주겠소? 약두 아니 져 주는데!"

박돌 어미의 소리는 소박을 맞아가는 젊은 여자의 한탄같이 무엇을 저주하는 듯 떨렸다.

---

* 귤(橘). 이하 '주' '줄' 모두 귤을 이름.

"뜸이나 떠 보지비?"

"그래 볼까? 어디를 어떻게 뜨문 좋은지? 생원이 좀 떠 주겠소? 떠 주오. 내 쑥은 얻어 올께."

"아, 그것두 뜰 줄 모릅네? 숫구녕*에 쑥을 비벼 놓고 불을 달믄 되지! 그런 것두 모르구 어떻게 사오?"

"떠 봤을세 알지, 내 어떻게 알겠소!"

박돌 어미는 어색한 웃음을 지으면서 젊은 주인을 쳐다보았다.

"체하자 났소?"

"글쎄 어쨌는둥?"

박돌 어미는 박돌이를 본다.

"어젯밤에 무스거 먹었소?"

"갱게**를 삶아 먹구……. 그리구 너무도 먹구 싶어 하기에 뒷집에서 버린 고등어 대가리를 삶아 먹구서는 먹은 게 없는데."

"옹, 그게로군! 문*** 고등에 대가리를 먹으문 죽는대두! 그거는 무에라구 축축스럽게 주워먹소?"

젊은 주인은 입을 씰룩하였다.

"에구, 그게 그런가? 나는 몰랐지! 에구, 너무두 먹구 싶어서 먹었더니 그렇구마. 그래서 나도 골과 배가 아프던 게로군! 그러나 나는 이내 게워 버렸더니 일 없구만."

박돌 어미는 매를 든 노한 상전 앞에 선 어린 종같이 젊은 주

---

* 숫구멍, 숨구멍. 갓난아이의 정수리가 굳지 않아서 숨 쉴 때마다 발딱발딱 뛰는 곳.
** 감자.
*** 무르다. 여기서는 '상했음'을 의미.

박돌의 죽음

인을 쳐다본다.

"우리 집에 쑥이 있으니 갖다 뜯이나 떠 주오. 에익, 축축하게 썩은 고기 대가리를 먹다니?"

젊은 주인은 뒤도 안 돌아보고 나가 버린다.

"에구, 한심한 세상도 있는 게! 의원만 그런 줄 알았더니 모두 그렇구나!"

박돌 어미의 눈에는 또 눈물이 고였다. 가슴은 빠지지하다. 어쩌면 좋을지 앞이 캄캄할 뿐이다. 온 세상의 불행은 혼자 안고 옴짝달싹할 수 없이 밑도 끝도 없는 어득한 함정으로 점점 밀려들어가는 듯하였다.

쭝그리고 무릎 위에 손을 꽂고 불을 핀히 쳐다보는 그의 눈은 유리를 박은 듯이 까딱하지 않는다. 때가 꺼먼 코 아래 파랗게 질린 입술은 뜨거운 불기운을 받은 가자*처럼 초들초들하다.** 그의 눈에는 등불이 큰 물항아리같이 보였다가는 작은 술잔같이도 보이고 두셋이나 되었다가는 햇발같이 아래위 좌우로 씰룩씰룩 퍼지기도 한다.

"응, 내 잊었구나! ……쑥을 가져와야지."

박돌의 괴로운 고함소리에 비로소 자기를 의식한 박돌 어미는 번쩍 일어섰다.

* 茄子: 채소인 '가지'의 다른 말.
** 나무나 풀잎이 몹시 시들어 말라 있다.

5

이웃집 닭은 세 홰나 운 지 이슥하다. 먼지와 그을음에 거뭇한 창문은 푸름하더니 훤하여졌다. 벽에 걸어 놓은 등불빛이 있는가 없는가 할 만치 희미하여지고 새벽빛이, 어둑하던 방 안을 점점 점령한다.

박돌의 호흡은 점점 미미하여진다. 느른하던 수족은 점점 꼿꼿하며 차다. 피부를 들먹거리던 맥박은 식어 가는 열과 같이 점점 사라져 버렸다. 이제는 구토도 멎고 설사도 멎는다. 몹시 붉던 낯은 창백하여졌다.

"으응 끽."

숯구멍에 뜸쑥이 타들어서 머리카락과 살 타는 소리가 뿌지직뿌지직할 때마다 꼼짝 않고 늘어졌던 박돌이는 힘없이 감았던 눈을 떠서 애원스럽게 어머니를 쳐다보면서 괴로운 신음소리를 친다. 그때마다 목에서 몹시 끓던 담 소리는 잠깐 그쳤다가 다시 그르렁그르렁 한다.

박돌의 호흡은 각일각 미미하다. 따라서 목에서 끓는 담 소리도 점점 가늘어진다.

"껙."

박돌이는 폐기 한 번을 하였다. 따라서 목에서 뚝 하는 소리가 났다. 박돌이는 소리 없이 눈을 휙 흽떴다. 두 눈의 검은자위는 곤줄을 서고 흰자위만 보였다. 그의 낯빛은 핼끔하고 푸르다.

"바 바…… 박돌아! 야 박돌아! 에구, 박돌아!"

어머니는 박돌의 낯을 들여다보면서 싸늘한 박돌의 가슴을 흔들었다.

"야 박돌아, 박돌아, 박돌아! 이게 어찐 일이냐? 으응 흑흑, 꺽 꺽."

박돌 어미는 울면서 박돌의 가슴에 쓰러졌다.

밖에서 가고 오는 사람의 자취가 들린다. 개 짖는 소리, 닭 우는 소리, 새의 지절거리는 소리가 요란하다.

6

붉은 아침볕은 뚫어지고 찢기고 그을은 창문에 따뜻이 비치었다.

서까래가 보이는 천정에는 까맣게 그을은 거미줄이 얼기설기 서리고 넌들넌들 달렸다. 떨어지고, 오리고, 손가락 자리, 빈대 피에 장식된 벽에는 누더기가 힘없이 축 걸렸다. 앵앵 하는 파리 떼는 그 누더기에 몰려들어서 무엇을 부지런히 빨고 있다. 문으로 들어서서 바로 보이는 벽에는 노끈으로 얽어 달아 매 놓은 시렁이 있다. 시렁 위에는 금 간 사기 사발과 이 빠진 질대접 몇 개가 놓였다. 거기도 파리 떼가 웅성거린다. 부엌에는 마른 쇠똥, 짚 부스러기, 흙구덩이에서 주워 온 듯한 나뭇개비가 지저분하다.

뚜껑 없는 솥에는 국인지 죽인지 누렷한 위에 파리 떼가 어찌

욱실거리는지 물 담아 놓은 파리통 같다.

먼지가 풀썩풀썩 이는 구들, 거적자리 위에 박돌이는 고요히 누웠다. 쥐마당같이 때가 지덕지덕한 그 낯은 무쇠 빛같이 검푸르다. 감은 두 눈은 푹 꺼졌다. 삐쭉하게 벌어진 입술 속에 꼭 아문 누릿한 이빨이 보인다. 그의 몸에는 누더기가 걸치었다. 곁에 앉은 어머니는 가슴을 치면서 큰 소리 없이 꺽꺽 흑흑 느껴 울다가도 박돌의 낯에 뺨을 대고는 울고, 가슴에 손을 넣어 보곤 한다. 그러나 박돌이는 고요히 누웠다.

"흑흑 바…… 바…… 박돌아! 에고 내 박돌아! 너는 죽었구나! 약 한 첩 침 한 대 못 맞아 보고 너는 죽었구나! 에구 하느님도 무정하지. 원통해서……. 꺽꺽 흑흑…… 글쎄 무슨 명이 그리두 짜르냐? 에구!"

그는 박돌의 가슴에 푹 엎드렸다. 박돌의 몸과 그의 머리에 모여 앉았던 파리 떼는 우아 하고 날아가다가 다시 모여 앉는다.

"애비 없이 온갖 설움을 다 맡아 가지고 자라다가 열두 살이나 먹구서…… 에구!"

머리를 들고 박돌의 푸른 낯을 들여다보며,

"박돌아, 야 박돌아!"

부르다가 다시 쓰러지면서,

"먹고 싶은 것도 못 먹고 입고 싶은 것도 못 입고 항상 배를 곯다가……. 좋은 세상 못 보고 죽다니? 휴! 제마! 제마! 나도 핵교를 갔으문 하는 것도 이놈의 입이 원쉬 돼서 못 보내고! 흑흑."

그는 벌떡 일어나 앉았다.

박돌의 죽음

"에구 하느님도 무정하지. 내 박돌이를, 내 외독자를 왜 벌써 잡아 갔누? 나는 남에게 못할 짓 한 일도 없건마는"

그는 또 박돌이를 본다.

"박돌아! 에구 줄을 먹었으면 하는 것도 못 멕였구나. 이렇게 될 줄 알았드면 도야지 새끼 하나 있는 거라도 주고 먹고 싶다는 거나 갖다 줄 걸. 공연히 부들부들 떨었구나! 애비 어미를 잘못 만나서 그렇게 됐구나!"

어제까지 눈앞에 서물거리던* 아들이 죽다니! 거짓말 같기도 하고 꿈속 같기도 하다. "제마." 부르면서 툭툭 털고 일어나는 듯하다. 그는 기다리는 사람의 발자취를 들은 듯이 머리를 번쩍 들었다. 그러나 그 눈앞에는 아무도 없고 다만 액색히** 죽어 누운 박돌이가 보일 뿐이다.

"박돌아!"

그는 자는 애를 부르듯이 소리쳤다. 박돌이는 고요하다. 아아 참말이다. 죽었다. 저것을 흙 속에 넣어? ─ 이렇게 다시 생각할 때 또 눈물이 쏟아지고 천지가 아득하였다. 자기가 발붙이고 잡았던 모든 희망의 줄은 툭 끊어졌다. 더 바랄 것 없다 하였다.

그는 박돌의 뺨에 뺨을 비비면서 박돌의 가슴을 안고 쓰러졌다. 그의 가슴에는 엉클엉클한 연鉛 덩어리가 꾹꾹 쑤심질하는 듯하고 목구멍에서는 겻불내가 팽팽 돈다. 소리를 버럭버럭 가슴이 툭 터지도록 지르면서 물이든지 불이든지 헤아리지 않고

* 서물거리다 : 어리숭한 것이 눈앞에 떠올라 자꾸 어른거리다.
** 액색(阨塞)하다 : 운수가 막히어 생활이나 행색 따위가 군색하다.

엄벙덤벙 날뛰었으면 속이 시원할 것 같다. 목구멍을 먼지가 풀썩풀썩 하는 흙덩어리로 꽉꽉 틀어막아서 숨 쉴 틈 없는 통 속에다가 온몸을 집어넣고 꽉 누르는 듯이 안타깝고 갑갑하여 울래야 소리가 나지 않는다.

가슴이 뭉클하고 뿌지지하더니 목구멍에서 비린 냄새가 왈칵 코를 찌를 때, 그는 팩 하면서 어깨를 으쓱하였다. 그의 입에서는 검붉은 선지피가 울컥 나왔다. 그는 쇠말뚝을 꽉 걷는* 듯한 가슴을 부둥키고 까무라쳤다.

문구멍으로 흘러드는 붉은 볕은 두 사람의 몸 위에 똥그란 인 印을 쳤다. 뿌연 먼지가 누런 햇발 속에 서리서리 떠오른다. 파리 떼는 더욱 웅성거린다.

7

"제마! 애고! 아야! 내 제마!"

하는 소리에 박돌 어머니는 머리를 번쩍 들었다. 문을 내다보는 그의 두 눈은 유난히 번득였다.

이때 그의 눈 속에는 보이는 것이 있었다.

낮인가? 밤인가? 밤 같기는 한데 어둡지 않고 낮 같기는 한데 별이 없는 음침한 곳이다. 바람은 분다 하나 나뭇가지는 떨리지

---

* 걷다 : 대, 갈대, 싸리 따위로 씨와 날이 서로 어긋매끼게 엮어 짜다.

박돌의 죽음

않고 비는 온다 하나 빗소리는커녕 빗발도 보이지 않는 흐리머리한 빗속이다. 살이 피둥피둥하고 얼굴이 검붉은 자가 박돌의 목을 매어 끌고 험한 가시밭 속으로 달아난다.

"애고! 애고! 제마! 제마!"

박돌의 몸은 돌을 부닥치고 가시에 찢겨서 온몸이 피투성이 되었다. 피투성이 속으로 울려오는 벽돌의 신음소리는 째릿째릿하게 들렸다.

"으웅."

박돌 어미는 몸을 부르르 떨었다. 그는 머리를 번쩍 들었다. 모듭뜬* 두 눈에서는 이상스러운 빛이 창문을 냅다 쏜다. 그는 도야지를 보고 으르는 개처럼 이를 악물고 번쩍 일어서더니 창문을 냅다 차고 밖으로 뛰어나갔다.

먼지가 뿌연 그의 머리카락은 터부룩하여 머리를 흔드는 대로 산산이 흩날린다. 입과 코에는 피 흘린 흔적이 임리**하고 저고리와 치마 앞은 피투성이 되었다.

"야 이놈아, 내 박돌이를 내놔라! 에구 박돌아! 박돌아! 야 이놈으 새끼야, 우리 박돌이를 내놔라!"

그는 무엇을 뚫어지도록 눈이 퀭해 보면서 허둥지둥 뛰어간다.

"야 이놈아! 저놈이 저기를 가는구나!"

그는 동계사무소 앞 골목으로 내뛰더니 오른편으로 휙 돌아 정직상점 뒷골목으로 내리뛰면서 손뼉을 짝짝 친다. 산산한 머

---

* 모듭뜨다 : '모들뜨다(두 눈동자를 안쪽으로 몰아 뜨다)'의 북한어.
** 淋漓. 피, 땀, 물 따위의 액체가 흘러 흥건한 모양.

리카락은 휘휘 날린다.

"에구 저게 웬일이냐?"

"박돌 어미가 미쳤네!"

"저게 웬 에미낸*구!"

길에 있던 사람들은 눈이 둥그래 피하면서 한 마디씩 뇌인다. 웬 개 한 마리는 짖으면서 박돌 어미 뒤를 쫓아간다.

"이놈아! 저놈이 내 박돌이를 끌고 어듸를 가늬? 응, 이놈아!"

뛰어가는 박돌 어미는 소리를 치면서 이를 간다. 도끼눈을 뜨는 두 눈에는 이상스러운 빛이 허공을 쏘았다. 그 모양을 보는 사람은 누구나 소리를 치고 물러선다.

"이놈아! 이놈아! 거기 놔라. 저놈이 내 박돌이를 불 속에 집어넣네…… 에구구…… 끔쩍도 해라……. 에구 박돌아!"

"응 박돌아, 그 돌을 줴라! 꼭 붙들어라!"

박돌 어미는 이를 빡빡 갈면서 서너 집 지내 내려오다가 커다란 대문 단 기와집으로 쑥 들이뛴다. 그 대문에는 김병원진찰소金丙元診察所라는 팔분**으로 쓴 간판이 붙었다.

"저놈이…… 저 방으로 들어가지? 이놈! 네 죽어 봐라, 가문 어디로 가겠늬! 이놈아, 내 박돌이를 어쨌늬? 내놔라! 내 박돌이를 내놔라! 글쎄 내 박돌이를 어쨌늬?"

두 눈에 불이 횡한 박돌 어머니는 툇마루 놓인 방 미닫이를

* 에미나이 : '여자'의 북한말.
** 한자의 열 가지 서체인 십체(十體)의 하나. 예서(隸書) 이분(二分)과 전서(篆書) 팔분(八分)을 섞어서 장식적인 효과를 낸 서체.

박돌의 죽음

차고 뛰어 들어가서 그 집 주인 김 초시의 멱살을 잡았다.

멱살을 잡힌 김 초시는 눈이 둥그래서,

"이…… 이…… 이게…… 무슨 일이야?"

하며 황겁하여 윗방으로 들이뛰려고 한다.

"이놈아! 네가 시방 우리 박돌이를 끌어다가 불 속에 넣었지? 박돌이를 내놔라! 박돌아!"

날카롭고 처량한 그 소리에 주위의 공기는 싹싹 에어지는 듯하였다.

"아…… 아…… 박돌이를 내 가졌느냐? 웬일이냐?"

박돌이란 소리에 김 초시 가슴은 뜨끔하였다. 김 초시는 벌벌 떨면서 박돌 어미 손에서 몸을 빼려고 애를 쓴다. 두 몸은 이리 밀리며 저리 쓰러져서 서투른 씨름꾼의 씨름 같다.

약장은 넘어지고 요강은 엎질러졌다. 우시시한 초약과 넌들넌들한 가래며 오줌이 한데 범벅이 되어서 돗자리에 흩어졌다.

"야 이년아! 이 더러운 년아! 남의 집에 왜 와서 이 야단이냐?"

얼굴에 독살이 잔뜩 나서 박돌 어미에게로 달려들던 주인 여편네는 피 흔적이 임리한 박돌 어미의 입과 퀭한 그 눈을 보더니,

"에구, 저 에미네 미쳤는가!"

하면서 뒤로 주춤한다.

김 초시의 멱살을 잔뜩 부여잡은 박돌 어미는 이를 야금야금 하면서 주인 여편네를 노려본다.

주인 여편네는 뛰어 다니면서 구원을 청하였다.

김 초시 집 마당에는 어린애 어른 할 것 없이 모여들었다. 그

러나 모두 박돌 어미의 꼴을 보고는 얼른 대들지 못한다.

"응 이놈아!"

박돌 어미는 김 초시의 상투를 휘어잡으며 그의 낯에 입을 대었다.

"에구! 사람이 죽소!"

방바닥에 덜컥 자빠지면서 부르짖는 김 초시의 소리는 처량히 울렸다.

사내 몇 사람은 방으로 뛰어 들어간다.

"이놈아! 내 박돌이를 불에 넣었으니 네 고기를 내가 씹겠다."

박돌 어미는 김 초시의 가슴을 타고 앉아서 그의 낯을 물어뜯는다. 코, 입, 귀…… 검붉은 피는 두 사람의 온몸에 발리었다.

"어째 저럼메?"

"모르겠소!"

밖에 선 사람들은 서로 의아해서 묻는다. 모든 사람은 일종 엷은 공포에 떨었다.

"그까짓 놈, 죽어도 싸지! 못할 짓도 하더니!"

이렇게 혼잣말처럼 뇌이는 사람도 있다.

1925. 5. 《조선문단》 8호.

박돌의 죽음

기아와 살육

최서해

1

경수는 묶은 나뭇짐을 짊어졌다.

힘에야 부치거나 말거나 가다가 거꾸러지더라도 일기가 사납지 않으면 좀더 하려고 하였으나 속이 비고 등이 시려서 견딜 수 없었다.

키 넘는 나뭇짐을 가까스로 진 경수는 끙끙거리면서 험한 비탈길로 엉금엉금 걸었다. 짐바가 두 어깨를 꼭 조여서 가슴은 뻐그러지는 듯하고 다리는 부들부들 떨려서 까딱하면 뒤로 자빠지거나 앞으로 곤두박질할 것 같다. 짐에 괴로운 그는,

"이놈 남의 나무를 왜 도적질해 가늬?"

하고 산 임자가 뒷덜미를 집는 것 같아서 마음까지 괴로웠다. 벗어 버리고 싶은 마음이 여러 번 나다가도 식구의 덜덜 떠는 꼴을 생각할 때면 다시 이를 갈고 기운을 가다듬었다.

서북으로 쏠려오는 차디찬 바람은 그의 가슴을 창살같이 쏜다. 하늘은 담뿍 흐려서 사면은 어둑충충하다.

오 리가 가까운 집까지 왔을 때, 경수의 가슴은 땀에 후줄근

　　　　　　　　　　　　기아와 살육

하였다. 몸을 움직일 때마다 의복 속으로 퀴지근한 냄새가 물씬 물씬 난다. 그는 부엌방 문 앞에 이르러서 나뭇짐을 진 채로 펑 덩 주저앉았다.

'인제는 다 왔구나.'

하고 생각할 때, 긴장되었던 그의 신경은 줄 끊어진 활등같이 흐뭇하여져서 손가락 하나 꼼짝할 용기도 나지 않았다.

"해해, 아빠 왔다. 아빠! 해해."

뚫어진 문구멍으로 경수를 내다보면서 문을 탁탁 치는 것은 금년에 세 살 나는 학실이었다. 꿈 같은 피곤에 쌓였던 경수는 문구멍으로 내다보는 그 딸의 방긋 웃는 머루알 같은 눈을 보고 연한 소리를 들을 제 극히 정결하고 순화하고 부드럽고 따뜻한 ― 무어라 형용키 어려운 감정이 그 가슴에 넘쳤다. 그는 문이라도 부수고 들어가서 학실이를 꼭 껴안고 그 연한 입술을 쭉쭉 빨고 싶었다.

"응, 학실이냐?"

그는 빙그레 웃으면서 바와 낫을 뽑아들었다. 이때 부엌문이 덜컥 열렸다.

"이제 오늬? 네 오늘 칩였겠구나!* 배두 고프겠는데 어찌겠는구?"

하면서 내다보는 늙은 부인은 억색해한다.

"어머니는 별 걱정을 다 함메! 일 없소."

여러 해 동안 겪은 풍상고초를 상징하는 그 어머니의 주름

* 추웠겠구나.

잡힌 낯을 볼 때마다 경수의 가슴은 전기를 받는 듯이 찌르르 하였다.

2

경수는 부엌에 들어섰다.

벽에는 서리가 들이돋고 구들에는 먼지가 풀썩풀썩 일어나는 이 어둑한 실내를 볼 때, 그는 새삼스럽게 서양 소설에 나타나는 비밀 지하실을 상상하였다. 경수는,

"아빠, 아빠!"

하고 달릉달릉 쫓아와서 오금에 매달리는 학실이를 안고 문 앞에 앉아서 부뚜막을 또 물끄러미 보았다. 산후풍_{産後風}이 다시 일어서 벌써 열흘 넘어 신음하는 경수의 아내는 때가 지덕지덕 한 포대기와 의복에 싸여서 부뚜막에 고요히 누워 있다.* 힘없이 감은 두 눈은 쑥 들어가고 그리 풍부치 못하던 살은 쪽 빠져서 관골이 툭 나왔다.

"내 간 연에 더하지는 않았소?"

"더하지는 않았다마는 사람은 점점 그른다."

창문을 멍하니 보던 그 어머니는 머리를 돌려서 곁에 누운 며느리를 힘없이 본다.

* 부엌과 구들 사이에 벽이 없는, 북쪽 지방의 정주 구조.

146

기아와 살육

문구멍으로 흘러드는 바람은 몹시 쌀쌀하다. 여러 날 불끈한 구들은 얼음장같이 뼈가 제릿제릿하다.

누덕치마 하나도 못 얻어 입고 입술이 파래서 겨울을 지내는 학실이는 방긋방긋 웃으면서 경수의 무릎에 올라앉았다가는 내려서 등에 가 업히고, 업혔다가는 무릎에 와 안기면서 알아 못 들을 어눌한 소리로 무어라고 지껄이기도 한다.

"안채에서는 아까두 또 나와서 야단을 치구……."

그 어머니는 차마 못할 소리를 하듯이 뒷끝을 흐리머리 해버린다.

"미친놈들 같으니라구, 누가 집세를 떼먹나! 또 좀 떼면 어때?"

경호는 억결에 내쏘았다.

"야 듣겠다. 안 그러겠니? 받을 거 워쩌 안 받자구 하겠니? 안 주는 우리가 그지……."

하는 어머니의 소리는 처참한 처지를 다시금 저주하는 듯했다.

"그기는? 우리가 두고 안 준답니까? 에그, 그 게트림*하는 꼴들을 보지 말고 살았으면……."

경수는 홧김에 이렇게 쏘았으나 그 가슴에는 천사만념이 우물거렸다.

어머니의 시대에는 남부럽잖게 지냈다가 어머니가 늙은 오늘날, 즉 자기가 주인이 된 이때에 와서 어머니와 처와 자식을 뼈저린 냉방에서 주리게 하는 것을 생각하는 때면 자기가 이십여

---

* 거만스럽게 거드름을 피우며 하는 트림.

년간 밟아 온 모든 것이 한 푼 가치가 없는 것 같고, 차마 내가 주인이라고 식구들 앞에 낯을 드러내놓기가 부끄러웠다.

'一학교? 흥 그까짓 중학은 다녔대 무얼 한 게 있누? 학비 때문에 오막살이까지 팔아가면서 중학을 마쳤으나 무엇이 한 것이 있나? 공연히 식구만 못 살게 굴었지!'

그는 이렇게 하루도 몇 번씩 자기의 소행을 후회하고 저주하였다. 그러다가도,

'아니다. 아니다.'

머리를 흔들면서,

'내가 그른가? 공부도 있는 놈만 해야 하나! 식구가 빌어먹게 집까지 팔면서 공부하게 한 죄가 뉘게 있늬? 내게 있을까? 과연 내게 있을까? 아, 세상은 그렇게 알 터이지. 흥, 공부를 하고도 먹을 수 없어서 더 궁항에 들게 되니, 이것도 내 허물인가? 일을 하잖는다구? 일! 무슨 일? 농촌으로 돌아든대야 내게 밭이 있나, 도회로 나간대야 내게 자본이 있나? 교사 노릇이나 사무원 노릇을 한대야 좀 뾰루퉁한 말을 하면 단박 집어세이고……. 그러면 나는 죽어야 옳은가? 왜 죽어? 시퍼렇게 산 놈이 왜 그저 죽어? 살 구멍을 뚫다가 죽어두 주지! 왜 거저 죽어? 세상에 먹을 것이 없나, 입을 것이 없나? 입을 것 먹을 것이 수두룩하지! 몇 놈이 혼자 가졌으니 그렇지! 있는 놈은 너무 있어서 걱정하는데 한편에서는 없어서 죽으니 이놈의 세상을 그저 두나?'

경수는 이렇게 도쳐 생각할 때면 전신의 피가 막 끓어올라와 소리를 지르고 뛰어나가면서 지구 덩어리까지라도 부숴놓고 싶

　　　　　　　　　　　　　　기아와 살육

었다. 그러나 미약한 자기의 힘을 돌아보고 자기 한 몸이 없어진 뒤의 식구(자기에게 목숨을 의탁한)의 정상情狀이 눈앞에 선히 보이는 듯할 때면 '더 참자!' 하는 의지가 끓는 감정을 눌렀다.

그는 어디서든지 처지가 절박한 사람을 보면 가슴이 찌르르하면서, 그 무리를 짓밟는 흉악한 그림자가 눈앞에 뵈는 듯해서 퍽 불쾌하였다.

'아아, 내가 왜 주저를 하나? 모두 다 집어치워라. 어머니, 처, 자식 ― 그 조그마한 데 끌릴 것 없다. 내 식구만 불쌍하나? 세상에는 내 식구보담도 백배나 주리는 사람이 있다. 이것저것 다 돌볼 것 없이 모든 인류가 다 같이 살아갈 운동에 몸을 바치자!'

그는 속으로 이렇게 결심도 하고 분개도 하였으나 아직 그렇게 나서기에는 용기가 부족하였다. 아니 용기가 부족이라는 것보담 식구에게 대한 애착이 너무 컸다.

지금도 어수선한 광경에 자극을 받은 경수는 무릎을 끌어안은 두 손 엄지가락을 맞이어 배배 돌리면서 소리 없는 아내의 꼴을 골똘히 보고 있다.

철없는 학실이는 그저 몸에 와서 지근지근 한다. 아까는 귀엽던 학실이도 이제는 귀찮았다. 그는 학실이를 보고,

"내는 자겠다. 할머니 있는 데로 가거라."

하면서 부엌에서 불을 때는 어머니를 가리켰다. 그리고 그는 그냥 드러누웠다. 그는 이 생각 저 생각 끝에, 모두 죽어라! 하고 온 식구를 저주했다. 모두 다 죽어 주었으면 큰 짐이나 벗어 놓은 듯이 시원할 것 같다.

'아니다. 그네도 사람이다. 산 사람이다. 내가 내 삶을 아낀다 하면 그네도 그네의 삶을 아낄 것이다. 왜 죽으라고 해! 그네들을 이 땅에 묻어? 내가 데리고 이 북만주에 와서 그네들은 여기다 묻어 놓고 내 혼자 잘 살아가? 아아, 만일 그렇다 해보자! 무덤을 등지고 나가는 내 자국자국에 붉은 피가! 저주의 피가 콸작콸작 괴일 테니 낸들 무엇이 바로 되랴? 응! 내가 왜 죽으라고 했을까? 살자! 뼈가 부서져도 같이 살자! 죽으면 같이 죽고!'

그는 무서운 꿈이나 본 듯이 눈을 번쩍 떴다가 다시 감으면서 돌아누웠다.

3

경수는 돌아누운 대로 꼼짝하지 않고 또 깊은 생각에 잠겼다.

"여보!"

잠잠하던 아내는 경수를 부른다. 그 소리는 가까스로 입 밖에 흘러나오는 듯이 미미하다.

"또 어째 그러오?"

경수는 낯을 찡그리고 획 일어나면서 역증 나게 대답했다. 그러나 그것은 아내의 부르는 것이 역증이 나거나 귀찮아서 그런 것이 아니었다. 가슴에 알지 못할 불쾌한 감정이 울근불근할 제 제 분에 못 겨워서 그렇게 대답한 것이다.

그 아내는 벌떡 일어나는 경수를 보더니 아무 소리 없이 눈을

기아와 살육

스르르 감는다. 감는 그 두 눈으로부터 굵은 눈물이 뚤뚤 흘러 해쓱한 뺨을 스치고 거적자리에 떨어진다. 그것을 볼 때 경수의 가슴은 몹시 쓰렸다. 일없이 퉁명스럽게 대답한 것이 후회스러웠다. 자기를 따라 수천 리 타국에 와서 주리고 헐벗어서 병 나 드러누운 아내에게 의약을 못 써 주는 자기가 말로라도 왜 다정히 못 해주었을까? 하는 생각이 치밀 때, 그는 죄송스럽고 애절하고 통탄스러웠다. 이때 그 아내가 일어나서 도끼로 경수의 목을 자른다 하더라도 그는 순종하였을 것이다. 그는 아내를 얼싸안고 자기의 잘못을 백번 사례하고 싶었다.

"여보! 어듸 몹시 아프우?"

경수는 다정스럽게 물으면서 곁으로 갔다.

"야 이거 또 풍風 이는 게다."

불을 때고 올라와서 학실이를 재우던 어머니는 며느리의 낯을 보더니 겁난 목소리로 부르짖는다.

이를 꼭 악문 병인의 이마에는 진땀이 좁쌀같이 빠직빠직 돋았다. 사들사들한 두 입술은 시우쇠 빛같이 파랗다. 콧등에도 땀방울이 뽀직 뽀직 흐른다. 그의 호흡은 몹시 급하다. 여러 날 경험에 병세를 짐작하는 경수의 모자母子는 포대기를 들추고 병인의 팔과 다리를 보았다. 열 발가락, 열 손가락은 꼭꼭 곱아들었고 팔다리의 관절 관절은 말끔 줄어 붙어서 소디손은 나무통에다가 집어넣은 사람같이 되었다.

어머니와 경수는 이전처럼 그 팔다리를 주물러 펴려고 애썼으나 점점 줄어붙어서 쇳덩어리같이 굳어만 지고 병인은 더욱 괴로와한다.

"여보, 속은 어떠오?"

경수는 물 퍼붓듯 하는 아내의 이마의 땀을 씻으면서 물었다. 아내는 무슨 말을 하려고 입술을 너분적거리나 혀가 굳어서 하지 못하고 눈만 번쩍 떠서 경수를 보더니 다시 감는다. 그 두 눈에는 핏발이 새빨갛게 섰다. 경수는 가슴이 쯔르르하고 머리가 떵할 뿐이었다.

"야, 학실 어멈아! 늬 이게 오늘은 웬일이냐? 말두 못 하니? 에구! 위쩐 땀을 저리두 흘리늬?"

어머니는 부들부들 떨면서 병인의 팔다리를 주무른다. 병인은 호흡이 점점 높아가고 전신에서 흐르는 땀은 의복 거죽까지 내배어서 포대기를 들썩거릴 때마다 김이 물씬물씬 오른다.

"에구 네가 죽는구나! 에구 어찌겠는구! 너를 뜻뜻한 죽 한술 못 멕이고 쥑이는구나! 하야 학실 아비야! 가 봐라! 응 또 가 봐라. 가서 사정해라! 의원두 목석이 아니문 이번에야 오겠지! 좀 가 봐라. 침이라두 맞혀 보고 쥑여야 원통찮지!"

경수는 벌떡 일어섰다. 무슨 결심이나 한 듯이 그의 눈에는 엄연한 빛이 돈다.

4

네 번이나 사절하고 응하지 않던 최 의사는 어찌 생각하였는지 오늘은 경수를 따라왔다.

맥을 짚어 본 의사는 병을 고칠 테니 의채 오십 원을 주겠다는 계약을 쓰라 한다.

경수 모자는 한참 묵묵하였다.

병인의 고통은 점점 심해간다.

경수는 몸이 부르르 떨렸다. 최 의사를 담박 때려서 죽여 버리고 싶었다. 그러나 일각이 시급한 아내를 살려야 하겠다 생각하면 그의 머리는 숙여지지 않을 수 없었다. 그러나 이를 어찌하랴? 그리라 하면 오십 원을 내놓아야 하겠으니 오십 원은커녕 오 전이나 있나? 못 하겠소 하면 아내는 죽는다.

'아아, 그래 나의 아내는 죽이는가?'

생각할 때 그의 오장은 칼에 푹푹 찢기는 듯하였다.

"시방 돈이 없드래도 일없소! 연기를 했다가 일후에 주어도 좋지! 계약서만 써 놓으면……."

의사는 벌써 눈치채었다는 수작이다.

경수는 벼루를 집어다가 계약서를 써 주었다. 그 계약서는 이렇게 썼다.

— 의채 일금 오십 원을 한 달 안으로 보급하되 만일 위약하는
때면 경수가 최 의사 집에 가서 머슴 일 년 동안 살 일 —

의사는 경수 아내의 팔다리를 동침으로 쓱쓱 지르고 나서 약화제 한 장을 써 주면서,

"이것을 가지고 박 주사 약국에 가 보오. 내 약국에는 인삼이 없어서 못 짓겠으니."

하고도 돌아다도 보지 않고 가 버렸다.

병인의 사지는 점점 풀리면서 호흡이 순하여진다.

경수는 차마 발길이 떨어지지 않았다. 그 약국 문 앞에 이르러서 퍽 주저거리다가 할 수 없이 방에 들어섰다.

약 냄새는 코를 툭 찌른다. 그는 주저거리다가 겨우 입을 열었다.

"약을 좀 지어 주시오."

약국 주인은 아무 말 없이 화제를 집어서 보다가 수판을 자각자각 놓더니,

"돈 가지고 왔소?"

하면서 경수를 본다. 경수의 낯은 화끈하였다.

"돈은 낼 드릴 테니 좀 지어 주시오."

경수의 목소리는 간수 앞에서 면회를 청하는 죄수의 소리 같다.

약국 주인은 아무 말도 없이 이마를 찡그리면서 저편 방으로 들어간다. 경수는 모든 설움이 복받쳐서 눈물에 앞이 캄캄하였다. 일종의 분노도 없지 않았다. 세상은 너무도 자기를 학대하는 것 같았다. 그것이 새삼스럽게 슬프고 쓰리고 원통하였다. 방안에 걸어 놓은 약봉지까지 자기를 비웃고 가라고 쫓는 것 같았다. 그는 소리 없는 눈물을 주먹으로 씻으면서 약국 문을 나섰다. 약국을 나선 경수는 감옥에서나 벗어난 듯이 시원하지만 빈

　　　　　　　　　기아와 살육

손으로 집에 들어갈 일을 생각하면 또 부끄럽고 구슬펐다.

5

경수는 집으로 돌아왔다.

집 안은 황혼 빛에 어둑하여 모두 희미하게 보인다. 그는 아내의 곁에 가 앉았다.

"좀 어떻소? 어머니는 어디루 갔소?"

"어머님은 그집(당신)에서 나간 담에 이내 나가서 시방 안 들어왔소. 약으 져 왔소?"

아내의 소리는 퍽 부드러웠다. 경수는 무어라 대답하면 좋을지 몰랐다. 어서 괴로운 병을 벗어나서, 한 찰나라도 건신한 생을 얻으려는 그 아내에게 ─ 그가 먹어야만 될 약을 못 지어 왔소. 하기는 남편 되는 자기의 입으로는 차마 말할 수 없었다.

"지금 지어요. 나는 당신이 더하지 않는가 해서 또 왔소. 이제 또 가지러 가겠소."

경수는 아무쪼록 아내의 마음을 위로하려고 이렇게 말하였다. 그러나 그것이 경수에게는 더욱 고통이 되었다. 내가 왜 진실히 말 안 했누? 생각할 때, 그 순박한 아내를 속인 것이 무어라 할 수 없이 가슴이 아팠다. 아내는 그 약을 기다릴 것이다. 그 약에 의하여 괴로운 순간을 벗으려고 애써 기다릴 것이다. 이렇게 생각하면서도 그것이 거짓말이라고 고백할 수도 없었다.

"돈 없다구 약국쟁이가 무시기라구 안 합데?"

"흥!"

경수는 그 소리에 가슴이 꽉 막혔다. 그 무슨 의미로 흥! 했는지 자기도 몰랐다. 그는 아무 소리 없이 손가락만 비비고 앉았다. 어머니가 얼른 오시잖는 것이 픽 조마조마하였다. 그는 불만 멍하니 쳐다보았다. 판한 기름불은 실룩실룩하여 무슨 괴화같이 보이더니 이제는 윤곽만 희미하여 무리*를 하는 햇빛 같다. 모든 빛은 흐리멍덩하다. 자기 몸은 꺼먼 구름에 싸여서 밑 없고 끝 없는 나라로 흥덩거려 들어가는 것 같다.

꺼지고 거무레한 그의 눈 가장자리가 실룩실룩하더니 누른빛을 띤 흰자위에 꾹 박인 두 검은자위가 점점 한 곳으로 모여서 모들떴다. 그의 낯빛은 점점 검푸르러 가며 두 뺨과 입술은 경련적으로 떨린다.

그는 그 모들뜬 눈을 점점 똑바로 떠서 부뚜막을 노려보고 있다. 그의 눈에는 새로 보이는 괴물이 있다. 그 괴물들은 탐욕의 붉은 빛이 어리어리한 눈을 날카롭게 번쩍거리면서 철관(鐵管)으로 경수 아내의 심장을 꾹 찔러 놓고는 검붉은 피를 쭉쭉 빨아 먹는다. 병인은 낯이 새까맣게 질려서 버둥거리며 신음한다. 그렇게 괴로와할 때마다 두 남녀는 피에 물든 새빨간 혀를 내두르면서 "하하하." 웃고 손뼉을 친다.

경수는 주먹을 부르쥐면서 소름을 쳤다. 그는 뼈가 째릿째릿

---

* 빛이 대기 속의 수증기에 비치어 광원의 둘레에 둥글게 나타나는 빛깔이 있는 테두리.

　　　　　　　　　　　　　　기아와 살육

하고 염통이 쏙쏙 찔렸다. 그는 자기 옆에도 무엇이 있는 것을 보았다. 눈깔이 벌건 자들이 검붉은 손으로 자기의 팔다리를 꼭 잡고 철관으로 자기의 염통 피를 빨면서 홍소哄笑를 친다. 수염이 많이 나고 낯이 시뻘건 자는 학실이를 집어서 바작바작 깨물어 먹는다. 경수는 악 소리를 치면서 벌떡 일어났다. 그것은 한 환상이었다. 그는 무서운 사실을 금방 겪은 듯이 눈을 부비면서 다시 방 안을 돌아보았다. 불빛이 어스름한 방 안은 여전하다.

그의 어머니는 그저 오지 않았다. 오늘은 어머니가 어떻게 기다려지는지 마음이 퍽 졸였다. 너무도 괴로와서 뒤집 우물에 가서 빠져 죽은 것 같기도 하고 나뭇가지에 가서 목이라도 맨 것같이도 생각되었다. 그럴 때면 기구한 어머니의 시체가 눈에 보이는 듯하였다. 그는 뒷간에도 가 보고 슬그머니 앞집 우물에도 가 보았다. 그 어머니는 없었다. 그럴 리가 없겠지? 하고 자기의 무서운 상상을 부인할 때마다 그러한 생각을 하는 자기가 고약스럽고 악착스러웠다.

이렇게 마음을 졸이는 경수는 잠든 아내의 곁에 앉았다. 학실이도 그저 깨지 않고 잘 잔다. 뼈저리게 차던 구들이 뜨뜻하니 수마睡魔가 모든 사람을 침범한 것이다. 경수도 몸이 노곤하면서 졸음이 왔다.

"경수 있나?"

밖에서 부르는 소리에 경수는 깜짝 놀라 일어났다. 이때 그의 심령은 그에게 무슨 불길不吉을 가르치는 듯하였다.

경수는 문 밖에 나섰다.

쌀쌀한 어둠 속에서 사람들이 수수거린다. 그는 공연히 가슴이 덜컥하고 두근두근하였다. 그는 앞뒤를 얼결에 돌아보았다. 누군가 히슥한 것을 등에 업고 경수의 앞에 나타났다.

"아이구 어머니!"

그 사람의 등에 업힌 것을 들여다보던 경수는 이렇게 소리를 지르면서 축 늘어져서 정신없는 어머니에게 매어달렸다.

6

경수의 어머니는 방에 들여다 눕혔다. 다리와 팔에서는 검붉은 피가 그저 줄줄 흘러서 걸레 같은 치마저고리에 피 흔적이 임리하다. 낮에 고기도 척척 떨어졌다. 그는 정신없이 척 늘어졌다. 사지는 냉랭하고 가슴만 팔딱팔딱한다.

경수는 갑갑하여 울음도 나지 않고 말도 나오지 않았다.

"이게 어쩐 일이요?"

죽 모여 선 사람 가운데서 누가 묻는다. 입을 쩍쩍 다시고 앉았던 김 참봉은 말을 내었다.

"하, 내가 지금 최 도감하고 물남*에 갔다오는데 요 물 건네 되놈**의 집 있는 데루 가까이 오니 그늠으 집 개가 어떻게 짖는지!

---

* 동서로 이어진 강의 남쪽 지역.
** 예전에, 만주 지방에 살던 여진족(胡人)을 낮잡는 뜻으로 이르던 말. 또는 중국 사람을 낮잡아 이르는 말.

워낙 그늠의 개가 사나운 개니까 미리 알아채리느라구 돌째기*를 찾느라고 옆대서 낑낑 하는데 '사람 살리오!' 하는 소리가 개소리 가운데 모기 소리만큼 들린단 말이야! 그래 최 도감하구 둘이 달려가 보니까 웬 사람을 그늠으 개들이 물어뜯겠지! 그래 소리를 처서 주인을 부른다, 개를 쫓는다 하구 보니 아 이 늙은이겠지."

하며 김 창봉은 경수 어머니를 가리킨다.

"에구 그놈의 개가 상년**에두 사람을 물어 쥑였지―."

누가 말한다.

"그래 남자는 가만히 있었나?"

또 누가 묻는다.

"그 되놈덜! 개를 클아배***보다 더 모시는데! 사람을 문다구 누군지 그 개를 때렸다가 혼이 났는데두!"

"이놈의 땅에 사는 우리 불쌍하지!"

이 사람 저 사람의 소리에 말을 끊었던 김 참봉은 또 입을 열었다.

"그래 몸을 잡아 일으키니 벌써 정신을 잃었겠지요! 그런데두 무시긴지 저거는 옆구리에 꼭 껴안고 있어."

하면서 방바닥에 놓은 조그마한 보퉁이를 가리킨다.

"그게 무시기요?"

* 돌멩이.
** 上年. 지난해.
*** 할아버지.

하면서 누가 그것을 풀었다. 거기서는 한 되도 못 되는 누런 좁쌀이 우시시 나타났다. 경수 어머니는 앓는 며느리를 먹이려고 자기 머리의 다리*를 풀어 가지고 물남에 쌀 팔러 갔던 것이다.

자던 학실이는 언제 깨었는지 터벅터벅 기어와서 할머니를 쥐어흔든다.

"할머니, 일어나라. 이차! 이차!"

학실이는 항상 하는 것같이 잠든 할머니를 깨우는 모양으로 할머니의 머리를 들어 일으키려고 한다. 경수의 아내는 흑흑 운다. 너무도 무서운 광경에 놀랐는지 그는 또 풍증이 일어났다. 철없는 학실이는 할머니가 일어나지 않고 대답도 없으니 어미 있는 데 가서 젖을 달라고 가슴에 매어달린다. 괴로와하는 그 할머니의 호흡은 점점 커졌다.

모였던 사람은 하나둘씩 흩어진다. 누가 따뜻한 물 한 술 갖다주는 이가 없다.

경수는 머리가 떵하였다. 그는 사지가 경련되는 것을 느꼈다. 그의 가슴에서는 납덩어리가 쑤심질하는 듯도 하고 캐한 연기가 팽팽 도는 듯도 하고 오장을 바늘로 쏙쏙 찌르는 듯도 해서 무어라 형언할 수 없었다. 갑자기 하늘은 시커멓게 흐리고 땅은 쿵쿵 꺼져 들어간다. 어둑한 구석구석으로서는 몸서리치도록 무서운 악마들이 뛰어나와서 세상을 깡그리 태워버리려는 듯이 뻘건 불길을 활활 내뿜는다. 그 불은 집을 불사르고 어머니를,

---

* 月子: 예전에, 여자들의 머리숱이 많아 보이라고 덧넣었던 딴머리.

기아와 살육

아내를, 학실이를, 자기까지 태워 버리려고 확확 몰켜 왔다.

뻘건 불 속으로는 시퍼런 칼 든 악마들이 불끈불끈 나타나서 온 식구들을 쿡쿡 찌른다. 피를 흘리면서 혀를 가로 물고 쓰러져 가는 식구들의 괴로운 신음 소리는 차차 들을 수 없이 뼈까지 저리다. 그 괴로와하는 삶을 어서 면케 하고 싶었다. 이런 환상이 그의 눈앞에 활동사진같이 나타날 때,

"아아, 부숴라! 모두 부숴라!"

소리를 지르면서 그는 벌떡 일어섰다. 그의 손에는 식칼이 쥐어졌다. 그는 으악─ 소리를 치면서 칼을 들어서 내리찍었다. 아내, 학실이, 어머니, 할 것 없이 내리찍었다. 칼에 찍힌 세 생령은 부르르 떨며, 방 안에는 피비린내가 탁 터졌다.

"모두 죽여라! 이놈의 세상을 부시자! 복마전* 같은 이놈의 세상을 부시자! 모두 죽여라!"

밖으로 뛰어나오면서 외치는 그 소리는 침침한 어둠 속에 쌀쌀한 바람과 같이 처량히 울렸다. 그는 쓸쓸한 거리에 나섰다. 좌우에 고요히 늘어 있는 몇 개의 상점은 빈지**를 반은 닫고 반은 열어 놓았다.

경수의 눈앞에는 아무 거리낄 것, 아무 주저할 것이 없었다. 그는 허둥지둥 올라가면서 닥치는 대로 부신다. 상점이 보이면 상점을 짓모으고 사람이 보이면 사람을 찔렀다.

---

* 伏魔殿. 마귀가 숨어 있는 전각이라는 뜻으로, 나쁜 일이나 음모가 끊임없이 행해지고 있는 악의 근거지라는 말.
** 가게의 앞쪽에 대는 널문. '널빈지'의 준말. 오늘날의 '셔터'와 같은 구실을 함.

"홍으적*이야!"

"저 미친 놈 봐라."

고요하던 거리에는 사람들의 소리가 요란하다.

"내가 미쳐? 내가 도적놈이야? 이 악마 같은 놈덜 다 죽인다!"

경수는 어느새 웃장거리 중국 경찰서 앞까지 이르렀다. 그는 경찰서 앞에서 파수 보는 순사를 콱 찔러 누이고 안으로 뛰어 들어갔다. 창문을 부순다. 보이는 사람대로 찌른다.

"꽝…… 꽝…… 꽝꽝."

경찰서 안에서는 총소리가 연방 났다. 벽력같이 울리는 총소리는 쌀쌀한 바람과 함께 거리에 처량히 울렸다.

모든 누리는 공포의 침묵에 잠겼다.

1925. 6. 《조선문단》 9호.

---

* 도적.

홍염

紅焰

최서해

1

겨울은 이 가난한 ― 백두산 서북편 서간도 한 귀퉁이에 있는 이 가난한 촌락 '빼허白河'에도 찾아들었다. 겨울이 찾아들면 조그마한 강을 앞에 끼고 큰 산을 등진 빼허는 쓸쓸히 눈 속에 묻히어서 차디찬 좁은 하늘을 치어다보게 된다.

눈보라는 북국의 특색이라. 빼허의 겨울에도 그러한 특색이 있다. 이것이 빼허의 생령들을 괴롭게 하는 것이다.

오늘도 눈보라가 친다.

북극의 얼음 세계나 거쳐 오는듯한 차디찬 바람이 우― 하고 몰려 오는 때면 산봉우리와 엉성한 가지 끝에 쌓였던 눈들이 한꺼번에 휘날려서 이 좁은 산골은 뿌연 눈안개 속에 들게 된다. 어떤 때는 강골 바람에 빙판에 덮였던 눈이 산봉우리로 불리게 된다. 이렇게 교대적으로 산봉우리의 눈이 들로 내리고 빙판의 눈이 산봉우리로 올리달려서 서로 엇바뀌는 때면 그런대로 관계치 않으나, 하늬天風와 강바람이 한꺼번에 불어서 강으로부터 올리닫는 눈과 봉우리로부터 내리닫는 눈이 서로 부딪치고 어

홍염

우러지게 되면 눈보라와 바람소리에 빼허의 좁은 골짜기는 터질 듯한 동요를 받는다.

　등진 산과 앞으로 낀 강 사이에 게딱지처럼 끼어 있는 것이 이 빼허의 촌락이다. 통틀어서 다섯 호밖에 되지 않는 집이나마 밭을 따라서 이리저리 흩어져 있다. 모두 커단 나무를 찍어다가 우물 정井자로 틀을 짜 지은 집인데 여기 사람들은 이것을 '귀틀집'이라 한다. 지붕은 대개 조짚이요, 혹은 나무껍질로도 이었다. 그 꼴은 마치 우리 내지(간도에서는 조선을 '내지內地'라 한다.)의 거름집堆肥舍과 같다. 심하게 말하는 이는 도야지굴과 같다고 한다.

　이것이 남부여대로 서간도 산골을 찾아들어서 사는 조선 사람의 집들이다. 빼허의 집들은 그러한 좋은 표본이다.

　험악한 강산, 세찬 바람과 뿌연 눈보라 속에 게딱지처럼 붙어서 위태위태하게 침묵을 지키고 있는 이 모든 집에도 어느 때든 ― 공도公道가 위대한 공도가 어그러지지 않으면, 언제든지 꼭 한 때는 따뜻한 봄볕이 지내리라. 그러나 이렇게 눈발이 날리고 바람이 우짖으며 그 어설궂은* 집 속에 의지 없이 들어박힌 넋들은 자기네로도 알 수 없는 공포에 몸을 부르르 떨게 된다.

　이렇게 몹시 춥고 두려운 날 아침에 문 서방은 집을 나섰다. 산산이 흐트러진 머리카락을 뿌연 상투에 휘휘 거둬 감고 수건으로 이마를 질끈 동인 위에 까맣게 그은 대패밥 모자를 끈 달아 썼다. 부대처럼 툭툭한 토수래(베실을 삶아서 짠 것이다) 바지

---

* 어설궂다 : 몹시 어설프다.

저고리는 언제 입은 것인지 뚫어지고 흙투성이 되었는데 바람에 무겁게 흩날린다.

"문 서뱅이 발써 갔소?"

문 서방은 짚신에 들막을 단단히 하고 마당에 내려서려다가 부르는 소리에 머리를 돌렸다. 펄쩍 문을 열면서 때가 찌덕찌덕한 늙은 얼굴을 내미는 것은 한 관청*이었다.

"왜 그러시우?"

경기 말씨가 그저 남아 있는 문 서방은 한발로 마당을 밟고 한발로 흙마루를 밟은 채 한 관청을 보았다.

"엑, 바름두……저, 엑 흑……."

한 관청은 몰아치는 바람이 아츠러운지 연방 흑흑 느끼면서,

"저, 일절 욕을 마오! 그게…… 엑, 워쩍 바름이 이런구, 그게 되놈인데, 부모두 모르는 되놈인데……."

하는 양은 경험 있는 늙은 사람의 말을 깊이 들으라는 어조이다.

"나는 또 무슨 말씀이라구! 아 그늠이 이번두 그러면 그저 둔단 말이오?"

문 서방의 소리는 좀 분개하였다.

눈을 몰아치는 바람은 또 몹시 마당으로 몰아들었다. 그 판에 문 서방은 바람을 등지고 돌아서고 한 관청의 머리는 창문 안으로 자라목처럼 움츠려들었다.

---

* 韓官廳. '한'은 성씨이고, '관청'은 직함.

홍염

"글쎄 이 늙은 거 말을 듣소! 그늠이 제 가새비*를 잘 알겠소? 흥……."

한 관청은 함경도 사투리로 뇌이면서 다시 머리를 내밀었다.

"염려 마슈! 좋게 하죠."

문 서방은 더 들을 말 없다는 듯이 바람을 안고 휙 돌아섰다.

"그새 무슨 일이나 없을까?"

밭 가운데로 눈을 헤갈면서 나가던 문 서방은 주춤하고 돌아다보면서 혼자 뇌였다.

눈보라 때문에 눈도 뜰 수 없거니와 지척을 분간할 수 없이 되어서 집은커녕 산도 보이지 않았다.

"그새 무슨 일이 날라구!"

그는 또 이렇게 혼자 뇌이고 저고리 섶을 단단히 여미면서 강가로 내려가다가 발을 돌려서 언덕길로 올라섰다. 강 얼음을 타고 가는 것이 빠르지만 바람이 심하면 빙판에서 걷기가 거북하여 언덕길을 취하였다. 하도 다니던 길이니 짐작으로 걷지 눈에 묻히어서 길이 보이지 않았다.

언덕길에 올라서니 바람은 더욱 심하였다. 우와— 하고 가슴을 치어서 뒤로 휘딱 자빠질 것은 고사하고 눈발에 아츠럽게 낯을 치어서 눈도 뜰 수 없고 숨도 바로 쉴 수 없었다. 뻣뻣하여가는 사지에 억지로 힘을 주어 가면서 이를 악물고 두 마루턱이나 넘어서 '달리소' 강가에 이르니 가슴에서는 잔나비가 뛰노는 것

---

* 함경도 말로, 가시아비(장인)를 낮잡아 이르는 말.

같고 등골에는 땀이 흘렀다. 그는 서리가 뿌연 수염을 씻으면서 빙판을 건너갔다. 빙판에는 개가죽모자 개가죽바지에 커단 울레(신)를 신은 중국 파리(썰매)꾼들이 기단 채쭉을 휘휘 두르면서,

"뚜— 어, 뚜— 어, 딱딱."

하고 말을 몰아간다.

"꺼울리 날취(저 조선 거지 어디 가나)?"

중국 파리꾼들은 문 서방을 보면서 욕을 하였으나 문 서방은 허둥허둥 빙판을 건너서 높다란 바위 모롱이를 지나 언덕에 올라섰다.

여기가 문 서방이 목적하고 온 '달리소'라는 땅이다. 이 땅 주인은 인股가라는 중국 사람인데 그 '인'가는 문 서방의 사위이다. 저편 밭 가운데 굵은 나무로 울타리를 한 것이 인가의 집이다. 그 밖으로 오륙 호나 되는 게딱지같은 귀틀집은 지팡살이*하는 조선 사람들의 집이다. 문 서방은 바위 모롱이를 돌아 언덕에 오르니 산이 서북을 가리어서 바람이 좀 잠즉하여 좀 푸근한 느낌을 받았으나, 점점 인가 — 사위의 집 용마루가 보이고 울타리가 보이고 그 좌우의 같은 조선 사람의 집이 보이니 스스로 다리가 움츠러지면서 걸음이 떠지었다.

"엑 더러움 놈! 되놈에게 딸 팔아먹는 놈!"

그것은 자기 스스로 한 일은 아니지만 어디선지 이런 소리가 귀청을 징징 치는 것 같은 동시에 개기름이 번지르르하여 핏발

---

* 광복 전 만주 땅에서 성행하던 소작 제도의 하나. 높은 비율의 소작료를 지불할 것을 계약하고 지주로부터 경작할 땅과 함께 살림집과 농기구까지 받아서 농사를 짓던 제도.

홍염

이 올올한 눈을 흉악하게 굴리는 인가 — 사위의 꼴이 언뜩 눈앞에 떠올라서 그는 발끝을 돌릴까 말까 하고 주저거렸다. 그러다가도,

"여보 용례가 왔소? 용례 좀 데려다 주구려."

하고 죽어 가는 아내의 애원하던 소리가 귓가에 울려서 다시 앞을 향하였다.

"이게 문 서뱅이! 또 딸집을 찾아 가옵느마?"

머리를 수긋하고 걷던 문 서방은 불의의 모욕이나 받는 듯이 어깨를 툭 떨어뜨리면서 머리를 들었다. 그것은 길옆에서 도야지 우리를 치던 지팡살이꾼의 한 사람이었다.

"네! 아 아니……."

문 서방은 대답도 아니요 변명도 아닌 이러한 말을 하고는 얼른얼른 인가의 집으로 향하였다. 온 동리가 모두 나서서 자기의 뒤를 비웃는 듯해서 곁눈질도 못하였다.

여기는 서북이 가리어서 빼허처럼 바람이 심치 않았다. 흐릿하나마 볕도 엷게 흘렀다.

2

"여보! 저 인가가 또 오는구려!"

가을볕이 쨍쨍한 마당에서 깨를 떨던 아내는 남편 문 서방을 보면서 근심스럽게 말하였다.

최서해   169

"오면 어쩌누? 와도 하는 수 없지!"

뒷줏간 앞에서 옥수수 껍질을 바르던 문 서방은 기탄없이 말하였다.

"엑 그 단련을 또 어찌 받겠소?"

아내의 찌푸린 낯은 스스로 흐리었다.

"참 되놈이란 오랑캐……."

"여보 여기 왔소."

문 서방의 높은 소리를 주의시키던 아내는 뒷줏간 저편을 보면서,

"아, 오셨소?"

하고 어색한 웃음을 웃었다.

"예 왔소. 장구재* 있소?"

지주 인가는 어설픈 웃음을 지으면서 마당에 들어서다가 뒷줏간 앞에 앉은 문 서방을 보더니,

"웅 저기 있소!"

하고 손가락질을 하면서 그 앞에 가 수캐처럼 쭈그리고 앉았다.

서천에 기운 태양은 인가의 이마에 번지르르 흘렀다.

"어듸 갔다 오슈?"

문 서방은 의연히 옥수수를 바르면서 하기 싫은 말처럼 힘없이 끄집어내었다.

* '주인'을 이름.

홍염

"문 서방! 그래 올에두 빚을 못 가프겠소?"

인가는 문 서방 말과는 딴전을 치면서 담뱃대를 쌈지에 넣는다.

"허허 어제두 말했지만 글쎄 곡식이 안 된 거 어떡하오?"

"안 돼! 안 돼! 곡시기 자르되고 모 되구 내가 아르오? 오늘은 받아 가지구야 가겠소!"

인가는 담배를 피우면서 버티려는 수작인지 땅에 펑덩 드러앉았다.

"내년에는 꼭 갚아 드릴께 올만 참아 주오! 장구재도 알지만 흉년이 되어서 되지두 않은 이것을 모두 드리면 우리는 어떻게 겨울을 나라우 응……? 자 내년에는 꼭, 하하……."

인가를 보면서 넋 없는 웃음을 치는 문 서방의 눈에는 애원하는 빛이 흘렀다.

"안 되우! 안 돼! 통퉁(모두)디 주! 우리두 많이 부족이오."

"부족이 돼두 하는 수 없지. 글쎄 뻔히 보시면서 어떡하란 말이요? 휴."

"어째 어부소? 응 니디 어째 어부서 마리해! 울리 쌀리디, 울리 소금이디, 울리 강냉이디……. 니디 입이(그는 입을 가리키면서) 디 안 먹어? 어째 어부소, 응?"

인가는 낯빛이 거무락푸르락해서 소리를 고래고래 질렀다. 문 서방은 더 말이 나오지 않았다.

언제나 이놈의 소작인 노릇을 면하여 볼까? 경기도에서도 소작인 생활 십 년에 겨죽만 먹다가 그것도 자유롭지 못하여 남부여대로 딸 하나 앞세우고 이 서간도로 찾아들었더니 여기서도 그네를 맞아주는 것은 지팡살이였다. 이름만 달랐지 역시 소작인이다. 들오는 해는 풍년이었으나 늦게 들어와서 얼마 심지 못하였고 그 이듬해에는 흉년으로 말미암아 일 년 내 꾸어 먹은 것도 있거니와 소작료도 못 갚아서 인가에게 매까지 맞고 금년으로 미뤘더니 금년에도 흉년이 졌다. 다른 사람들도 빚을 지지 않은 바가 아니로되 유독이 문 서방을 조르는 것은 음흉한 인 서방의 가슴 속에 문 서방의 용례(금년 열일곱)가 걸린 까닭이었다. 문 서방은 벌써 그 눈치를 알아채었으나 차마 양심이 허락지 않았다. 인가의 욕심만 채우며 밭맥이나 단단히 생겨 한평생 기탄이 없을 것을 모르지는 않지만 무남독녀로 고이 기른 딸을 되놈에게 주기는 머리에 벼락이 내릴 것 같아서 죽으면 그저 굶어죽었지 차마 할 수 없었다. 그는 그런 것 저런 것 생각할 때마다 도리어 내지 ― 쪼들려도 나서 자란 자기 고향에서 쪼들리던 옛날이 ― 삼 년 전의 그 옛날이 그리웠다. 그러나 그것도 한 꿈이었다. 그 꿈이 실현되기에는 그네의 경제적인 기초가 너무도 어줄이 없었다. 빈 마음만 흐르는 구름에 부쳐서 내지로 보낼 뿐이었다.

"어째서 대답이 어부소, 응? 그래 울리 비디디 안 가파? 창우니― 빠피야(이놈 껍질 벗긴다)."

인가는 담뱃대를 꽁무니에 찌르면서 일어나 앉더니 팔을 걷는다. 그것을 본 문 서방 아내는 낯빛이 파랗게 질려서 부들부들 떨면서 이편만 본다. 문 서방도 낯빛이 까맣게 죽었다.

"자, 그러면 금년 농사는 온통 드리지요."

문 서방은 목소리는 힘없이 떨렸다. 마치 종아리채를 든 초학 훈장의 앞에 엎드린 어린애의 소리처럼…….

"부요우(싫소)……. 퉁퉁디…… 모모 모두 우리 가져가두 보미(옥수수) 쓰단四石*, 쌔엔(소금) 얼씨진二十斤**, 쑈미(좁쌀)디 빠단八石디 유아(있다)……. 니디 자리 알라 있소! 그거 안 줘?"

검붉은 인가의 뺨은 성난 두꺼비 배처럼 불떡불떡 하였다.

"나머지는 내년에 갚지요."

문 서방은 머리를 뚝 떨어뜨렸다.

"슴마(무엇)? 창우니 빠피야!"

인가의 억센 손이 문 서방을 잡았다. 문 서방은 가만히 받았다. 정신이 아찔하였다.

"에구, 장구재…… 흑흑…… 장구재…… 제발 살려 줍쇼! 제발 살려 주시면 뼈를 팔아서라두 갚겠습니다. 장구재 제발!"

문 서방의 아내는 부들부들 떨면서 인가의 팔에 매달렸다. 그의 애걸하는 소리는 벌써 울음에 떨렸다.

"내 보미 워디 소금이 낼라! 아니 쳤소? 아니 쳤소? 어 어째니 쳤소?"

인가의 주먹은 문 서방의 귓벽을 울렸다.

"아이구!"

---

* '石(석)'은 곡식, 액체, 가루 등을 세는 용량 단위로 우리말로는 '섬'이라 한다. 1섬은 10말, 1말은 10되다. 1섬은 약 180리터에 해당한다.
** '斤(근)'은 중량을 세는 단위다. 1근은 10량, 1량은 10돈이다. 1근은 금속이나 과일, 채소의 무게를 잴 때는 375g, 고기나 한약재의 무게를 잴 때는 약 600g에 해당한다.

문 서방은 땅에 쓰러졌다.

"엑 에구…… 응응응…… 에구 장구재! 제발 제 제…… 흑 제발 사 살려 줍소……. 응응."

쓰러지는 문 서방을 붙잡던 아내는 인가를 보면서 땅에 엎드려서 손을 비빈다.

"이 상느므 샛지(상놈의 자식)…… 니디 로포(아내) 워디(내가) 가져가!"

하고 인가는 문 서방을 차더니 엎디어서 손이야 발이야 비는 문 서방의 아내의 손목을 잡아끌었다.

"니디 울리 집이 가! 오늘리무터 니디 울리 에미네(아내)!"

"장구재…… 제발…… 에이구 응응……."

"에구 엄마."

집 안에서 바느질하던 용례가 내달았다. 인가는 문 서방의 아내를 사정없이 끌고 자기 집으로 향한다.

"나를 잡아가라! 나를……."

쓰러졌던 문 서방은 인가의 팔을 잡았다.

"타마나!"

하는 소리와 함께 인가의 발길에 문 서방은 거꾸러졌다.

"아이구 어머니! 왜 울 어머니를 잡아가요? 응응…… 흑."

용례는 어머니의 팔목을 잡은 중국인의 손을 물어뜯었다. 용례를 본 인가는 문 서방의 아내는 놓고 문 서방의 딸 용례를 잡았다.

"이 개새끼야! 이것 놔라…… 응응 흑…… 아이구 아버

홍염

지…… 엄마!"

억센 장정 인가에게 티끌같이 끌려가는 연연한 처녀는 몸부림을 하면서 발악을 하였다.

"용례야! 아이구 우리 용례야!"

"에이구 응…… 너를 이 땅에 데리구 와서 개 같은 놈에게……."

문 서방의 내외는 허둥지둥 달려갔다.

낯빛이 파랗게 질린 흰 옷 입은 사람들은 쭉 나와서 섰건마는 모두 시체같이 서 있을 뿐이었다. 여편네 몇몇은 치맛자락으로 눈물을 씻었다.

의연히 제 걸음을 재촉하는 별은 서산에 뉘엿뉘엿하였다. 앞강으로 올라오는 찬바람은 스르르 스쳐 가는데 석양에 돌아가는 까마귀 울음은 의지 없는 사람의 넋을 호소하는 듯 처량하였다.

"에구 용례야! 부모를 못 만나서 네 몸을 망치는구나! 에구 이놈의 돈이 우리를 죽이는구나!"

문 서방 내외는 그 밤을 인가의 집 울타리 밖에서 새었다. 누구 하나 들여다보지도 않는데 인가의 집에서 내놓은 개들은 두 내외를 잡아먹을 듯이 짖으며 덤벼들었다.

이리하여 용례는 영영 인가의 손에 들어갔다. 며칠 후에 인가는 지금 문 서방이 있는 빼허에 땅날갈이나 있는 것을 문 서방에게 주어서 그리로 이사시켰다. 문 서방은 별별 욕과 애원을 하였으나 나중에 인가는 자기 집 일꾼들을 불러서 억지로 몰아내었다. 이리하여 문 서방은 차마 생목숨을 끊기 어려워서 원수가 주는 땅을 파먹게 되었다. 그것이 작년 가을이었다. 그 뒤로 인가는 절대로 용례를 밖으로 내보내지 않을 뿐만 아니라 그 어버이되는 문 서방 내외에게도 보이지 않았다.

"용례는 매일 밥도 안 먹고 어머니 아버지만 부르고 운다."

하는 희미한 소식을 인가의 집에 가까이 드나드는 중국인들에게서 들을 때마다 문 서방은 가슴을 치고 그 아내는 피를 토하였다.

이리하여 문 서방의 아내는 늦은 여름부터 아주 병석에 드러누웠다. 그는 병석에서 매일 용례만 부르고 용례만 보여 달라고 졸랐다. 그래서 문 서방은 벌써 세 번이나 인가를 찾아가서 말했으나 효과가 없었다.

이번까지 가면 네 번째다. 이번은 어떻게 성사가 될는지? (간도 있는 중국인들은 조선 여자를 빼앗아 가든지 좋게 사 가더라도 밖에 내보내지도 않고 그 부모에게까지 흔히 면회를 거절한다. 중국인은 의심이 많아서 그런다고 들었다.)

3

문 서방은 울긋불긋한 채필로 '관운장'과 '장비'를 무섭게 그려 붙인 집 대문 앞에 섰다. 문 밖에서 뼈다귀를 핥던 얼룩개 한 마리가 웡웡 짖으면서 달려들더니 이 구석 저 구석에서 개 무리가 우 하고 덤벼들었다. 어떤 놈은 으르렁, 어떤 놈은 뒷다리 사이에 바싹 끼면서 금방 물듯이 송곳 같은 이빨을 악물었고, 어떤 놈은 대어들었다가는 뒷걸음치고 뒷걸음을 쳤다가는 대어들면서 산천이 무너지게 짖고, 어떤 놈은 소리도 없이 코만 실룩실룩하면서 달려들었다. 그 여러 놈들이 문 서방을 가운데 넣고 죽 돌아서서 각각 제 재주대로 날뛴다. 그러지 않아도 지금 개 때문에 대문 밖에서 기웃거리던 문 서방은 이 사면초가를 어떻게 막으면 좋을지 몰랐다. 이러는 판에 한 마리가 획 들어와서 문 서방의 바짓가랑이를 물었다.

"으악…… 꺼우디(개를)!"

문 서방은 소리를 치면서 돌멩이를 찾노라고 엎드리는 것을 보더니 개들은 일시에 뒤로 물러났으나 또다시 덤벼들었다.

"창우니 타마나가비(상소리다)!"

안에서 개가죽 모자를 쓰고 뛰어 나오는 일꾼은 기다란 호밋자루를 두루면서 개를 쫓았다. 개들은 몰려가면서도 몹시 짖었다.

문 서방은 조짚 수수깡이가 지저분하게 널려 있는 방문으로 들어갔다. 누릿하고 퀴퀴한 더운 기운이 후끈 낯을 스칠 때 얼었던 두 눈은 뿌연 더운 안개에 스르르 흐리어서 어디가 어딘지 잘 분간할 수 없었다.

"윈따야 렐라마(문 영감 오셨소)?"

캉(구들)에서 지껄이는 중국인 중에서 누군지 첫인사를 붙였다.

"에헤 텔라 장구재 유(있소)?"

문 서방은 어색한 웃음을 지었다. 얼었던 몸은 차츰 녹고 흐리었던 눈앞도 점점 밝아졌다.

"쌍캉바(구들로 올라오시오)!"

구들 위에서 나는 틱틱한 소리는 인가이었다. 그는 일꾼들과 무슨 의논을 하던 판인가? 지껄이는 일꾼들은 고요히 앉아서 담배를 피우면서 호기심에 번득이는 눈을 인가와 문 서방에게 보내었다.

어느 천 년에 지은 집인지? 거미줄이 얼기설기 서린 천정과 벽은 아궁이 속같이 꺼먼데 벽에 붙여 놓은 삼국풍진도三國風塵圖며 춘야도리원도春夜桃李園圖는 이리저리 찢기고 그을었다. 그을음과 담배 연기에 싸여서 눈만 반짝반짝하는 무리들은 아귀도餓鬼道를 생각케 한다. 문 서방은 무시무한 기분에 몸을 부르르 떨었다.

"추엔바(담배 잡수시오)!"

인가는 웬일인지 서투른 대로 곧잘 하던 조선말은 하지 않고 알아도 못 듣는 중국말을 쓰면서 담뱃대를 문 서방 앞에 내밀었다.

"여보 장구재! 우리 로포가 딸을 못 봐서 죽겠으니 좀 보여 주응……?"

문 서방은 담뱃대를 받으면서 또 전처럼 애걸하였다. 인가는 이마를 찡그리면서 불을 불렀다.

"저게 마지막 죽어 가는데 철천지한이나 풀어야 하잖겠소, 응? 한번만 보여 주! 어서 그리우! 내가 용례를 만나면 꼬일까 봐…… 그럴 리 있소! 이렇게 된 밧자에…… 한 번만…… 낯이나…… 저 죽어 가는 제 에미 낯이나 한 번 보게 해주! 네? 제발……!"

"안 되우! 보내지 모하겠소. 우리지비 문바께 로포* 나갔소. 재미어부소."

배짱을 부리는 인가의 모양은 마치 전당포 주인과 같은 점이 있었다. 문 서방의 가슴은 죄였다. 아쉽고 안타깝고 슬픔이 어우러지더니 분한 생각이 났다. 부뚜막에 놓은 낫을 들어서 인가의 배를 왁 긁어 놓고 싶었으나 아직도 행여나 하는 바람과 삶에 대한 애착심이 그 분을 제어하였다.

"그러지 말고 제발 보여 주오! 그러면 내 아내를 데리구 올까? 아니 바람을 쏘여서는…… 엑 죽어두 원이나 끄고 죽게 내가 데리고 올게 낯만 슬쩍 보여 주오, 네? 흑…… 끅…… 제발……."

이십 년 가까이 손끝에서 자기 힘으로 기른 자기 딸을 억지로 빼앗긴 것도 원통하거든 그나마 자유로 볼 수도 없이 되는 것을 생각하니…… 더구나 그 우악한 인가에게 가슴과 배를 사정없이 눌리는 연연한 딸의 버둑거리는 그림자가 눈앞에 언득하여 가슴이 꽉 막히고 사지가 부르르 떨리면서 주먹이 쥐어졌다. 그러나 뒤따라 병석의 아내가 떠오를 때 그의 주먹은 풀리고 머리는 숙었다.

"넬리 또 왔소 이야기 하오! 오늘리디 울리디 일이디 푸푸디!

---

* 아내. 여기서는 '용례'를 가리키는 말.

많이 있소!"

인가는 문 서방을 어서 가라는 듯이 자기 먼저 캉에서 내려섰다.

"제발 그리지 말구! 으흑 흑…… 제 제…… 제발 단 한 번만이라두 낯만…… 으흑흑 응!"

문 서방은 인가를 따라 밖으로 나오면서 울었다. 등 뒤에서는 웃음소리가 들렸다. 그러나 그 웃음소리는 이때의 문 서방에게는 아무러한 자극도 주지 못하였다.

"자 이거 적지만!"

마당에 한참이나 서서 무엇을 생각하던 인가는 백 조㊀짜리 관체* 석 장을 문 서방의 손에 쥐였다. 문 서방은 받지 않으려고 했다. 더러운 놈의 더러운 돈을 받지 않으려 하였다. 그러나 지금 붙여 먹는 밭도 인가의 밭이다. 잠깐 사이 분과 설움에 어리어서 뛰기던 돈은 — 돈 힘은 굶고 헐벗은 문 서방을 누르지 않을 수 없었다. 그는 못 이기는 것처럼 삼백 조를 받아 넣고 힘없이 나오다가,

'저 속에는 용례가 있으려니!'

생각하면서 바른편에 놓인 조그마한 집을 바라볼 때 자기도 모르게 발길이 도로 돌아섰다. 마치 거기서는 용례가 울면서 자기를 부르는 것 같았다. 그러나 인가는 문 서방을 내보내고 문을 닫아 잠갔다.

---

* 官帖. 돈.

홍염

문 밖에 나서니 천지가 아득하였다. 발길이 돌아서지 않았다. 사생을 다투는 아내를 생각하면 아니 가든 못 할 일이고 이 울타리 속에는 용례가 있거니 생각하면 눈길이 다시금 울타리로 갔다.

그가 바위 모롱이 빙판에 올 때까지 개들은 쫓아 나와 짖었다. 그는 제 분김에 한 마리 때려잡는다고 얼른 돌멩이를 집어 들었다가, 작년 가을에 어떤 조선 사람이 어떤 중국 사람의 개를 때려 죽이고 그 사람이 주인에게 총 맞아 죽은 일이 생각나서 들었던 돌멩이를 헛뿌렸다.

돋아 떨어지는 겨울 해는 어느새 강 건너 봉우리 엉성한 가지 끝에 걸렸다. 바람은 좀 자고 날씨는 맑으나 의연히 추워서 수염에는 우물가처럼 얼음 보쿠지가 졌다.

4

눈옷 입은 산봉우리 나뭇가지 끝에 붉은 석양볕이 스르르 자취를 감추고 먼 동쪽 하늘가에 차디찬 연자줏빛이 싸르르 돌더니 그마저 스러지고 쌀쌀한 하늘에 찬 별들이 내려다보게 되면 서부터 어둑한 황혼빛이 뻬허의 좁은 골에 흘러들어서 게딱지 같은 집 속까지 흐리기 시작하였다.

꺼먼 서까래가 드러난 수수깡 천정에는 그을은 거미줄이 흐늘흐늘 수없이 드리우고, 빈대 죽인 자리는 수묵으로 댓잎竹葉을 그린 듯이 흙벽에 빈틈이 없는데 먼지가 수북한 구들에는 구름깔개*를 깔아 놓았다. 가마 저편 바당**에는 장작개비가 흩어져 있고 아궁이에서는 뻘건 불이 훨훨 붙는다.

뜨끈뜨끈한 부뚜막에는 문 서방의 아내가 누덕이불에 싸여 누웠고 문 앞과 윗목에는 이웃집 사람들이 모여 앉았는데 지금 막 '달리소' 인가의 집에서 돌아온 문 서방은 신음하는 아내의 가슴에 손을 얹고 앉았다.

등꽂이에 켜 놓은 등불은 환하게 이 실내의 모든 사람을 비쳤다.

"용례야! 용례야! 용례야!"

고요히 누웠던 문 서방의 아내는 마지막 소리를 좀 크게 질렀다. 문 서방은 아내의 가슴을 지긋이 눌렀다.

"에구? 우리 용례! 우리 용례를 데려다주구려!"

그는 눈을 번쩍 뜨면서 몸을 흔들었다.

"여보 왜 이러우. 용례가 지금 와요. 금방 올 걸!"

어린애를 어르듯 하면서 땀때가 꽤저분한 아내의 얼굴을 내려다보는 문 서방의 눈은 흐렸다.

"에구, 몹쓸 늠두! 저런 거 모르는 체하는가?!"

윗목에 앉은 늙은 부인은 함경도 사투리로 구슬피 뇌었다.

"허 그러게 되놈이라지! 그놈덜께 인륜이 있소?"

문 앞에 앉았던 한 관청은 받아치었다.

---

* 참나무를 엷게 밀어서 결은 자리.
** 부엌.

홍염

"용례야! 용례야! 홍 저기 저기 용례가 오네!"

문 서방의 아내는 쑥 꺼진 두 눈을 모듭떠서 천정을 뚫어지게 보면서 보기에 아츠러운 웃음을 웃었다.

"어디? 아직은 안 오! 여보, 왜 이리우? 응?"

문 서방의 목소리는 떨렸다.

"저기 엑…… 용… 용례……."

그는 눈을 더 크게 뜨고 두 뺨의 근육을 경련적으로 움직이면서 번쩍 일어났다. 문 서방은 아내의 허리를 안았다. 그는 또 정신에 착각을 일으켰는지? 창문을 바라보고 뛰어나가려고 하면서—

"용례야! 용례 용례…… 저 저기 저기 용례가 있네! 용례야 어디 가늬? 용례야! 네 어디 가느냐? 으응."

고함을 치고 눈물 없는 울음을 우는 그의 눈에서는 퍼런 불빛이 번쩍하였다. 좌중은 모진 짐승의 앞에나 앉은 듯이 모두 숨을 죽이고 손을 틀었다. 문 서방은 전신의 힘을 내어서 아내의 허리를 안았다.

"하하하(그는 이상한 소리를 내어 웃다가 다시 성을 잔뜩 내면서)…… 용례, 용례가 저리로 가는구나! 으응…… 저놈이 저놈이 웬 놈이냐?" 하면서 한참 이를 악물고 창문을 노려보더니—

"저 저…… 이늠아! 우리 용례를 놓아라! 저 되놈이, 저 되놈이 용례를 잡아가네! 이놈 놔라! 이놈 모가지를 빼놓을 이이……."

그의 눈앞에는 용례를 인가에게 빼앗기던 그때가 떠올랐는지, 이를 뿍 갈면서 몸을 번쩍 일어 창문을 향하고 내달았다.

"여보 정신을 차리오! 여보 왜 이러우? 아이구 응…….."

쫓아나가면서 아내의 허리를 안아서 뒤로 끌어들이는 문 서방의 소리는 눈물에 젖었다.

"이놈아! 이게 웬 놈이 남을 붙잡니? 응 으윽."

그는 두 손으로 남편의 가슴을 밀다가도 달려들어서 남편의 어깨를 물어뜯으면서—

"이것 놔라! 에그 용례야, 저게 웬 놈이…… 에구구…… 저놈이 용례를 깔고 안네!"

하고 몸부림을 탕탕 하는 그의 눈에는 핏발이 서고 낯빛은 파랗게 질렸다.

이때 한 관청 곁에 앉았던 젊은 사람은 얼른 일어나서 문 서방을 조력하였다. 끌어 들이려거니 뛰어나가려거니 하여 밀치고 당기는 판에 등꽂이가 넘어져서 등불이 펄렁 죽어 버렸다. 방 안이 갑자기 깜깜하여 지자 창문만 히슥하였다.

"조심들 하라니! 엑 불두!"

한 관청은 등대를 화로에 대이고 푸푸 불면서 툭덕툭덕하는 사람들께 주의를 시켰다. 불은 번쩍 하고 켜졌다.

"우우 쏴— 스르륵."

문을 치는 바람 소리가 요란하였다.

"엑 또 바람이 나는 게로군! 날쎄두 페릅다.*"

---

* 괴상하다.

홍염

한 관청은 이렇게 뇌이면서 등꽂이에 등대를 꽂고 몸부림하는 문 서방 내외와 젊은 사람을 피하여 앉았다.

"이것 놓아 주오! 아이구! 우리 용례가 죽소! 저 흉한 되놈에게 깔려서…… 엑 저 저…… 저것 봐라! 이놈 네 이놈아! 에이구 용례야! 용례야! 사람 살려 주오! (소리를 더욱 높여서) 우리 용례를 살려 주! 응으윽 에엑끅……"

그는 마지막으로 오장육부가 쏟아지게 소리를 지르다가 검붉은 핏덩이를 왈칵 토하면서 앞으로 거꾸러졌다.

"으윽!"

"응 끔직두 한 게!"

하면서 여러 사람들은 거꾸러진 문 서방의 아내 앞에 모여들었다.

"여보! 여보소! 아이구 정신 좀……"

떨려 나오는 문 서방의 소리는 절반이나 울음으로 변하였다.

거불거불하는 등불 속에 검붉은 피를 한 말이나 토하고 쓰러진 그는 낯이 파랗게 되어서 숨결이 없었다.

"허! 잡싱雜神이 붙었는가? 으흠 응! 으흠 흥! 각황제방 심미기, 두우열로 구슬벽……"

여러 사람들과 같이 문 서방의 아내를 부뚜막에 고요히 뉘어 놓은 한 관청은 귀신을 쫓는 경문이라고 발음도 바로 못 하는 이십팔 수를 줄줄줄 읽었다.

"으응응…… 흑흑…… 여 여보!"

문 서방의 목 메인 울음을 받는 그 아내는 한 관청의 서투른 경문 소리를 듣는지 마는지? 손발은 점점 식어 가고 낯은 파랗게 질렸는데, 무엇을 보려고 애쓰던 눈만은 멀거니 뜨고 그저 무엇인지 노리고 있다. 경문을 읽던 한 관청은,

"엑 인제는 늙어 가는 사람이 울기는? 우진 마오! 이내 살아날 께!"

하고 문 서방을 나무라면서 문 서방의 아내 앞에 다가앉더니 주머니에서 은동침(어느 때에 얻어 둔 것인지?)을 내어서 문 서방 아내의 인중ㅅㅐ을 꾹 찔렀다. 그러나 점점 식어 가는 그는 이마도 찡기지 않았다. 다시 콧구멍에 손을 대어보았으나 숨결은 없었다.

바람은 우우 쏴 하고 문에 눈을 들이치었다. 여러 사람은 약속이나 한 듯이 두려운 빛을 띤 눈으로 창을 바라보았다.

"으응 에이구! 여보! 끝끝내 용례를 못 보고 죽었구려…… 잉이…… 흑."

문 서방은 울기 시작하였다. 그 울음소리는 고요한 방 안 불빛 속에 바람소리와 함께 처량하게 흘렀다.

"에구 못된 놈도 있는 게!"

"에구 참 불쌍하게두!"

"흥 우리도 다 그 신세지!"

무시무시한 기분에 싸여서 낯빛이 푸르러가는 여러 사람들은 각각 한 마디씩 뇌었다. 그 소리는 모두 갈 데 없는 신세를 호소하는 듯하게 구슬프고 힘없었다.

5

　문 서방의 아내가 죽던 그 이튿날 밤이었다. 그날 밤에도 바람이 몹시 불었다. 그 바람은 강바람이어서 서북에 둘리인 산 때문에 좁한 바람은 움쩍도 못하던 달리소까지 범하였다. 서북으로 산을 등지고 앞으로 강 건너 높은 절벽을 대하여 강골밖에 터진 데 없는 달리소는 강바람이 들어차면 빠질 데는 없고 바람과 바람이 부딪쳐서 흔히 회오리바람이 일게 된다. 이날 밤에도 그 모양으로 달리소에는 회오리바람이 일어서 낫가리개 날리고 지붕이 날리고 산천이 울려서 혼돈이 배판할 때 빙세계나 트는 듯한 판이라 사람은커녕 개와 도야지도 굴속에서 꿈쩍 못하였다.

　밤이 퍽 깊어서였다.

　차디찬 별들이 총총한 하늘 아래, 우렁찬 바람에 휘날리는 눈발을 무릅쓰고 달리소 앞강 빙판을 건너서 달리소 언덕으로 올라가는 그림자가 있다. 모진 바람이 스치는 때마다 혹은 엎드리고 혹은 우뚝 서기도 하면서 바삐바삐 가던 그 그림자는 게딱지 같은 지팡살이집 근처에서부터 무엇을 꺼리는지 좌우를 슬멋슬멋 보면서 자취를 숨기고 걸음을 느리게 하여 저 편으로 돌아가 인가의 집 울타리 뒤로 돌아간다.

　"으르릉 웡웡."

　하자 어느 구석에서인지 개가 한 마리, 두 마리, 세 마리 뒤이어 나와서 짖으면서 그 그림자를 쫓아간다. 그 개소리는 처량한 바람소리 속에 싸여 흘러서 건너편 산을 즈르릉 즈르릉 울렀다.

"꽝! 꽝꽝."

인가의 집에서는 개짖음에 홍우재*나 몰아 오는가 믿었던지 헛총질을 너댓 방이나 하였다. 그 소리도 산천을 울렸다. 그 바람에 슬근슬근 가던 그림자는 휙 돌아서서 손에 들었던 보자기를 개 앞에 던졌다. 보자기는 터지면서 둥글둥글한 것이 우루루 쏟아졌다. 짖으면서 달려오던 개들은 짖기를 그치고 거기 모여 들어서 서로 물고 뜯고 빼앗아 먹는다. 그러는 사이에 그림자는 인가의 울타리 뒤에 산같이 쌓아 놓은 보릿짚더미에 가서 성냥을 쭉 긋더니 뒷산으로 올리닫는다.

처음에는 바람 속에서 판득판득하던 불이 삽시간에 그 산 같은 보릿짚더미에 붙었다.

"뤄쓰(불이야)!"

하는 고함과 같이 사람의 소리는 요란하였다. 모진 바람에 하늘하늘 일어서는 불길은 어느새 보릿짚더미를 살라버리고 울타리를 살라버리고 울타리 안에 있는 집에 옮았다.

"푸우 우루루루루 쏴아……."

동풍이 몹시 이는 때면 불기둥은 서편으로, 서풍이 몹시 부는 때면 불기둥은 동으로 쏠려서 모진 소리를 치고 검은 연기를 뿜다가도 동서풍이 어울치면 축융**의 붉은 햇발은 하늘하늘 염염이 타올라서 차디찬 별 ─ 억만 년 변함이 없을 듯하던 별까지

---

* 마적(馬賊).
** 祝融. 중국 신화에서 불을 맡은 신. 화재(火災)를 달리 이르는 말.

홍염

녹아내릴 것같이 검은 연기는 하늘을 덮고 붉은 빛은 깜깜하던 골짜기에 차 흘러서 어둠을 기회로 모아들었던 온갖 요귀妖鬼를 몰아내는 것 같다. 불을 질러 놓고 뒷숲 속에 앉아서 내려다보던 그 그림자 ─ 딸과 아내를 잃은 문 서방은,

"하하하."

시원스럽게 웃고 가슴을 만지면서 한 손으로 꽁무니에 찼던 도끼를 만져 보았다.

일 동리 사람들과 인가의 집 일꾼들은 불붙는 데 모여들었으나 모두 어쩔 줄을 모르고 떠들고 덤비면서 달려가고 달려올 뿐이었다.

그러는 사이에 울타리는 물론 울타리 속에 엉큼히 서 있던 큰집 두 채도 반이나 타서 쓰러졌다.

이런 불 속으로부터 여러 사람이 오고 가는 밭 가운데로 튀어가는 두 그림자가 있었다. 하나는 커다란 장정이요, 하나는 작은 여자이다. 뒷산 숲에서 이것을 본 문 서방은 그 두 그림자를 향하고 내리뛰었다. 그는 천방지방 내리뛰었다. 독살이 올라서 불빛에 번쩍이는 그의 눈에는 이 두 그림자밖에는 아무것도 보이지 않았다.

"으윽 끅."

문 서방이 여러 사람을 헤치고 두 그림자 앞에 가 섰을 때 앞에 섰던 장정의 그림자는 땅에 거꾸러졌다. 그때는 벌써 문 서방의 손에 쥐었던 도끼가 장정 인가의 머리에 박혔다. 도끼를 놓은 문 서방의 품에는 어린 여자의 그림자가 안겼다. 용례가…….

그 바람에 모여 섰던 사람들은 혹은 허둥지둥 뛰어 버리고 혹은 뒤로 자빠져서 부르르 떨었다. 용례도 거꾸러지는 것을 안았다.

"용례야! 놀라지 마라! 나다! 아버지다! 용례야!"

문 서방은 딸을 품에 안으니 이때까지 악만 찼던 가슴이 스르르 풀리면서 독살이 올랐던 눈에서 뜨거운 눈물이 떨어졌다. 이렇게 슬픈 중에도 그의 마음은 기쁘고 시원하였다. 하늘과 땅을 주어도 그 기쁨을 바꿀 것 같지 않았다.

그 기쁨! 그 기쁨은 딸을 안은 기쁨만이 아니었다. 적다고 믿었던 자기의 힘이 철통 같은 성벽을 무너뜨리고 자기의 요구를 채울 때 사람은 무한한 기쁨과 충동을 받는다.

불길은 — 그 붉은 불길은 의연히 모든 것을 태워 버릴 것처럼 하늘하늘 올랐다.

1927. 1. 《조선문단》 18호.

홍염

최서해

————

1901. 함경북도 성진에서 출생.

가난으로 소학교를 다니지 못하고 성진보통학교에 3년가량 재학.

《청춘》이나 《학지광》 같은 잡지를 읽으며 독학으로 문학을 공부.

1918. 1923년 무렵까지 간도와 회령 등지를 유랑하며 날품팔이, 잡역부 등

최하층 생활을 경험.

1924. 단편 「토혈」을 《동아일보》에 발표.

10월 이광수의 추천으로 《조선문단》에 「고국」을 발표하며 등단.

1925. 《조선문단》에 입사. 김기진의 권유로 카프 가입.

《조선문단》에 자전적 소설 「탈출기」(3월), 「박돌의 죽음」(5월),

「토혈」을 개작한 「기아와 살육」(6월) 발표.

1926. 《현대평론》 문예 담당으로 이직. 작품집 『혈흔』 출간.

1927. 《조선문단》에 「홍염」, 《동광》에 「전아사」 발표.

기생 잡지 《장한》의 편집을 담당.

1928. 《신민》에 「갈등」 발표.

1929. 《신생》에 「인정」 발표.

카프 탈퇴. 《매일신보》 기자가 됨.

1930. 《매일신보》 학예부장에 취임.

1931. 작품집 『홍염』 출간.

1932. 7월 9일, 위문 협착증으로 사망.

　　호는 서해(曙海), 설봉(雪峰). 본명은 최학송(崔鶴松). 최서해(崔曙海)는 신경향
파문학을 대표하는 작가이면서 자신의 실제 빈궁 체험에서 우러나온 구체적인
현실을 작품에 담아내어 근대 리얼리즘 문학의 전환점을 마련한 작가이기도 하
다.

　　최서해는 가난한 소작농의 아들로 태어나 어려서부터 간도, 회령 등지에서
날품팔이, 나무 장사, 두부 장사, 건어물 장사, 부두 노동자 등을 하며 연명했다.
소학교도 제대로 다니지 못하고 성진보통학교에서 3년 정도 재학한 것이 학업
의 전부였지만, 《청춘》이나 《학지광》 같은 문예 잡지를 탐독하며 춘원 이광수
를 사숙(私淑) 삼아 홀로 문학을 공부했다.

1924년에 단편「토혈」을《동아일보》에 발표한 것을 계기로 상경하여 이광수를 찾아가 교류하였으며, 같은 해 이광수의 추천으로《조선문단》에「고국」을 발표함으로써 등단했다. 당시 이광수는 최서해를 추천하면서 "기교와 문체에는 다소 미숙하지만 진정과 노력이 보이며 장차 서해가 문단에 크게 소리칠 날이 올 것."이라 말했다.

다음 해에 최서해는 자전적 소설「탈출기」를 발표하며 당대 문학계에서 화제의 중심에 섰다. 그의 소설들은 간결하고 직선적인 문체로 가난한 현실을 사실적으로 묘사하였으며 사회 제도의 모순을 질타하고 부자들에게 복수하는 내용을 담고 있었다. 이러한 빈궁문학과 저항문학으로서의 특징이 카프 작가들의 주목을 받았는데, 이윽고 김기진의 권유로 카프에 입단한 최서해는 카프문학의 의식에 공명하여「홍염」과 같은 작품을 써냈다. 후일 임화는 최서해를 "신경향파가 가진 최대의 작가, 또 그것이 달성한 예술적 수준의 최고점"이라 평가했다.

그러나 최서해 작품의 본질은 프로문학의 목적의식에 따라 저술되기보다는 현실 체험에 바탕을 둔 자연발생적인 것에 가까웠다. 뿐만 아니라 최서해는 카프 작가들 중 유일하다고 할 정도로 민족주의 작가들과 친분을 가졌으며, 김기진과 박영희의 기록에 따르면 카프의 정책과 행보에 특기할 만한 참여가 없었다. 결국 최서해는 1929년《매일신보》입사를 기점으로 카프를 탈퇴했다.

과연 최서해의 작품은「홍염」이나「갈등」등 후기의 작품보다는「탈출기」「기아와 살육」「박돌의 죽음」과 같은 초기작에서 그 개성과 진면모를 드러낸다. 특히 뒤의 두 작품과 함께「그믐밤」(1926.《신민》)과「이역원혼」(1926.《동광》)의 경우 공포를 기반으로 한 폭력과 고어, 환상과 서스펜스가 결합된 그로테스크한 모습을 보이는 점이 흥미롭다. 오늘날 최서해는 '신경향파문학의 최고봉', '근대 리얼리즘 문학의 전환점을 마련한 작가'라는 평가 외에 '공포와 그로테스크를 주요한 기법으로 활용하였던 근대 작가'라는 관점에서도 더욱 연구할 필요가 있어 보인다.

낙동강

조명희

낙동강 칠백 리 길이길이 흐르는 물은 이곳에 이르러 곁가지 강물을 한 몸에 뭉쳐서 바다로 향하여 나간다. 강을 따라 바둑판 같은 들이 바다를 향하여 아득하게 열려 있고 그 넓은 들 품 안에는 무덤무덤의 마을이 여기저기 안겨 있다.

　이 강과 이 들과 거기에 사는 인간 ― 강은 길이길이 흘렀으며, 인간도 길이길이 살아왔었다. 이 강과 이 인간 지금 그는 서로 영원히 떨어지지 않으면 아니 될 것인가?

봄마다 봄마다
불어 내리는 낙동강 물
구포벌에 이르러
넘쳐 넘쳐 흐르네.
흐르네― 에―헤―야.

철렁 철렁 넘친 물

들로 벌로 퍼지면
만 목숨 만만 목숨의
젖이 된다네―
젖이 된다네― 에―헤―야.

이 벌이 열리고―
이 강물이 흐를 제
그 시절부터
이 젖 먹고 자라 왔네
자라 왔네― 에―헤―야.

천 년을 산, 만 년을 산
낙동강! 낙동강!
하늘가에 간들
꿈에나 잊을 소니―
잊힐 소냐― 아―하―야.

　어느 해 이른 봄에 이 땅을 하직하고 빨리 서북간도로 몰려
가는 한 떼의 무리가 마지막 이 강을 건널 제 그네들 틈에 같이
끼어 가는 한 청년이 있어 뱃전을 두드리며 구슬프게 이 노래를
불러서, 가뜩이나 슬퍼하는 이사꾼들로 하여금 눈물을 자아내
게 하였다 한다.
　과연 그네는 뭇강아지 떼같이 이 땅 어머니의 젖꼭지에 매달

려 오래 오랫동안 살아왔다. 그러나 그 젖꼭지는 벌써 자기네 것이 아니기 시작한 지도 오래였다. 그러던 터에 엎친 데 덮친다고 난데없는 이리 떼 같은 무리가 닥쳐와서 물어 박지르며 빼앗아 먹게 되었다. 인제는 한 모금의 젖이라도 입으로 들어가기 어렵게 되었다. 하는 수 없이 이 땅에서 표박*하여 나가게 되었다. 이렇게 된 것을 우리는 잠깐 생각하여 보자.

이네의 조상이 처음으로 이 강에 고기를 낚고 이 벌에 곡식과 열매를 딸 때부터 세지도 못할 긴 세월을 오래오래 두고 그네는 참으로 자유로웠었다. 서로서로 노래 부르며 서로서로 일하였을 것이다. 남쪽 벌도 자기네 것이요, 북쪽 벌도 자기네 것이었다. 동쪽도 자기네 것이요, 서쪽도 자기네 것이었다.

그러나, 역사는 한 바퀴 굴렀었다. 놀고먹는 계급이 생기고, 일하며 먹여 주는 계급이 생겼다. 다스리는 계급이 생기고 다스려지는 계급이 생겼다. 그러므로부터 임자 없던 벌판에 임자가 생기고 주림을 모르던 백성이 굶주려 가기 시작하였다. 하늘에 햇빛도 고운 줄을 몰라 가게 되고 낙동강의 맑은 물도 맑은 줄을 몰라 가게 되었다. 천 년이다. 오천 년이다. 이 기나긴 세월을 불평의 평화 속에서 아무 소리 없이 내려왔었다. 그네는 이 불평을 불평으로 생각지 아니하게까지 되었다. 흐린 날씨를 참으로 맑은 날씨인 줄 알듯이. 그러나 역사는 또 한 바퀴 구르려고 한다. 소낙비 앞잡이 바람이다. 깃발이 날리었다. 갑오동학이다. 을

* 瓢泊. 고향을 떠나 정처 없이 떠돌아다님.

미운동이다. 그 뒤에 이 땅에는 아니, 이 반도에는 한 괴물이 배회한다. 마치 나래치고 다니는 독수리같이. 그 괴물은 곧 사회주의다. 그것이 지나치는 곳마다 기어가는 암나비 궁둥이에 수없는 알이 쏟아지는 셈으로 또한 알을 쏟아 놓고 간다. 청년 운동, 농민 운동, 형평* 운동, 노동 운동, 여성 운동……. 오천 년을 두고 흘러가는 날씨가 인제는 먹장구름에 싸여 간다. 폭풍우가 반드시 오고야 만다. 그 비 뒤에는 어떠한 날씨가 올 것은 뻔히 알 노릇이다.

◎

이른 겨울의 어두운 밤, 멀리 바다로 통한 낙동강 어구에는 고기잡이 불이 근심스레 졸고 있고 강기슭에는 찬 물결이 울리는 소리가 높아질 때다. 방금 차에서 내린 일행은 배를 기다리느라고 강 언덕 위에 웅기중기 등불에 얼비쳐 모여 섰다. 그 가운데에는 청년회원, 형평사원, 여성동맹원, 소작인 조합 사람, 사회운동 단체 사람들이 대부분을 차지하였다. 동저고릿바람에 헌 모자 비스듬히 쓰고 보따리 든 촌사람, 검정 두루마기, 흰 두루마기, 구지레한 양복, 혹은 루바시카 입은 사람, 재킷 깃 위에 짧은 머

---

* 형평사(衡平社). 일제강점기에, 천민 계급의 사회적 지위 향상을 목적으로 조직된 정치적 결사. 일본의 수평사(水平社) 운동에 영향을 받아 1923년에 경남 진주에서 결성되어 형평 운동을 주도하였으며, 일본 관헌의 탄압으로 1936년에 대동사(大同社)로 명칭을 변경하고 피혁 회사를 차려 복리를 도모하였다.

리털이 다팔다팔 하는 단발랑,* 혹은 그대로 틀어 얹은 신여성, 인력거 위에 앉은 병인, 그들은 ○○감옥의 미결수로 있다가 병이 위중한 까닭으로 보석 출옥하는 박성운이란 사람을 고대 차에서 받아서 인력거에 실어 가지고 마을로 들어가는 길이다.

"과연, 들리는 말과 같이 지독했구만. 그같이 억대호** 같던 사람이 저렇게 될 때야 여간 지독한 형벌을 하였겠니, 에라 이 몹쓸 놈들."

이 정거장에 마중을 나와서야 비로소 병인을 본 듯한 사람의 말이다.

"그래가지고도 죽으면 병이 나서 죽었닥 하겠지."

누가 받는 말이다.

"그러면, 와 바로 병원을 갈 일이지, 곧장 이리 온단 말고?"

"내사 모른다. 병인 당자가 한사코 이리 온닥 하니……."

"이기 와 이리 배가 더디노?"

"아, 인자 저기 뱃머리 돌렸다. 곧 올락 한다."

한 사람이 저쪽 강기슭을 바라보며 지껄인다. 인력거 위의 병인을 쳐다보며

"늬 춥지 않나?"

"괜찮다, 내 안 춥다."

"아니, 늬 춥거든, 외투 하나 더 주까?"

"언제, 아니다 괜찮다."

* 단발머리를 한 젊은 여자.
** 덩치가 크고 몹시 힘이 센 사나운 호랑이.

병인의 병든 목소리의 대답이다.

"보소, 배 좀 빨리 지 오소."

강 저편에서 뱃머리를 인제 겨우 돌려서 저어 오는 뱃사공을 보고 소리를 친다.

"예—."

사이 뜨게 울려오는 소리다. 배를 저어 오다가 다시 멈추고 섰다.

"저 뭘 하고 있노?"

"각중에*** 담배를 피워 무는 모양이로구나. 에라, 이 문둥아."

여러 사람의 웃음은 와그르 쏟아졌다. 배는 왔다. 인력거 탄 사람이 먼저다.

"보소, 늬 인력거. 사람 탄 채 그대로 배에 오를 수 있능가?"

한 사람이 인력거꾼 보고 묻는 말이다.

"어찌 그럴 수 있능기오."

"아니다. 내사 내리겠다."

병인은 인력거에서 내리며 부축되어 배에 올랐다. 일행이 오르자 배는 삐걱삐걱하는 노짓 맞히는 소리와 수라수라 하는 물 젓는 소리를 내며 저쪽 기슭을 바라보고 나아간다. 뱃전에 앉은 병인은 등불빛에 보아도 얼굴이 참혹하게도 야위어졌음을 알 수 있다.

"보소, 배 부리는 양반. 뱃소리나 한마디 하소, 예."

*** 갑자기, 느닷없이, 난데없이.

"각중에 이 사람, 소리는 왜 하라꼬?"

옆에 앉은 친구의 말이다.

"내 듣고 싶다…… 내 살아서 마지막으로 이 강을 건너게 될른지도 모를 일이다……."

"에라 이 백주 짬 없는 소리만 탕탕……."

"아니다. 내 참 듣고 싶다. 보소, 배 부리는 양반. 한마디 아니 하겠소?"

"언제, 내사 소리할 줄 아능기오."

"아, 누가 소리해 줄 사람이 없능가? ……아, 로사! 참 소리하소. 의…… 내가 지은 노래 하소."

옆에 앉은 단발랑을 조른다.

"노래하라꼬?"

"웅, '봄마다 봄마다' 해라, 의."

봄마다 봄마다
불어 내리는 낙동강물
구포벌에 이르러
넘쳐 넘쳐 흐르네―
흐르네― 에―헤―야.
………………………

경상도의 독특한 지방색을 띤 민요 '닐리리 조'에다가 약간 창가 조를 섞은 그 노래는 강개하고도 굳센 맛이 띠어 있다. 여성

의 음색으로서는 핏기가 과하고 음률로서는 선이 좀 굵다고 할
만한, 그러나 맑은 로사의 육성은 바람에 흔들리는 강물결의 소
리를 누르고 밤하늘에 구슬프게 떠돌았다. 하늘의 별들도 무엇
을 느낀 듯이 눈을 꿈벅꿈벅 하는 것 같았다. 지금 이 배에 오른
사람들이 서북간도 이사꾼들은 비록 아니었지마는 새삼스러이
가슴이 울리지 아니할 수는 없었다.

그 노래 제3절을 마칠 때에 박성운은 몹시 히스테리칼하여진
모양으로 핏대를 올려 가지고 합창을 한다.

천 년을 산 만 년을 산
낙동강! 낙동강!
하늘가에 간들
꿈에나 잊을소냐—
잊힐소냐— 아—하—야

노래는 끝났다. 성운은 거진 미친 사람 모양으로 날뛰며, 바른
팔 소매를 걷어들고 강물에다 잠그며, 팔에 물을 적셔 보기도 하
며, 손으로 물을 만지기도 하고 끼얹어 보기도 한다. 옆 사람이
보기에 딱하든지,

"이 사람, 큰일났구만. 이 병인이 지금 이 모양에, 팔을 찬 물에
다 잠그고 하니, 어쩌잔 말고."

"내사 이래 죽어도 좋다. 늬 너무 걱정 말아."

"늬 미쳤구나……, 백죄……."

그럴수록에 병인은 더 날뛰며, 옆에 앉은 여자에게 고개를 돌려

"로사! 늬 팔 걷어라. 내 팔하고 같이 이 물에 담가 보자, 의."

여자의 손을 잡다가 잡은 채 그대로 물에다 잠그며 물을 저어본다.

"내가 해외에 다섯 해 동안을 떠돌아다니는 동안에도, 강이라는 것이 생각날 때마다 낙동강을 잊어 본 적은 없었다…… 낙동강이 생각날 때마다, 내가 이 낙동강의 어부의 손자요, 농부의 아들임을 잊어 본 적도 없었다…… 따라서, 조선이란 것도."

두 사람의 손이 힘없이 그대로 뱃전 너머 물 위에 축 처져 있을 뿐이다. 그는 다시 눈앞의 수면을 바라다보며 혼잣말로

"그 언제인가 가을에 내가 송화강을 건늘 적에, 이 낙동강을 생각하고 울은 적도 있었다…… 좋은 마음으로 나간 사람 같고 보면 비록 만 리 밖을 나가 산다 하더라도 그같이 상심이 될 리 없으련마는……"

이 말이 떨어지자, 좌중은 호흡조차 은근히 끊어지는 듯이 정숙하였다. 로사는 들었던 고개가 아래로 떨어지며 저편의 손이 얼굴로 올라갔다. 성운의 눈에서도 한 방울의 굵은 눈물이 뚝 떨어졌다.

한동안 물소리만 높았다. 로사는 뱃전에 늘어져 있던 바른손으로 사나이의 언 손을 꼭 잡아당기며

"인제 그만둡시대, 의."

이 말끝 악센트의 감칠맛이란 것도 경상도 여자의 쓰는 말 가

운데에도 가장 귀염성이 드는 말투였다. 그는 그의 손에 묻은 물을 손수건으로 씻어 주며 걷었던 소매를 내려 준다.

배는 저쪽 언덕에 가 닿았다. 일행은 배에서 내리자, 먼저 병인을 인력거 위에다 싣고는 건넛마을을 향하여 어둠을 뚫고 움직여 나갔다.

◎

그의 말과 같이, 박성운은 과연 낙동강 어부의 손자요, 농부의 아들이었다. 그의 할아버지는 고기잡이로 일생을 보냈었고 그의 아버지는 농사꾼으로 일생을 보냈었다. 자기네 무식이 한이 되어 그 아들이나 발전을 시켜 볼 양으로 그리하였던지, 남하는 시세에 좇아 그대로 해보느라고 그리하였던지, 남의 논밭을 빌어 농사를 지어 구차한 살림을 하여 나가면서도, 어쨌든 그 아들을 가르쳐 놓았다. 서당으로, 보통학교로, 도립 간이농업학교로……

그자 농업학교를 마치고 나서, 군청 농업조수로도 한두 해를 있었다. 그럴 때에 자기 집에서는 자기 아들이 무슨 큰 벼슬이나 한 것같이 여기며, 만나는 사람마다 자기 아들 자랑하기가 일이었다. 그러할 것 같으면 동네사람들은 또한 못내 부러워하며, 자기네 아이들도 하루 바삐 어서 가르쳐 내 놀 마음을 먹게 되었다.

그러다가, 마침 독립운동이 폭발하였다. 그는 단연히 결심하고 다니던 것을 헌신짝같이 집어던지고는 독립운동에 참가하였다.

일마당에 나서고 보니 그는 열렬한 투사였다. 그때쯤은 누구나 예사지만 그도 또한 일 년 반 동안이나 철창생활을 하게 되었다.

그것을 치르고 집이라고 나와 보니 그동안에 자기 모친은 돌아가고 늙은 아버지는 집도 없게 되어 자기 딸(성운의 자 씨)에게 가서 얹혀 있게 되었다. 마침 그해에도 이곳에서 살 수가 없게 되어 서북간도로 떠나가는 이사꾼이 부쩍 늘 판이다. 그들의 부자도 그 이사꾼들 틈에 끼어 멀리 고향을 등지고 떠나가게 되었다(아까 부르던 그 낙동강 노래란 것도 그때 성운이가 지어서 읊던 것이었다).

서간도로 가 보니, 거기도 또한 편안히 살 수가 없는 곳이었다. 그 나라의 관헌의 압박, 호인의 횡포, 마적의 등쌀은 여간이 아니었다. 그의 부자도 남과 한가지로 이리저리 떠돌았었다. 떠돌다가, 그야말로 이역 타향에서 늙은 아버지조차 영원히 잃어버리게 되었다.

그 뒤에 그는 남북만주, 노령, 북경, 상해 등지로 돌아다니며, 시종이 일관하게 독립운동에 노력하였었다. 그러는 동안에 다섯 해의 세월이 갔다. 모든 운동이 다 침체하고 쇠퇴하여 갈 판이다. 그는 다시 발길을 돌려 고국으로 향하게 되었다. 그가 조선으로 들어올 무렵에, 그의 사상상에는 큰 전환이 생기었다. 그것은 다른 것이 아니라 이때껏 열렬하던 민족주의자가 변하여 사회주의자로 되었다는 말이다.

◎

　그가 갓 서울로 와서, 일을 하여보려 하였으나 그도 뜻과 같이 못 하였다. 그것은 이 땅에 있는 사회운동단체라는 것이 일에는 힘을 아니 쓰고 아무 주의 주장에 틀림도 없이, 공연히 파벌을 만들어 가지고 동지끼리 다투기만 일삼는 판 때문이다. 그는 자기와 뜻이 같은 사람끼리 어울려, 양방의 타협운동도 일으켰으나 아무 효과도 없었고, 여론을 일으켜 보기도 하였으나 파쟁에 눈이 뻘건 사람들의 귀에는 그도 크게 울리지 못하였다. 그는 분연히 떨치고 일어서며

　"이 파벌이란 시기가 오면 자연히 파멸될 때가 있으리라."

　고 예언같이 말을 하여 던지고서는, 자기 출생지인 경상도로 와서 남조선 일대를 망라하여 사회운동단체를 만들어서 정당한 운동에만 힘을 쓰게 되었다. 그리고 자기는 자기 고향인 낙동강 하류 연안지방의 한 부분을 떼어 맡아서 일을 보게 되었다.

　그리고 그는 이 땅의 사정을 보아

　"대중 속으로(브 나로드)―."

　하고 부르짖었다.

　그가 처음으로, 자기 살던 옛 마을을 찾아와 볼 때에 그의 신세는 서글프기 가이없었다.* 다섯 해 전 떠날 때에는 백여 호 대촌이던 마을이 그동안에 인가가 엄청나게 줄었다. 그 대신에 예

* 가없다 : 끝이 없다.

전에는 보지도 못하던 크나큰 함석지붕집이 쓰러져 가는 초가집들을 멸시하고 위압하는 듯이 둥두렷이 가로 길게 놓여 있다. 그것은 묻지 않아도 동척* 창고임을 알 수 있다. 예전에 중농이던 사람은 소농(小農)으로 떨어지고, 소농이던 사람은 소작농으로 떨어지고, 예전에 소작농이던 많은 사람들은 거의 다 풍비박산하여 나가게 되고 어렸을 때부터 정들었던 동무들도 하나도 볼 수 없었다. 그들은 모두 도회로 서북간도로 일본으로 산지사방 흩어져 갔었다. 대대로 살아오던 자기네 집터에는 옛날의 흔적이라고는 주춧돌 하나 볼 수 없었고(그 터는 지금 창고 앞마당이 되었으므로) 다만 그 시절에 사립문 앞에 있던 해묵은 느티나무만이 지금도 그저 그 넓은 마당 터에 홀로 우뚝 서 있을 뿐이다. 그는 쫓아가서 어린아이 모양으로 그 나무 밑동을 껴안고 맴을 돌아보았다. 뺨을 대어 보았다 하며 좋아서 또는 슬퍼서 어찌할 줄을 몰랐다. 그는 나무를 안은 채 눈을 감았다. 지나간 날의 생각이 실마리같이 풀려 나갔다. 어렸을 때에 지금 하듯이 껴안고 맴돌기, 여름철에 꼭대기까지 기어 올라가 매미 잡다가 대머리 벗어진 할아버지에게 꾸지람당하던 일, 마을의 젊은이들이 그네를 매고 놀 때엔 자기도 그네를 뛰겠다고 성화 바치던 일, 앞집에 살던 순이란 계집아이와 같이 나무그늘 밑에서 소꿉질하고 놀 제 자기는 신랑이 되고 순이는 새악시가 되어 시집가고 장가가던 흉내를 내던 일, 그러다가 과연 소년 때에 이르러 그 순

* 동양척식주식회사. 1908년 일본이 조선의 토지와 자원을 빼앗기 위해 만든 기구.

낙동강

이란 처녀와 서로 사모하게 되던 일, 그 뒤에 또 그 순이가 팔려서 평양인가 서울로 가게 될 제, 어둔 밤 남 모르게 이 나무 뒤에 숨어서 서로 붙들고 울던 일, 이 모든 일이 다 생각에서 떠돌아 지나가자 그는 흐르륵 느껴지는 숨을 길게 한번 내쉬고는 눈을 딱 떴다.

"내가 이까짓 것을 지금 다 생각할 때가 아니다. …… 에잇……쩨……."

하고 혼자 중얼거리고는 이때껏 하던 생각을 떨어 없애려는 듯이 휙 발길을 돌려 걸어 나갔다. 그는 원래 정情의 사람이었다. 그러나 그는 근래에 그 감정을 의지로 누르려는 노력이 많은 터이다.

"혁명가는 생무쇠 쪽 같은 시퍼런 의지의 마음씨를 가져야 한다!"

이것은 그의 생활의 지표이다. 그러나 그의 감정은 가끔 의지의 굴레를 벗어나서 날뛸 때가 많았다.

그는 먼저 일할 프로그램을 세웠다. 선전, 조직, 투쟁 — 이 세 가지로. 그리하여 그는 먼저 농촌 야학을 실시하여 가지고 농민 교양에 힘을 썼었다. 그네와 감정을 같이 살 양으로 벗어부치고 들어 덤비어 그네들 틈에 끼어 생일도 하고 농사 일터나, 사랑 구석에 모인 좌석에서나, 야학 시간에서나, 기회가 있는 대로 교화에 전력을 썼었다.

그다음에는 소작조합을 만들어 가지고 지주, 더구나 대지주인 동척의 횡포와 착취에 대하여 대항운동을 일으켰었다.

첫해 소작쟁의에는 다소간 희생자도 내었지마는 성공이다. 그 다음 해에는 아주 실패다. 소작조합도 해산명령을 받았다. 노동 야학도 금지다. 동척과 관영의 횡포, 압박, 이루 말할 수가 없었 다. 아무리 인정이 있으나, 아무리 참을성이 있으나, 이 땅에서 는 어찌 할 수 없었다. 모든 것이 침체되고 말 뿐이다. 그리하여 작년 가을에 그의 친구 하나는 분연히 떨치고 일어서며

"내 구마 밖으로 갈른다. 여기에서 무슨 일을 할 수 있는가? 하자면 테러지. 테러밖에는 더 없다."

"아니다. 그래도 여기 있어야 한다. 우리가 우리 계급의 일을 하 기 위하여는 중국에 가서 해도 좋고 인도에 가서 해도 좋고 세계 의 어느 나라에 가서 해도 마찬가지다. 하지마는 우리 경우에는 여기 있어 일하는 편이 가장 편리하다. 그리고 우리는 죽어도 이 땅 사람들과 같이 죽어야 할 책임감과 애착을 가지고 있다."

이 같은 권유도 하였으나, 필경에 그는 그의 가장 신뢰하던 동 무 하나를 떠나보내게 되고 만 일도 있었다.

졸고 있는 이 땅, 아니 움츠러들고 있는 이 땅, 그는 피칠할 일 이 생기고 말았다. 그것은 다른 것이 아니다. 이 마을 앞 낙동강 기슭에 여러 만 평 되는 갈밭이 하나 있었다. 이 갈밭이란 것도 낙동강이 흐르고 이 마을이 생긴 뒤로부터, 그 갈을 베어 자리 를 치고 그 갈을 털어 삿갓을 만들고 그 갈을 팔아 옷을 구하고, 밥을 구하였었다.

기러기 떴다. 낙동강 우에

가을 바람 부누나 갈꽃이 나부낀다.

이 노래도 지금은 부를 경황이 없게 되었다. 그 갈밭은 벌써 남의 물건이 되고 말았다. 그것은 이 촌민의 무지로 말미암아, 십 년 전에 국유지로 편입이 되었다가 일본 사람 가등이란 자에게 국유 미간지 처리拂라는 명의로 넘어가고 말았다. 이 가을부터는 갈도 벨 수가 없었다. 도당국에 몇 번이나 사정을 하였으나, 아무 효과가 없었다. 촌민끼리 손가락을 끊어 맹서를 써서 혈서동맹까지 조직하여서 항거하려 하였다. 필경에는 모두가 다 실패뿐이다. 자기네 목숨이나 다름없이 알던 촌민들은 분김에 눈이 뒤집혀 가지고 덮어놓고 갈을 베어 제쳤다. 저편의 수직꾼* 하고 시비가 생겼다. 사람까지 상하였다. 그 끝에 성운이가 선동자라는 혐의로 붙들려 가서 가뜩이나 경찰당국에서 미워하던 끝에 지독한 고문을 당하고 나서 검사국으로 넘어가서 두어 달 동안이나 있다가 병이 급하게 되어 나온 터이다.

그런데 여기에 한 에피소드가 있다. 그것은 이해 여름 어느 장날이다. 장거리에서 형평 사원들과 장꾼 — 그중에도 장거리 사람들과 큰 싸움이 일어났다. 싸움 시초는 장거리 사람 하나가 이곳 형평사 지부 앞을 지나면서 모욕하는 말을 한 까닭으로 피차에 말이 오락가락하다가 싸움이 되고 또 떼싸움이 되어서 난폭한 장거리 사람들이 몽둥이를 들고 형평 사원 촌락을 습격한다

---

* 守直꾼. 건물이나 물건 따위를 맡아서 지키는 사람.

는 급보를 듣고, 성운이가 앞장을 서서, 청년회원, 소작인조합원, 심지어 여성 동맹원까지 총출동을 하여 가지고 형평 사원 편을 응원하러 달려갔었다. 싸움이 진정된 후 "늬도 이놈들, 새 백정이로구나." 하는 저편 사람들의 조소와 만매*를 무릅쓰고도 그는

"백정이나 우리나 다 같은 사람이다 ⋯ 다만 직업의 구별만 있을 따름이다 ⋯ 무릇 무슨 직업이든지, 직업이 다르다고 사람의 귀천이 있는 것은 결코 아니다. 그것은 옛날 봉건시대 사람들의 하는 말이다 ⋯ 더구나 우리 무산계급은 형평 사원과 같이 손을 맞붙잡고 일을 하여 나가지 않으면 아니 된다 ⋯ 그러므로 형평 사원을 우리 무산계급은 한 형제요, 동무로 알고 나아가야 한다."

하고 여러 사람 앞에서 열렬히 부르짖은 일이 있었다.

이 뒤에, 이곳 여성 동맹에는 동맹원 하나가 더 늘었다. 그것이 곧 형평 사원의 딸인 로사다. 로사가 동맹원이 된 뒤에는 자연히 성운과도 상종이 잦아졌다. 그럴수록에 두 사람의 사이에는 점점 가까워지며 필경에는 남다른 정이 가슴속에 깊이 들어배게까지 되었다.

로사의 부모는 형평 사원으로서 그도 또한 성운의 부모와 마찬가지로 딸일망정 발전을 시켜 볼 양으로 그리 하였던지 서울을 보내어 여자 고등보통학교를 졸업시키고 사범과까지 마친 뒤에 여훈도가 되어 멀리 함경도 땅에 있는 보통학교에 가서 있다

---

* 漫罵. 만만히 보아 함부로 꾸짖음.

낙동강

가 하기방학에 고향에 왔던 터이다. 그의 부모는 그 딸이 판임
관*이라는 벼슬을 한 것이 천지개벽 후에 처음 당하는 영광으로
알았었다. 그리하여 그는

"내 딸이 판임관 벼슬을 하였는데, 나도 이 노릇을 더 할 수
있는가? 하고는, 하여오던 수육업이라는 직업도 그만두고, 인제
그 딸이 가 있는 곳으로 살러 가서 새 양반 노릇을 좀 하여 볼
뱃심이었다. 이번에 딸이 집에 온 뒤에도 서로 의논하고 작정하
여 놓은 노릇이다. 그러나 천반 뜻밖에 그 몹쓸 큰 싸움이 난 뒤
부터 그 딸이 무슨 여자 청년회 동맹이니 하는 데 푸떡푸떡 드
나들며, 주의자니 무엇이니 하는 사나이 틈바구니에 끼어 놓고
하더니 그만 가 있던 곳도 아니 가겠다, 다니던 벼슬도 내어놓겠
다 하고 야단이다. 그리하여 이네의 집안에는 제일 큰 걱정거리
가 생으로 하나 생겼다. 달래다, 구스르다, 별별 소리로 다 타일
러야 그 딸이 좀처럼 듣지를 않는다.

필경에는 큰소리까지 나가게 되었다.

"이년의 가시네야! 늬 백정놈의 딸로 벼슬까지 했으면 무던하
지 그보다 무엇이 더 나은 것이 있더노?"

하고 그의 아버지가 야단을 칠 때에 "아배는 몇백 년이나 조
상 때부터 그 몹쓸 놈들에게 온갖 학대를 다 받아왔으며, 그래
도 그 몹쓸 놈들의 썩어 자빠진 생각을 그저 그대로 가지고 있
구만. 내사 그까짓 더러운 벼슬이고 무엇이고 싫소구마…… . 인

---

* 判任官. 일제강점기에, 장관이 마음대로 임면(任免)하던 하위 관직.

자 참 사람 노릇을 좀 할란다." 하고 딸이 대거리를 할 것 같으면

"아따 그년의 가시내. 건방지게…… 늬 뭐락 했노? 뭐락 해……?"

그의 어머니는 옆에서 남편의 말을 거드느라고

"야, 늬 생각해 보아라. 우리가 그 노릇을 해 가며 늬 공부시키느라고 얼마나 애를 먹었노. 늬 부모를 생각키로 그럴 수가 있능가? 자식이라고 딸자식 형제에서 늬만 공부를 시킨 것도 다 늬 덕을 보자고 한 노릇이 아니냐?"

"그러면 어매 아배는 날 사람 노릇 시킬라고 공부시킨 것이 아니라, 돼지 키워서 이利 보듯이 날 무슨 덕 볼라고 키워 논 물건으로 알았는게오?"

"늬 다 그 무슨 쏘리고? 내사 한 마디 못 알아듣겠다…… 아나, 늬 와 이라노? 와?"

"구마, 내 듣기 싫소. ……내 맘대로 할라요."

할 때에, 그 아버지는 화가 버럭 나서

"에라 이…… 늬 이년의 가시내, 내 눈앞에 뵈지 말아. 내사 딱 보기 싫다구마."

하고는 벌떡 일어나 나가 버린다.

이리하고 난 뒤에 로사는 그 자리에 폭 엎으러져서 흑흑 느껴 가며 울기도 하였다. 그것은 그 부친에게 야단을 만나고 나서 분한 생각을 참지 못하여 그러는 것만도 아니었다. 그의 부모가 아무리 무지해서 그렇게 굴지마는, 그 무지함이 밉다가도 도리어 불쌍한 생각이 난 까닭이었다.

이러할 때도 로사는 으레 같이 성운에게로 달려가서 하소연한다. 그럴 것 같으면 성운은

"당신은 최하층에서 터져 나오는 폭발탄 같아야 합니다. 가정에 대하여, 사회에 대하여, 같은 여성에 대하여, 남성에게 대하여, 모든 것에 대하여 반항하여야 합니다."

하고 격려하는 말도 하여 준다. 그럴 것 같으면 로사는 그만 감격에 떠는 듯이 성운의 무릎 위에 쓰러져 얼굴을 파묻고 운다. 그러면, 성운은 또

"당신은 또 당신 자신에 대하여서도 반항하여야 되오. 당신의 그 눈물 ― 약한 것을 일부러 자랑하는 여성들의 그 흔한 눈물도 걷어치워야 되오. ……우리는 다 같이 굳센 사람이 되어야 합니다."

이같이 로사는 사랑의 힘, 사상의 힘으로 급격히 변화하여가는 사람이 되었다. 그의 본 성명도 로사가 아니었다. 어느 때 우연히 로사 룩셈부르크의 이야기가 나올 때에 성운이가 웃는 말로

"당신 성도 로가고 하니, 아주 로사라고 지읍시다. 의."

그리고 참말 로사가 되시요 하고 난 뒤에, 농이 참된다고, 성명을 아주 로사로 고쳐 버린 일이 있었다.

◎

병든 성운을 둘러싼 일행이 낙동강을 건너 어둠을 뚫고 건넛마을로 향하여 가던 며칠 뒤 나절이었다. 갈 때보다도 더 몇 배

긴긴 행렬이 마을 어귀에서부터 강 언덕을 향하고 뻗쳐 나온다. 수많은 깃발이 날린다. 양렬로 늘어선 사람의 손에는 긴 외올 베자락이 잡혀 있다. 맨 앞에 선 검정 테 두른 기폭에는

"고故 박성운 동무의 영구"

라고 써 있다.

그다음에는 가지각색의 기다. 무슨 '동맹', 무슨 '회', 무슨 '조합', 무슨 '사'. 각 단체 연합장임을 알 수 있다. 또 그다음에는 수많은 만장輓章이다.

'용사는 갔다. 그러나 그의 더운 피는 우리의 가슴에서 뛴다.'

'갔구나. 너는 — 날 밝기 전에 너는 갔구나! 밝는 날 해맞이 춤에는 네 손목을 잡아볼 수 없구나.'

'…………'

'…………'

이루 다 셀 수가 없다. 그 가운데에는 긴 시구같이 이렇게 벌려서 쓴 것도 있었다.

'그대는 평시에 날더러 너는 최하층에서 터져 나오는 폭발탄이 되라, 하였나이다. 옳소이다. 나는 폭발탄이 되겠나이다.

그대는 죽을 때에도 날더러 너는 참으로 폭발탄이 되라, 하였나이다.

옳소이다. 나는 폭발탄이 되겠나이다.'

이것은 묻지 않아도 로사의 만장임을 알 수 있었다.

◎

이해의 첫 눈이 푸뜩푸뜩 날리는 어느 날 늦은 아침, 구포역에서 차가 떠나서 북으로 움직여 나갈 때이다. 기차가 들녘을 다 지나갈 때까지, 객차 안 들창으로 하염없이 바깥을 내다보고 앉은 여성이 하나 있었다. 그는 로사이다. 아마 그는 돌아간 애인이 밟던 길을 자기도 한번 밟아 보려는 뜻인가 보다. 그러나 필경에는 그도 멀지 않아서 다시 잊지 못할 이 땅으로 돌아올 날이 있겠지.

1927. 7. 《조선지광》 69호.

조명희

1894. 충청북도 진천 출생.
1914. 진천소학교를 나와 서울 중앙고등보통학교 재학 중 중퇴.
1919. 3·1운동에 참가했다 체포되어 구금.
　　　일본으로 건너가 도요대학 철학과 입학.
1920. 김우진과 함께 '극예술협회' 조직
　　　희곡 「김영일의 사(死)」 저술 및 공연.
　　　이 시기 아나키스트 단체인 '흑도회'에 가입.
1923. 귀국. 역사극 「파사(婆娑)」 발표.
1924. 시집 『봄 잔디밭 위에』 출간.
1925. 《시대일보》 기자로 근무. 카프 창립 위원으로 참가.
　　　《개벽》에 단편 「땅 속으로」 발표.
1926. 「R군에게」 「저기압」 「농촌사람들」 「한여름 밤」 등의 단편소설을 씀.
1927. 《조선지광》에 단편 「낙동강」을 발표.
　　　김기진, 김동환, 박영희 등과 함께 경향극 단체 '불개미극단' 조직.
1928. 단편집 『낙동강』 출간.
　　　일제의 탄압으로 7월에 소련으로 망명.
　　　연해주 지방의 조선인 교포 학교에서 교사로 근무.
　　　저항시 「짓밟힌 고려(Растоптанная Корея)」 발표.
1934. 알렉산드르 파데예프의 권유로 소련작가동맹에 가입.
1936. 잡지 《노력자의 조국》 책임 편집위원 취임.
1937. 스탈린의 고려인 강제 이주 정책에 의해 중앙아시아로 강제 이주.
　　　'대숙청'에 연루되어 체포, 구금됨.
1938. 일본의 간첩으로 몰려 4월 15일 사형 선고. 5월 11일 총살형 집행.
　　　(1956년 흐루쇼프 정권 때 누명을 벗고 복권됨.)

　　호는 포석(抱石). 조명희(趙明熙)는 국내에서는 1923년부터 1928년까지 시와 연극, 소설 등 다양한 분야에서 활동한 작가다. 활동 초기에 그는 관념적인 시를 짓고 가난한 식민지 현실을 작품에 담아내었으나, 1925년 8월 카프에 창립 위원으로 참가하면서 자전적 단편소설인 「땅 속으로」 발표를 기점으로 혁명적

투쟁을 그리는 작가로 변모했다.

1927년 《조선지광》에 발표한 대표작 「낙동강」은 일제에 수탈당하는 농촌을 배경으로 죽음을 앞둔 한 지식인 운동가와 그의 유지를 잇고자 하는 주변 인물들의 이야기를 낙동강의 유구한 흐름에 빗대어 서정적으로 묘사한 작품이다. 가난의 원인을 식민지 현실에서만 찾는 것이 아니라 계급 구조에서 발견하고, 계급투쟁과 사회주의 이념의 열망을 희망적으로 그리고 있다. 이 작품은 카프 문학사에 있어 신경향파 소설로부터 목적의식기의 소설로 방향 전환을 이룩한 걸작으로 평가되었으며, 특히 김기진은 「낙동강」을 "1920년 이후 조선 대중의 거짓 없는 인생 기록이자 획시대적인 작품"으로, 조명희를 "제2기에 선편을 던진 작가"라 평했다.

조명희는 반체제적 작가에 대한 일제의 탄압으로 인해 1928년 소련으로 망명하였는데, 망명 이후에도 시와 소설을 집필하는 한편 우수리스크와 하바롭스크 등지에서 농민청년학교 교사와 조선사범대학 교수 등을 역임하며 고려인 후학을 양성했다. 그러나 1937년 스탈린의 고려인 강제 이주 정책에 따라 중앙아시아 지방으로 이주되었으며, 1938년 예조프의 '대숙청' 당시 KGB에 의해 일본 간첩으로 몰려 5월 11일 총살당했다.

조명희는 그 후 약 20년이 지난 1956년 7월 20일, 흐루쇼프 정권 때 소련작가 연맹회원으로 복권되었다. 오늘날 러시아 블라디보스토크 악사코브스카야 박물관 앞에 조명희의 기념비가 세워져 있으며 우즈베키스탄의 수도 타슈켄트 남쪽에는 '조명희 거리'라 이름붙인 거리가 있다.

원보
一名 서울

이기영

1

석봉이가 저녁을 먹으러 여관으로 돌아와 보니 자기 방에 웬, 낯모르는 시골 사람인 듯한 늙은 남녀가 들어 있는데, 게다가 남자는 끙끙 앓는 소리를 하며 누워 있었다. 그가 두 팔에다 힘을 주고 간신히 일어나려는 것을 노파는 당황한 기색으로 부둥켜 일으키며 귀에 서투른 영남 사투리로

"이리로 내려 앉지소—."

한다.

석봉이는 그 말을 듣는 둥 마는 둥 하고 별안간 역정이 나서 안중문*을 향해 눈을 흘겼다. — 그는 자기도 모르게 이렇게 부르짖으며—

"이놈의 집은 그래, 돈만 아는가. 밥값을 며칠 안 냈다고 임자도 없는 방에 말도 없이 딴 손을 들이다니."

그러나 그는 할 수 없이 그대로 주저앉았다.

* 안뜰로 들어가는 문.

그것은 무슨 '빚진 죄인'이란 속담과 같이 돈 앞에서는 무조건으로 고개를 숙이는 것은 아니다. 그가 그런 생각을 먹었을 것 같으면 저번 ○○탄광에서 일어난 ××××에도 참여하지 않았을 것이요 따라서 실직을 할 까닭도 없지 않은가? 돈은 돈이요 경우는 경우인즉 저편에서 무리한 행동을 할 때에는 누구이든 어디까지든지 해보겠다는 것이 그의 '모토'이었다. 이는 이로 갚고 눈은 눈으로 갚아라. 설마 어디 가면 굶어 죽으랴? 아니 죽기밖에 더하랴! 하는 것이 다년간 노동에서 얻어진 그의 강직한 성격이었다. 그래 그는 이번에도 주인을 불러 세워 놓고 한바탕 내몰리고 싶었으나 그것을 꿀꺽 참은 것은 이 불쌍한 늙은 부부 때문이었다. 보아하니 그들은 시골 농민이다. 그의 억세 보이는 두 손은 다년간 힘찬 노동에 종사한 것을 증명한다. 지금 만일에 그들을 이 방에서 쫓아낸다 하면 그들은 갈 곳이 없이 주인에게 쪼들릴 터이므로. ─ 그것은 그가 어제 저녁까지도 그들이 딴 방에 있는 것을 보았는데 별안간 이 방으로 내쫓긴 것은 필경 방값을 못 낸 까닭이겠다. 그래 밥값이 밀린 사람들은 마치 죄수와 같이 한 방에 다 몰아넣자는 수작임을 짐작할 때 그는 부아가 있는 대로 끓어올랐다.

"흥! 망할 것들 같으니……!"

석봉이는 다시 한번 이렇게 노하였다.

"이리로 내려 앉지소!"

병인 부부는 미안한 듯이 다시 자리를 비키며 말한다.

"네. 여기도 괜치 않쇠다."

하고 석봉이는 비로소 병인의 굴신을 못하는 다리를 가엾게 쳐다보았다.

"아, 당신도 차 타고 왔능겨오?"

병인은 별안간, 그의 우명한 큰 눈을 더 크게 뜨며 무슨 놀라운 일이 있는 것처럼 이렇게 묻는데 비록 중병은 들었을망정 퍽 기골이 장대해 보인다.

"차요? ……네, 나도 시골서 차 타고 왔쇠다."

"차 타고? 아, 무슨 큰일이 있능겨오?"

"큰일이요? ……아니요. 무슨……?"

석봉이는 어리둥절하였다. 그는 그 말 의미를 못 알아듣는 것처럼 노인을 똑바로 쳐다보는데 그러나 노인은 심상치 않은 일이나 발견한 듯이 여전히 놀라운 표정으로 입술을 실룩거리며 두 눈을 홉뜬다.

"나도 차 타고 왔지요. ……병원에 오느락고 차 타고 왔지요. ……당신은 와, 뭔 일로 차 타고 왔능겨오?"

"네……?!"

석봉이는 또 이렇게 대답하고 그를 여전히 얼없이 쳐다보다가

"아니 서울을 첨 오셨나요?"

"네 차도 첨 타보고 써울도 첨 와보지요……."

"차를 첨 타 보셔요? 아니, 고향이 어디시건대……?"

병인은 아무래도 오십이 넘어 보였다. 이만 나이에 차를 처음 타 보았다는 말을 듣자 석봉이는 마치 그들은 아주 궁벽한 산속에서 살든지 그렇지 않으면 절해고도絶海孤島에서 사는 차 구경

원보

도 생전 처음 하는 사람인 것같이 신기하게 생각하였는데

"경상도 ○○ 사오."

한다.

"네 ○○요? 아니 거기는 바로 찻길 옆이 아닌가요……?"

"하하. 누가 아니락 하오. 차가 가기야 우리 고장에서 불과 이십 리 되는 ○○정거장에는 날마닥 가지요. 그라고 가시내 사는 고장도 차로 갈락 하면 정거장 두 개만 지나면 바로 그 문앞이지만두 어디 우리네 농군네가 차 타고 다닐 돈이 있능겨오?"

하고 그는 차비 사십 전이 없어서 팔십 리나 되는 딸의 집을 한 번도 타고 간 적이 없었단 말을 하자 석봉이 귀에는 그 말이 곧이들리지 않았다. 그러나 노인은 다시 말끝을 이어서—

"그래도 차 못 타본 사람이 어디 나 하나뿐이락고—. 우리 고장에도 계묘년에 찻길을 첨 놀 때 그때 나하고 철로 일을 함께 하던 김 첨지 춘핵이 저 앗 나 박 서방 그 밖에도 아마 많을 께라! (마누라를 돌아보며) 우리 마을에서 차 타 본 사람이락고는 아마 건너말 '마름집'과 면청에 다니는 황룡이 집밖에는 이번에 우리가 타 보는 게 고작일 께다."

"와그뿐이락고? 작년 봄에 서간도로 이사 간 광줄이네 개똥이네도. 또 일본으로 벌이 나간 억득이네 삼부재도 있지 않능겨오?"

하고 노파는 영감의 말을 뎀겨 주는데 그의 머리도 반백이나 넘어 세었다. 그의 손도 영감만 못지않게 노동에 악마디가 졌다.

"오, 참 내 정신 봐라. ……또 작년 겨울에 산비탈에서 내리 등

그래서 두골을 뻐개고는 ○○자혜병원으로 가서 죽은 나무장사
해먹고 살던 정 첨지도 있지 않나!"

"참 그렇다. 그 아재도 있다."

이 말을 듣자 석봉이도 아까 그가 다짜고짜로 "당신도 차 타
고 왔소? ……무슨 큰일이 있능겨오?" 하고 묻던 말이 비로소
짐작이 나섰다.

그것은 자기네와 같이 땅 파먹는 가난한 시골 사람으로서는
차를 탄다거나 서울 구경 같은 것은 당초에 바랄 수도 없는 당
치 않은 소원이다. 그것은 건너말 '마름집'이나 민청에 다니는 황
룡이네 같은 돈 있는 사람들이나 할 수 있는 짓이다. 그러므로
만일 자기네와 같은 사람으로서 차를 타 본다든지 서울 구경을
하는 사람이 있다 하면 그는 마치 서간도로 이사 간 광줄이네
개똥이네, 일본으로 벌이 간 억득이네 삼부자 같은 또는 산비탈
에서 내리 뒹굴어서 두골을 깨치고는 ○○자혜병원으로 가서 죽
었다는 나무장사 정 첨지같이 ─ 그런 불행한 일이나 닥치지 않
으면 도무지 차를 타 볼 수 없다는 말이나 일반이었다. 그래서
자기도 시골 사람으로 차를 타고 왔다니까 혹시 그런 불행한 일
이나 없는가 해서 아까 그가 그렇게 놀라며 묻던 것이었다는 것
을 석봉이는 비로소 알게 되었다.

◎

석봉이의 이러한 생각은 우선 이 노인의 차 타게 된 일부터 알

원보

고 싶어서,

"그런데 병환은 무슨 병환이신가요?"

"저 신작로×××× ×××다가 자동차에 치어서 다리가 뿌서졌답니다. 아구 세상에도……."

목 메인 소리로 이렇게 대신 대답하는 노파의 입에서는 부지중 한숨이 흘러나온다.

"아 저런! 그래서 병원에 오셨나요……?!"

"내 그래. ……씨골서는 암만 고칠락고 좋다는 약은 다 해보고 병원에도 가 봤지만두 어디 고칠 수 있능겨오. 그래 써울로 왔는데 써울서도……."

"아니 여기서도 못 고치겠답디까?"

"낼 다른 곳으로 또 한번 가 볼락 하지만도 오늘 간 데서는 다리를 짤르락고 하는데 그것을 어떻게 짤르능겨오? 아! 내사 생각만 해도 몸서리가 친다. 그랴고 돈도 많이 든다는데 대관절 돈이 어디 있능겨오."

다시 노파의 눈에서는 눈물이 소리 없이 흘러서 그의 낡은 무명치마를 적시었다…….

2

그러나 병인은 빙그레 웃으며

"각중에 내사 다리가 뿌서지지 않았드면 차도 못 타 봤겠고 써울 구경도 못했을 끼라! 다리가 뿌서졌어도 내사 차 타 보고 써울 구경도 하니까 좋다! 아― 그 뭔 사람이 그리도 많은고? 뭔 집이 그리도 큰고?! ― 보소. 당신은 아능겨오. 아, 그런 집에서는 누가 다 사능겨오?"

하고 그는 이렇게 신기한 듯이 부르짖는다.

"……."

"에라 그 무슨 쏘리고? 다리깽이가 뿌서져도 써울 구경하는 게 좋단 말이 늬 그 무슨 쏘리고? 의……."

이 말을 듣던 노파는 혀를 툭툭 차며 영감을 흘겨보고 책망하는 말이다.

"와 무슨 쏘리고? 내 다리가 뿌서지지 않았어도 늬 써울 구경 해봤겠능가? 늬, 차 타봤겠능가?"

"뉘가 써울 구경하고 싶댔나……?!"

"늬 그람 하고프지 안했나?"

"뉘 하고 싶댔나!"

별안간 두 내외는 목 곤은 영남조로 싸움 시초를 하려 든다.

"늬 그런 쏘리는 안 했어도 늬 맘속은 그럴 께다."

"늬 어떻게 남의 맘속을 그리 잘 아노?"

"늬 뭐락 했나? ……늬 그럼 부자로 잘 살기가 싫단 말가? 늬 그럼 가난이 소원이라 말가?!"

"뉘가 가난이 쏘원이락 했나? ― 내사 가난이라면 징글징글하다!"

노파는 체머리를 흔든다.

"그럼 와? ― 늬나 내나 가난에 머리가 세지 않았능가? 늬 그런 징글징글한 가난뱅이로 오래 살기만 하면 뭐할락 하노. 내사 인자 죽어도 써울 구경하니 좋다……!"

"늬 그럼 써울로 죽으려 왔능가? ― 아니 늬 이리로 올락 할 때 내사 자혜병원에 간 그 아재 생각이 문뜩 나서 가지 말자코 해도 늬 한 사락고 오더니만 늬 정말로 죽을락고 왔능가 의?"

하고 노파는 치맛자락으로 눈물을 씻으며 부르짖는다.

"에라 이 문둥이…… 늬 울기는 와 우노? 늬나 내나 인자 죽어서 원통할 게 뭐란 말고? 늬 모르겠나? 내사 일곱 살 적부터 지게 지고 이날 이때까지 살아왔지만도 늬나 내나 무슨 씨원한 일이 있었능고? ― 그래 늬도 죽고프다 하지 않았능가? 귀신은 다 뭘 묵고 사노? 와 날 같은 년 안 잡어 묵노! ― 하지 않았능가? ……내사 철로 일 했어도 차 한번 못 타보다가 인자 첨 타보니까 좋다 한 말이 뭐 안 되겠노? 늬도 좋지 않던가? 그런 놈의 것을 상구 몬 타보고 늬나 내나 뭐 하느락고 머리가 허옇게 세었능가 말이다? 에이."

하고 영감은 먹을 줄도 모르는 궐련을 붙여서 역정이 난 듯이 퍽퍽 피운다. 마누라를 흘겨본다.

"앗다 구마, 내사 듣기 싫소 의―. 늬 복이 없는 것을 어짜락고? 복이 없는 인간은 그런 일만 하는 줄 늬 모르노? 농사하고 신작로 닦고 철로 깔고 하는 건 모두 임자 같은 복이 없는 인간이 한단 말다! 그럼 복이 있는 인간은 그놈을 먹고 탄단 말다!

늬 해마다 농사 한닥고 입쌀밥*을 몇 때나 묵어 봤노? ……늬 복에 없는 차 타 볼락고 다리깽이가 뿌서졌다!"

"복이 있능가 없능가는 내사 모르겠다. 하지만도 늬 말과 같이 우리는 와? 신작로 닦고 철로 깔고 농사해도 묵고 살 수가 없능가 말이다. 늬 봐라 ××× 제 묵을 건 있지 않나? 내사 신작로 닦으면 그놈의 자동차 딱 보기 싫다 그놈의 망할 새끼. 마른 날은 먼지 끼었고 진 날은 흙물 끼었고. ― 아늬 그것이 신작로 닦거 논 턱이란 말고?!"

"늬 그보다도 ×××××× 다리깽이가 뿌서진 건 어짜겠노?"

석봉이는 웃목에 앉아서 그들의 말을 가만히 듣고 있다가 별안간 히히 하고 웃음이 나왔다.

"아니 그만들 두십시오. 그리다가 짜장** 싸움들 하시리다. 하기는 그런 싸움은 할수록 좋지요만."

노인은 이 바람에 정신을 차린 듯이 석봉이에게로 머리를 돌리며

"언제―. 보소! 그렇지 안능겨오? 내사 인자 그런 놈의 일은 안 할락 한다. 우리 농군들은 에라 그놈의 것 몽조리 차 타락고 하고프다. 보소. 그렇지 않응겨오?"

"네, 그렇지요……."

석봉이는 몽롱하게 대답하였다.

---

* '멥쌀'이라고도 하며 우리가 흔히 먹는 쌀로 메벼에서 나온 찰기가 적은 쌀을 가리킨다. '입쌀'은 멥쌀을 보리쌀 따위의 잡곡이나 찹쌀에 상대하여 이르는 말이다.
** 과연 정말로.

　　　　　　　　　　　　　　　　　　　원보

"아늬 참 아까 묻던 말 잊었오. 이 써울 장안에 그 많은 사람들은 뭘 먹고 사능겨오? 논밭이라고는 하나도 없는데!"

노인의 고지식한 이 말에 석봉이는 참으로 태곳적 사람이나 만난 것처럼 빙그레 웃으며

"당신네가 농사 진 것으로 먹고 살지요."

하였다.

"아니 그러면 노인은 서울 사람도 농사를 지어 먹고 사는 줄 알으셨나요?"

"그랬지요. 쌀(쌀)은 농사 하지 않으면 없는 게 아닌겨오? 그런데 써울 와 보니까 우리네 농사 고장보다도 입쌀밥만 해먹기에 내사 써울도 논이 많은 줄 알았지요."

"허허. 하기야 쌀은 농사를 짓지 않으면 생길 수 없는 것이지요마는 서울 사람은 가만히 앉았어도 쌀을 산같이 져다 주는 사람이 있답니다. 그것은 당신네 같은 농민이 쌀을 져다 주면 우리 같은 노동자는 석탄을 캐다 주고 옷감을 짜다 주고……."

"네? 우리가? 당신이……?!"

노인은 말귀를 잘못 알아듣는 것처럼 어리둥절하니 석봉이를 쳐다본다.

"네— 우리와 당신이 — 서울 사람은 돈만 가지고 앉아서 당신네가 농사 진 쌀과 우리네가 캐내는 석탄으로 잘 먹고 산답니다. 그런데 그들이 우리 ××××것은 ×××옷과 좁쌀밥 차례도 잘 안 오는 그런 게지요. ……당신은 ××××× 다리가 부러졌어도 병원에서는 고쳐 주지도 않고 우리는 수백 길 되는 땅속에

들어가서 석탄을 캐다가 먹고 살 수가 없는 품값을 조금만 더 달라고 청했더니 올려 주기는커녕 그랬다고 우리를 내쫓는 것이 서울 사람들이지요. — 나도 그래서 일자리를 잃고 이번에 서울로 왔습니다."

하는 석봉이의 목소리는 차차 긴장해졌다.

"아! 그래서 차 타고 왔능겨오? ……보소! 우리네가 차를 탈락 하면 영락없이 큰일이 난단 말다!"

노인은 놀라운 듯이 또는 자기의 예언한 것이 들어맞은 것을 신기하게 생각하는 것처럼 부르짖는다.

"네, 노인 말씀이 옳습니다! ……우리네가 차를 타게 되면 참말로 큰일이올시다."

하고 석봉이도 따라 웃었다.

"와 그럼 그런 노릇을 했능겨오. 그대로 가만있지 않고……."

"네? 가만있어요, 먹고 살 수가 없는데 어떻게 가만히 있어요. 노인도 그런 농사는 하고 싶지 않다고 하지 않았습니까? 노인네 사는 농촌에서도 먹고 살 수 없는 비싼 소작료를 감해 달라고 ××××××××지 않습니까? 우리네 노동자의 ××××××것도 역시 그와 마찬가지랍니다."

"오 참 그러쿠마. 우리 고을에도 농군들이 소작료 감해 달라고 ×했다드니 아니 당신네도 그런 것 있나요?"

하고 노인은 의심스러운 듯이 묻는다.

"그렇지요. 아까 노인의 말씀에도 ×××라도 제 먹을 것은 있다 하시지 않았습니까? 그러면 ××××먹을 것은 있는데 어째

서 ×××××한다는 사람으로서 ××××으로서 — 아니 밤낮
일하는 사람으로서 — 먹고 살 수가 없습니까?"

"글쎄 와 그런지…… 내사 알 수 있능겨오!"

"아까 안 노인께서는 그것이 복이 없어서 그렇다고 하십니다
마는 실상은 복이 없어서 그런 것도 아니요 우리네의 노동자가
천생으로 못생겨서 그런 것도 아니겠지요!"

"그럼 복이 없어서 그런 것도 못생겨서 그런 것도 아니락 하면
그럼 와 그런가요?"

하고 노파는 어이없는 듯이 석봉이를 비웃는 조로 쳐다본다.

"내사 그놈의 돈 때문이락 한다! 그놈의 돈을 ××× ××××
××단 말다. 보소! 그렇지 안능겨오?"

하고 노인은 의심스러운 듯이 석봉이를 쳐다보며 다시 묻는
말이다.

"아니지요. 돈이 나쁜 것이 아니라 돈을 ×××××써서 그렇
지요."

"돈을 잘못 쓴닥고……?"

"네, 한말로 쉽게 말하자면 ×××× 제각기 벌어먹으니까 ××
××× 살지마는 사람은 놀고먹는 사람이 있는 까닭으로 — 그
놀고먹는 사람이 ××××××× 있는 까닭으로 짜장 일하는 사
람들은 ××××× 없는 것입니다. ……보십시오, 노인이나 내나
밤낮 일하는 사람은 어디 돈 구경을 합니까?"

이때 잠자코 앉아 듣고 있던 병인은 비로소 무엇을 깨달음이
나 있는지 고개를 끄덕끄덕하며 멍하니 무엇을 생각하는 것처럼

침묵을 지키고 있는데 노파는 신기한 듯이 이렇게 부르짖는다.

"야 내사 얄궂다! 아니 정말로 그렇겨오!"

"네, 그렇지요. 글쎄 농사도 안 짓고 놀고먹는 이 서울 사람을 보십시오. 길쌈도 안 하고 잘 입고 사는 이 서울 사람을 보십시오. 그들은 모두 우리네 노동자가 피땀을 흘리고 일한 것을 가지고 교묘하게…… 사는 셈이지요! 당신들은 왜 우리 같은 노동자에게는 돈을 얻기가 하늘에서 별 따기보다도 어려운데 그들에게는 물 쓰듯이 흔하게 많은 줄 아십니까?!"

석봉이가 이렇게 부르짖자 노인은 별안간 손을 내흔들며

"저! 저……!"

하는 것은 마치 그의 몽롱하게 짐작나선 생각을 어떻게 발표할지를 모르는 모양 같았다.

석봉이는 기침 한 번을 한 뒤에 다시

"사람의 세상에서는 어떻든지 사람이 제일 귀한 것이겠고 또한 귀하지 않을 수 없는 것이올시다. 그런데 지금 세상은 사람이 ××××도 천하고 ××××× 더 천하지 않습니까? 그러므로 ××××××× 세상이올시다. 이 ××××××××××으로 만들어야 할 것이요 또한 만들지 않을 수 없는데 그것은 오직 ×××××× 같은 그런 절실×××××사람들이 ××××××××가지고 ××××××될 것이외다! ××××××××될 것이외다! 당신네는 지금까지 ×××같이 온순하게 일해서 대체 얻은 것이 무엇입니까? 놀고먹는 서울 사람들은 당신네에게 대체 무엇을 주더이까……?"

이렇게 부르짖는 석봉이의 말은 어떤 감격에 떨리며 ××××
× 무의식적으로 쥐어졌다. 이때 노인 부부는 우두커니 앉아서
무엇을 생각하고 있는데 노인은 간간이 고개를 끄덕끄덕할 뿐이
었다…….

3

그 후 이틀 뒷날 밤이다.

석봉이는 볼 일이 있어서 하룻밤을 나가 자고 전과 같이 늦게
돌아와 보니 자기 방에 있던 노인들이 눈에 보이지 않는다. 그래
오늘도 병원에서 그저 돌아오지 않았나 하고 저녁상을 물리기
까지 기다려 보았으나 전등불이 환하도록 그들은 들어오지 않
았다. 그래 궁금한 생각이 나서 상을 내가는 머슴애한테 물어보
았다.

"이 방에 있던 노인네를 어디 가셨늬? 그저 밖에서 안 들어오
셨나?"

"노인네들이요. 네, 아까 떠나셨답니다!"

"떠났어? 응 어디로……?"

이 의외의 대답을 들은 석봉이 목소리는 자연 높아졌다.

"몰라요. ……아마 시골로 가셨겠지요."

하고 머슴애는 빙그레 웃으며 상을 들고 나간다. 그래도 석봉
이는 궁금하여서 안주인을 불러서 자세히 물어본즉 그는 싱글
싱글 웃으며 하는 말이, 그들은 아까 저녁 때 병원에서 돌아오자

시골서 누가 찾아와서 같이 간다고 밥값도 그이가 내고 그길로 바로 떠났다 한다.

"시골서 누가 찾아와? ……일가가 있단 말도 못 들었는데……"

석봉이는 오히려 그들의 행방에 의심이 풀리지 않았으나 그러나 비록 일가는 없더라도 이웃사람 누구를 만났던지 만나서 아마 병도 고칠 수 없고 노수*도 떨어진 것을 알게 되자, 그 사람이 밥값도 대신 물어 주고는 같이 데리고 갔나 보다 하였다. 그래 그의 기억에는 하루 이틀 지나는 대로 그 노인네의 생각이 점점 사라져 갔다.

◎

며칠 뒤 — 그 노인들의 생각을 거의 다, 잊어버렸을 때, 어느 날 아침이었다. 석봉이는 누구를 만나 보러 식전 출입을 나서서 마침 ○○ 근처를 가노란즉 웬 걸인 노파가 한데서 자고 나서 이슬에 후줄근한 더러운 옷을 입고 손에 빈 생철 냄비를 들고 가다가 걸음을 떡 멈추더니 석봉이를 쳐다보고 아는 체를 한다.

"아! 노인?!"

석봉이는 그가 누구인 줄 알게 되자 얼결에 이렇게 부르짖었다. 그 순간에 그는 그들이 자기 있던 여관을 떠나게 된 까닭도

---

* 路需. 먼 길을 떠나 오가는 데 드는 비용. 노자.

번개같이 머릿속으로 지나간다.

"노인 이게 웬일이십니까? 대관절 바깥노인의 병환은 어떠시고 지금 계신 데는……?"

뻔히 아는 노릇을 그는 이렇게 물을 용기가 없어서 말끝을 흐리미리한 것이다.

"저 다리 아래…… 아래 병원에 가 봤는데 거기서도 다리를 짜르락고 하지 않겠능겨오. 그래 할 수 없이 고향으로 내려갈락고 했는데 각중에 병이 더해서 못 떠나고 이튿날 갈락 한즉 밥 값을 갚고 난즉 차삯이 몬 되지 않능겨오. 그래 보따리 잡히고 그 돈을 좀 꾸어 주면 시골 가서 갚는닥 해도 그리는 안 되겠다고 그 당장으로 나가락고 하지 않능겨오. 아! 내사 평생에 이런 일은 첨 봤구마! 그래 할 수 없이 한데로 나서지 안었능겨오……."

하고 노파는 참으로 죽을 판에 살 길을 찾은 게 나같이 일희일비하여 말문이 팍! 팍! 막힌다.

"악! 저런 죽일 년 같으니! ……그래도 내게는 시골서 누가 찾아와서 밥값도 대신 물어 주고 데리고 내려갔다기에 나는 그런 줄만 알았지요. ……그런 능청스러운 계집년 같으니?! 그래서 그 뒤에는 어떻게 되셨나요?"

하고 분기가 탱중한 석봉이는 비로소 머슴애의 상 내갈 때 빙그레 웃던 기미도 짐작이 난다.

"그래 어디로 갈 데가 있능겨오. 그새에 천 량 있던 것도 죄다 떨어 묵고…… 할 수 없이 한데서 지냈는데 병은 점점 더해서 지금은 목숨이…… 위태…… 아 이 일을 어떻게 하면 좋웅겨오?"

"녜! 목숨이? ……그럼 어서 가시지요. 아니 잠깐만 기다리십
시오!"

하더니 석봉이는 한달음에 설렁탕 한 그릇을 사 가지고 와서

"자, 어서 노인 계신 데로 가십시다……!"

"아 그건 뭐락고 사셨능겨오! ……와……."

××다리 밑으로 가보니 과연 거기는 섬거적을 두른 병신 걸
인이 누워 있다. 불과 몇 날 동안에 그들은 아주 훌륭한 걸인으
로 변장되었다. 과연 지금 이 세상에서는 가난한 사람이 걸인이
되기는 아주 용이한 일 같았다.

"아 노인 이게 웬일이신가요? 어서 이 국물을!"

하고 그는 급히 설렁탕을 권하였다. 병인의 생명은 위독해 보
였다.

"아 보소 이렇게…… 여기를 왔능겨오……. 아!"

병인은 간신히 토막말을 하며 반가운 듯이 한 손을 그의 앞으
로 내민다. 그래 석봉이는 얼른 그의 손목을 꽉 잡아 주었다. ─
병인은 똑바로 석봉이를 쳐다본다.

"보소……. 내사 다시 살 수 없겨 같소……. 그러나 내 인제
죽어도 괜찮겠오. 당신은 내 죽은 뒤라도 우리 농군들한테 가
서…… 그런 소리나 일러 주소. ……우선 내외 손주한테 잘 일
러 주소……. 아 내 소원은 그밖에 없지오……. 웅."

하는 병인의 눈에는 어느덧 눈물이 고요히 흐른다. ……원통
한 눈물이…….

"늬 또 무슨 쏘리고?! 죽기는 와 죽는닥 하노! 구마…… 늬 죽
으면 내사 어쩌락고. 의……. 자식도 없는 내사 어쩌락고! 의."

노파도 따라 우는 말이다.

"아니 노인 병들면 다 죽나요? 그런 생각은 애여 마시고 어서
이 국물을 좀 마시서요. 그러면 차차 ─ 아니 내가 어디로 먼저
모셔다 드리지요……."

석봉이는 진정으로 동정에 견딜 수 없어서 턱에 없는 말이지
마는 위로하는 말로 이렇게 하였다. 하기는 별수 없이 자기 여관
으로 도로 데리고 갈 작정이었다마는.

"그래, 자 어서 마시락고. 의. 보소! 이 양반이 사온 공으로라
도 어서 마시락고!"

노파와 석봉이가 번갈아 가며 지성껏 권하였으나 그는 한사
하고 고개를 내젓는다. 그것은 미구에* 죽을 것을 먹으면 무엇
하느냐, 그것은 마누라나 먹고 당신은 내 부탁이나 들어주소. 내
게는 그것이 제일 안심된다고 굳이 사양하는 말 같았다. 그리고
여관으로도 안 가겠다고, 고개를 흔든다. 이렇게 하기를 한 식경
─ 병인은 차차 숨실失이 되어 간다. 의식이 몽롱해 간다…….
이제는 의사를 불러도 소용이 없을 것 같다. ─ 일은 당하였다.
그러나 차마 거지같이 다리 밑에서 죽는 것을 볼 수 없을 뿐 아
니라 주인의 소위가 괘씸하여 뒷일이야 어찌 되든지 간에 데려
다 놓고 볼 일이라고 석봉이는 인력거를 급히 불러서 우선 병인

---

* 얼마 지나지 않아.

을 떠 신고 여관으로 달려갔다.

◎

그러나 그는 가는 중도에서 무참하게도 운명을 하고 말았다.

별안간 차 안에서 끽 끽 꺼르렁 꺼르렁 소리가 나기에 뒤따라오던 석봉이가 의심이 나서 차를 멈추라 하고 들여다본즉 병인은 눈을 홉뜨고 마침내 숨을 모으는 중이었다. 인력거꾼은 눈썹을 찡그리며

"간밤에 꿈을 잘못 꾸었더니 내 별 꼴을 다 보겠네!"

하고 침을 뱉고 돌아서는데

"아! 노인! 노인!"

"아! 니 죽을락 하노 아! 니 정말로 이…… 문둥아! ……이……."

하고 노파는 곡성을 질러서 소리쳐 운다. 그러나 병인은 눈을 똑바로 뜨고 석봉이를 쳐다볼 뿐! 그것은 마치 아까 하던 부탁을 잊지 말라고 주의시키는 것과 같았다.

이때 석봉이와 노파는 참으로 어쩔 줄을 몰랐다. ……그는 제일 여관 주인이 분해서 견딜 수 없었다.

◎

원보

그날 노인을 수칠리 공동묘지에 장사할 때 호상원*이라고는 노파와 석봉이뿐이었다. 쓸쓸한 고총 틈바구니에는 새로이 무덤 하나가 늘었는데 죽은 잔디 위로는 아직도 첫봄의 찬바람이 불어온다. ……노파의 울음소리가 그 바람 위로 떠오른다. ……그리하여 원보는 서울 와서 공동묘지 한 자리를 차지하고 누웠다. 과연, 서울은 그들에게 무엇을 주었던가?!

1928. 5. 《조선지광》 78호.

* 護喪員 장례에 참석하여 상여 뒤를 따라가는 인원.

서화
鼠火

이기영

1

며칠째 연속하던 강추위가 오늘은 조금 풀린 모양이다. 추녀에 매달린 고드라미*가 녹아내린다.

바람이 분다.

그래도 정초(음력설)라고 산과 행길에는 인적이 희소하였다. 얼음 위에 짚방석을 깔고 잉어 낚기로 생애를 삼던 차 첨지도 요새는 보이지 않았다.

얼어붙은 강 위에는 벌써 언제 온지 모르는 눈이 그대로 쌓여 있다. 갓모봉**의 험준한 절벽 밑을 감돌고 다시 편한 들판으로 흘러내린 K강은 마치 백포白布를 편 것같이 눈이 부신다. 간헐적으로 벌판에서 불어오는 바람은 선풍旋風을 일으키며 공중으로 올라간다. 광풍은 다시 강상백설江上白雪을 후려쳐서 강변 이편으로 들날린다. 그것은 마치 은비와 같이 일광에 번득이며 공중으로 날리었다. 하늘은 유리처럼 푸르다.

---

* '고드름'의 다른 말.
** 冠帽峰. 갓의 모양을 닮은 봉우리.

"정초의 일기로는 희한하게 좋은걸……. 한데 명절이라고 심심도 하다."

콧노래를 부르고 있던 돌쇠는 별안간 고개를 쳐들었다. 태양은 눈이 부시다. 편한 들 건너 하늘가로 둘러선 먼 산에는 눈이 하얗게 쌓여 있다. 거기는 어쩐지 무슨 신비하고 숭엄한 별천지 같이 감정이 무딘 돌쇠로서도 느껴졌다.

소리개가 갓모봉 위로 날아와 강 위 하늘을 빙빙 돈다.

돌쇠는 이 산잔등을 좋아한다. 여기에 올라서서 보면 원근산천이 다 보인다. 이 산뿌리를 내려가면 바로 강벼루*를 접어드는 어구였다.

돌쇠는 두루마기를 뒤로 제끼고 바위에 걸터앉았다. 그는 담배 한 대를 피워 물었다. 어제 화투판에서 딴 것이다.

이마에 대추씨만 한 흉터를 가진 돌쇠는 넓적한 얼굴에 입이 비교적 컸다. 그러나 열기 있는 눈이 그의 건장한 기품과 아울러 남에게 위신이 있어 보였다. 젊은 여자가 더러 반하는 것이 아마 그 때문일 것이다.

그는 아침을 먹고 나서 어디 노름판이나 없나 하고 윗마을로 슬슬 올라가 보았다. 거기도 어디나 마찬가지로 모두 쓸쓸하였다. 어린애들이 당성냥** 내기 윷노는 소리가 산지기 조 첨지 집에서 목 갈린 게우*** 울음처럼 들릴 뿐이었다. 젊은 사람들은 모두

---

* 벼루 : 강가나 바닷가에 있는 벼랑.

** 당(唐)성냥 : 중국에서 들어온 성냥. 이때 성냥은 귀한 물건이어서 내기용으로도 쓰였다.

*** '거위'를 일컫는 경상남도 거제지방의 방언.

벌이를 나간 모양이다. 모두 먹고살기에 겨를이 없는 것 같다.

그래서 돌쇠는 짚신장사 남 서방 집에 가서 온종일 이야기를 하다가 무료히 내려오는 길이었다. 거기서 막걸리 한 사발을 먹은 것이 아직도 주기가 있다. 해는 서산에 기울어서 석조夕照는 하늘가를 물들이고 설산雪山을 연연하게 비치었다.

한데 난데없는 불빛이 그 산 밑으로 반짝이었다. 그것은 마치 땅 위로 태양 하나가 또 하나 솟아오르는 것처럼…… 불길은 볼 동안에 점점 커졌다. 그러자 도깨비불 같은 불들이 예서제서 옹기종기 일어났다.

'저게 무슨 불인가?'

돌쇠는 이상스레 쳐다보았다. 순간에 그는 어떤 생각이 번개 치듯 머리로 지나갔다. 그는 그길로 — 벌떡 일어나서 네 활개를 치고 집으로 내려왔다.

그는 금시에 우울한 표정이 없어지고 생기가 팔팔해 보이었다.

돌쇠가 저녁을 먹고 나서 먼저 나간 성선成先이 뒤를 쫓아갔을 때는 벌써 날이 저물었다. 낮과 같은 갈고리 달이 어슴푸레한 서쪽 하늘에 매달렸다. 그동안에 광경은 일변하여 불길은 먼 들 건너 산 밑을 뺑 둘러쌌다. 새빨간 불이 참으로 장관이었다. 달은 놀라운 듯이 그의 가는 눈썹을 찡그리며 떨고 있었다. 별은 눈이 부신 듯이 깜짝이었다.

그러나 불은 그곳뿐만 아니다. 너른 들을 중심으로 지금은 동서남북이 모두 불천지다. 어두울수록 불빛은 더욱 빨갛게 타올랐다. 그리는 대로 군중의 아우성소리가 그 속에서 떠올랐다.

"불이야— 쥐불이야!"

돌쇠는 엉덩춤이 저절로 났다.

"그렇다! 오늘이 쥐날이다! 아 저 불 봐라—! 하하— 하느님*
의 수염 끄실르겠다!"

사실 너른 들을 에워싼 불길은 하늘까지 마주 닿았다. 하늘
도 빨갛다.

K강 지류를 끼고 흘러간 반개울 안팎 동리에서도 아이들이
쥐불을 놓으며 떼로 몰려서 내려온다.

불이야— 쥐불이야—!

예전에는 쥐불 싸움의 승벽**도 굉장하였다. 각 동리마다 장정
들은 일제히 육모 방망이를 허리에 차고 발감개를 날쌔게 하고
나섰다. 그래서 자기편의 불길이 약할 때에는 저편 진영을 돌격
한다. 서로 육박전을 해서 불을 못 놓게 훼방을 친다. 그렇게 되
면 양편에서 부상자와 화상자火傷者가 많이 나고 심하면 죽는 사
람까지 있게 된다. 어떻든지 불 속에서 서로 뒹굴고 방망이찜질
을 하고 돌팔매질을 하고 그뿐이랴! 다급하면 옷을 벗어 가지고
서로 저편의 불을 두드려 끄는 판이라 여간 위험하지가 않았다.
돌쇠의 이마에 있는 대추씨만 한 흉터도 어려서 쥐불을 놓다가
돌팔매로 얻어맞은 자국이었다.

졸망구니 아이들은 동구 안 냇둑에다 불을 놓으며 내려왔다.
손이 곱아서 성냥이 잘 그어지지 않았다. 몇 번 신고를 해서 간

* 하늘님. 천신(天神).
** 勝癖. 남과 겨루어 이기고자 하는 것.

신히 글라치면 마치 기다렸던 것처럼 바람이 꺼 놓는다. 그래서 그들은 논둑 밑에 가 납작 엎드려서 옷자락으로 가리고 불을 붙였다. 어떤 계집애는 치마폭으로 바람을 가려 주었다.

그러나 큰 사람들은 어느 해가*에 그런 짓을 하고 있을 수는 없었다. 그들은 솜방망이에다 석유 칠을 해서 횃불을 켜 가지고는 뛰어다니며 불을 붙였다.

반개울 앞들에는 순식간에 불 천지가 되었다. 마른 풀은 불이 닿기가 무섭게 활활 타올랐다 — 호도독 호도독 재미있게 탄다.

물 아래로 무더기 무더기 몇 갈래로 타는 것은 읍내 사람들이 놓는 불이었다. 왼편으로 기러기 떼처럼 일렬을 지어서 총총히 늘어선 불길은 한들쪽 사람들 — 다시 이쪽으로 가물가물하게 훨씬 멀리 보이는 것은 장들쪽 사람들 — 왜장골, 공서지, 원터 쪽에서도 불! 불! 불!

멀리 어디서 풍물農樂 치는 소리가 바람결에 들린다.

"깽매! 깽매! 깨갱…… 잉……"

젊은 여자와 머리채가 치렁치렁한 처녀들은 동구 앞까지 나와서 어마어마하게 타오르는 사방의 불빛을 쳐다보고 재깔대었다. 거기에는 간난이네, 응삼이 처, 아기네 또순이도 섞여 있다.

돌쇠와 성선이를 선두로 한 반개울 사람 십여 명은 읍내편의 불길이 성한 것을 보고 쫓아내려갔다. 간난이를 업은 돌쇠 처는 또 누구와 싸움이나 하지 않을까 하고 은근히 걱정하였다. 반

---

* 奚暇. 겨를에.

서화

개울 사람은 자래로 읍내 편 사람들과 쥐불 싸움을 하는 때문에—.

그러나 돌쇠의 일행은 미구에 실망하고 돌아왔다. 그들이 쫓아가 보니까 쥐불을 놓는 사람은 모두 졸망구니와 아이들뿐이므로 도무지 대거리가 되지 않기 때문이었다.

돌쇠는 이런 승벽이나마 해마다 쇠하여 가는 것이 섭섭하였다. 그것은 읍내 사람들이 더한 것 같았다.

농촌의 오락이라고는 연중행사로 한 차례씩 돌아오는 이런 것밖에는 무엇이 있는가? 그런데 올에는 작년만도 못하게 어른이라고는 씨도 볼 수 없다. 쥐불도 고만이 아닌가?

정월대보름께 줄다리를 폐지한 것은 벌써 수삼 년 전부터였다. 윷놀이도 그전같이 승벽을 띠지 못한다. 그러니 노름밖에 할 것이 없지 않으냐고 돌쇠는 생각하였다.

그는 이것이 무슨 까닭인지를 모른다. 쥐불은 관청에서도 장려한다 하지 않는가? 그런지 아닌지는 몰라도 쥐불을 놓으면 논두렁 속에 묻혔던 벌레가 모두 타 죽어서 곡식을 유익하게 한다는 것이다. 그런데도 쥐불을 놓는 어른은 없었다. 그러나 하필 쥐불뿐이랴! 마을 사람들의 살림은 해마다 줄어드는 것 같았다.

사실 그들은 모두 경황이 없어 보인다. 수염이 대五 자 오 치라도 먹어야 양반 노릇을 한다고 — 가난한 양반은 양반도 소용없었다. 올 정월에 떡을 친 집도 몇 집 못 된다. 그러니 쥐불이랴? 세상은 점점 개명을 한다는데 사람 살기는 해마다 더 곤란하니 웬일인가?

오직 사는 보람이 있어 보이는 집은 가운데 마을 마름집뿐인 것 같다.

밤이 차차 이슥해지자 각처의 불길은 기세가 죽어갔다. 반딧불같이 띄엄띄엄 붙은 곳은 마지막 타는 불꽃인가? 불은 저 혼자 타라고 내버려 두고 사람들은 제각기 흩어져 갔는지 아까까지 들리던 아우성 소리도 지금은 없어졌다.

"이런 제미! 그럴 줄 알았으면 공연히 내려갔지."

"글쎄 아— 춥다."

돌쇠와 성선이는 언 발을 구르며 돌아온다. 돌쇠는 추운 중에도 담배를 꺼내서 붙여 물었다.

"여보게 한 케* 안 하려나?"

돌쇠는 성선이에게도 담배 한 개를 꺼내 주며 물었다. 그들은 외딴 주막에서 먹은 술이 얼큰하였다.

"어듸 할 축이 있나."

담배 불을 마주 붙이는 성선이는 귀가 솔깃하였다.

"웅삼이하고 완득이하고……"

"웅삼이가 할까?"

"그럼 내가 꾀면 된다."

"하자!"

성선이의 눈은 담뱃불에 빛났다.

"뉘 집에 가 할까?"

* '관'의 강원도 방언.

"글쎄……. 웃말로 가 보세."

돌쇠는 고개를 외로 틀었다. 그는 노름할 장소를 궁리해 보았다. 아주 누구나 땅뗌을 못할 곳 ─ 그래서 개평꾼*이 쫓아오지 못할 으슥한 곳에서 오붓하게 하고 싶었다.

달은 벌써 졌다. 별이 총총 났다. 고추바람이 칼날같이 귓부리를 에인다. 강빛은 어두운 밤에도 훤하게 서기한다. '콩! 콩!' 마을에서 개 짖는 소리 ─ 산모퉁이를 돌아오니 바람이 덜 차다. 주막거리를 접어들자 술집에서는 윷들을 놓느라고 왁자지껄하다.

"개야─ 걸어가자 떡 사주마!"

"윷치냐! 삿치냐! 오곰의……."

"석동문이가 죽었구나 ─ 야 ─ 우리는 막이다."

두 사람은 술집 앞에 와서 걸음을 멈추고 귀를 기울였다. 거기에는 완득이도 끼어 있는 모양이었다.

"자 ─ 그럼 완득이를 불러내라. 나는 응삼이를 삶아 내올 테니."

돌쇠는 성선이가 옆구리를 꾹 찔러 가지고 가만히 소곤거렸다.

"응 그래."

"눈치채지 않게!"

"알었어."

성선이는 고개를 끄덕이고 술집으로 들어갔다. 돌쇠는 그 길로 자기 집으로 들어갔다. 그는 우선 밑천을 더 만들어야 할 판

---

* 노름, 내기 따위에서 남이 가지게 된 몫에서 조금 얻어 가지는 공것(개평)을 노리는 이.

이었다. 삽작문을 열고 들어가니 뜰에서 자던 바둑이가 주인의 인기척을 듣고 반가이 꼬리를 치며 달려든다. 돌쇠는 가만히 윗방을 열었다.

◎

돌쇠 처 순임이는 간난이를 업고 쥐불 구경을 나갔다가 추워서 바로 들어왔다. 그는 집으로 오면서도 남편이 무슨 일이나 저지르지 않을까 걱정하였다. 그는 열두 살 때에 민며느리로 들어왔다. 그게 벌써 십 년 전이었다. 얼굴에 주근깨가 돋고 약간 얽은 티가 있는 조그만 여자였다. 그는 남편이 무서웠다.

"오늘 밤에도 안 들어오려나? ……요새는 뉘 집에서 자는지 몰라!"

자기 방으로 올라와서 자리를 펴고 누운 순임이는 입속으로 중얼거렸다. 간난이는 젖을 물고 자다가 몇 모금씩 빨고 빨고 한다.

그는 어려서는 시집살이하기에 쪼들리다가 남편의 그늘을 알 만하니까 남편은 난봉을 피웠다. 한 달이면 집에서 자는 날며칠 안 된다. 간난이는 벌써 세 살이 되었는데 아직 아무 기별이 없다. 그는 어서 아들을 낳고 싶었다.

어느 날 ─ 그는 가만히 시어머니 몰래 마을의 단골(무당)에게 가서 물어보았다. 단골은 손가락을 꼬부렸다 폈다 하여 육갑을 짚어 보더니 서로 살이 끼어서 그렇다 하였다. "짚신 살이 끼어서 나돌아 다니기를 좋아한다. 살풀이를 하자면 큰 고개 서낭으로 가서 큰 굿을 해야 된다.”는 것이었다.

"또 어디 가서 노름을 하나 원⋯⋯. 참으로 짚신 살이 꼈나 부다!"

웅삼이 처가 어째 눈치가 달더라 ─ 문득 그는 이런 생각이 떠올랐다. 갑자기 고적孤寂을 느꼈다. 가슴이 두근거린다. 그는 이리 뒤치고 저리 뒤치며 남모르는 가슴을 태우다가 겨우 잠이 들었다⋯⋯.

밤이 어느 때나 되었는지 무엇이 선뜻하는 바람에 놀라 깨보니 어느 틈에 들어온지 모르는 남편이 이마를 짚고 흔든다. 그는 기지개를 켜며 더듬어서 사내의 억센 손목을 잡아 보았다. 그것은 언제와 같이 익숙한 자기 남편의 손이었다.

"아이⋯⋯ 손도 차라! 왜 앉었우?"

"두루마기 어듸 있어?"

"두루마기? ⋯⋯또 어디 가우?"

그는 눈을 반짝 떠 보았다. 방 안은 캄캄한데 사내의 황소 같은 숨소리가 어두운 속에서 들리며 입김이 얼굴에 스치었다─.

"어서 찾어 줘!"

돌쇠는 성냥불을 켜서 담배를 붙였다.

"아이 귀찮구먼! 밤중에 또 무얼 하러 간대⋯⋯. 아까 아랫방에다 벗어 놓지 않었우?"

순임이는 괴춤*을 치키고 일어나서 남편이 주는 성냥불을 켜

---

* '고의춤(고의나 바지의 허리를 접어서 여민 사이)'의 준말.

가지고 아랫방으로 내려갔다. 자다가 일어난 그의 가냘픈 몸뚱어리와 쪽이 풀어져서 늘어진 뒷모양은 성례를 갖추기 전의 그의 처녀 때 모양을 방불케 하였다……. 돌쇠는 아내가 없는 동안에 미리 보아 두었던 ― 아내의 베개 밑에 빼 놓은 ― 은비녀를 얼른 집어서 조끼 주머니에 넣었다.

"자, 엣 수? ― 밤중에 어듸를 간대……."

아내는 두루마기를 이불 위에 놓고 다시 성냥불 켜서 뱀실 같은 들기름 등잔에 불을 켜 놓았다. 반딧불 같은 희미한 불이 비친다. 밤은 괴괴하다.

돌쇠는 얼른 일어나서 두루마기를 입는데 안해*는 물끄러미 한짝 눈을 찌그려 감고 사내를 처다보았다. 그는 눈이 부었다.

"왜 자지 않고 앉았어?"

돌쇠는 망건 위로 풍등이를 눌러썼다.

"난 여적 자지 않았우. 어듸 갈라기에 저리 야단이야."

아내는 불만한 듯이 말한 것을 남편이 혹시 노하지나 않을까 해서 뒷끝으로 슬쩍 웃었다.

"떠들지 말아, 어듸를 가든지 웬 참견이야!"

아랫방에서 잠든 모친이 들리는 소리에 잠이 깬 모양이었다.

"간난 애비 왔니? ― 또 어듸를 가늬? 이 차운 밤중에―."

"윗말로 윷 놀러 갈라우?"

돌쇠는 문을 탁 닫고 나왔다.

* 아내.

순임이는 나가는 사내의 뒷모양을 우두커니 앉아서 바라다보았다. 그는 간신히 든 잠을 깨어서 그런지 좀처럼 잠이 오지 않았다. 어디로 아주 멀리 달아난 것 같다. 밖에서는 바람 소리가 우— 하고 일어난다. 그는 별안간 답답증이 났다. 뭐라고 말할 수 없는 부아가 끓어올랐다.

그는 부엌으로 들어가서 냉수를 떠먹었다. 얼음이 버걱버걱한다. 마당에 서서 보니 앞들 너른 벌판에는 불이 아직도 타고 있다. 사방에서 타 들어와서 그런지 불은 다시 기세 있게 들 한가운데서 화광이 충천한다. 새빨간 불길은 폭풍에 날뛰는 미친 물결같이 이리 쓸리고 저리 쓸리며 불꽃은 하늘로 올라갔다.

그는 어쩐지 별안간 그 불 속으로 뛰어들고 싶은 충동이 나서 견딜 수 없는 것을 억제하고 있었다. 방에 들어와서 그는 비녀가 없어진 것을 발견하였다.

2

윗말 최 소사 집 윗방에서는 희미한 석유 등잔 밑에 네 사람이 상투를 마주 모으고 앉았다. 그 옆에는 머리를 얹은 노파가 뻐드렁니를 내밀고 불쩍*을 떼며 앉았다. 노파는 장죽을 뻗히고 있다.

* 불전. 노름판에서, 자리를 빌려준 집주인에게 얼마간 떼어 주는 돈.

돌쇠는 투전*목을 잡고 척척 쳐서 주루룩 그어 가지고는 아기
패**에게 떼어 얹은 뒤에 한 장씩을 돌려 주고 나서 자기 패를 빼
보더니만

"자— 들어갔네!"

하고 팻장을 투전 맨 위로 엎어 뉘었다. 그리고 아기패에게 묻
는다.

"얼마 실었늬?"

"일 원 태라!"

성선이는 팻장을 엎어 놓고 오십 전짜리 은전 두 푼을 꺼내
놓았다. 돌쇠는 그대로 일 원을 태워 놓고 다시 완득이에게

"넌 얼마냐?"

"난 오십 전 했다."

"또 자네는?"

"난 패가 잘 모…… 못 들었는데……. 예라 일 원 놓을께!"

응삼이는 주저하다가 지전 한 장을 꺼내 놓았다. 돌쇠는 아기
패에게 돈을 제대로 다 태워 놓은 뒤에 투전목을 다시 성선이에
게 돌려 대며 눈을 끔쩍끔쩍 하였다.

성선이는 투전장을 빼어서 먼저 놈과 마주 겹쳐 가지고 번쩍
들어서 두 손으로 죄어 보더니 "되었네!"

그다음 장을 완득이가 빼서 조여 본다.

---

* 鬪牋. 여러 가지 그림이나 문자 따위를 넣어 끗수를 표시한 종잇조각을 가지고 하는 노
름. 패 세 장이 나타내는 숫자를 더하여 그 일의 자리 숫자를 패의 끗수로 삼는다. 끗수가
높은 패를 가진 사람이 승리한다.
** 노름판에서, 물주를 상대로 승부를 다투는 사람이나 패거리.

서화

"난 들어갔네!"

그는 한 장을 빼서 다시 조여 본 후에 자리에 엎어 놓았다.

응삼이 차례다.

그도 벌벌 떨리는 손으로 투전장을 빼어서 서투르게 조여 보
더니

"나도 들어갔어!"

하고 한 장을 다시 뺐다.

돌쇠는 투전 두 장을 빼어서 그의 큰 입을 오므리고 빠드득
소리가 나도록 조여 보더니만 다시 한 장을 들어가자 별안간 활
기가 나서 소리친다.

"자─들 까라구!"

"서시!"*

돌쇠는 성선이 앞에 놓인 돈을 좍 긁어 들였다.

완득이가 석 장을 까놓는 것은 일육팔─六八 진주**였다.

"난 일곱 끗이야─."

하고 응삼이도 석 장을 까놓으며 머리를 긁는데 돌쇠는 거침
없이 응삼이 앞에 놓인 돈도 소리개가 병아리 움키듯 집어 당기
면서

"청산만리일고주靑山萬里一孤舟 칠칠오七七五 돗대 갑오*** 흔들거
리고 떠온다!"

---

* 노름판에서 '여섯 끗'을 이르는 말.
** 다섯 끗.
*** 아홉 끗.

툭 제키는데 그것은 분명히 오칠칠五七七 갑오였다. 웅삼이는 두 눈이 툭 불거졌다. 일곱 끗으로도 못 먹는 것이 분하였다.

"이런 제미! 아니 속이지 않나."

"속이긴, 어느 제미 붙을 놈이 속여! 그럼 네가 패를 잡으!"

돌쇠는 핀잔을 주었다.

웅삼이는 더펄머리를 다시 긁적긁적하였다. 그는 망건도 안 쓰고 맨 상투 바람으로 사랑에서 자다가 붙들려 나왔다.

그는 돌쇠가 꾀이는 바람에 섣달그믐께 소 판 돈의 절반을 가지고 나와서 거지반 다 잃었다. 가슴이 두근두근하고 눈이 캄캄해서 벌써부터 투전장이 잘 보이지 않는다.

"아주머니 무엇 먹을 것 좀 해주소. 한 잔 먹어야지. 속이 출출한데."

"무슨 안주가 있어야지."

노파는 불쩍 딴 돈을 주머니에 넣으며 뻐드렁니를 벌리고 웃는다. 아랫방에서는 아이들이 코를 골며 정신없이 잔다. 뒷동산 솔밭에서 부엉이가 운다.

"계란이나 한 줄 삶으시구 두부나 한 모 지지고—. 안주 값은 내가 내지."

돌쇠는 계란 값과 두부 값을 절그럭거리는 호주머니에서 꺼내 놓고 다시 아기패에게 패장을 돌려주었다.

"얼마야!"

"이런 제미!"

웅삼이는 또 패장이 잘못 든 데 속이 상해서 등신 같은 소리로 혼자 중얼거렸다. 웬일인지 패장은 장자가 아니면 '새오' 자가 드는데 두 장을 대기는 안 되었고 석 장을 들어가면 영락없이 끗수가 더 줄었다. 그는 처음에는 끗수가 잘 나오더니 차차 줄어 들어 가는 것이 웬 까닭인지 몰라서 이상하였다.

그동안에 안주인은 아까 사온 술을 병째로 데우고 술상을 차려서 들여왔다. 무우 밑둥 김치의 줄거리가 개상소반에 늘어지고 통노구* 속에 두붓점이 둥둥 떴다. 온돌의 고리타분한 흙먼지 내가 지독한 엽초葉草 탄내와 시크무레한 간장 냄새와 어울려서 일종의 야릇한 악취를 발산하였다.

성선이는 술병을 기울여서 우선 노파에게 한 잔을 권한 후에
"자— 너 먹어라!"
돌쇠는 텁텁한 막걸리 한 사발을 받아 들고 한숨에 쭉 들이켰다.
"아, 좋다! 목이 컬컬하드니."
팔뚝 같은 무우 밑둥을 들고 줄거리째 어석어석 씹는다.
그러나 응삼이는 술 먹을 경황도 없었다.
"자 응삼이!"
완득이가 술을 먹고 다시 따라서 응삼이를 권하는데
"난 싫여!"
"이 사람아 한 잔만 하게나. 돈 좀 잃었다고 술도 안 먹으랴나!"
"자네들은 남의 속도 모르고…… 내일 경칠 생각을 하면……

* 무쇠나 구리로 만든 냄비.

참— 남은 하기 싫다는데 공연히 끌고 와서……."

응삼이는 여전히 머리를 긁적긁적하며 무슨 소리인지 모르는 반토막을 등신같이 웅얼댄다.

"자식도 못도 났다. 잃기 아니면 따기지 이 자식아 돈 잃었다고 술까지 안 먹겠다는 그런 할미 붙을 자식이 어디 있늬!"

돌쇠가 핏대를 세우고 고함을 쳤다.

"그럼 난 노름은 고만 놀겠다!"

"이 사람아 어서 들어. ……이게 무슨 재민가?"

응삼이는 마지못해서 술잔을 받으며

"아니 그렇게 골낼 게 아니라…… 나는 내 사정이 따분해서…… 그…… 그…… 그래서…… 한 말인데……."

별안간 응삼이는 무엇에 걸린 것처럼 목 갈린 소리를 하며 군침을 삼킨다. 그는 떨리는 손으로 술잔을 받아서 약 먹듯이 들이마셨다.

"저 자식이 제 마누라한테 부지깽이로 맞을까 봐서 그러지 허허허—."

"아따 그러거든 기어오르렴!"

"하하하……. 자식이 그게나 × 하는지 몰라!"

"빌어먹을 놈들……!"

◎

하늘이 낸 개평꾼이라는 순칠이는 어떻게 알았는지 최 소사 집을 찾아왔다. 그는 아까 아랫말 술집에서 윷을 놀 때 성선이가 들어오더니 미구에 둘이 함께 나가는 것을 보자

"저 애들이 어디서 한 판 어울리는가 부다!"

하고 조금 뒤에 쫓아 나왔다. 그래서 아랫말에서부터 그런 냄새가 날 만한 집은 사냥개처럼 모조리 뒤져 올라오다가 마침내 최 소사 집에 그들이 숨어 있는 것을 발견하였다.

그는 거침없이 삽짝문을 열고 들어서며 문 밖에서부터 게 투덜거린다.

"에 치워 치워. ……이 사람들이 여기 와 있는 것을—."

"저 염병할 친구가 기어이 찾아왔군!"

"그러기에 눈치 안 채게 불러 내렸더니……. 아저씨도 참 괴성도 스럽소"

돌쇠는 성선이의 말을 받다가 방문을 열고 들어서는 순칠이를 쳐다보며 빙그레 웃는다.

"이 사람들 이렇게 구석진 데 와서 하는가? 에 치워 우선 한 잔 먹세!"

그는 우선 고드라미가 매달린 거의 반백이나 된 수염을 쓰다듬어서 버선 바닥에다 문지르고 나서 젓갈을 붙들고 상머리를 달려든다.

"참 아재는 용하기도 하지. 어떻게 여기를 다 찾아왔우!"

주인 노파가 술을 따르며 쳐다본다.

"그러기에 하누님이 아시는 최순칠이라지— 허허—"

순칠이는 술잔을 붙들고 배짱을 부리기 시작한다. 술거품을

후 불며

"다들 자셨나!"

"예— 아저씨! 어서 잡수시유!"

순칠이는 그전에 청주 병영을 다니었다. 병정 다닐 때에 술 먹고 노름하기를 배웠다. 그는 지금도 그때 소싯적에 흥청거리고 놀던 것을 — 한 옆으로는 자랑삼아서 다른 한편으로는 동경憧憬되는 듯이 이야기하였다.

"참 그때 세상이 좋았느니 옷 밥 걱정이 있겠나. 고기 술을 먹기가 싫어서 못 먹고……. 홍 계집은 더 말할 것 없고……."

그때 이야기가 나면 그는 신이 나서 코똥을 뀌어 가며 젊은이들에게 떠벌리었다.

갓모봉 너머 지주地主 이 참사 집이 그때 한참 의병 떼와 화적에게 위협을 받을 무렵에 순칠이는 그 집으로 청주 병영에서 보호병으로 파송을 받아 나왔다. 그는 이 참사 집에서 삼 년을 지내는 동안에 밤이면 한 차례씩 순행을 돌고 낮이면 총 메고 사냥질을 하는 것이 직무였다.

그때만 해도 이 산촌에서 병정이라면 신기해 보였다. 그래서 마을 사람들은 그를 두렵게 보고 한편으로는 호기심으로 대하였다. 더구나 그가 이 참사 집에 있음이랴! 미상불 그는 그때도 호강으로 지내던 판이었다.

그런데 청주 병영이 해산되고 따라서 자기도 일개 평민으로 떨어지게 되자 그는 이리저리 굴러다니다가 이 참사의 연줄로 가족을 데리고 이곳으로 이사해 왔다. 과거의 그런 생활을 하던 순칠이는 자연히 노름판을 쫓아다니게 되었다. 그는 한편으로 이 참사 집 농사 몇 마지기*를 짓는 체하지만 농사는 부업副業으로 짓는 셈이요 도박이 본업이었다. 그는 노름판에는 어느 판이든지 알기만 하면 들어갈 수가 있었다.

술상을 치우자 투전판은 다시 벌어졌다.

떠들썩하는 바람에 자다가 오줌 누러 일어난 이웃사람들이 하나둘씩 모여들었다.

신 장수 남 서방 산지기 조 첨지 아들 군삼이 또 누구누구 ─ 닭은 벌써 세 해째 운다. 개 짖는 소리가 요란하다.

"나도 함께함세!"

순칠이도 투전판으로 달려들었다.

"아저씨 돈 있우?"

"그럼 있지."

"어듸 뵈시유?"

"있대두 그래."

"그럼 하십시다. 한 장(일 원) 이하는 못 놓지요."

"그라지."

이번에는 웅삼이가 물주를 잡았다. 그는 아기패로만 한 것이 돈 잃은 까닭이 아닌가 해서 ─ 한 판은 다시 죽 돌아갔다.

"까시유……."

"간구지구 북지구 노들로……."

---

* 논 또는 밭의 넓이를 나타내는 단위. '한 말의 씨앗을 뿌릴 만한 면적을 뜻한다. 지역마다 여러 유형이 있으나 대체로 논은 200평, 밭은 300평을 한 마지기로 삼았다.

순칠이는 팔을 걷고 팻장을 까놓는데 장귀*였다.

"일이육 저 리육 선달 갑오!"

돌쇠는 일이육―二六을 까놓는다……. 아기패가 모두 먹었다.

응삼이는 갈기머리를 마치 갈퀴로 잔디밭을 긁듯이 북북 긁으며 징징 우는 소리를 하였다.

"누구 잡세, 난 패 안 잡겠네!"

"자식두 변덕은―. 인내라, 내 잡으마."

돌쇠는 와락 투전목을 잡아챘다.

그래서 응삼이는 다시 아기패로부터 보았다. 그는 눈을 홀딱까고 정신을 차리고 대들었다. 그러나 원체 투전이 서투른 데다가 자겁이 많은 응삼이는 점점 눈이 게슴츠레해지고 정신이 얼떨떨해서 도무지 노름이 되지 않았다. 투전장을 붙들고 가끔 넋잃은 사람같이 한동안 앉았다가 옆의 사람에게 핀잔을 먹었다. 못난 사람은 이러나저러나 지청구꾸러기**였다.

마침내 그는 화증이 버럭 나서 있던 돈을 톡 털어 가지고

"너고 나고 단둘이 한번 빼구 말자……. 그까짓 것 밤샐 것 무엇 있니."

하고 돌쇠에게로 달려들었다.

"그것 좋지!"

돌쇠는 투전목을 잡고 익숙하게 척척 쳐서 주룩룩 긋자

"자 떼라!"

* 투전 끗수인 가보의 하나. 열 끗짜리 한 장과 아홉 끗짜리 한 장을 이른다.
** 지청구(꾸지람)를 자주 듣는 사람을 낮잡아 이르는 말.

서화

"자 떴다!"

"빼라!"

"뺐다!"

단판 씨름의 큰 판이라 방 안의 공기는 긴장되었다. 개평꾼들은 노름판을 욱여싸고 눈독을 쓴다. 석 장을 들어간 응삼이는 신장대 떨듯 투전을 붙들고 죄이는 손이 떨리었다. 그는 어떻게 똥이 타던지 느침*이 흐르고 이마에는 땀이 솟았다.

"서시!"

"이놈아! 장팔**이다!"

돌쇠는 투전장을 제키자 자기 앞에 쌓인 돈 뭉치를 번개같이 집어넣고 벌떡 일어섰다.

"아이구! 이런 복통할 놈의 투전아!"

응삼이는 투전짝을 찢어 버리고 주먹으로 가슴을 치며 자빠진다.

그러자 좌중은 와 하고 돌쇠에게로 손을 벌리고 달려들었다.

"개평 좀 주소……." "나두 나두."

돌쇠는 두 손을 조끼 주머니 속에 잔뜩 처넣고 팔 뒤꿈치를 좁혀드는 사람들을 떠밀면서 군중을 정돈하였다.

"글쎄 줄 테니 가만히들 있어요. 이렇게 하면 정신을 차릴 수가 나."

그는 호주머니에서 집히는 대로 은전을 집어서 손바닥마다

---

* 잘 끊어지지 아니하고 길게 흘러내리는 침.
** 투전이나 화투 놀이 따위에서, 열 끗과 여덟 끗을 합하여 이르는 말.

내주면서 문 밖으로 뛰어나왔다. 그는 별안간 누구를 발길로 차고 뿌리치며 군중을 헤치고 나왔다.

"이건 왜 심사 사납게 두 손씩 벌려!"

순칠이 성선이와 몇 사람은 돌쇠의 꽁무니를 따라 섰다─. 기운 세고 팔팔한 돌쇠에게 그들은 마구 덤비지 못하였다.

3

돌쇠는 다 저녁때 함박눈을 맞고 집으로 돌아왔다. 어제는 그렇게 좋던 일기가 아침부터 눈이 퍼붓기 시작한다. 그는 술이 취해서 들어오는 길로 방 안에 쓰러진다.

아내는 부엌에서 저녁을 짓다가 뛰어 들어와서 우선 사내의 호주머니를 뒤져보았다. 비녀가 나온다. 그는 여간 기쁘지 않아서

"그렇지 않으면 머야─. 어머니 비녀 찾았어요!"

"어디서 찾았니?"

머리를 얹은 박성녀가 장죽을 들고 올라온다. 그는 겨울이 되면 해소*병이 도져서 지금도 기침을 콜록콜록 하였다.

"애비 호주머니 속에서요!"

별안간 돌쇠는 두 눈을 번쩍 떠본다.

"왜 남의 호주머니는 뒤지고 야단이야."

---

* '해수(咳嗽 : 한의학에서 '기침'을 이르는 말)'가 변한 말.

서화

"누가 야단이야. 왜 남의 비녀는 가져갔어?"

"가져가면 좀 어때?"

"말도 않고 가져가니까 그렇지."

"아따 찾았으면 고만이지. 그런데 너는 어듸를 갔다가 인저 오니? 콜록! 아이 그놈의 기침이……."

"가긴 어듸를 가요. 요새 정초니까 사방으로 놀러 다니지요. 물 가져와! 목말라 죽겠대두."

그는 벽에다 침을 뱉는다. 며느리가 물을 뜨러 나간 사이에 모친은 아들의 옆으로 가까이 앉으며

"너 어제 밤에 응삼이하고 노름했늬?"

"노름? 했오……. 했으면 어째요."

"아따 아까 응삼이 어머니가 와서 네가 꼬여 가지고 노름을 해서 소 살 돈을 잃었다구 한참 야단을 치고 갔으니까 그렇지야."

"참 그런 야단이 어듸 있어."

순임이도 실죽해서 말참견을 하였다.

돌쇠는 물 한 그릇을 벌떡벌떡 켜고 나서

"꾀이긴 누가 꾀어……. 제가 하고 싶으니까 했지!"

"그래도 네가 꾀였다고 야단이든데……. 그래 아버지께서 여간 걱정을 안 하셨단다."

"그…… 그 빌어먹을 늙은이가 경을 치지 못해서……. 자식을 여북 못나야 남의 꾀임에 노는 자식을 낳는담. 에! 아이구 나도 그런 자식을 둘까 보아……. 저것이 그런 자식을 내지르면 어짠담!"

돌쇠는 상혈된 눈알을 굴리며 순임이를 손가락질한다. 몸이

저절로 끄떡거린다.

"미친 소리 마라. 자식을 누가 맘대로 낳니?"

"어쩐 말이야 콩 심은 데 콩 나고 팥 심은 데 팥 나지 다 제 꼴대로 생기는 것이야. 그러면 저 오망부리*도…… 허허."

"공연히 가만있는 사람을 가지고 그러네. 이녁**은 뭬 그리 잘나서……."

순임이는 뾰루퉁해서 입을 내민다.

"아따 요란스럽다……. 그래 응삼이가 돈을 많이 잃었니? 삼백 냥을 잃었다는구나."

"가만있어!"

돌쇠는 새로 사 입은 모직 조끼 주머니를 만져 보다가

"지갑 누가 가져갔어? 응 지갑!"

"지갑을 누가 가져갔대. 잘 찾아보지!"

"응! 여기 있다. 고것 쏘기는 왕퉁이*** 새끼처럼."

돌쇠는 지갑을 열고 지전 뭉치를 꺼내 보이며

"야단은 얼마든지 쳐래. 욕하고 돈하고 바꾸자면 얼마든지 바꾸지……. 욕먹어서 입 아프지 않으니까……. 어머니 그렇지 않소!"

모친은 돈을 보더니 한 걸음 다가앉으며

"그래도 한 이웃 간에 그런 경우가 있느냐고 아주 펄펄 뛰는

* 하는 짓이나 태도가 괴상하고 요사스러운 사람을 가리킴.
** 자기, 당신. 듣는 이를 조금 낮추어 이르는 이인칭 대명사.
*** '말벌'의 방언.

　　　　　　　　　　　　　　서화

꼴이라니……"

"허허…… 지금 세상이 어디 경우로만 살 수 있는 세상이냐 말이지—. 눈 없으면 코 벼먹을 세상인 걸."

돌쇠는 상반신을 가누지 못하고 근드렁근드렁하며 곱은 손으로 돈을 세어 본다.

"하나 둘 셋 넷 다섯……. 나더러 꾀어냈다고? 꾀어내면 좀 어때……. 하나 둘 셋……. 내가 꾀이지 않으면 다른 놈이 먼저 꾀어낼 텐데. 하나 둘 셋……. 그렇다면 다른 놈의 좋은 일을 시키느니보다 이웃 간에 사는 내가 먹는 것이 당연한 목적이 아니냐 말이야. ……가만있어 몇 장을 세다 말았나! 하나 둘 셋……."

돌쇠는 돈을 세다가는 잔소리를 하고 잔소리를 하다가는 세던 것을 잊어버리고 또다시 새로 센다. 모친은 다시 한 걸음을 다가앉으며

"애야— 그게 모다 얼마냐? 인내라 내가 세어 주마."

"가만있어요. 내가 세야지 어머니가 셀 줄 아나 원. 하나 둘 셋……. 어머니 돈 좀 주리까?"

"그래 좀 다구. 돈 말러서 어디 살겠니."

"허허허…… 그리면서 노름한다구 야단들이람. 노름을 안 하면 우리 같은 놈에게 아니 어디서 돈이 생기는데…… 여보 어머니 하루 진종일 나무를 한 짐 잔뜩 해서 갖다 판대야 십오 전 받기가 어렵고 품을 팔래도 팔 수 없지 않소—. 그런데 노름을 하면 하룻밤에도 몇 백원이 왔다 갔다 한단 말이야. 일 년 내 남의 농사를 짓는대야 남는 것이 무에냐 말야. 나도 그전에는 착실히

농사를 지어 보았는데……. 가만히 그런 생각을 하니까 할수록 그런 어리석은 일이 없는 줄 깨달았소. 어떻든지 이 세상은 돈만 있으면 제일인즉 무슨 짓을 하든지 돈을 버는 것이 첫째가 아니냐 말야. 그래서 나도 순칠이 아저씨한테 노름을 배웠는데 무얼 어째! — 아차! 또 잊었다. 하나 둘……."

"여보 나두 한 장만 주―. 그리다가 잃어버릴라고 그리우."

아내는 돈이 욕기가 나는 듯이 들여다보고 섰다가 해죽이 웃으며 사내 옆으로 앉는다.

"네가 돈은 해 무엇 해……. 흥! 참 참 돈이 좋더라. 내가 돈을 땄다는 소문을 듣더니 만나는 사람마다 집적대겠지. 평상시에는 소 닭 보듯 하던 놈들도 아주 다정한 듯이 달러붙으며 '여! 돌쇠 돈 생겼다네. 한 잔 내게' 하는 놈에 — '돌쇠 형님! 돈 따셨다는구려! 개평 좀 주구려' 하는 놈에 — 세배 할 테니 세배 값을 내라는 놈에 돈을 꾸어달라는 놈에…… 아따 참 사람 죽겠지! 그뿐인가 저 술집 마누라는 좀 크게 먹겠다고 연신 꼬리를 치겠지…… 허허허……."

"그래 그년에게 많이 디민 게로구나."

"그까짓 것한테 디밀어요? 절구통 같은 것한테. 허허……."

돌쇠는 모친의 묻는 말에 코웃음을 친다.

"뭘 안 그래! 여적 거기서 자다 왔지!"

"뭐 어째, 이게 게다가 강짜*까지 할 줄 아네."

* '강샘(시기, 질투)'을 속되게 이르는 말.

서화

"누가 강짜한대. 그깐 년한테 돈을 쓰니까 그러지."

"허허허— 강짜는 아닌데 돈을 쓰는 것이 아깝단 말이지. 허허허— 그 자식 그런 말은 제법인 걸……. 어디 입 한번 맞출까!"

"이이가 미쳤나 왜 이래!"

돌쇠가 귓부리를 잡아당기는 것을 아내는 무색해서 뿌리쳤다.

"허허허— 어머니, 내가 술 취한 모양인가? 그러니 돈이 좋지 않소. 이 세상은 돈 가진 사람이 제일이란 말야. 그래서 돈 있는 싹수를 보면 어떻게든지 그놈의 돈을 할퀴어 내랴고만 하는 세상이야. 내가 하룻밤 동안에 돈 몇십 원이 생겼다구 모든 사람들이 해려 덤비는구려. 우선 어머니도 이 궐자*도……. 그렇다면 내가 응삼이 돈을 따 먹은 것이 무엇이 잘못이란 말이야. 어머니 그렇지 않소?"

돌쇠는 점점 혀 꼬부러진 소리를 하며 몸을 가누지 못한다.

"하하…… 참 그렇다 세상 사람이 모두 돈에 약이 올라서 그렇구나."

"한 이십 원 남았을 터인데……. 어떻게 된 셈이야 한 장 두 장……."

돌쇠는 여지껏 세다 만 돈을 이제는 한 장씩 방바닥 가에다 죽 벌려 놓는다. 모친과 아내의 눈은 황화전 벌려 놓은 듯한 지전장 위로 왔다 갔다 한다. 돌쇠는 일 원짜리를 다 놓고 나서 다시 오 원짜리를 집어내며

* 厥者. '그'를 낮잡아 이르는 말.

"이러면 십삼 원 이리하면 십팔 원⋯⋯."

모친은 궁둥이를 들먹대며 아들을 쳐다본다.

"십팔 원이면! 일백 여든 냥이지 얼마요—. 자 잔돈이 또 있거든!"

돌쇠는 다시 봉창을 뒤진다.

"어머니나⋯⋯ 참 퍽 많고나! 아니 너 저렇게 술이 취해서 더러 잃어버리지나 않았니?"

돌쇠는 오십 전짜리 은전 지전과 동전을 섞어서 이삼 원을 다시 벌려 놓으며

"잃어버리긴 왜 잃어버려요. 나를 그렇게 정신없는 놈으로 아시유? 노름을 무엇으로 하는데."

아내와 모친의 얼굴은 더욱 긴장되었다.

"너 무엇을 먹을래? 콩나물국 좀 끓여 주랴?"

"콩나물국? — 그것보다도 고기를 좀 사고 술을 좀 받어 오시유. 한 잔 더 먹어야지. 아버지도 좀 드리고, 자 이 오 전으로는 양식을 팔란 말이야—. 그리고 이것으로는 술 사고 고기 사고⋯⋯ 그리고 또⋯⋯ 집안 식구가 모두 몇인가⋯⋯. 하나 앞에 한 장씩이면 다섯이지?"

"어짠 게 다섯이냐. 간난이까지 여섯이지."

"그런덴 약빠르다. 그럼 자 여섯! 이건 또 밑천을 해야지 장사는 밑천이 있어야 하니까."

돌쇠는 몫을 나눠 준 후에 나머지 돈을 도로 지갑에 넣고 조끼 주머니에—

"가지고 가시유. 나는 좀 자야겠우!"

"그래라!"

모친은 떨리는 손으로 돈을 집어 들고 아랫방으로 내려가자 돌쇠는 아내의 무릎을 잡아당겨 베고 쓰러진다. 간난이는 아랫목에서 잔다.

"궐련 한 개 붙여 드류?"

"그래!"

"아이 술내야……."

"술내, 너 언제 술 받어 줬니?"

아내는 담배를 붙여 주고는 남편의 망건을 벗겨 문 앞 말코지에 팔을 뻗쳐 걸고 나서 상투 밑을 비집고 배코 친 머릿속을 뒤적이며 이를 잡았다.

하얀 비듬이 서캐* 슬듯 깔린 것을 손톱으로 죽이는 대로 지끈지끈 하는 소리가 났다.

"그게 다 이야? 아 션하다."

"다 이유."

아내는 웃었다.

그는 남편의 묵직한 몸뚱이를 실은 다리가 따뜻한 체온에 안기는 훈훈한 촉감을 느끼었다…….

미구에 사내는 담뱃불을 붙여 든 채로 코를 골기 시작하였다.

* 이의 알.

◎

 김 첨지가 저녁을 먹으러 들어오자 마누라는 어서 영감이 들어오기를 기다렸던 것처럼 신이 나서 아들이 돈 벌어 온 이야기를 하였다. 사실 그는 지금까지 오십 평생에 그렇게 많은 돈을 한 번에 쥐어 본 일이 없었다. 그래서 그는 연래로 해소로 고통고통하다 병객임에도 불구하고 별안간 활기가 나서 이리 닫고 저리 닫고 하며

 "얘들이 다 어듸로 갔나! 돌이는 잠시도 집에 안 붙어 있지. 누가 있어야지 심부름을 시키지. 내가 기운이 웬만하면 가겠다마는 죽어도 못가겠다. 콜록콜록…… 아이 춰라! 웬 눈은 이리 퍼붓나. 올에는 풍년이 들랴나, 설밥이 많이 쌓이니……. 얘 에미야! 뭐 하늬? 고만 나오너라!"

 이러든 판에 영감이 들어왔던 것이다. 그는 오늘이야말로 영감에게 큰소리를 할 수 있는 것을 자랑삼아 아들의 이야기를 장황히 하고 나서 영감의 귀에다가 다시 가만히 소근거렸다.

 "이백 냥이나 가졌습듸다 그려."

 진물진물한 눈에 눈곱이 끼고 두 볼이 오므라진 노파는 아래턱을 우물우물하며 체머리를 흔든다. 그것은 은근히 영감에게 아들을 야단치지 말라는 암시를 주는 것 같다.

 김 첨지는 우멍한 눈에 구리같이 검붉은 번쩍번쩍하는 큰 얼굴을 반백이 된 고추상투 밑으로 처들고 두루마기 소매로 팔짱을 긴 채 쭈그리고 앉아서 잠자코 마누라의 말을 듣고만 있더니

서화

"그래 어디 갔어? 자나?"

"지금 정신 모르고 잔다우—."

김 첨지는 입맛을 쩍! 쩍! 다시었다.

마누라는 영감의 심사를 알 수 없었다. 언제는 아들이 벌이를 않고 논다고 성화를 하더니 이렇게 돈을 많이 벌어 왔는데도 좋아하는 기색이 없이 입맛을 다실 것 무엇인가! 하기야 노름해서 따온 돈을 남에게 자랑할 것은 없겠지만 그렇다고 가만히 좋아하지 못할 것도 없지 않은가! 마누라는 영감의 얼굴을 빤히 쳐다보았다. 마치 이 늙은이가 속으로는 좋아하면서도 겉으로는 우엉을 까는 셈이 아닌가? 하는 것처럼—.

"돈도 좋지마는……. 한 이웃 간에서 그래서야 너무 인심이 사나웁지 않은가. 차라리 돈을 꾸어 달랄지언정……."

김 첨지는 소싯적에 골패도 해보고 투전도 해서 남의 돈을 따먹기도 하고 제 돈을 잃어 보기도 하였다. 그러나 그는 그때 시절과 지금 시절은 시대가 다르다 하였다. 예전 시대에는 살기가 그리 어렵지 않기 때문에 심심풀이로 도박을 하였는데 지금은 모두 돈에만 욕기가 나서 서로 뺏어 먹으려는 적심賊心을 가지고 노름을 한즉 그것은 벌써 심사가 틀린 것이라 하였다.

"여보, 어림없는 소리 작작 하오. 누가 우리와 같은 가난한 집에 돈을 꾸어 주겠오. 그리고 노름을 그 애만 하기에! 이 참사 나으리 같은 한다 한 양반네도 노름을 한다며, 콜록! 콜록!"

"흥! 다 그런 유명한 이는 노름을 해도 잘난 값으로 흥이 파묻히지마는 우리 같은 상놈의 자식이 노름을 하게 되면 그것은 남에게 손가락질을 받는 법이야!"

김 첨지는 장죽을 털어서 잎담배를 부시럭부시럭 담는다.

"사람은 다 마찬가지지······. 아이구 가난이라면 아주 지긋지긋해서 난 먹고살 수만 있다면 무슨 짓이라두 하고 살겠소. 도적질 이외에는─."

"그럼 자식에게 노름을 가르치란 말이야. 저런 쇠새끼같이 미련한 계집 봤나."

영감은 마누라를 흘겨보다가 소리를 버럭 지른다.

"누가 가리치랬오. 못 본 체하란 말이지! 콜록콜록."

마누라는 기침을 하기에 그리 않아도 숨이 가쁜데 부아가 나니까 더욱 헐! 헐! 해지며 어깨 숨이 쉬어간다.

"도적놈이 어디 따로 있는 겐가. 바늘 도적이 황소 도적 된다고 그런 데로 쫓아다니면 마음이 허랑해져서 사람을 버리기 쉽고 까딱하면 징역살이를 할 테니까 말이지. 그런 걸 못 본 체하란 말이야!"

"아따 노름판을 안 쫓아다니는 사람도 별수 없습니다······. 다 제게 달렸지. 이녁은 해마다 농사를 짓는대야 남의 빚만 지고 굶주리게 하면서 무슨 큰소리를 하우."

"뭣이 어째······. 예이 경칠 년 같으니."

김 첨지는 별안간 물고 있던 담뱃대를 들어서 대꼬바리로 마누라의 등줄기를 후려갈겼다.

"아이구머니······ 얘! 개 개 개······."

마누라는 그 자리에 자지러지는 소리를 하며 삭은 등걸같이 쓰러진다.

"늙은 년이 제 밑구녕으로 내질렀다고 자식 역성은 드럽게 하지. 이년아! 안되면 조상 탓한다고 가난한 탓은 왜 나보고 하는 게냐! 네년이 얼마나 팔자가 좋았으면 나 같은 놈에게로 서방을 해왔느냐 말이야. 이 주리를 틀 년 같으니."

김 첨지는 열이 벌컥 나서 갈 범의 소리를 지르며 담뱃대를 거꾸로 들고 다시 마누라에게로 달려든다.

"아이구 아버지! 고만두서요 고만두서요."

부엌에서 저녁을 짓던 순임이는 한걸음에 뛰어 들어가서 떨리는 손으로 김 첨지의 소매를 잡고 늘어졌다.

"아버지! 고만 참으서요!"

그는 오장이 벌렁벌렁 떨리는 몸으로 두 틈을 가르고 끼어 서서 목 메인 소리로 애걸한다.

김 첨지는 마치 고양이가 생쥐를 노리는 것처럼 마누라를 노려보다가 문을 열고 나가 버린다. 돌쇠는 여전히 정신없이 코를 곤다.

◎

김 첨지는 이 참사 집 논 마지기를 얻어 부치는 소작인이었다.

사실 해마다 농사를 짓는다고 해도 도조 치르고 구실*을 치

* 예전에, 온갖 세납을 통틀어 이르던 말.

르고 나면 농사지은 빚은 도리어 물어넣어야 하는 오그랑장사*였다. 어떻든지 예전에는 넉 짐 닷 뭇이니 닷 짐밖에 안 되는 구실이 몇 배나 오르고 도조도 닷 섬 남짓하던 것이 지금은 열한 섬을 매놓았다.

지금은 땅을 팔 때마다 가도**를 해서 판다. 그러면 새로 산 땅임자는 헐한 땅의 도조를 마저 올린다. 그들은 자기 땅이므로 도조를 맘대로 추켜 매놓고 작인에게 중수하였다. 그래도 토지기근에 울고 있는 소작인은 울며 겨자 씹기로 그런 논이라도 아니 부칠 수는 없었다.

김 첨지가 짓는 열 마지기도 토지가 이동되는 때마다 도조가 올라서 그렇게 된 것이다.

김 첨지는 오십이 넘었으되 아직도 근력이 정정하였고 돌쇠가 또한 한다는 장정이었으므로 농사는 얼마든지 더 지을 수가 있었다. 그러나 해마다 땅 난리가 심해가는 소작농에게는 김 첨지에게도 좀처럼 땅 차례가 오지 않았다.

그래서 김 첨지는 일 년 생계에 거의 태반이나 부족한 것을 다른 부업으로 벌충을 하고자 그는 차 첨지를 따라서 낚시질을 하고 산에 올라 나무를 해다가 읍내에 팔아 보아야 그런 것이 도무지 돈은 되지 않았다. 여름에는 칡을 끊여서 청훌치를 짜개 팔고 겨울이면 자리를 매어서 장에다 판다. — 어떤 때는 원두***

---

* 이익을 남기지 못하고 밑지는 장사.
** 加賭. 지주나 마름이 도조의 기준을 올려서 매기던 일.
*** 園頭. 밭에 심어 기르는 오이, 참외, 수박, 호박 따위를 통틀어 이르는 말.

서화

를 놓아 보고 어떤 때는 도야지도 길러 보고 이 몇 해 동안을 해마다 누에를 몇 봉씩도 놓아 보았지만 웬일인지 그 모든 일은 수고만 죽게 들 뿐이요 생기는 것은 별로 없었다. 모두 똥값이었다.

김 첨지가 돌쇠를 보고 노름꾼이 된다고 꾸짖지만 사실 이런 환경 속에서 찌들리는 젊은 놈으로서는 여간해 가지고 마음을 잡기가 어려웠다.

◎

김 첨지는 그길로 차 첨지 집을 찾아가서 두 늙은이는 세상을 한탄하는 이야기를 주고받았다. 차 첨지는 짚신을 삼고 있었다.

"이 세상이 도무지 어떻게 되어 갈 셈인고?"

4

돌쇠가 노름을 해서 웅삼이의 소 판돈 수백 냥을 땄다는 소문은 그 이튿날 낮 전에 반개울 안팎 동리에 좍 퍼졌다.

이 소문은 동리 사람들에게 적지 않은 충동을 주었다. 그들은 만나는 사람마다 이 이야기로 화제를 삼았다.

반개울 상 중 하뜸의 백여 호는 대부분이 영세한 소작농이었다. 그들은 거개 갓모봉 너머 사는 이 참사 집 전장을 얻어 부쳤다. 그들도 그중의 한 사람이었다.

어떻든지 자기네와 생활이 같은 돌쇠가 하룻밤 동안에 수백 냥의 돈이 생겼다는 것은 기적 같은 놀라운 일이 아닐 수 없었다. 수 백 냥이란 돈을 자기네가 일 년 내 죽도록 농사를 지어야 겨우 얻어 볼 수 있는 큰돈이었다. 이런 큰돈을 하룻밤 동안에 벌었다는 것은 그것은 참으로 기막힌 일이 아닌가? 돈이 생기려면 그렇게 쉽게 생기는 것이라고 그들은 새삼스레 돈에 대한 욕기가 버석 났다.

그래서 그들은 겉으로는 돌쇠를 불량한 사람이라고 욕하면서도 속으로는 은근히 그 돈을 욕심내고 돌쇠의 횡재가 부러웠다. 노름을 할 줄 알면 자기도 한번 해보고 싶었다. 불시로 노름을 배우고 싶은 사람도 있었다.

연전에 이 근처에도 금광이 퍼졌을 때 안골 사람 하나가 금광을 발견해서 가난하던 사람이 별안간 돈 백 원이나 생겼다는 소문을 들었을 때 이 마을 사람들은 모두 망치를 둘러메고 높은 산을 헤매고 금줄을 찾았다. 누런 돌멩이만 보아도 이키! 저게 금덩이가 아닌가? 하고 가슴을 두근거렸다. 마치 그때와 같이 이 마을 사람들의 눈에는 지금 지전 뭉치가 눈에 번하였다. 십 원짜리 뻘건 딱지 — 감투 쓴 영감의 화상을 그린 — 지전 뭉치가 어디 아무도 모르게 굴러 있는 것 같았다! 그들은 장날이면 읍내 가서 청인 송방이나 큰 장사치가 아니면 은행이나 부자에게서만 볼 수 있던 그것이 자기네와 처지가 같은 돌쇠에게도 차례 온 것은 마치 자기네에게도 그런 행운이 뻗혀 올 것 같은 희망의 한 가닥 광선이 비치는 것 같았다. 그들의 이러한 공상과 선망과 초조와 아울러 그림자같이 따라다니는 아귀의 위협은 다시 절망과 비탄의 옛 보금자리로 돌아갔다. 그러는 대로 그들은 돌쇠를 시기하고 욕하였다.

"그 자식은 사람이 아니다. 돈을 많이 따고도 개평 한 푼 안 주는 자식……."

◎

면 서기를 다니는 김원준金元俊은 오늘도 출근을 하였다가 저녁에 돌아왔다. 면사무소는 이 동리에서 오 리밖에 안 되는 갓모봉 너머에 있었다.

원준이는 저녁을 먹다가 무슨 말 끝에 그 소문을 들었다.

원준이는 노름이라면 빡하는* 위인이다. 그도 웅삼이가 소 판 돈이 있는 줄을 알고 어떻게 화투판으로 그를 꾀어 볼까 하여 은근히 기회를 엿보고 있었던 만큼 먼저 돌쇠한테 다리를 들린 것이 분하였다. 그러나 그는 그 대신 욕심을 채워 볼 기회가 닥친 것을 기뻐하였다. 그는 가슴이 뛰었다…….

◎

웅삼이 처 이뿐이는 올에 스물을 겨우 넘은 해사한 여자였다.

* **빡하다** : 모든 것을 제쳐 두고 덤벼들 만큼 즐기다.

그의 친정은 바로 인근동으로서 지금도 부모가 거기서 산다. 그들은 응삼이가 천치인 줄 알면서도 땅 마지기나 있다는 바람에 사위 덕을 보려고 — 역시 가난한 탓으로 — 어린 이뿐이를 민며느리로 주었다. 이뿐이가 열한 살 먹었을 때 아버지 앞을 걸어서 낯선 이 동리를 왔었다.

이뿐이는 차차 커갈수록 그의 이름과 같이 이뻐졌다. 그래서 열네 살에 응삼이와 성례를 갖추었을 때에도 제법 숙성하였다. 응삼이는 그때 열일곱 살 — 동리 사람들은 모두 응삼이를 천치라고 흉보았다. 이뿐이는 어린 소견에도 그런 말이 들릴수록 천치 사내를 데리고 사는 자기의 신세가 애달팠다. 그는 어떻게 생긴 사람인지 도무지 성을 낼 줄 몰랐다. 밤낮없이 입을 헤 벌리고 늘 침을 흘리었다. 이뿐이는 지금도 첫날밤을 겪던 생각을 하면 얼굴이 화끈거렸다. 그는 열일곱 살이나 먹었으면서도 그때까지 여자라는 것을 잘 모르는 모양 같았다…….

그런데 어떻게 된 셈인지 그 뒤로부터는 밤낮없이 자기의 궁둥이를 떠나지 않으려 한다. 이건 마실은 다닐 줄도 모르고 저물도록 안방 구석에만 처박혀 있다. 그는 그 꼴이 더욱 얄미웠다. 그래서 건드리는 대로 벌 쏘듯 쏘아붙인다. 그럴라치면 응삼이는 역시 천치 같은 웃음을 헤 웃으며 우멍한 눈으로 쳐다본다. 느럭느럭한 힘없는 목소리로

"그렇게 쏠 것 무엇 있어!"

"쏘긴 무얼 쏘아…… 홑네개야…… 아이그 저 염병할 것이 언제나 거꾸러지누."

혀를 차고 눈을 흘겼다.

"내가 죽으면 네가 서방해 갈라구!"

"서방해 가면 어째! 병신이 지랄한다구……. 참 언제까지 네놈의 집구석에서 살 줄 안다대."

이뿐이는 사내를 미워한 까닭인지 웬일인지 아직까지 초산을 않고 있다.

어느 날 아침에 응삼이는 아침을 먹다가 느닷없이 자기 모친을 부른다―. 뻔히 쳐다보면서―

"어머니 왜 우리 집에서는 애를 안 낳는다우? 웃말 갑성이는 아들을 낳았다는데……."

"빌어먹을 놈! 내가 아늬 왜 안 낳는지!"

이뿐이는 막 밥숟갈을 입안에 넣다가 고만 웃음을 품고 문밖으로 뛰어나갔다. 그는 뱃살을 붙잡고 간간대소를 하다가 나중에는 그것이 눈물로 변해서 그날은 진종일 우울히 지났다.

"아이구! 저 웬수를 어째……."

그럴수록 그는 사내가 미워서 죽겠다. 먹는 것도 살로 안 갔다. 만일 법이 없는 세상이라면 그는 벌써 응삼이를 사약이라도 해서 죽였을 것이다.

이런 생각은 한편으로 돌쇠에게 정을 쏟게 되었다. 돌쇠는 자기 집에 사랑방이 있기 때문에 자주 놀러왔다. 낮으로 밤으로 ― 일거리를 가지고 와서 응삼이와 함께 새끼를 꼬기도 하고 멱을 치기도 하였다.

이 동리는 모두 그렇지마는 남녀 간에 내외를 하지 않는 까닭으로 그는 안에도 무상출입을 하였다. 돌쇠는 자기 시어머니를 보고 아주머니라 불렀다. 그럴 때마다 이뿐이는 돌쇠에게 추파를 보내고 남모르는 기승을 태우며 있었다.

—돌쇠의 사내답게 생긴 풍채와 언변 좋은 데 고만 반하고 말았다.

그러나 시아버지는 벌써 돌아갔지마는 시어머니가 늘 집에 있고 웅삼이가 안방 구석을 좀처럼 떠나지 않기 때문에 그는 오직 상사일념이 조각구름처럼 공허한 심중에 떠돌고 있었다.

작년 가을이었다.

동리 사람들은 한참 논밭을 거두어들이기에 바쁠 참이었다. 웅삼이 집에서도 집안 식구가 모두 들로 나가고 이뿐이만 혼자 집을 보고 있었다. 시동생 웅룡應龍이는 학교에서 아직 돌아오지 않았다. 이웃 아이들도 모두 들로 나갔다.

마침 그때 — 무슨 일로 왔던지 돌쇠가 웅삼이를 부르며 들어왔다. ……그때 이뿐이는 돌쇠를 보고 웃었다. ……그는 그때 꽈리를 불고 있었다.

지금도 그 생각을 하면 심장이 뛰었다. 그것이 그에게는 초련의 독배였다.

그 뒤로 두 사람의 소문은 퍼져갔다. 돌쇠는 웅삼이 집을 자주 갔다. 이뿐이도 무슨 핑계만 있으면 돌쇠 집을 찾아갔다. 그는 돌쇠 처 순임이에게 친히 굴고 돌쇠와 부모를 존경하였다. 그리고 간난이를 몹시 귀여워했다.

"자네도 어서 아들을 낳아야 할 터인데 웬일인가? 아직도 소식 없나?"

이뿐이가 간난이를 안고 뺨을 맞춘다. 입을 맞춘다 하고 있을 때 돌쇠 모친은 이런 말을 하고 쳐다보았다.

"아이구 참 아주머니도—. 소식은 무슨 소식이 있어유!"

이뿐이는 얼굴이 빨개졌다. 그때 돌쇠 모친은 빙그레 웃으며 속으로는 — '그 자식이 참으로 병신인가? 고장인가—?'

그러나 이런 의심은 비단 돌쇠의 모친뿐 아니었다. 그는 이뿐이를 동정하였다. 바보는 바보끼리 만나야겠는데 이건 너무 짝이 기운다. 마치 비루먹은 당나귀에다 호마*를 붙여 준 셈이 아닌가? — 지금 돌쇠 모친은 그런 생각을 하고 다시 웃었다.

이뿐이는 돌쇠 집에 가려면 은비녀를 꼽고 은가락지를 꼈다. — 원준이는 이와 같은 두 사람의 관계를 눈치채고 있었다.

익어 가는 앵도 같은 이뿐이의 고운 입술은 그도 한 알을 따 넣고 입안에 굴리고 싶었다.

◎

원준이는 저녁을 먹고 나서 응삼이를 찾아갔다. 응삼이는 집에 있었다.

응삼이는 오늘 집안 식구에게 저물도록 쪼들려서 그렇지 않아도 흐리멍덩한 사람이 혼 나간 사람같이 되었다.

---

* 胡馬. 중국 북방이나 동북방 등지에서 나는 좋은 말.

"응삼이 있나?"

"누구여!"

응삼이 모친은 원준이가 들어오는 것을 보자 반색을 하며 영접하였다.

"아이구 어려운 출입을 하시는군! 오늘도 면청에 갔었지?"

그는 원준이보고도 의당히 하소를 할 것인데도 그가 면 서기 벼슬을 다니게 된 뒤로부터는 반 존칭을 하였다.

"네 저녁 잡수셨어요?"

"어서 들어오. 픽 춥지."

원준이는 안방으로 들어와서 그의 해맑은 얼굴을 들고 우선 방 안을 휘둘러본다. 이뿐이는 윗방 문턱에 가려 앉았다.

원준이는 털외투 자락을 뒤로 제치고 앉아서 우선 담배 한 개를 화롯불에 붙이며

"응삼이가 간밤에 돈을 많이 잃었다지요!"

"그랬다우―. 아이구 그 망할 놈이 환장을 하였는지 어쩌자고 돌쇠 같은 노름꾼하고 노름을 했다우―."

아픈 상처를 칼로 에이는 듯이 응삼이 모친은 다시 복통을 한다.

"이 사람이 참 자네가 미쳤지. 자네가 돌쇠와 노름을 하면 그 사람의 돈을 먹을 줄 알았든가?"

원준이는 점잖게 말하고 민망한 듯이 응삼이를 쳐다보았다.

"심…… 심…… 풀이로― 하…… 하자기에 했는데― 그…… 그…… 사람이 공연히……."

응삼이는 병신같이 말을 더듬으며 머리를 긁는다. 그는 역시 입을 헤— 벌리고, 이뿐이는 고만 그의 상판을 흙으로 으깨 주고 싶었다. 낯짝에다 침을 뱉고 싶었다.

"허허허…… 사람도—. 그러나 아주머니도 잘못이시지 왜 돈을 맡기셨어요"

"누가 맡겼어야지 밤중에 몰래 들어와서 훔쳐내었지."

"허허— 아니 돌쇠가 꾀수던가? 응삼이!"

원준이는 담배 연기를 맛있게 들이마셨다가 입으로 코로 내뿜으며 응삼이를 돌아본다. 응삼이는 북상투의 갈기 머리를 긁적거린다. 그는 어떻게 말을 해야 좋을지 모르는 모양으로 입만 벙긋벙긋 하였다.

"저 등신은 누가 하자는 대로 하는제 무어! 그렇지만 돌쇠란 놈도 몹쓸 놈이지, 한 이웃 간에서 다른 사람과 노름을 한대두 말려야만 할 터인데 그래 제가 노름을 해서 돈을 뺏어먹어야 옳소"

응삼이 모친은 생각할수록 절통하여서 목소리가 떨려 나왔다. 그는 원준이에게 하소연하면 무슨 도리가 있을까 보아 빌붙었다.

"그런 사람이야 말해 무엇해요. 아무튼지 그런 자리가 걸리지 않아서 걱정일 텐데요. 하여간 우리 동리는 큰일 났어요. 해마다 노름꾼만 늘어가니 선량한 사람들도 자연히 나쁜 물이 들지요"

"글쎄 말이야……. 그놈의 노름꾼 좀 씨도 없이 잡아갔으면―. 조카님도 면소를 다니니 말이지 그래 이걸 어떡해야 옳다우?"

"그럼 어떻게 할 수 있나요. 고발을 하면 응삼이도 경을 칠 테니 그저 노름을 하기가 불찰이지요. 이 사람아 다시는 말게!"

"그러니 그 많은 돈을…… . 어떻게 화가 나든지 아까 돌쇠란 놈이 있었으면 제가 죽든지 내가 죽든지 해보려고 쫓어 갔드니만 그놈이 있어야지. 그래서 그 집 식구보고 야단을 한바탕 쳤지마는 그게 무슨 소용 있우?"

"그렇지요. 고발을 한댔자 돈은 못 찾을 것이니―. 그래도 본보기를 해서라도 한번 혼을 내놓아야겠어요! 에― 고약한 사람들!"

"그러면 작히나 좋을까!"

윗방에서 그들의 이야기를 듣고 있던 이뿐이는 원준이의 얼굴이 뻔히 쳐다보였다. 그도 ― 지금은 동리 간에서 노름을 않지마는 ― 읍내에서 노름만 잘하고 요릿집과 술집으로 돌아다니며 주색잡기라면 사족을 못 쓴다는 소문이 났다. 그래서 월급을 탄대야 집에는 한 푼 안 가져오고 저 한 몸뚱이만 안다는 녀석이 남의 흉만 보고 앉았는 것이 꼴 같지가 않았다.

"참― 조카님은 이 동리에서는 제일 유식도 하고 면청에도 다니고 하니 우리 응칠이를 잘 건사해 주었으면 좋겠어. 조카님이 만일 그렇게만 한다면 다른 사람이 꾀어낼 틈도 없지 않겠우!"

응삼이 모친은 다소 불안스러운 청을 하는 것처럼 하소연해 보았다.

"네ㅡ. 그게야 사실 내 말만 들으면 해될 게야 없겠지요."

원준이는 응삼이를 쳐다보는 한쪽 눈으로 이뿐이를 곁눈질하였다. 응삼이 모친은 그 말에 반색을 해서 자리를 고쳐 앉으며

"그럼 조카님이 좀 괴롭드라도 자주 놀러 다녀서 저애를 끼고 잘 타일러 주! 아이구 그렇게 했으면 내가 참으로 마음을 놓겠우."

그는 웬일인지 별안간 눈물이 핑 돌았다.

"동리간이라도 어디 마을 사람이 누구 있우. 저애가 원체 반편인 데다가 아비 없는 후레자식으로 그저 ㅡ 귀둥이로만 커 놨으니 무얼 배운 것이 있어야지 사람이 되지. 애, 응삼아 그럼 너 이 담부터는 다른 사람의 말만 듣지 말고 이 서기 양반의 말을 잘 들어라! 응?"

모친은 오므러진 입을 벌리고 안타깝게 말하는데 응삼이는 힘 하나 안 들이고 모친의 말이 떨어지자

"그러지유!"

하고 다시 머리를 긁었다.

이뿐이는 별안간 고개를 돌리고 입을 싸쥐었다.

"이 밥통아! 어서 죽어라!"

◎

이날로부터 원준이는 응삼이 집을 자꾸 드나들었다. 그는 들어올 때마다 응삼이를 불렀다. 그러나 언제든지 한눈으로는 이

뿐이를 곁눈질하였다. 그의 뱁새눈같이 쭉 째진 갈고리눈으로 말끄러미 쏘아보는 것은 어쩐지 기미가 좋지 않아서 이뿐이는 가슴이 떨리었다. 그는 원준이의 심상치 않은 행동에 은근히 겁을 먹었다. 맑은 시냇물같이 밑구멍이 빤하게 들여다보이는 — 조금도 어수룩한 구석이 없는 원준이가 자기 집을 자주 찾아오는 것은 반드시 그 이면에 무엇이 숨어 있지 않으면 안 되었다. 무엇일까?

물새가 논꼬에 자주 오는 것은 송사리를 찍어 먹기 위함이다.

이뿐이는 원준이가 올 때마다 무서웠다. 그는 무엇인지 자기에게서 찾아내려는 것처럼 음흉한 눈을 쏘았다. 무슨 말을 할 듯 할 듯한 표정이다.

어떤 불길한 조짐이 생길 것 같은 예감이 — 날이 갈수록 그의 마음을 조마조마하게 하였다. 그런데 원준이는 꾸준히 드나들었다. 그러는 대로 돌쇠와는 멀어지는 것 같았다. 돌쇠는 응삼이와 노름을 한 뒤로부터는 한 번도 오지 않았다. 그는 모친에게 경을 칠까 봐 그러는지 그렇지 않으면 다른 까닭이 있는지?

그래서 이뿐이는 외나무다리를 건너는 때와 같이 위험을 느끼었다. 그는 원준이와 돌쇠 사이에 무슨 일이 생기지 않을까 하는 아슬아슬 가슴을 조리었다.

그러는 가운데 보름이 닥쳤다.

5

돌쇠의 집에서는 보름 명절이라고 아내와 모친은 수수를 갈아서 전병을 부치고 쌀을 빻아서 떡을 쪘다. 또순이는 한 옆에서 그들을 거들고 있었다. 그는 올에 열네 살이다. 키가 훌쩍 크고 숙성하였다. 눈창이 맑고 큰 눈에 콧날이 선 데다가 그의 입 모습이 귀염성 있게 생겼다. 또순이는 숱이 좋은 머리에 새빨간 공단 댕기를 다녔다. 그가 뛰어다닐 때마다 댕기는 잉어 뜀을 하였다.

마을에는 들기름 내가 떠올랐다. 있는 집 어린애들은 새 옷을 갈아입고 음식을 길거리로 먹으며 다닌다. 명일 기분이 떴다.

보름 명일은 어린애들 명일이다. 그리고 또한 여자들의 명일이었다.

계집애들은 물론 젊은 여자들은 이날이야말로 분세수를 곱게 하고 새 옷을 갈아입었다. 없는 사람도 할 수 있는 대로 — 그들에게 만일 혼인 옷을 간수해 두었다면 일 년에 두 차례인 이날과 팔월 추석에는 반드시 꺼내 입었다.

그들의 모양은 가지각색이었다. 다홍치마에 연두저고리, 남치마에 노랑저고리, 연두치마에 분홍저고리 — 문자 그대로 울긋불긋하게 차려입고 나서서 그들은 오리같이 뒤뚱거리며 떼로 몰려 다녔다. 풀을 억세게 해 입은 광목*겉을 입은 사람은 걸음을

* 廣木. 무명실로 서양목처럼 너비가 넓게 짠 베.

걸을 때마다 와삭와삭 소리가 났다.

그들은 널을 뛰고 껍데기 벗기기 윷을 놀았다. 명일 기분은 열사흘부터 농후하였다. 이날까지 여유가 있는 집은 보름을 쉬려고 대목장을 보아 왔다. 오막살이이나마 집칸을 의지한 사람은 나무를 해다가 팔아서라도 북어 마리와 다시마 오락지를 사 들고 돌아왔다.

그전에는 보름 명일에도 소를 잡았다. 그러나 지금은 상 중 하 안팎 동리 백여 호 대촌에서도 소 한 마리를 치울 수가 없었다. 하기는 올 설에도 소 한 마리를 잡아먹었지만 그것은 고기의 대부분을 가운뎃말 마름 집과 면서기 원준이 집에서 치우기 때문에 잡은 것이었다. 고기 한 칼 구경 못한 집이 적지 않았다.

열나흘 아침부터 아이들은 수수깽이로 보리를 만들어서 잿더미에 꽂아 놓았다. 그것을 저녁 때 타작을 한다고 두드려서 올해 농사의 풍년을 점치는 것이었다. 이날은 누구나 밥 아홉 그릇을 먹고 맡은 일을 아홉 번씩 한다는 것이다. 나무꾼은 나무 아홉 짐을, 배운 사람은 글 아홉 번 — 있는 집 아이들은 부럼을 깨물고 늙은이들은 귀밝이술을 청홍실로 늘이고 잔대로 마셨다.

돌이도 학교를 갔다 와서 또순이하고 수숫대로 보리를 만들어 꽂았다.

이날 밤에 자면 눈썹이 세고 밤중에 하늘에서 짚신할아비가 줄을 타고 내려와서 자는 사람을 달아 본다 하여 아이들은 작은 가슴을 태우며 졸음을 참고 있었다. 돌쇠가 어릴 때만 해도 이런 풍습은 마을 전체로 성행해서 그는 과연 자고 일어나 보면 눈썹이 하얗게 세었다. 지금 공주에서 사는 고모가 몰래 분칠을 한 것이었다. 그래서 어른들에게 눈썹이 세었다고 놀림을 받았었다. 어느 해인가 — 한번은 이날 아침에 누구한테 더위를 사고 분해서 깩! 깩! 울고 들어온 적도 있었다. 이날 더위를 사면 그해 여름내 더위를 먹는다는 것이었다. 그것은 돌쇠가 아주 어렸을 때 일이다. 밤에는 아이들이 떼로 몰려다니며 말 달리기를 하고 제웅놀음을 하였다. 어른들은 귀여운 듯이 그들을 보호해 주고 따라다니며 구경하였다. — 그해 일 년간의 액막이를 이날 밤에 하는 것이었다.

그러나 이런 풍속도 쥐불이나 줄다리기와 마찬가지로 지금은 다만 어린애들에게 형태만 남아 있다. 마을 사람들은 모두 생기가 없어졌다. 모두 누르텅텅한 얼굴을 들고 늙은이처럼 방구석으로만 기어들었다. 그리고 신세 한탄을 하며 한숨 쉬는 사람이 늘어갔다.

돌쇠는 이런 분위기에 싸인 것이 답답하였다. 마치 사냥꾼에게 쫓긴 짐승이 굴속에 끼인 것 같다. 왜 그들은 전과 같이 팔팔한 기운이 없어졌을까? 그래서 이런 명일도 전과 같이 활기 있게 지나지 못하는가……?

그는 날이 갈수록 우울해졌다. 그런데 이 우울을 풀기에는 술과 노름이 약이었다.

"모두 살기가 구차해서 맥이 빠졌구나!"

돌쇠는 저녁을 먹고 나서 윗모퉁이로 슬슬 올라가 보았다. 그는 지금도 마음이 공허하였다. 많은 사람들 틈에 끼었어도 심정은 고독을 느끼었다(그것은 돌쇠뿐만 아니라 마을의 가난한 사람들은 모두 그런 기분에 싸였다).

윗모퉁이 서기書記집 마당에는 벌써 이웃 사람들이 많이 모였다. 늙은이들은 장죽을 물고 섬돌 위에 쪼그리고 앉았다. 거기에 부친과 차 첨지도 마주 앉아서 무슨 이야기를 하고 웃고 있었다. 부친도 그전같이 기운이 없었다. 그는 해마다 침울해져서 집에 있을 때에는 웃는 얼굴을 좀처럼 보이지 않았다. 그도 가난에 지쳤다.

이 동리에서는 서기집이 제일 터전이 넓었다. 사랑방이 두 칸이나 있는 집도 이 집뿐이었다. 주인 김학여金學汝는 마을 중의 부농으로서 도짓소*가 댓바리나 되고 토지도 두어 섬지기를 가지고 있었다. 그 역시 일자무식한 상놈이었으나 아들이 보통학교를 일찍이 졸업하고 면서기를 다니는 까닭에 마을 사람들은 서기집이라는 택호를 불러 주었다.

망**을 접어든 둥근 달이 갓모봉 뒷산으로 삐주름히 떠오른다. 비늘구름이 면사포와 같이 거기에 반쯤 가렸다. 달은 지금 너울을 벗고 산 위에서 내려다본다. 크고 둥근 달은 서릿발을 머금고

---

* 賭地소. 한 해 동안에 곡식을 얼마씩 내기로 하고 빌려 부리는 소.
** 덜. 보름.

마치 울고 난 계집애의 안청과 같이 붉으레하였다.

윗집 개가 짖는다.

아이들은 달에 홀린 것처럼 아래 모퉁이에서 재깔거렸다. 그래도 생기가 있기는 어린애들뿐이었다.

"철꺽! 철꺽!"

안마당에서는 널뛰는 소리가 들리었다. 젊은 여자들이 빙 둘러섰다. 이뿐이와 아기阿只 ─ 이 집 주인의 딸 ─ 가 지금 널을 뛴다. 이뿐이는 소복을 하얗게 입었다. 달 아래서 널뛰는 두 사람의 맵시는 아리따와 보인다. 달을 향해서 이뿐이는 그의 전신이 공중으로 올라갈 때마다 해사한 얼굴이 달빛에 비쳤다. 그는 석류 속 같은 잇속을 내놓고 웃었다. 아기는 비단 옷을 휘감았다. 선녀가 하강한다는 것이 이런 여자를 이름이 아닌가? 돌쇠는 취한 듯이 그들을 보았다.

원준이도 안마루에 걸터앉았다. 그는 술이 취한 모양이었다. 무엇을 먹었는지 껄껄 하고 있다.

"나도 좀 뛰어 볼까. 아주머니 나하구 뜁시다."

아기가 그만 뛰고 내려오자 돌쇠는 성선이 처의 소매를 끄잡았다.

"아이그 망칙해라. 남정네가 늘은 다 무에야!"

"왜 남정네는 늘을 못 뛰나요. 아무나 뛰면 되지."

"호호 난 뛸 줄을 알아야지 잘 뛰는 이하고 뛰구려."

성선이 처는 이뿐이를 돌아보며

"이 아재하고 한번 뛰어 보소."

이뿐이는 부끄러운 듯이 물러선다.

"형님 싫어!"

이뿐이는 가늘게 부르짖었다. 그래서 성선이 처는 다시 이뿐이에게로 널밥을 더 많이 놓아 주었다. 두 사람은 널을 을러 보았다. 이뿐이가 먼저 구르니까 돌쇠는 떨어질듯이 서투른 두 발길로 간신히 널판을 밟는다. 그는 얼마 올라가지 않았다. 구경꾼들은 웃음을 내뿜었다. 그러자 돌쇠가 다시 탁! 구르니까 이뿐이는 까맣게 공중으로 올라간다. 구경꾼들은 아슬아슬해서 쳐다 보았다. 그러나 이뿐이는 조금도 자리를 잃지 않고 어여쁜 발 맵시로 널판을 구른다. 돌쇠는 다시 엉거주춤하고 줄타는 광대처럼 올라갔다. 구경꾼들은 또 폭소를 터치었다. 돌쇠가 떨어지며 다시 밟자 이뿐이는 이번에는 아까보다도 더 높이 올라갔다.

"아이 무서워라!"

"참 잘 뛴다!"

제비같이 날쌘 동작에 여러 사람들은 감탄하기 마지않았다. 사실 이뿐이는 돌쇠가 기운차게 굴러 주는 바람에 신이 나서 뛰고 있었다. 그는 정신이 쏠려 있으면서도 심중으로 부르짖었다.

'그이가 참 기운도 세군!'

원준이가 뜰에서 보고 있다가 내려오며

"어디 나 좀 뛰어 봅시다!"

하고 돌쇠가 뛰던 자리를 올라섰다. 이뿐이는 어쩔 줄을 모르고 멈칫 멈칫한다.

"아따, 아무나하고 한번 뛰어 보라고!"

이뿐이는 할 수 없이 원준이와 널을 얼렀다. 원준이는 힘껏 굴러 보았다. 그러나 이뿐이는 아까 돌쇠와 뛰는 것의 절반도 못 올라간다. 이뿐이가 떨어지며 널을 구르니까 이번에는 원준이 까맣게 올라갔다가 베갯머리의 옆으로 떨어진다. 그 바람에 널판이 비뚤어져서 핑그르 돌며 두 사람은 땅 위로 둥그러졌다.

"하하하……."

구경꾼들은 일시에 폭소를 터쳤다. 이뿐이는 남부끄러워서 얼굴이 빨개진다. 그는 원준이에게 눈을 흘겼다.

"발을 그렇게 해서는 안 되겠구먼그려……. 호호호─."

"난 안 뛸래─."

이뿐이는 골따지가 나서 성선이 처를 쳐다본다.

"허허─ 늘 한 번 뛰랴다가 망신을 했군!"

원준이는 궁둥이를 털고 일어서자 무색해서 있을 수가 없던지 슬그머니 밖으로 나가 버렸다.

"아잰 참 기운두 세시유. 어짜면 그렇게 세우!"

성선이 처는 돌쇠를 보고 다시 혀를 내둘렀다. 이뿐이가 흥이 깨지는 바람에 구경꾼들도 흥미가 없어졌다. 그는 옷을 버렸다고 핑계하며 한 옆에 가 끼어 섰다. 그래서 널은 다시 아이들에게로 차례가 갔다.

돌쇠는 또순이가 아기와 널을 뛰는 것을 보자 고만 나왔다.

돌쇠는 부친에게 꾸지람을 듣고 나서 한동안은 노름방을 쫓아다니지 않았다. 그러나 그렇게 야단을 치던 부친도 자기가 노름해서 따 온 돈으로 사온 술, 밥과 고기를 먹었다. 만일 그 돈으로 양식을 사 오지 못했다면 그동안에 무엇을 먹고 살았을런지……? 이런 생각을 하는 돌쇠는 어쩐지 그의 부친이 우스워 보이고 세상이 다시 이상스러워졌다.

그러나 냉정히 다시 생각해 볼 때 ― 그는 과연 응삼이에게 잘못한 줄을 깨달았다. 아니 그것은 응삼이보다도 그의 아내 이뿐이였다. 그는 자기의 정부情婦가 아닌가? 그런데 그의 남편을 꾀어서 그 집 돈을 뺏어 먹었다는 것은 아무리 내 앞으로만 따져 보아도 얼굴이 간지러운 일이었다. 그래서 돌쇠는 사실 면목이 없어서 그 후로는 응삼이 집에를 가지 못하였던 것이다.

그런데 오늘 저녁에 뜻밖에 그를 서기 집에서 만나 보았다. 같이 널도 뛰었다. 그는 지금 아까 그와 마주 서서 널뛰던 생각을 하자 별안간 가슴이 몽클해졌다. 눈물 같은 것이 두 눈에 어린다. 그는 무심히 달을 쳐다보았다. 달빛은 아까보다 명랑하게 구름을 헤치고 나온다. 그는 술이 먹고 싶었다. 누구하고 싸움이라도 하고 싶었다. 그는 기운이 북받쳤다.

"어디를 갈까?"

돌쇠는 울적한 심사를 걷잡지 못하여 발쁨발쁨 윗말로 가는 길을 향하여 한 발 두 발 떼 놓았다. 막 개울을 건너서 우물 앞을 지날 무렵이었다. ― 뒤에서 누가 부른다.

"여보!"

홱 돌아보니 달빛에 보이는 얼굴은 생각지 않은 이뿐이였다. 돌쇠는 공연히 가슴이 선뜻하였다.

"어듸 가오?"

돌쇠는 손을 내저으며 가만히 부르짖는다.

"쉬— 누가 듣는구먼……"

"아따 그렇게두 겁이 나우."

이뿐이는 돌쇠를 따라오자 해죽이 웃으며 그를 붙들고 개울 안쪽으로 올라갔다.

얼음 밑으로 깔려 내리는 산골 물이 꿀꿀 소리를 내며 흐른다. 그들은 상류로 올라가서 언덕 밑 바윗돌을 가리고 앉았다. 얼음에서 이는 찬 기운이 선뜻선뜻하였다.

사방이 괴괴한데 밝은 달을 향하여 마주 앉아서 그윽한 물소리만 듣고 있으니 어쩐지 마음이 처량하였다. 두 사람은 한동안 무슨 말을 해야 좋을지 몰랐다.

순간 — 돌쇠는 목 안이 뿌듯하며 무엇이 치밀어 올랐다. 그는 떨리는 목소리로

"아! 임자한테 잘못했우다. 참으로 볼 낯이 없오……"

"이이가 미쳤나…… 무슨 소리야!"

이뿐이는 점점 숙여지는 돌쇠의 터거리를 쳐들었다.

"아니…… 진정…… 용서해 주소. — 이놈이 참으로 죽일 놈이다!"

돌쇠는 주먹으로 눈물을 씻는다.

"아니 별안간 왜 그러우. 누가 임자보고 잘못했댔우?"

이뿐이는 웬 영문을 몰라서 얼떨떨하였다.

"……그런 게 아니라 내가 한 간을 생각하니까 임자에게 잘못된 줄을…… 속담에 솥 떼 가고 뭐 한다는 말과 같이 내가 그따

위 짓을 한 것이— 후."

"아이구 인저 보니까 당신도 못났구려 빙충맞게 울기는 왜 울우?"

이뿐이는 안타까웁게 치마폭으로 눈물을 씻긴다.

"나도 임자보고 잘했달 수는 없어. 그러나 나는 그까짓 일로는 조금도 임자를 원망하지 않수."

이뿐이도 자기 설움이 북받쳐서 목소리가 칼끝같이 찔린다.

"그러면 임자도 옳지 못하지…… 어떻든지 임자의 남편이 아니겠오."

"나도 모르지 않아. 그래두 옳지 못한 것과 살 수 없는 것과는 다르지 않수? ……난 ……어떻게든지 살구 싶수!"

별안간 이뿐이는 돌쇠의 무릎 앞에 엎어지며 흐늑흐늑 느껴 운다. 응삼이의 못난 꼴이 보였다.

"이거 왜 이래! 아까는 나보고 운다드니……."

"흑! 흑! 우리 부모가 때려 ×일 ××이지 어짜라고 나를 그것한테……!"

돌쇠는 이뿐이를 잡아 일으키며

"임자의 부모도 여북해야 그랬겠나! 임자는 벌써 배고픈 걸 잊어버렸구려!"

"차라리 배고픈 것이 낫지……."

"흥 그건 임자가 모르는 말이지. — 그렇다면 임자는 아직도 내가 응삼이와 노름한 사정은 모르는 모양이구려!"

"노름한 사정을?"

이뿐이는 말귀를 잘 모르는 것처럼 눈썹을 찡그리며 쳐다본다.

"그래! 그럼 임자는 나를 그저 노름에 미친 사람으로만 보고 있단 말이지. 그러나 나는 그렇게 노름에만 정신이 팔린 놈이 아니야. 나는 지금도 노름꾼이 되고 싶지는 않아……. 집에 먹을 것이 없고 나무는 산에 가서 해올 수 있다 하나 쌀은 어디 가서 얻나? 농사는 해마다 짓지마는 양식은 과세도 못하고 떨어진다. 해마다 빚만 는다. 엄동설한 이 추운데 어린 처자와 부모 동생이 굶어 죽을 지경이 되었다. 나는 이 꼴을 차마 그대로 보고 있을 수가 없었다. ……오냐 도적질 이외에는 아무것이라도 하자! 그러면 노름이라도 하자! ……그래서 나는 응삼이를 꾀어낸 것이다! 그런데 임자는……."

"아 고만…… 고만……."

이뿐이는 한 손으로 돌쇠의 입을 틀어막으며 가쁜 듯이 부르 짖는다. 그는 돌쇠의 긴장된 표정이 무서웠다.

"……나도 그런 줄은 잘 안다우."

그는 간신히 중단했던 말을 끝막았다.

"갓모봉 너머 이 참사 같은 부자가 하는 노름과 우리네 같은 사람이 하는 노름과는 유가 틀리단 말이다. 그들은 심심풀이로 하는 노름이지마는 우리는 살 수 없어서 하는 노름이다."

"이 참사도 노름을 하우?"

이뿐이는 놀라운 듯이 묻는다.

"그럼 하구 말구……. 일전에는 부자들과 화투를 해서 몇백 원을 땄다는데 순칠이 아저씨가 그 통에 요새 돈 십 원이나 생기지 않았나."

"아…… 웬수 놈의 가난…… 참 내가 임자를 부른 것은 꼭 할 말이 있어서……."

이뿐이는 비로소 그 말을 꺼내었다.

"무슨 말?"

"아! 달도 밝다. 저— 다른 말이 아니라 이 앞으로 원준이를 조심하란 말이야."

이뿐이는 목소리를 다시 한층 죽여서—

"눈치를 가만히 보자니까 아마 임자의 뒤를 밟을 모양이야. 그래서 만일 걸리기만 하면 가만히 안 둘 것 같습디다."

이뿐이는 돌쇠의 주머니를 뒤져서 담배 한 개를 피워 물고는 원준이가 자기 집으로 찾아오던 날 밤에 시어머니와 이야기하던 말과 그 후로 날마다 드나들며 이상스레 구는 행동을 겁이 나는 듯이 말하였다.

"제까짓 것이 그러면 누구를 어쩔 테야—. 공연히 건방지게 굴어 봐라 다리를 분질러 놀 테니."

돌쇠는 별안간 역증이 나서 부르짖었다.

"나는 걱정 말라구! 나보다도 그 자식이 임자를 욕심내서 음흉한 행동을 하려는 모양이니 임자도 정신 차리라구!"

돌쇠는 어쩐지 불안을 느껴서 이뿐이에게 이런 주의를 다시 주었다. 별안간 돌쇠는 질투의 불길이 솟아올랐다.

"내게야말로 제가 어짜게!"

"반할른지 누가 아나?"

"아마!"

이뿐이는 야속한 듯이 돌쇠를 쳐다본다. ……눈물이 달빛에 빛난다──.

"임자가 나를 그렇게 알우?"

"아이 치워!"

"고만 갑시다."

이뿐이는 허전허전하였다.

그는 그대로 떨어지기가 싫었다.

돌쇠가 윗말로 올라가는 산잔등이로 올라가는 것을 그는 몇 번이나 뒤를 돌아다보며 시름없이 내려왔다.

우물을 지날 때 그는 빠져 죽고 싶은 생각이 났다. 이뿐이는 막 자기 집으로 들어가는 골목을 접어들자 뒤에서 누가 큰 기침을 한다. 그는 가슴이 달랑하였다. 원준이다…….

◎

보름도 흐지부지 지나가고 마을사람들은 다시 싸늘한 현실에 부닥쳐서 제각기 발등을 굽어보았다. 그야말로 각자도생各自圖生이다. 그들은 마치 눈 쌓인 산중을 주린 짐승이 헤매듯 사면팔방으로 돈벌이에 헤매었다. 마을에도 차례로 양식이 떨어져 갔다.

돌쇠도 눈을 뒤집고 다시 노름판으로 쫓아다니지 않으면 안 되었다. 차 첨지는 고기 낚기를 다시 시작하였다. 그는 고기를 잡으면 그놈을 가지고 읍내를 가서 파는 것이었다.

◎

김 첨지는 ― 부지런히 자리를 쳤다. 해마다 청울치*를 해서 팔고 남은 치레기로 그는 여름내 노를 꼬아 두었다가 겨울이면 자기 장사를 하는 것이었다.

그런데 원준이는 그들과는 아주 별세계에 사는 사람처럼 유유하게 한가한 세월을 보내고 있었다. 그는 면사무소를 갔다 오면 번들번들 놀았다. 마치 사냥개처럼 무슨 냄새를 맡으려는 듯이 이집 저집으로 돌아다닌다. 그는 여전히 응삼이 집을 자주 왔다.

이월 초순이다. 추위는 계속되었으나 그래도 겨울 같지는 않았다. 쌀쌀한 바람도 봄 기분을 내고 품 안으로 기어든다. 양지 쪽으로 있는 언덕 밑에는 풀싹이 시퍼렇게 살아났다. 그것이 눈보라를 치면 얼었다가 양지가 나면 다시 깨어났다. 풀도 이 마을 사람들과 같이 잔인한 추위와 싸우고 있었다.

논 밭둑에는 벌써 나물 캐는 아이들이 바구니를 끼고 헤맨다. 보리밭에 국수덩이, 꽃다지, 냉이, 달래 싹이 돋아난다.

응삼이 집에서는 아침을 치르고 나자 모자는 윗말 마름 집

* 청울치. 칡의 속껍질로 꼰 노(줄).

물방앗간으로 용정*을 하러 갔다. 응삼이는 소 살 돈을 노름해서 잃은 까닭으로 벼를 찧어 팔아서 그 돈을 벌충하지 않으면 안 되었다. 올에도 논 섬지기를 짓자면 큰 소를 세우지 않으면 안 되었다. 응룡이는 돌이와 사랑 마당에서 놀더니 어디로 몰려 갔는지 아무 기척도 없어졌다.

이때 — 이뿐이는 혼자 반짇그릇을 앞에 놓고 버선 귓머리를 볼박고 있었다. 그는 사내의 버선짝을 보아도 미운 생각이 났다. 그는 지금도 이 생각 저 생각에 움직이던 바늘을 몇 번이나 멈추고 한숨을 쉬었다.

그런데 거기에 — 원준이가 응삼이를 부르고 들어온다. 오늘이 공일이었다.

원준이는 언제와 같이 털외투 에리**에 목을 움치고 윤이 반실반실 나는 노랑구두를 신고 들어왔다.

"없어요!"

이뿐이는 깜짝 놀라 일어나서 문을 열고 내다보았다. 그는 공연히 가슴이 뛰고 얼굴이 화끈하였다

"어듸 갔어요?"

원준이는 싱글싱글 웃으며 뜰 위로 올라선다.

"방아 찧으러 갔어유."

이뿐이는 문설주에 붙어 서서 몸을 반쯤 가리고 간신히 대답하였다.

* 春精. 곡식을 찧음.
** えり. '옷깃'의 일본말.

"아주머니도 가셨나요?"

" ······."

담배 귀신이란 별명을 듣는 원준이는 담배를 또 한 개 꺼내 문다.

"성냥 있어요?"

"네····· 성냥이 어디 있나!"

이뿐이는 황급하게 방 안을 둘러보다가 성냥을 찾으러 부엌으로 원준이 앞을 지나 들어갔다. 그는 부뚜막에 있는 성냥갑을 흔들어 보고 조심스럽게 두 손을 빼쳐서 원준이에게 공손히 내밀었다. 그는 면구스러워서 고개를 다시 숙이고 아까와 같이 방 안으로 들어가 문설주에 붙어 섰다.

"······참 당신한테 물어볼 말이 있는데—."

원준이는 잠깐 주저하다가 어색한 듯이 이런 말을 꺼내고 이뿐이를 쳐다본다.

"예····· 무슨······?"

이뿐이는 구석으로 숨었다. 그는 원준이가 심상치 않게 구는데 점점 불안을 느끼었다. 원준이는 여전히 싱글벙글 싱글벙글한다.

"당신의 집안 식구는 속여도 나는 속이지 못할 게요."

"······."

이뿐이는 가슴이 떨리었다. 무슨 일일까? 열나흗날 밤 일인가? — 그 생각이 번개 치듯 지나간다.

"나는 벌써 다 알고 묻는 말이니까 바른대로— 고백하지 않으면 당신에게 손해가 될 것이요. 당신은 지난 달 열나흗날 밤에 어듸를 갔었지?"

"가긴 어듸를 가요!"

이뿐이는 자기도 알지 못하게 절망에서 떨리는 목소리가 나왔다. — 인저 보니까 그날 밤에 뒤를 밟았나 보다!

"아모 데도 안 갔어? ……당신이 말하기 싫다면 구태여 물을 것은 없오. 그것은 당신이 생각해 보면 알 것이니까. ……나는 당신을 위해서 하는 말이야. 만일 내가 한마디만 당신 시어머니에게 뗑기게 되면 당신은 어떻게 될른지 모르지 않소?"

"……."

원준이는 어느 틈에 문지방에 걸터앉았다.

"하기는 당신의 소행을 생각하면 이런 말을 귀띔할 것 없이 당신 어머니한테 말할 것이지만— 그렇게 하면 전도가 창창한 당신에게 불행하지 않겠오? 그러니 내 말을 듣겠오 못 듣겠오?"

"무슨 말이어요. 들을 말이면 듣고 못 들을 말이면 못 듣지요……."

이뿐이는 인제 악이 올라서 무서움도 없어지고 원준이를 똑바로 쏘아보았다. 그러나 원준이는 여전히 빙그레 웃으며

"그만하면 알지 뭐……!"

이뿐이는 별안간 고개를 벽에 기대고 훌쩍훌쩍 울기 시작하였다. 그는 참으로 원준이가 아는 바가 겁이 나서 그런 것이 아니라 그의 하는 행동이 분하기 때문이었다.

—그가 참으로 점잖을 것 같으면 모르는 체하든지 그러지 않

으면 자기를 훈계하고 말 것이 아닌가? 그런데 자기의 과실을 책
잡아 가지고 그 값으로 비루한 제 욕심만 채우려는 것은 가증하
기 짝이 없다. 너를 주느니 개를 주지! 하는 미운 생각이 지금 이
뿐이의 마음속에 가득 찼다.

"나가요! 당신이야말로 대낮에 이게 무슨 짓이유!"

이뿐이는 별안간 고함을 쳤다.

이 의외의 대답에 원준이는 깜짝 놀라서 몸을 벌떡 일으켰다.

"아니 당신이…… 정말 이러기야!"

눈을 휘둥그렇게 뜨고 쳐다본다.

"그러면 누구를 어쩔 테야! 어서 나가요. 공연히 안 나가면 왜
장 칠 테니."

이뿐이는 독이 풀독사같이 올랐다. 그는 자기에게도 이런 용
기가 어디 있었던가 하고 내심으로 은근히 놀래었다.

"뭣이 어째! 정말로 이래도 좋을까! 후회하지 않을까!"

"맘대로 하라구. 일르면 쫓겨나기밖에 더 할까! 고작 가야 죽
기밖에 더 할까! ……행세가 천하에 못되었우─. 임자는 면서기
를 다닌다고 남을 이렇게 깔보는가! 유식한 사람의 버릇은 다 그
런가……!"

원준이는 고만 모닥불을 뒤집어쓴 것같이 얼굴이 화끈 달았
다. 그는 무섭게 눈을 흘기고 한참 서서 노려보다가 할 수 없이
나가 버린다.

이뿐이는 그 자리에 쓰러져서 보리밥 한 솥지기는 울었다. 그
는 암만 울어도 시원치 않았다.

─저는 이 마을에서 제일 잘 산다고 누구에게 권리를 부리려 드는가! 그는 생각할수록 안하무인한 그의 행동이 분하였다. 그런 생각을 하면 전후 사연을 모조리 토파를 하고 죽든지 살든지 한번 해보고 싶었다. 그는 마침내 이런 모든 소조가 천치 같은 사내를 얻은 까닭으로 벌써 넘보고 그랬다는 ─ 자기 팔자 한탄으로 결론을 지을 수밖에 없었다.

그러니까 분한 정도를 따진다면 원준이도 결코 이뿐이만 못하지 않았다. 그는 이뿐이에게 그런 봉변을 당하기는 참으로 의외였다. 더구나 그런 볼모를 잡아가지고 위협을 하게 되면 웬만한 여자일 것 같으면 대개 넘어갈 줄만 알았었는데 그 계집은 여간 당차지 않다고 그는 은근히 놀라기를 마지않았다. 그래서 그 뒤로 응삼이 집에는 발을 끊고 말았다.

원준이는 그길로 가운뎃말 사는 구장 집을 찾았다. 마름 집에 선생으로 있던 이 생원은 연전에 갓모봉 너머 이 참사의 주선으로 향교 장의를 지냈다고 지금도 감투를 쓰고 나왔다.

"아니 자네가 웬일인가!"

구장은 원준이를 사랑으로 맞아들였다.

"오늘은 면에 안 갔든가!"

"네! 일요일이올시다."

"옳아. 내 정신 봤나 오늘이 참 공일이지."

"선생님께 잠깐 의논드릴 말씀이 있어서요."

원준이는 그전에 서당에 다닐 때 구장에게 글을 배운 일이 있기 때문에 선생님이라고 부르는 터이었다.

"응! 무슨 일?"

구장은 노를 꼬면서 묻는다.

"이 동리는 노름들을 않습니까! 저의 동리는 노름이 심해서 큰일 났어요."

"못 들었어―. 요새도들 한다나!"

"하는 것이 뭐입니까! 월 전에 노름들을 해서 응삼이가 소 판 돈 삼십 원을 잃었다는 말씀은 선생님께서도 들으셨지요. 바로 쥐불 놓던 날 밤이올시다."

"그 말은 들었지!"

구장은 뾰족한 아래턱이 달린 염생이* 수염이 말할 때마다 까불까불 한다.

"그 돈을 돌쇠가 따 먹었다는데요. 그때도 응삼이 모친이 고발을 한다고 펄펄 뛰는 것을 어디 한 이웃 간에서 차마 그렇게 하랄 수가 있어야지요. 그래 말렸지요."

"아무렴 그 다 이를 말인가."

"그런데 이 사람들이 지금도 정신을 못 차리고……. 요새는 버쩍 더 합니다그려. 그리고 어디 그뿐입니까, 도무지 풍기가 문란해서 커가는 아이들에게 여간 큰 영향이 아니올시다. 이대로 가다가는 동리가 망하지 않겠어요?"

원준이는 무슨 큰일이나 생긴 것처럼 긴장해서 부르짖었다.

"그러니 어떻게 한단 말인가. 어디 한두 사람이어야지 무슨 도

---

* 얌생이. '염소'의 방언.

리를 강구하지. 에— 고약한 사람들 같으니!"

구장도 다소 역증이 나는 것처럼 꼬던 노끈을 제쳐 매놓고 담배를 부스럭부스럭 담는다.

"저희 같은 젊은 애들 말은 어디 들어먹어야지요. 그러니까 선생님께서 진흥회장 으른과 상의를 하셔서 속히 동회洞會를 붙여 가지고 어떤 제재를 내리는 것이 좋겠습니다."

구장은 잠깐 무엇을 생각하다가

"그게야 어렵지 않겠지마는…… 그렇게 해서 효력이 있을까!"

"확실히 있을 줄 압니다. 그들을 불러다 놓고 엄중하게 중계를 하고 만일 차후에도 노름을 하는 사람이 있으면 벌금을 물게 한다든지 하는 그런 규칙을 만들어 놓게 되면 실행될 수가 있겠지요. 그래도 노름을 하고 싶으면 바로 타동에 가서는 할지라도……"

"글쎄, 어듸 의논해 보지…… 자네들은 인저 착심하고 면서기를 다니기까지 하니 부탁할 말이 없네마는…… 우리 동리란 웬 노름꾼이 그리 많은지…… 참 한심한 일이야!"

"저희야 다시 그런 작난을 하겠습니까. 그전에는 철모르고 그랬지요만—."

원준이는 면구한 듯이 고개를 숙이고 자리를 긁는다.

구장은 장죽을 재떨이에 뻗히고 앉아서 뻑뻑 빨다가

"자네가 그런 말을 하니 말일세마는 노름이 이렇게 퍼지게 된 것은 꼭 이 참사 까닭이니. 촌이란 일상 읍내를 본뜨는 것인데 이 참사 같은 명망 있고 일군의 유력한 지위를 가진 이가 노름을 하게 되니 무식한 사람들이야 무족거론이 아니겠나……. 더 구나 요새 세상같이 살기가 어려운 판에…… 허허……."

구장은 별안간 이가 물던지 배꼽에 걸친 핍마리를 까고 득득 긁는다. 때 비늘이 허옇게 긁힌다.

"그렇읍죠. 상탁하부정上濁下不淨으로……."

원준이는 제 얼굴에 침 뱉는 것 같아서 하던 말을 멈추고 다시 고개를 숙였다.

7

이틀 후에 소임은 아래 윗동리를 집집마다 돌아다니며 저녁에 마름 집으로 모이라는 말을 전하였다. 특히 노름꾼으로 지목되는 사람은 하나도 빠지지 않도록 직접 찾아보고 일렀다. 동리 사람들은 별안간 무슨 일인지 몰라서 수군거렸다.

해가 어슬핏하자 집회 장소인 정 주사 집에는 하나둘씩 사람이 불어 갔다.

시계가 8시를 쳤을 때에는 아래 윗칸 사랑이 꽉 차서 마루에까지 사람이 앉아야 할 만큼 상중하 동리의 거진 절반이나 모인 셈이었다.

거기에는 이날 회합의 문제인물인 돌쇠는 물론이요 완득이 성선이도 왔는데 웬일인지 노름꾼의 대장인 최순칠이가 오지 않았다.

"더 올 사람 없나. 고만 이야기를 해보지."

아랫목에서 구장하고 나란히 앉은 진흥회장 정 주사는 좌중을 둘러보며 물었다. 제각기 패패로 앉아서 까마귀 떼같이 떠들던 사람들은 일시에 말을 그치고 아랫방으로 고개를 돌리었다. 윗말 남 서방 산지기 조 첨지도 왔다.

정 주사 아들 정광조鄭光朝는 윗방에서 원준이와 마주 앉았다.

"네! 시작해 보시지요."

원준이는 정주사와 구장을 바라보았다.

"선생님이 먼저 말씀하시지요!"

"아니 회장이 말씀하셔야지…… 허허……."

"동회니까 구장이 말씀하셔야지……, 그럼 아모려나!"

정 주사는 담뱃대를 놓고 수염을 쓰다듬으면서 말을 꺼내었다. 그도 세무서稅務署 주사를 다녔다고 깎은 머리에 감투를 쓰고 있었다.

"오늘 밤에 동리 여러분들을 이렇게 오시란 것은 다른 것이 아니라 우리 동리에서 좋지 못한 일이 있어서 그 대책을 강구하지 않으면 안 되겠기에 모이라 한 것이오. 그 좋지 못한 일이란 것은 지금 아랫말 김 서기가 사실을 보고할 터이니까 여러분은 잘 들으시고 아무 기탄 없이 여러분은 좋은 의견을 말씀해 주시기를 바랍니다. 그래서 우리 동리도 풍기를 숙청肅淸해서 훌륭한 모범촌이 되도록 여러분이 서로 도와가기를 바랍니다 마지않습니다."

정 주사는 구장을 돌아보며

"그뿐이지? 더 할 말씀은?"

"그렇지요. 더 무슨."

구장은 훈장질하던 버릇이 그대로 남아서 상반신을 끄덕끄덕하였다.

"그러면 김 서기 보고하지!"

"네!"

정주사의 말이 떨어지자 원준이는 대답을 하고 일어섰다. 그는 양수거지를 하고 서서—

"에— 오늘 밤에 보고할 사연이란 것은 지금 진흥회장 영감께서 말씀한 바와 같이 우리 동리의 문란한 풍기를 '개량'하자는 것입니다. 에— 여러분께서도 이미 아시다시피 우리 동리에는 도박이 제일 심합니다. 그 증거로는 우선을 정초에 — 바로 쥐불 놓던 날 밤에 — 도박을 한 것이 증명됩니다. 그날 밤에 도박을 하신 분이 지금 이 자리에 계신 것 같으나 누구라고 지명을 않더라도 다들 아실 줄 압니다. 더구나 그날 밤에 불소한 금전을 잃은 사람은 한 이웃에 사는 — 반편 같은 불행한 사람이라는 데도 같은 노름이라 할지라도 정도가 다르다고 생각합니다……."

원준이는 마치 승리의 쾌감을 느끼는 사람과 같이 기고만장해서 돌쇠를 슬슬 곁눈질하며 부르짖었다.

그러나 돌쇠는 벌써 이날 저녁의 모인 의미를 잘 알기 때문에 별로 놀랄 것은 없었다. 그는 어저께 원준이가 이뿐이에게 대한 행동을 자세히 들었다.

그러므로 돌쇠는 오늘 밤의 집회가 원준이의 책동이라는 것을 벌써 짐작하고 있었던 것이다. 그러니 만큼 그는 이를 악물고

서화

어디 보자! 하는 결심을 굳게 할 뿐이었다.

원준이는 손을 입에 대고 기침을 두어 번 한 후에 다시 말을 이어서

"에헴! 그런데 그분들은 그 후에 조곰도 반성하는 기색이 없이 계속 해서 지금도 노름을 합니다. 이것이 하나올시다 에헴— 또 한 가지는"

"에— 그게 원 무슨 일들이람."

"원체 노름이 너무 심하지. 진즉 무슨 수를 내든지 해야 할 게야."

"그거 참 옳은 말일세. 그 사람 똑똑한데—."

"암 승어부*했지. 저 사람 집 산수에 꽂혔는데!"

청중에서 이런 말이 수군수군거리자 구장은 담뱃대를 들고 정숙하라고 명하였다.

원준이는 더욱 어깨가 으쓱해졌다.

"에— 또 한 가지는 신성한 가정의 풍기를 문란하게 한 것이올시다. 아마 이것도 여러분께서 대강 짐작하실 만한 소문을 들으셨을 줄로 압니다. 그러면 이만큼 말씀해 두고 끝으로 한마디 여쭙고저 하는 것은 이런 불미한 일을 그대로 두어서는 오륜삼강의 미풍양속이 없어지고 동리가 멸망할 것이오니 여러분께서는 그 대책을 잘 생각하시고 책임자에게 어떠한 제재를 주어서라도 동리를 바로잡게 하기를 바랍니다."

---

* 勝於父. '아버지보다 나음'을 이르는 말.

이기영

원준이는 연설조로 하던 말을 마치고 자리에 앉는다. 그는 다소 흥분이 되어서 숨이 가빴다.

"그러면 어떻게 할까요! 여러분! 의견을 말씀하시지요."

정 주사는 좌중을 돌아본다.

원준이는 또다시 일어나서

"에— 제 생각 같애서는 먼저 문제의 책임자들이 제각기 양심에 비춰서 이 자리에서 사과를 한 후에 앞으로는 다시 그런 불미한 행동을 않겠다는 맹세를 하고 그리고 나서 다시 여러분께서는 그의 만일을 보장하기 위해서 어떠한 벌칙을 작정하시는 것이 좋을 것 같습니다."

이제까지 아무 말 없이 앉아서 빙글빙글 웃고만 있던 정광조는 별안간 좌중의 침묵을 깨치었다.

하긴 여러 사람들은 오늘 저녁의 모임이 동회인 만큼 그가 먼저 무슨 말이 있을 줄 알았는데 오히려 지금까지 아무 말이 없는 것을 이상히 생각할 만큼 되었던 것이다. 왜 그러냐 하면 그는 동경 유학생이기 때문이다. 그는 신병이 걸려서 작년 연종陽曆에 일시 귀국하였던 것이다.

"지금 이 모임에 저도 발언권이 있겠습니까?"

광조는 좌중에 묻는 말이었으나 시선은 원준이에게로 갔다.

그는 원준이의 '오륜삼강'이니 '신성한 가정'이니 하는 말이 아니꼬왔다.

"네, 동회인 만큼 누구나 말씀하실 수가 있습니다."

원중이가 이렇게 대답하니 좌중은 그 말에 동의한다. 광조는

그길로 일어서서 우선 머리를 숙여서 예를 한 후에 다시 팔짱을 끼고 서서

"에— 지금 보고하는 말씀을 들어보면 첫째 조목과 둘째 조목이 모두 추상적抽象的인 것 같습니다. 옛말에도 명기위적이래야 적내가복明其爲賊賊乃可服이라 한 것과 같이 그 죄를 밝힌 연후에야 그 형벌을 작정할 것이 아니겠습니까? 그러면 지금 그 보고를 좀더 소상히 할 필요가 있을 줄 압니다. 즉 누구누구는 어떠한 범죄가 있다는 것을 본인은 물론이요 제삼자에게도 확실히 알려줄 필요가 있을 줄 압니다."

광조가 말을 마치고 앉으니까 좌중은 이 의외의 발언에 모두 고개를 두리번두리번하고 있다.

"참 그렇지! 그래여!"

"암— 그래야지!"

"네— 그것은……"

원준이가 자기에게 불리한 기미를 채고 다시 일어난다. 그는 은근히 불안한 표정을 얼굴 위로 나타낸다.

"—그것은 이미 여러분께서도 잘 아시는 사실이므로 구태여 지적할 필요가 없을 것 같아서 그랬습니다. ……또한 고현古賢의 말씀에도 군자는 그 죄를 미워하고 그 사람은 미워하지 않는다는 것을 본받아서 되도록은 관대한 처분을 하는 것이 좋을까 해서 그만큼 간단하게 보고를 한 것이올시다."

광조는 다시 일어났다.

"에— 그러면 이 보고를 정당한 사실로 인정認定한다는 전제에

서 저의 의견을 잠깐 말씀드리겠습니다. 저 역시 들은 소문을 종합해 가지고 말씀하겠는데 첫째 도박으로 말하면 우리 동리에서 젊은 사람치고서는 누구나 별로 안 하는 사람이 없는 줄 압니다. 더구나 노름꾼의 대장이라 할 만한 이가 오늘 밤에 오지 않은 것은 대단 유감으로 생각합니다. (청중은 모두 웃는다.) 둘째로 신성한 가정의 풍기를 문란한다는 조목에 있어서도 더구나 문제를 막연히 취급하는 것 같습니다. 가정이란 대개 결혼을 기초한 것으로 볼 수 있는데 오늘날 우리 사회의 결혼 제도란 것이 대체 어떠한 것입니까? 이미 여러분께서도 잘 아시는 바와 같이 소위 이성지합二性之合이 백복의 근원百福之源이라는 인간대사를 부부가 무엇인지도 모르는 젖내가 물씬물씬 나는 어린것들을 조혼을 시키거나 그렇지 않으면 당자에게는 마음도 없는 것을 부모가 강제 결혼을 시키는 것이 오늘날 우리 사회의 결혼 제도가 아닙니까! 그러나 한번 머리를 돌이켜서 저 ― 문명한 나라를 볼 것 같으면 거기서는 청년 남녀가 제각기 서로 뜻에 맞는 배필을 골라서 이상적 가정을 세우는 것이올시다. 어시호* 신성한 가정이 될 수도 있겠습니다. 그래 결혼이란 당사자끼리 할 것이지 거기에 제삼자가 전제專制할 것은 아닙니다. 그러므로 우리 사회의 불합리한 결혼 제도에는 따라서 많은 폐해가 있는 줄 압니다. 남자는 첩을 두고 외입을 합니다. 여자는 본부를 독살하고 음분** 도주까지 않습니까! 이것이 모두 강제 결혼과 조혼의 선

---

* 於是乎. 이제야, 이에 있어서.
** 淫奔. 남녀가 음란하고 방탕한 짓을 함. 또는 그런 행동.

　　　　　　　　　　　　　　　　　　　서화

물이올시다. 그러므로 아까 둘째 조목으로 보고한 사실이란 것도 그 근본을 캐고 보면 결국 우리 사회의 결혼 제도가 결함이 있는 데에서 생기는 반드시 생기지 않을 수가 없는 폐해올시다. 그렇다면 이와 같은 제도에 희생된 사람들에게는 오히려 '동정'할 점이 많이 있을 줄로 저는 압니다."

원준이는 이 불의의 공격에 어쩔 줄을 몰랐다. 그는 다시 일어서서—

"그러나 우리는 이 제도를 일조일석에 고칠 수는 없습니다. 그렇다면 우리는 종래의 습관을 복종할 의무가 있을 줄 압니다."

"그것은 말이 되지 않습니다. 우리가 만일 우리의 생활상에 어떤 잘못을 발견할 때는 우리는 그 즉시로 그것을 고쳐야 할 의무가 있을 줄 압니다. 만일 그렇지 않다면 우리는 그 잘못을 영영 고치지 못하고 말을 것이외다."

"그렇지! 그게 옳은 말이지."

청중에서 누가 부르짖었다. 그는 돌쇠에게서 그날 밤에 개평을 얻은 남 서방이었다.

"그러면 문제를 간단히 낙착 짓기 위해서 다시 번복합시다. 대관절 아까 김 서기의 보고를 여러분은 정당하다고 인정하십니까?"

광조는 다시 일어나서 묻는다. 잠시 방 안은 쥐 죽은 듯이 고요하였다.

그러자 돌쇠가 별안간 벌떡 일어선다. 그는 아까부터 하고 싶은 말이 많았으나 어떻게 조리 있게 말할 만한 자신이 지금까지 망설이고 있던 참이다. 그런데 그는 광조의 말에 용기가 났다.

"첫째 노름으로 말씀하면— 제…… 제가 물론 잘못했어와유. 하지만두 저는 본시 노름꾼이 되고 싶어서 한 것은 아니외다. 어떻게 합니까! 일 년 내 농사를 지어야 먹을 것은 제 돌을 못 대고 식구는 많은데 굶어 죽을 수는 없으니……. 쥐불 놓든 날 밤에 응삼이와 노름을 한 것도 실상은 이렇게 환장지경이 되었을 뿐 아니라 응삼이가 소 판 돈이 있는 줄을 알고 노름하자고 꾀이는 사람이 많은 줄을 알기 때문에 그렇다면 남에게 뺏길 것도 없어서 그날 밤에 노름을 하였지요. 그것은 지금 당장 응삼이를 불러다가 물어보셔도 알 것입니다. 그리고 노름을 어디 저 혼자만 합니까! 갓모봉 너머 이 참사 영감 같으신 이도 노름을 하시지 않습니까."

"노름은 그렇다 하고 가정의 풍기문란에 대해서는 또 변명할 말이 없느냐?"

정 주사는 정중하게 돌쇠에게 묻는다. 그는 양반인 까닭에 아래 사람들에게는 언어에 차별을 하였다.

"네! ……둘째로 무슨 말씀이든가요? — 거기 대해서도 저만 특별히 잘못한 것은 없습니다. 그것도 이실직고하겠사오니 응삼이 처를 불러다가 물어보십시요!" 좌중은 이 새 사실에 모두 놀래었다.

"그럼 누구란 말이냐!"

정 주사의 묻는 말에 돌쇠는 원준이를 손가락질하였다.

"원준이올시다."

"저 사람이 미쳤나 내가 어쨌단 말이야!"

원준이는 얼굴이 새빨개졌다. 그는 색먹고* 대든다.

"자네가 그렇게 아무도 없는 기미를 보고 대낮에 웅삼이 집에를 들어가지 않았나?"

좌중의 시선은 모두 원준이에게로 집중하였다. 돌쇠는 다시 긴장해서 부르짖었다.

"오늘 저녁에 이렇게 모인 것이 저는 누구의 조화라는 것을 잘 알고 있아외다. 저 하나를 이 동리에서 제일 불량한 사람이라 지목해 가지고 그리는 것 같습니다마는 사실인즉 이와 같은 흉계를 꾸민 것입니다. 아까 이 댁 나리가 말씀하신 것과 같이 젊은 사내가 우연 만한 사내 쳐놓고 누가 외입 않는 사내가 있습니까? 네! 제 죄는 지당히 벌을 받사오리다. 그러나 벌을 주시되 공평히 주십시요."

돌쇠의 말에 여러 사람은 가슴이 찔리었다. ─ 참으로 누가 감히 먼저 돌쇠에게 돌을 던질 수 있느냐?

"잉! 잉!"

별안간 구장은 담뱃대를 들고 횡 나간다. 그는 원준이에게 속은 것이 분하기 때문이었다.

"아니 왜 일어나서요?"

"그럼 가지 무엇해요. 깍두기판**인데!"

정 주사의 묻는 말에 이 한마디를 던지고 나가버린다.

---

* 색을 먹다 : 노여운 생각이 들어서 정색을 하다.
** 난장판.

이기영   319

그는 콧구멍이 벌름벌름하였다.

"허허 참— 별꼴 다 보겠군!"

"똥 묻은 개가 겨 묻은 개를 나무라는 셈이로군!"

좌중의 시선은 원준이에게로 집중되었다.

회합은 별안간 묵주머니가 되고 여러 사람들은 혀 굽은 웃음을 웃으며 하나둘씩 돌아갔다. 원준이는 어느 틈에 달아났는지 가는 것도 보지 못한 사람이 많았다.

광조는 회심의 미소를 웃었다.

—그는 신성한 가정의 풍기문란(?)이 쥐구멍을 못 찾고 쑥 들어간 것이 통쾌하였다. 자유연애 만세……!

돌쇠가 뒷산 잔등을 막 넘으려니까 뒤에서 누가 헐헐 가쁜 숨을 쉬며 쫓아온다.

"누구야!"

"나!"

그는 천만의외에 이뿐이였다.

"아니 임자가 웬일이야!"

돌쇠는 깜짝 놀라서 부르짖었다.

"쉬— 나두 구경을 왔었다우!"

"어— 그래 죄다 들었는가?"

"그럼— 무슨 일인지 궁금해서 쫓아와 봤지."

이뿐이는 돌쇠의 손목을 꼭 쥐었다.

"정 주사 아들의 말을 알어들었소?"

"저— 무슨 말인지 자세히는 몰라도 임자를 퍽 두던하는 것

서화

같애!"

"그렇지 응? 난 뜰아래 짚동가리에 숨었었어!"

이뿐이는 다시 돌쇠의 손목을 꼭 쥐어 본다.

"그래!"

"그럼 우리를 두던해 주는 사람도 이 세상에 있구려―."

이뿐이는 죽은 사람이 다시 산 것처럼 희한하게 생각되었다.

"그렇지― 사람은 기운차게 살아가야 돼. 설사 죄를 짓드라도 사람으로서 진실해야 하느니―."

"으짜면 그이가 말을 그렇게 잘한다우―."

"일본 가서 대학교 공부하지 않었나!"

두 사람의 대화는 어둠 속에서 도란도란한다. 이뿐이는 돌쇠에게 온몸을 실리다시피 치개면서 걸음을 떼놓았다.

"세상은 우리가 모르는 별 세상이 또 있는가 부지? 그이는 그것을 잘 아는 모양인가 봐!"

돌쇠는 무엇을 골똘히 생각하다가 무심코 이런 말을 하였다.

"참말로 그런 세상에서 살어 보았으면……."

그들은 한동안 아무 말 없이 걸어갔다.

1933. 5. 30. ~ 7. 1. 《조선일보》 연재.

이기영

1895. 충청남도 아산 출생.

1907. 사립영진학교 입학.

1911. 천안 상리학교 졸업 후 유랑.

1918. 논산 영화여자고등학교 교사로 취임.

1922. 일본으로 건너가 도쿄 세이소쿠 영어학교 입학.

1923. 귀국하여 창작 활동.

1924. 《개벽》 현상작품모집에 단편 「오빠의 비밀편지」가 당선되며 등단.

1925. 《조선지광》에 입사. 카프에 입단.
    《개벽》에 단편 「가난한 사람들」 발표.

1926. 《조선지광》에 단편 「민촌」, 《개벽》에 단편 「농부 정도룡」 발표.

1927. 《조선지광》에 단편 「아사」 발표.

1928. 《조선지광》에 단편 「원보」 발표.

1930. 8월 21일부터 9월 3일까지 《조선일보》에 단편 「홍수」 연재.

1931. '카프 제1차 검거 사건'으로 구속되어 불기소 처분.

1933. 5월 30일부터 6월 30일까지 《조선일보》에 중편 「서화」 연재.
    11월 15일 장편 『고향』 연재 시작.

1934. 9월 21일 장편 『고향』 연재 종료.
    '카프 제2차 검거 사건'으로 체포되어 집행유예 선고를 받고 석방.

1936. 단행본 『고향』 출간.

1945. 광복 후 한설야와 함께 '조선프롤레타리아문학동맹' 창설.

1946. 월북하여 북조선문학예술총동맹 중앙위원 선임.

1948. 장편 『땅』 제1부 발표.

1949. 장편 『땅』 제2부 발표.

1954. 장편 『두만강』 제1부 발표.

1957. 장편 『두만강』 제2부 발표.

1961. 장편 『두만강』 제3부 발표.

1972. 제5기 최고인민회의 대의원 역임.

1984. 8월 9일, 숙환으로 타계. 유고집 『태양을 따라』 출간됨.

호는 민촌(民村). 이기영(李箕永)은 1924년 《개벽》에서 주최한 현상작품모집

서화

에서 단편 「오빠의 비밀편지」가 3등으로 당선되며 등단했다. 이듬해에 친분이 있던 조명희의 알선으로 《조선지광》에 입사하였으며 이어 카프에도 입단하였는데, 1946년 월북 전에 남한에서만 단편 90여 편, 단행본 14권, 희곡 3편, 평론 40여 편을 내었을 정도로 왕성한 작품 활동을 보였다.

그는 어린 시절 어머니의 죽음 이후 겪은 가난 체험과 성장기에 직업을 찾아 유랑하였던 경험을 바탕으로 당대 식민지배하 가난한 농민의 삶과 농촌의 현실을 자신의 작품 속에 주로 담아내어 '농민소설 작가'라는 명칭을 얻었다. 그는 당의 이념 투쟁에 말려드는 대신 철저히 현장 중심의 구체적인 묘사에 매진함으로써 「민촌」 「농부 정도룡」 「홍수」 「서화」 등의 작품에 생동감 넘치는 인물을 형상화하고 흥미로운 사건 전개를 보여 주는 등 작가적 역량을 쌓았다. 그리고 식민지시대 최고의 농민소설로 일컬어지는 장편 『고향』(1934)을 집필하여 사회주의 리얼리즘을 작품으로 실현했다는 평을 받았다.

이기영은 카프 활동기간 동안 경향문학의 대표적 작가로 자리매김하였고 광복 후에도 한설야와 함께 조선프롤레타리아문학동맹을 만들어 위원장에 취임했으나, 직후 임화 중심의 조선문학가동맹에 주도권을 빼앗기고 일찌감치 월북하였다. 그 후 북한 문학과 문학 정책을 주도하며 문단의 원로로 문학예술총동맹 위원장, 조·소문화협회 위원장을 역임하였으며 『땅』 『두만강』 등의 장편을 집필하였다.

과도기

一名 새벽

한설야

1

창선이는 사 년 만에 옛 땅으로 돌아왔다. 돌아왔다기보다 몰려왔다. 되놈의 등쌀에 간도에서도 살 수 없게 된 때에 한낱 광명과 같이 생각되고 덮어놓고 발끝이 향하여진 곳은 예 살던 이 땅이었다.

그러나 두만강 얼음을 타고 이 땅에 밟아 들어 보아도 제서 생각하던 바와는 아주 딴판이다. ─ 밭 하루갈이, 논 두어 마지기 살 돈만 벌었으면 흥타령*을 부르며 고향으로 가겠는데 ─ 이렇게 생각하던 터인데 막상 돌아와 보니 자기를 반겨 맞는 곳이라고는 없었다. '고국산천이 그립다. 죽어도 돌아가 보리라' 하던 생각은 점점 엷어졌다.

그리고 옛 마을 뒷고개에 올라선 때에는 두근두근한 새로운 생각까지 났다.

'무슨 낯으로 가족들과 동리 사람을 대할까! 개똥밭 하루갈

---

* 충청도 민요인 「천안 삼거리」를 달리 이르는 말. 중간 중간 삽입된 '흥─' 하는 구절에서 유래했다.

이 살 밑천이 없이.'

후우 길게 숨을 쉬었다. 그래도 가슴은 막막할 뿐이다. 그는 하염없이 턱 서며 꾸둥처 졌던 가장집물*을 내려놓았다. 한숨 쉬어 가지고 좀 가뿐한 걸음으로 반가운 고향을 찾을 차였다.

"여보 그 어린애 좀 내려놓고 한숨 되려 가우."

"잠이 들었는데…… 새끼두 또 오줌을 쌌구나. 에그 척척해."

아낙은 '달마'같이 보고지를 한 어린것을 등에서 내려놓았다. 오줌에 젖은 그의 등에서는 김이 무럭무럭 일어났다.

"여보! 이거 영 딴판이 됐구려!"

그는 흘낏 아낙을 보며 눈이 둥그레졌다. 고향은 알아볼 수가 없게 변하였다. 변하였다기보다 없어진 듯했다. 그리고 우중충한 벽돌집, 쇠집 굴뚝들이 잔뜩 들어섰다.

"저게 무슨 기계간인가!"

"참 원 저 검은 게 다 뭐유? ……아, 저쪽이 창리里가 아니우?"

아낙은 설마 그래도 고향이 통째로 이사를 갔거나 영장이 되었으리라고는 믿지 않았다. 어디든지 그 근방에 남아 있을 것 같았고 아물아물 보이는 것 같기도 했다.

"저— 바닷가까지 기계간이 나갔는데, 원 어디가 있다구 그래. ……가만있자 저기가 형제바위고 저기가 쿵쿵**인데……."

"글쎄…… 저게 다 뭔가."

아낙도 자세히 보니 참말 마을이라고는 보이지 않았다.

---

* 家藏什物. 집에 놓고 쓰는 온갖 살림 도구.
** '파도가 심한 여울'을 이름.

"최 면장네랑 박 순검네도 다아 어데 갔는지!"

"그런 사람이야 국록을 먹는데 어디 간들 못 살라구."

"그래도 우리처럼 홀홀 옮기겠소. 삼백 년인지 오백 년인지…… 어느 임금 적부터라든가……"

겨울해는 벌써 서산머리에 나불거린다. 검은 바다에서 불어오는 짜디짠 바람이 살을 에는 눈기운을 머금고 휙휙 분다. 그들은 걸을 힘이 나지 않았다. 간도 땅에서 한낱 태산같이 믿고 온 고향이요 구주같이 믿고 온 형의 집이 죄다 간 곳 없으니 어디를 가면 좋을지 알 수가 없게 되었다.

"그래도 가 봅시다. 저기 가서 물어보면 알겠지."

아낙은 아직도 무엇을 믿기만 하는 모양이다. 가 보면 무슨 도리가 혹 있을 것 같은 것이다.

"원 땅과 물어본담. 바다와 물어본담."

창선은 다시 짐을 걸머지었다.

"점심밥이 좀 남았던가?"

"웬 게 남아요. ……쭐 게 없는 밥이 암만 먹어야 배가 일어서야지."

그들은 턱도 없는 곳으로 향하여 걸어갔다. 길쭉길쭉한 벽돌집(관사)이 왜병대 같이 규칙 있게 산비탈에 나란히 섰다. 땅바닥에는 고래 같은 커다란 공장들이 있다. 높다란 굴뚝이 거만스럽게 우뚝우뚝 버티고 있다.

이쪽에는 찰방게[蟹] 같은 큰 돌막이 벽돌집 서슬에 불려갈 듯이 황송히 쪼그리고 있다. 호떡집에서는 가는 연기가 난다.

　　　　　　　　　　　　　　　　　　　　　과도기

검푸른 공장복에다 진흙빛 감발을 친 청인인지 조선 사람인지 일인인지 모를 눈에 서투른 사람이 바쁘게 쏘다닌다. 허리를 질끈질끈 동여맨 소매 길다란 청인들이 왈왈거리며 지나간다. 조선 사람이라고 보이는 사람은 어울리지 않는 감발을 메고 상투를 갓 자르고 남도 사투리를 쓰는 패뿐이다. 옛날같이 상투 틀고 곰방대를 든 친구들은 하나도 볼 수가 없었다.

창선은 그런 패를 만날 때마다 무엇을 물어볼 듯이 머뭇머뭇하곤 하였다. 그러나 웬일인지 말이 나가지 않았다. 그리하여 여러 패를 그저 지나 보냈다. 입에서 금세 말이 나갈 듯하다가는 혹 옛날 보던 사람이 있겠지 하여 딴 데를 휘휘 살펴보았다.

얼마 가다가 그는 저 멀리서 흰옷 입은 사람이 하나 오는 것을 보았다. 역시 멀리서 보아도 옛날에 보던 사람같이 흙냄새, 고기 냄새 나는 톱톱한 사람이 아니다. 그러나 혼자서 오는 것이 어떻게 정이 들어 보였다.

"원 모두 험상궂은 사람들뿐이지. ……사람조차 변했는지. ……공연히 나왔지 이거 어데 살겠소"

아낙은 근심스러운 푸념을 한다. 와 보면 무슨 수가 있을 것 같은 생각이 많이 덜어졌다.

"저어기 오는 사람에게 물어보면 알겠지. 설마 산 사람 입에 거미줄이 쓸라구……. 노동이라도 해먹지 뭘."

창선은 이제 막다른 골목에 서는 듯한 생각이 났다.

"여보—."

그는 문득 앞에 오는 흰옷 입은 사람은 훑으며 주춤하였다.

"여기 저어 바닷가 창리가 어디로 갔는지 모르겠오?"

"창리요?"

그는 창선이 내외를 아래위로 훑어보며 대수롭지 않게 대답을 한다.

"저 고개 너머 구룡리로 갔오. 벌써 언제라고ㅡ."

"구룡리요?"

창선은 숨이 나왔다. 구룡리는 잘 아는 곳이다. 고향은 아니나 사촌 고향쯤은 되는 곳이다. 집이 몇이 있고 길이 어떻게 난 것까지 머리에 남아 있다.

"저 구룡리 말이지요. 그래 창리 집들은 죄다 그리로 갔나요? 혹 창룡 씨라고 모르겠오."

"그걸 누가 아오."

흰옷 입은 노동자는 공연히 서슬이 나서 지나간다. 창선은 그 사람 가는 쪽을 흘낏 바라보고는 아낙을 향하여 애오라지 웃음을 보였다.

"구룡리로 갔다는구려. 원 웬 판국인지 이놈의 조화를 누가 안담."

"그×들 해필 창리라야 맛인가……."

"거기가 알짱이거든. 너르고……."

두 내외는 바로 구룡리 뒷재를 향하여 걸어갔다. 좀 기운이 나는 듯했다. 짐을 진 남편의 등판도 좀 가뿐해진 것 같고 아낙의 보퉁이도 얼만큼 가벼워지는 듯했다.

2

구룡리 뒷재는 끊어졌다. 철도길이 살대같이 해변으로 내달았다. '후미기리'*에 올라서니 '레일'이 남북으로 한없이 늘어져 있다. 어디서 왔는지 어디까지 갔는지 끝 간 데가 아물아물 사라진다. 놀랍고 야단스러워 보였다. 그러나 그만큼 눈에 서툴고 인정미가 보이지 않았다. 소 수레나 고깃배가 얼마나 정답게 생각되는지 몰랐다. '뿌… 아— 앙' 하는 기차 소리는 귀에 어지러웠다.

그는 꿈인 듯 옛일이 새로와졌다. 산비탈 고개 남석 다방솔 그늘 아래 낮잠 자는 그 옛일이 새로와졌다. 두세 오리 전선줄에 강남제비 쉬어 가는 그 봄철에 밭 갈던 기억이 그리워졌다. 구운 가재미에 참조 점심을 꿋꿋이 먹고 '엉금엉금' 김매던 그 밭이 정다워 보였다.

동리 아이들 처녀 총각 — 검둥이 흰둥이 앞방네 뒷방네가 첫 새벽부터 숫소 암소를 척척 넘겨 타고 '아리랑' 노래를 부르며 소 먹이러 다니던 것도 이 근방이다.

"개똥네야, 쇠 멕이러 가자."

이렇게 부르면

"쩡낭(뒤깐)네냐, 그래라 나간다. 쌍돌이 헛간쇠 안 왔늬."

---

* ふみきり. 철도의 건널목.

이렇게 대답하며 소를 몰고 나선다.

"야 네 쇠는 양주머리*가 감추었구나."

"우리 쇠사 숫쇠니까 그렇지."

"야 숫쇠는 암내를 내서 봄이면 여윈단다."**

이렇게 얘기를 하는 사이에 소 먹이는 아이들은 넷 다섯……
십여 명씩 모인다. 그러면 아리랑타령이 나온다.

꿀보다 더 단 건 진고개 사랑

놀기나 좋기는 세벌상투***

아리랑 아리랑 아라리요

아리랑 고개로 날 넘겨라

시냇가 강변에 돌도 많고

이내 시집에 말도 많다.

노래와 얘기로 해 가는 줄을 모른다. 때때로 소를 말뚝에 매
어 놓고 수수께끼, 서울목돈(돌유회), 사또놀, 소경놀음, 각시놀
음, 말놀음도 한다. 그러다가 겨울이 되면 바닷가에 나가서 고기
그물에 고드름같이 줄 달린 고기도 뜯는다. 이 고장은 대개 절
반은 농사로 절반은 고기잡이이기 때문에 어린아이들도 두 가

---

 * 양지머리의 방언. '양지머리'는 소의 가슴에 붙은 뼈와 살을 통틀어 이르는 말로, 소가
   살이 붙으면 양지머리가 불쑥하게 된다.
 ** 발정기의 수컷들은 스트레스로 인해 몸이 여위는 경우가 있다.
 *** 고를 두 번 돌려 짠 상투.

지 일을 하는 것이다. 고기가 잘 잡히는 해면 어린아이들도 하루 수삼십 전 벌이를 한다. 그 때문에 처녀총각이 만나는 돗수가 많고 또 예사로 얘기를 한다.

이러한 중에서 창선이도 지금의 아낙을 만났던 것이다. 시쳇 말로 하면 연애를 했던 것이다.

"야 이거 안먹겠늬, 뉘─?"

창선은 개눈깔사탕을 사 가지고 와서는 소를 먹이다가 일부러 순남이 곁에 가까이 가서 개눈깔사탕을 쥔 손을 번쩍 들며 "뉘─?" 하고 소리를 친다.

"내─."

"내다."

아이들은 연방 이렇게 나도 나도 소리 소리를 친다.

"옛다 순남이 첫째다."

창선은 누가 먼저 '내─' 했겠든지 그건 알 것 없이 애초의 생각대로 한두 알 순남이에게 주고는 남은 것은 제 입에 모두 쓸어 넣는다.

"야 순남아 씹어 먹지 말고 녹여라. 누가 더 오래 녹이나 내기 할까."

그러면 여러 아이들을 부러워서 침을 꿀떡꿀떡 삼킨다.

"저 간나새끼 사私를 쓴다. 내가 먼저다."

"옳다, 저 애가 먼저다. 그담에 난데…… 니 무슨…… 순남이 가 네 각시냐."

"내 순남이 에미와 일르지 않는가 봐라."

이렇게 실없는 불평이 터진다. 그러면 멋모르는 순남이는 신이 나서 악을 쓴다.

"야 이 종간아새끼 각시라는 기 무시기냐. ……야 이 간나야 너는 올 어마니와 무스거 일르겠늬. 너는 어째 쌍돌이 짜리를 가졌늬."

"이 간나, 내 언제 가졌늬."

이렇게 싸움이 터진다. 그러나 이런 것이 모두 소박한 그들의 가슴에 잊을 수 없는 뿌리를 내렸다.

나이를 먹을수록 창선이와 순남이는 서루 내외를 하게 되었다. 어떤 때는 외면을 하는 일도 있었다. 그러나 내외를 하고 외면을 하니 만치 이면의 그 무엇은 커질 뿐이었다.

김을 매다가도 순남이가 메*나 나시**나 달뉘*** 캐러 나온 것을 있기만 하면 사람이 보지 않는 틈을 타서 그리로 간다.

"뭘 캐늬? 메냐?"

"메를 캐는 기 별로 없거던……. 깊이 파야 모래 속에 있는데."

순남이는 흘깃 보고는 고개를 반쯤 돌린다. 말씨도 전보다 한결 점잖아지고 하는 태도로 매우 숫처녀다와졌다.

"내 캐 주지……. 오늘 전녁에 먹으러 간다, 응."

"누가 오지 말라는가……. 오늘 저녁 멧떡을 하겠는데."

"야, 정말…… 나 꼭 간다. 그러다가 너어 집에서 욕하면 어쩌

---

* 메꽃과의 여러해살이 덩굴풀. 뿌리를 약용하거나 어린잎과 함께 식용한다.
** '냉이'의 방언.
*** '달래'의 방언.

과도기

겠니."

"언제 욕먹어 봤는가…… . 와 보지도 않고……."

이리하여 순박한 맘과 맘은 풀 수 없게 맺어졌다.

겨울이 되면 해사海事 소식이 짜 퍼진다. 은어가 잡히고 명태 배가 돌아오면 고기 풍년이 났다고 살판을 만났다고 남녀노소 없이 야단들이다. 아낙들은 함지를 이고 남자들은 수레를 끌고 고기받이를 다닌다. 해변에 몰린다. 순남이도 해마다 그리로 다녔다. 늘 창선이네 배에 가서 사 오곤 하였다. 창선이는 자기 집 고깃배만 포구에 들어오면 부리나케 나가서 고기팔이를 한다. 가장 기쁜 생각으로 — 그것은 날마다 순남이가 오는 까닭이다. 그 일하는 것이 그에게는 가장 기쁨이 되었다. 은근한 희망이 따르는 까닭이다. 그는 새벽부터 신이 나서 고기를 세어 넘긴다.

"한 드럼에 얼마요?"

고기받이꾼이 이렇게 물으면

"석 냥어치면 목대가 부러지오."

"알이 잘 들었오?"

"알이라니…… . 고지 애만 때 먹어도 큰 장사죠."

"석 드럼만 세어 놓소."

"세어 주오."

이렇게 아낙네와 수레꾼이 나두 나두째 다투며 사들 간다.

"하나이요, 둘이요…… 열이요……. 이런나니 한 드럼. 자아 세 마리 넘어가오."

창선은 아직 나이 젊고 고기 다루는 데 익숙지 못해서 흔히 아낙네 것만 세고 하였다. 한차례 세고 이마에 땀이 추루루해서 느른한 허리를 펴며 고개를 들면 그을그리는 아낙네 틈에는 순남이가 끼어 있다. 고기 세는 사람이 한둘이 아니니까 순남이는 똑바로 그의 앞에 함지를 내려놓지 못하고 그저 그의 앞 비슷하게 비스듬히 내려놓고는 발끝도 내려 보다가는 가없는 너른 바다에 말없이 시선을 주기도 한다. 그의 얼굴은 어쩐지 붉어지는 듯했다. 창선이는 비죽 웃고 명태 중에도 알 잘 든 놈을 골라 가며 쪼개로 척척 찍어 그의 함지에 세어 놓는다. 어물어물 한 드럼에 예닐곱 마리씩은 더 넘겨준다.

이렇게 정든 고장이요 이렇게 친한 이 바다이다.

그러나 지금은 모든 것이 달라졌다. 산도 그렇고 물도 그렇다. 철도길이 고개를 갈라놓고 창리 포구에 어선이 끊어졌다. 구수한 흙냄새 나는 마을이 없어지고 맵짠 쇠 냄새 나는 공장과 벽돌집이 거만스럽게 배를 붙이고 있다. 소 수레가 끊어지고 부수래*가 웽웽거린다. 농군은 산비탈 으슥한 곳으로 밀려가고 노가다** 떼가 쏘다닌다. 땅은 석탄먼지에 검게 쩔고 배따라기 요란하던 포구는 파도 소리 홀로 쓸쓸하다. 그의 눈에는 땅도 바다도 한결같이 죽은 듯했다. 기계간 벽돌집 쇠사슬 떼굴뚝이 아무리 야단스러워도 그저 하잘것없는 까닭 모를 것이었다.

내외는 철도 둑을 넘어 고개턱에 올라섰다. 새로 이사 간 고향이 보인다. 새로 이사 간 고향이 보인다. 저 바닷가에—

* 기차.
** 막일꾼.

그러나 옛날 구룡리 마을은 아주 말이 아니다. 철도길 바람에 마을 한복판이 뚝 끊어져 버렸다. 마을 어구를 파수 보던 솔나무들이 늙은이 앞니같이 뭉청 빠져 버렸다. 기차 굴뚝에서 나온 조그만 석탄불이 집어삼킨 불탄 두세 집이 보인다. 나직나직한 돌초막은 무서운 듯이 쪼그리고 있다. 작고 더 쪼그릴 것 같다. 그리되면 그 속의 식구들이 모조리 깔리고 말 것이다. 창선의 머리에는 낮꿈 같은 야릇한 상상이 그려졌다. — 기운찬 사나이만 쪼그라진 지붕을 뚫고 머리를 반쯤 내민 것이 보인다. 늙은이 아낙네 어린것이 그 밑에 깔려서 숨이 할딱거리는 것이 보인다.

창리에서 이사 간 집들은 생소한 그 서슬에 정 떨어진 듯이 저 바다 한가에 물러가 있다. 그러나 사정없는 바닷물이 삼킬 것 같다. 그래도 바닷가 사람에게는 낯선 기차에 비해서 바다가 정다웠던 모양이다.

"저기 가서 원밀석*이 무섭지도 않나!"

"바다가 가까와서 고기받이는 제일이겠소 그래도—."

아낙은 고기받이 할 것만 생각하였다.

"되놈의 땅에서 생선을 못 먹어 창자에 탈이 났는데."

"돈만 있어 보지. 되놈 땅이 아니라 생국西洋 가도 태평이지."

내외는 이런 얘기를 하며 형의 집을 찾으려고 물어볼 사람을 찾으나 좀처럼 만날 수가 없었다. 겨울이 되면 사람이 더 많이 나다닐 텐데 이상한 일이었다. 고기만 잘 잡힌다면 벌써 오는 길

---

* 해소(海嘯). 조석해일. 조차가 큰 해역에서 만조 때 해수가 강을 거슬러 올라가 큰 파도를 일으키는 현상.

에서 고기받이 아낙네와 수레꾼들을 많이 만났을 것이다. 그러나 하나도 못 보았다.

3

창선이가 길가의 어떤 아이에게 물어 가지고 형의 집에 찾아온 때는 좀 어두컴컴했다. 어머니는 누더기를 쓰고 가마목*에 드러누웠고 조카 남매는 희미한 등잔불 아래에서 감자떡을 부치고 있었다.

"어머니 창선입니다."

"어머니……."

내외는 마당문을 열고 들어서자 성큼 정주에 올라서며 어머니 앞에 절을 넙석 하였다.

"아니 창선이라니……."

어머니는 너무 놀라고 반가웠던 것이다.

"어머니 그새 소환이나 안 계셨습니까……. 택내가 다 무고한가요."

"웅…… 원…… 이 추운데 그래 살아 왔구나."

어머니는 곱이 낀 눈을 슴벅거리며 자세히 쳐다본다. 어머니 아니고는 날 수 없는 눈물이 고였다.

---

* 가마솥이 걸려 있는 부뚜막이나 그 둘레.

"죽잖으며 그래도 만나는구나……. 아들을 낳다지. 어디 보자…… 이름은 무엇이라 지었니?"

"간도에서 낳았다고 간남이라고 했습니다……. 추위에 감기를 만나서…… 영 죽게 되었어요."

아낙은 젖에서 어린것을 떼어 어머니에게 안겨 드렸다.

"아이구 컸구나……. 이런 무겁기도……. 작년 구월에 낳았다지……. 원 늙은것은 얼른 가고 너희나 잘 살아야겠는데……."

어머니 눈에서는 눈물이 굴러 떨어졌다.

"그래 그곳 사는 일이 어떻더냐. 여기보다는 좋다는구나."

"말 마십시요. 죽지 않는 게 천만다행입니다. 되놈들 등쌀에 물려 다니기에 볼 일을 못 봅니다. 우리가 살던 고장에서도 쉰아무 집 되는데서 벌써 열 집이나 어디로 떠났습니다. 무지막지하게 땅을 떼고 몰아내는 데야 어찌 합니까……. 우리 아랫동리 영남 사람은 한집이 몰살을 했습니다."

"저런…… 몰살은…… 끔찍도 해라."

"늙은 어머니와 아낙과 어린 자식들을 두고 가장이 벌이를 갔드라나요. 헌데 뜻대로 되지 못해서 한 스무 날 만에야 돌아와 보니 늙은이가 방에서 얼어 죽고 아낙은 어디로 갔는지 뵈지 않트래요."

"저런…… 청인이 차갔나? 원…… 사람이 못 살 데로구나."

"그런 게 아닌데, 가장도 처음에는 그렇게 생각했답니다. 그래서 칼을 들고 찾아 나섰대요."

"죽일라고 원 저런……. 치가 떨리는 일이라구는."

"남편이 미친 사람같이 두루 찾아다니는데, 눈얼음 속에 사람 같은 것이 뵈잇드래요……. 그래 막상 가보니 아낙이 옳터라지요."

"아, 그래 살았어?"

"아니…… 눈 속에서 얼이 죽었는데 머리에는 강냉이를 한 되이고 어린애 하나는 업고 하나는 앞에 안은 채 얼어붙었드래요."

"원, 하늘도 무심하지, 그것들이 무슨 죄가 있다구."

"그뿐인가요, 남편도 죽었답니다. 발광이 나서……."

"사람이 못 살 데다. 말도 마라. 원 끔쩍끔쩍해서 그걸 누가 든단 말이야……. 그래도 재대비*는 정 안되면 그리로 간다구 원……. 하누님 맙시사."

"소문만 듣고 갔다가는 큰일 납니다. 그렇게 죽고 몰려댄니는 사람이 부지기수랍니다. 오죽하면 이 겨울에 나왔겠습니까."

"엔들 여북하겠늬, 생불여사다……. 오늘도 어쩌면 살아 볼까 몰려들 가더라만―."

"참, 형님 읍으로 갔대지요. 아즈머니까지……."

"설상기상이다. 살다 살다 안 되니 오늘 감사라든지 난 모른다만 그리로 온 동리가 몰려갔다드라."

"감사? 무슨 때문에요?"

"원 세월이 없구나. 보지 못하니 태평이지. 모두 굶어 죽는다고 야단들이다."

* 창선의 형을 가리킴.

"글쎄 그렇다기로 도장관이 살려 주겠습니까."

"사흘 굶은 범이 원員을 가리겠늬, 죽을 판인데……. 고기가 잡혀야 살지 무얼 먹고 산단 말이냐."

"고기가 안 잡히는데 누구를 치탈하겠습니까. 세월 탓이지요."

"세월 탓이 아니라는구나. 포구가 나빠서 그렇단다. 배도 못 묶고 무트면 마사진다는구나……. 시월에 모래언덕 집유새네 은어배가 마사졌지. 사람 셋이 고기밥이 되었단다. 그 집 맛사람이 분김에 회사에 가서 행열을 하다가 ×××한테 몰려나고 술이 잔뜩 취해서 마사진 뱃조각을 두드리고 통곡하다가 얼어 죽었단다 원—."

"그런데 회사는 무슨 회삽니까."

"저게 그 창리 바닥을 못 봤늬……. 그 ×××란다. ×야 원—."

"어째서요?"

"이리로 온 게 누구 때문이냐, 글쎄 창리야 좀 좋았늬. 운수가 고단하면 자빠져도 코가 깨진다고……. 글쎄 그 터를 내준 게 잘못이지."

어머니 말만 들어 가지고는 자세한 내용을 알기 어려웠다. 그러나 대체 어지간한 일이 아닌 것은 짐작할 수가 있었다. 그러나 온 동리가 쓰러져 간다는 것은 암만해도 의심적은 일이다.

의혹도 의혹이려니와 배가 더 고팠다. 그래서 어머니가 권하는 대로 형 내외를 기다리는 감자밥으로 우선 요기나 했다.

"이게 무슨 재단이 났구나. 갈 때에도 말이 많더니 왜 여태 못

오는지……."

어머니는 오래간만에 만난 기쁨이 점점 엷어지고 잠시 잊었던 근심이 다시 시작되었다.

"글쎄요. 날세가 별안간 추워져서……."

창선이 내외도 저윽이 근심되었다.

"날세도 날세지만…… 원 별일이드라. 동리에서 몰려나서기만 하면 어쩐지 ××이 부득부득 못 가게 한다더구나……. 그래 오늘 아침은 장날 핑계를 대고 새벽부터 장으로 갑네 하고 패패 떠났다……. 이제 무슨 일이 났다 났어…… 원."

"오겠읍지요. 누으십시요."

창선이는 어머니를 안심시킬래도 사정을 몰라서 할 말이 나서지 않았다. 어머니는 이쪽저쪽으로 돌아누우며 끝내 맘을 놓지 못하는 모양이다. 조카 남매는 새 동생을 가운데 놓고 노전가지에 불을 붙여 팽팽 돌린다. 감자떡을 떠준다. 손장단을 맞춘다 하더니 그만 자는 기척 없이 쓰러지고 말았다. 아낙도 어린것을 끼고 노그라져 버렸다.*

4

창선의 형 창룡이 내외가 집에 돌아온 것은 밤이 매우 이슥한

---

* 노그라지다 : 지쳐서 맥이 빠지고 축 늘어지다.

과도기

때였다.

"온 어쩌면 이렇게 변하였습니까, 영 딴 세상 같습니다."

피차 오래간만에 만난 회포 인사가 끝나자 창선은 간도 형편을 대강 말하고는 이렇게 말하였다.

"말 말게. 냉수에 이 부러질 노릇이지…… 한둘도 아니고 온 동리가 기지사경이네…… 그래 이 소식도 못 들었나? 신문사란 신문사는 다 왔다 갔네."

"글쎄 어머니에게 대강 들었습니다만…… 아주 금시초문이지 들을 길이 있습니까."

창룡이는 처음 ××××××가 될 때 형편을 얘기하였다. 이 근방 토지들을 매수하여 …………든 말과 그 사이에 소위 ××유력자들이 나서서 춤을 추던 야바위를 말하였다.

"이리로 옮기기만 하면 여게다 인천만 한 항구를 만들어 줄 테요. 시장, 학교, 무슨 우편소니 큰 길이니 다 내준다고…… 야단스러운 지도를 가져와서 구룡리를 가리키며 제이의 인천을 보라고…… 원 산 눈 뺄 세상이지……."

"그래서요?"

"그래도 이천 명이나 되니 그리 얼른 ×겠나 해서 구룡리에다 창리만 한 설비를 해주면 간다고 했지…… 그리고 우리도 한집이라도 먼저 가면 …………인다고 온 동리에서 말이 됐지. …………했더니 …………에서도 아주 능청스럽게 그렇게 하라구 호언장담을 하더니 …………온 이런 놈의 야바가 있나. 그렇게 말해 놓고는 뒤로 한 사람씩 파는구만!"

"파다니요?"

"파는 놈이 병신이지. 저 우물녘 집개 수경이 있지 않나. 사람이 부려야 하지. ××에서 꾀꾼을 그리로 보냈드래. 커다란 봉투에 무엇을 수북히 넣어서 기어 장차 부자가 되는 봉투라고……. 위선 구룡리로 옮기기만 하면 그 봉투를 줄 텐데 잘 간수했다가 떼어 보면 알 조가 있다구."

"무슨 봉투래요. 사실이던가요?"

"무얼 사실이야. 엊그제야 떼어 보니 십 원짜리 한 장인가 들었드래……. 그래도 그 바람에 신이 나서 동리 약속을 깨뜨리고 먼저 옮았네 그려. 죽을 셈 쳤겠지. 그러나 동리 터에 그걸 죽이나 어쩌나…… 하더니 구수한 풍설에 한 집 두 집 설비도 해주기 전에 그만 다 옮아버렸네그려."

"집값은 다 받았겠지요?"

"그야 받았지만 그걸 가지고 뭘 하나. 고기가 잡혀야 말이지……. 워낙 금년은 어산魚産이 말 아니네."

"아주 그렇게 안 잡힙니까."

"압따 이 포구를 못 봤나……. 축항인지 무언지 해준다던 게 그래 논 꼴만 보게 큰 집 마당만 하게 좌우쪽에 쉰아무 발씩 방축을 처 쌓았네. 거기에 무슨 배를 매며…… 벌써 일 년도 못 돼서 마흔다섯 척 중에서 아홉 채가 마사졌네. 저 유 관청 네와 모래언덕집과."

"그건 들었습니다만 사람까지 상패가 났다니……."

"글쎄 여보게, 서호에 가서 받아오면 스무 냥은 더 주어야 하

　　　　　　　　　　　　　　　과도기

네. 한데도 서호 댄니는 길은 돌강스랭이가 되어서 많이 이고 다닐 수도 없고 수레길이 없어서 수레도 못 단니고……. 게다가 해풍이 심해서 고기받이꾼이 얼마를 얼어 죽을지 모르네. 그래 누누히 회사에 말을 했건만 영 막무가내구만."

"저런…………는 …………그걸 …………두어요."

"애초에 도청에서 설계를 했으니 저희는 그대로만 했으니 모른다는 게지……. 그래 오늘은 ×××× 있는 데로 가 보았네. ……××× 나와서 가라구만 하지, 어디 꼴이나 볼 수 있나."

"그래 못 만났어요."

"석양에야 겨우 만나긴 했네. 잘 해준다고 하게 다지고 왔지만……."

"그런데 아낙들까지…… 난립니다 바로—."

"제 발등이 딱으니까 가지 말래도 가는 게지. 또 그래야 관청에서도 알아주네. 여기 번영회라는 게 있어 가지고 대표가 사오차나 가도 돌아가서 기대리라고만 하지 어디 하나나 해주나. 해서 이번은 대표도 소용없다, 다 가자 해서 간 걸세."

"그럼 인제는 잘 될 모양입니까?"

"말만은 고맙데……. 한데 이제부터는 워낙 바다가 깊어서 한 간에 멧만 원씩 든다네 그려."

"그래도 회사에서 으레 해놓아야지 별수 있습니까. 안 해주면 우리 동리를 도루 달라지요."

"원 가당치도 않은 …………가 우리말은 고사하고 ××도 넷 뜨리만히 안다네. 원 영의정을 업고 댄니는지 그 ××등쌀은 같

은 장수가 없데 그려. 돈이면 그만이야. 정승이 부럽겠나 ××
×무섭겠나 무에 무서울 게 있어야 말이지…… 저 판사만 보
게………… 명함도 못 드리겠데 뿡 하면 자동차 타고."

자리에 누워서까지 이런 얘기를 하는 사이에 창선은 그만 곤
해서 어느새 코를 골았다. 그러나 창룡이는 이 궁리 저 궁리에
새날이 오도록 잠이 들지 않았다. 그에게는 무거운 짐 한 짝이
더 얹혔다.

5

창선이는 한심스러운 생각이 덮쳐 왔다. 제 고장이라고 그리
워하였고 제 친족이라고 찾아는 왔으나 생각하던 바와는 아주
천양지판이다. 조선 가면 아무 일이라도 해먹으려 했으나 막상
와보니 그 '아무 일'이란 아무 데서도 찾을 수 없었다. 일하고 싶
어도 할 일이 없고 힘을 쓸래도 쓸 곳이 없고 고기도 잡아 먹을
수 없고 농사도 지을 수 없다. 대대로 전해 오던 손익은 일 맛들
인 일은 이리하여 얻어 만날 수 없고 눈이 멀개서 산송장이 될
것만 같았다.

그러나 정든 옛일이나 그네가 같이 낯선 새 노릅*이 주인같이
타리게를 틀었다. 검은 굴뚝이 새 소리를 외치고 눈 서투른 무서

* 공장 기계.

　　　　　　　　　　　　　　　　　　　　　과도기

운 공장이 새 일꾼을 찾으나 그것은 너무도 자기 몸과 거리가 먼 것 같았다. 그만큼 할 일이 있고 할 뜻이 있는 옛일에 대한 애착이 아직까지 뿌리 깊이 가슴을 잡고 있다. 그런데 그 일은 어디 가고 꿈도 안 꾸던 뚱딴지 같은 일터가 제 맘대로 버려져 있다. 게트림을 하면서 턱으로 사람을 부른다. 없는 사람을 ― 그러나 차마 발이 떨어지지 않는다. 천하없어도 후려 넣는 절대명령이요 울며불며라도 가쟎을 수 없는 그곳이건만 ― 이리하여 망설이는 과도기의 공포와 설움이 그의 가슴을 쑤시었다.

구룡리 백성의 살림은 더욱 말이 아니었다. 겨울이 가고 봄이 오는 사이에 쌀독의 낱알은 죄다 없어졌다.

게덕*은 부엌이 다 집어 먹었다. 그래도 잘해 준다던 소식은 찾아오지 않았다. 포구에는 배따라기가 떠 보지 못하고 산야에는 격양의 노래가 끊어졌다. 다만 들리느니 저녁놀이 사라지는 황혼의 노동자 노래뿐이다.

장진물이 넘어서

수력 전기 되고

내호 바닥 기계 속은

질소비료가 되네

아― 령 아― 령

아라리가 났네

* 물고기를 말리는 말뚝.

아리랑 고개로
넘겨넘겨 주소

논밭간 좋은 건
기계간이 되고
계집애 잘난 건 요릿간만 가네.

한스럽고 가라앉은 아리랑이보다 — 사자밥을 목에 단 배꾼의 노래보다 씩씩한 노래다. 옛 살림을 빈정대고 새 살림을 자랑하는 노래다.

그 후 얼마 못 되어서 이 고장 백성들은 상투를 자르고 공장으로 몰려갔다. 그러나 그렇게 함부로 써 주는 것이 아니다. 힘차고 뼈 굵고 거슬거슬하고 나이 젊고 우둥퉁하고 미욱스럽게 생긴 사람만 뽑히었다. 그리고 거기서 까불여 난 늙고 약한 사람이 개똥밭 농사나 짓고 은어 부스러기 고기잡이나 하는 수밖에 없었다. 어떤 사람은 온 가장을 보따리에 꾸둥처 지고 영원 장진으로 떠나갔다.

화전火田이나 해먹을까 하는 것이다.

창선이는 요행 공장 노동자로 뽑혔다. 상투 자르고 감발 치고 부삽 들고 콘크리트 반죽하는 생소한 사람이 되었다.

1929. 4. 《조선지광》 84호.

과도기

한설야

1900. 함경남도 함흥 출생.

1915. 서울 경성제일고등보통학교 입학.

1919. 함흥고등보통학교로 전학하여 졸업. 3·1운동에 참가하여 3개월간 수감.

1921. 일본 니혼대학 사회학과 입학.

1923. 니혼대학 졸업 후 귀국. 북청고등보통학교 학술강습소에서 강사로 활동.

1925. 이광수의 추천으로 《조선문단》에 단편 「그날 밤」을 발표하며 등단.

1926. 아버지의 사망 후 가족과 함께 만주로 이주.

1927. 귀국 후 카프에 입단. 평론 「프롤레타리아 예술선언」,
「문예운동의 실천적 근거」 등을 발표하며 강경파 좌익 작가로 활동.

1928. 카프 내부에서 벌인 논쟁의 결과로 낙향.
《조선일보》 함흥지국에서 기자로 활동.

1929. 《조선지광》에 단편 「과도기」(4월), 「씨름」(8월) 발표.

1932. 《조선지광》에 입사. 1934. '카프 제2차 검거 사건' 당시 체포되어 수감.
약 1년 뒤 석방된 직후 귀향하여 작품 활동에 전념.

1936. 2월 5일부터 10월 28일까지 《조선일보》에 첫 장편 『황혼』 연재.

1937. 7월 20일부터 11월 29일까지 《동아일보》에 장편 『청춘기』 연재.

1939. 《문장》에 단편 「이녕」 발표. 《야담》에 장편 『귀향』 발표.

1940. 《인문평론》에 단편 「모색」 발표.
8월 1일부터 이듬해 2월 14일까지 《매일신보》에 장편 『탑』 연재.

1943. 비밀결사 조직 혐의로 체포. 이듬해에 병보석으로 석방.

1945. 광복 후 이기영, 송영 등과 함께 조선프롤레타리아문학동맹 창설.

1947. 월북한 뒤 북조선문학총동맹 중앙위원장, 인민위원회 교육국장,
북로당 중앙위원회 문화부장, 최고인민회의 대의원 등 역임.

1951. 단편 「승냥이」 발표. 이른바 '조국해방전쟁'을 다룬 장편 『대동강』 출간.
김일성의 항일투쟁을 그린 장편 『력사』 연재로 인민상 수상.(이듬해 출간.)

1953. 임화, 김남천, 이태준 등 남로당 계열 문인 숙청 주도.

1956. 장편 『설봉산』 출간.

1962. 숙청당한 뒤 자강도의 노동교화소로 추방됨.

1976. 고향 함흥에서 사망. (사후 김정일 정권 당시 복권됨.)

본명은 한병도(韓秉道). 한설야(韓雪野)는 1925년 이광수의 추천으로《조선문단》에 단편「그날 밤」을 발표하며 등단하였으나 아버지의 사망 후 1926년 만주로 이주하면서 프롤레타리아 문학에 관심을 두게 되었다. 그는 이듬해에 귀국하여 조명희, 이기영과 깊이 교우하였으며 곧 카프에 입단하였다. 이후「프롤레타리아 예술선언」「문예운동의 실천적 근거」등의 평론을 발표하며 카프 내부의 논쟁에 활발히 참여하였다. 그러나 이때 비판을 받은 것을 계기로 1928년 함흥으로 내려가 작품 활동에 전념하였는데, 「과도기」는 이 시기에 창작된 작품으로 작가 자신의 만주 체험에 기반해 당시 농촌사회의 붕괴와 노동자 계층으로의 유입을 그려 내고 있다. 「과도기」는 1920년대 신경향파문학을 한 단계 마무리하는 작품으로 평가받는다.

한설야는 1934년 '카프 제2차 검거 사건' 당시 체포되었다 석방된 이후 다시금 작품 활동에 매진하여 첫 장편소설인『황혼』과『청춘기』『귀향』『탑』등의 장편소설들을 연이어 발표하였다. 1945년 광복 이후에는 이기영과 함께 조선프롤레타리아문학동맹을 창설하고 위원장을 맡았다. 그러나 조선공산당의 지령에 의해 위 단체가 임화 중심의 조선문학가동맹으로 통합되어 주도권을 빼앗기자 월북했다.

한설야는 1947년 북조선문학총동맹 중앙위원장을 맡은 뒤 여러 요직을 두루 역임했으며 특히 김일성의 정권 창출에 기여하여 정치적 중심에 섰다. 또한 단편「승냥이」「모자」「혈로」, 장편『대동강』『설봉산』등 북한문학의 전범이 되는 작품을 집필해 북한 문단의 초기 활동을 주도했다. 그러나 1953년 무렵 임화, 김남천, 이태준 등 남로당 계열 문인들의 숙청과 비판에 앞장섰으며, 그 후 10년이 채 지나지 않아 자신 역시 숙청되어 1962년 자강도의 수용소로 추방되었다가 1976년 고향 함흥에서 사망했다. 김정일 정권 때 복권되었으며 유해는 애국렬사릉에 묻혀 있다.

양회굴뚝

윤기정

1

　동아제사공장 마당 한가운데 하늘을 뚫을 듯이 괴물처럼 높다랗게 솟아 있는 양회굴뚝에서는 연 사흘째 연기가 나지 않았다. 하루도 쉬지 않고 열두 시간 이상씩을 시커먼 연기를 토하던 이 굴뚝이 편안히 쉬고 있다는 것은 참 이상한 일이다.

　"뛰― 소리가 안 나서 때를 몰라 안됐군."

　"천 매媒가 날라 오지 않아서 살겠는데."

　"쉬 끝장이 나지 않으면 밥거리가 걱정이야."

　이 제사공장 근처에 살고 있는 사람들의 이야기다.

2

　오정午正 부는 소리가 멀리서 어렴풋이 들린다. 그러나 이 공장의 '싸이렌'은 울지 않는다. 카이제르 수염*을 삐친 얼굴이 우락부락하고도 시커멓게 생긴 키다리 공장 감독이 기숙사 근처에 나타났다. 가뜩이나 험상궂은 상판때기에다 식혜 먹은 고양이 상을 하고……

"감독이 또 온다."

여직공 하나가 이와 같이 속삭였다. 다른 여공들도 그쪽을 바라보았다.

"다들 식당으로 모여라."

감독의 거칠고도 탁한 커다란 목소리가 불안에 싸인 기숙사 방마다 퍼졌다.

"빨리빨리 나오너라."

감독은 또 한번 재촉하였다. 여공들은 네다섯씩 떼를 지어 식당으로 몰려가고 있다.

식당은 벌써 앉을 자리가 없이 삼백 명 여공으로 꽉 찼다. 어쩐 일인지 밥과 반찬이 다른 때보다 투철히 낫다. 잡곡이 섞이지 않은 순전한 쌀밥과 반찬이 네 가지씩이나 되는데도 생선토막까지 있는 것을 보면 기숙사가 생긴 이후로 처음 되는 일이다.

밥을 반쯤이나 먹었을 때 식당 서쪽 문으로 사장이 들어와 조금 높은 곳에 가 올라선다. 그 뒤로는 부사장, 지배인, 공장장, 직공감독, 사무원들이 조심스럽게 따라 들어왔다.

밥 먹던 여공들의 눈초리는 일제히 그들에게로 쏠렸다. 사장은 잠깐 동안 무엇을 생각하는 듯하더니 얼굴에 약간 웃음을 띠면서 무거운 입을 열었다.

* 양쪽 끝이 위로 굽어 올라간 코밑 수염.

"여러분, 미안하지만 한 오 분 동안만 나의 말을 들어주시요. 우리 공장에서 이처럼 불상사가 일어날 줄은 꿈에도 생각지 못하였소이다. 무엇이 부족하고 무엇이 못마땅해서 며칠씩 일을 안 하느냐 말이요. 이처럼 맛있는 음식을 주고 편안히 잠잘 자리를 주고 하루 몇 시간씩 글을 가르치고 그리고도 다달이 돈을 모아 시골집에 보내지 않소. 이 세상 사람들이 '낙원 낙원' 하고 낙원을 찾으려고 애쓰지만 우리 공장이야말로 과연 낙원이란 말이요. 깊이 생각해 보시요. 먹는 게 걱정이 되나, 입는 게 걱정이 되나, 잘 데가 걱정이 되나, 그리고도 돈을 모으게 되니 여러분이야말로 참으로 복을 많이 타고난 분들이라고 아니할 수 없소이다.

일전에 일하는 시간을 두 시간씩 늘이고 그전에 주던 일급에서 사 분의 일을 깎는다고 공표한 것은 금년 들어서부터 돈이 귀해지고 매사 물건이 잘 팔리지 않으니까 우리 공장에서도 어찌할 수 없이 그렇게 작정한 것이나 다시 돈이 흔해지고 모든 물건이 잘 팔리게만 된다면 다시 그전대로 만들어질 것을 쓸데없이 이러니 저러니들 하고 실갱이를 하느냐 말이요.

또 집에서 다니는 분으로 말하더라도 그렇지……. 우리 중역 회에서 처음 생각하기는 일백여든 명 중에서 반 이상을 떨려고 하였지만 그래도 인정에 그렇지 않아서 시간은 마찬가지로 두 시간씩 늘리고 일급만은 일 원이면 삼십 전씩을 깎기로 한 것인데 그들이 오히려 고맙게 생각지 않고 어쩌니 저쩌니들 하고 들어오지를 않으니 괘씸하지 않소……. 우리 공장에서는 그런 의리를 모르는 사람들은 다시 한 사람이라도 일을 시키지 않을 작정이요. 그러니 여러분들도 공연히 뻗대다가 후회들 하지 말고 지금부터라도 많이 점심 먹고 조금 쉰 뒤에 그전과 같이 일을 시작하여 주기 바라는 바이요."

사장은 말을 마치자마자 밖으로 나갔다. 그의 뒤를 따라 들어오던 때나 마찬가지로 다들 나갔다. 이 구석 저 구석에서는 웅얼대고 수근거리고 입을 비쭉거리고 밥을 다시 먹고 이와 같이 제각기 다른 행동을 갖는다. 그러나 마음만은 조금도 흐트러지지 않았다.

"우리들 하는 일이 그렇게 편한 줄 아나배…… 오뉴월 염천에 끓는 물을 앞에 끼고 앉아서 손을 담가 보라지, 하루도 못 배길걸."

"하루는커녕 단 한 시간이라도 견뎌 보래라."

"남이 하는 일은 모두가 쉽게 뵈나 봐."

"그러게 이곳이 살기 좋은 낙원이라지…… 흥."

"말 마라. 부모 봉양하려고 청춘을 썩히는 낙원이란다. 멀 아니……."

"후회? 내어쫓기기밖에 더 하겠니? ……내어쫓기면 다른 공장으로 가지. 그것도 안 되면 집으로 내려가서 그리운 부모를 만나고 보고 싶던 동생들을 안아 보자……."

"시간은 한 시간을 늘여도 안 되고 삯전은 한 푼을 내려도 일은 할 수 없다."

"하루에 열세 시간 열네 시간씩이 부족해서……."

"부족하게. 더 늘이지. 우리들의 몸뚱어리가 강철로 된 줄 아나 봐."

여공들의 입에서 이런 소리가 쉴 새 없이 터져 나온다. 삼백 명 여공의 마음은 지금 와서 누구나 그 매듭을 용이히 풀 수 없이 되었다.

"이번 작정된 대로 일을 하면 나는 한 달 먹는 밥값밖에 안 되는 걸 어떻게 해…… 옷은 뭘로 해 입고 석 달 넉 달 만에라도 얼마씩 집에 보내던 돈을 어디서 나서 보내나."

"그러게 말이다."

"그렇기 때문에 일을 안 하는 게 아니냐. 그리고 집에서 다니던 동무들이 다 와서 일하기 전에는 이 안의 우리들은 일하지 않는다고 그러지 않았니."

바로 이때다. 험상궂은 키다리 감독이 식당 안에 다시 나타났다.

"떠들지 말아…… 그래 아까 사장께서 말씀하신 대로 밥 먹고 조금 쉬고서는 다들 일할 터이지…… 왜 대답들이 없어. 한 시간이라도 일을 하지 않으면 너희들에게 손해야……."

여공들은 죽은 듯이 앉아 있을 뿐이다. 감독은 좀 화가 난 목소리로

"왜 대답이 없느냐 말이야……."

"감독, 어떻게 일을 하란 말입니까?"

한구석에서 조금 떨리는 듯한 앳된 목소리가 터져 나왔다.

"어떻게 일을 하다니? 오, 알았다 알았어. 그것은 한번 결정한

것이니까 다시는 고칠 수 없는 일이야."

감독의 말이 떨어지자마자 여공들은 일제히 일어나서 아무 말 없이 식당 밖으로 나가려 한다. 이때에 감독은 두 눈을 부릅 뜨고 소리를 벽력같이 지른다.

"일하지 않는 사람은 오늘 저녁부터 밥을 …………다. 그러니 생각대로 하여라."

3

사흘이 지나고 나흘째 되던 날도 공장 굴뚝에서는 연기가 나지 않았다.

오늘도 이른 아침때부터 높이 솟은 굴뚝만 쳐다보고 있는 사람이 이 동리만 하더라도 한두 사람이 아니다. 그들의 마음은 어제보다도 더욱 초조해질 뿐이다. 가문 날 농부가 하늘만 쳐다 보듯이 굴뚝에서 연기가 나기를 마음 졸이며 기다리는 사람들에게는 자기의 딸이, 자기의 누이동생이 고치와 싸우는 어린 여공들이다. 그들이 일을 그치고 며칠을 쉬게 된 때에 넉넉지 못한 살림살이를 하는 집과 집에는 불안이 떠돌기 시작하였다.

이제 와서는 집에서 다니는 여공들이 일은 더 하고 삯전은 적게 받겠다고 하더라도 공장에서는 일을 시키지 않기로 작정한 것을 다 알게 되었다. 그렇기 때문에 더구나 기숙사에 있는 여공들이 일을 하고 안 하는 게 궁금증을 일으키는 것이다.

3시가량이나 되어서 명숙이 집에는 경순이와 혜경이가 찾아왔다.

　"명숙아, 무슨 소식 좀 들었니?"

　"우리들을 어떤 일이 있던지 다시 써 주지 않는다는 것은 알고 왔지……."

　"그래 그 소리는 어제 들었지……. 그런데 기숙사 안의 소식을 들었느냐 말이야."

　"어제 저녁부터 밥을 주지 않는다더라. 어쩌면 그러니, 사람들이."

　"밥을 주지 않으면……."

　"그러니까 밥을 굶지 않으려면 일을 하란 말이지 뭐냐."

　그들은 마루에 걸터앉아서 공장 전경을 내려다보며 조금 상기된 얼굴로 이야기를 주고받고 한다.

　"혜경아, 이번 일이 쉽사리 끝날 것 같지는 않은데 집안일이 참 걱정이다. 어떻게 했으면 좋니?"

　"너만 집안이 걱정되겠니? 나도 그렇고 경순이도 그렇고 아니 우리 몇몇만 곤란한 게 아니라 이번 일을 당한 이백 명 가까운 동무들이 다 똑같을 것이 아니냐? 생각하면 참 기가 막힌 일이다."

　"기다려 보자. 기숙사에 있는 그들이 어떡하나 하고 굴뚝에서 연기가 나게 하나 끝장을 보자. 그네들이 지면서라도 눈물을 머금고 일을 하게 될지……. 그렇지 않고 끝까지 버티다가 나중에 이기고 말지……. 모두가 기다려 볼 일이 아니겠니. 그리고 우리들을 저버리고 안 저버리는 것도 그때에야 알 일이다."

"저버릴 제 저버리더라도 우리들은 끝까지 그들을 믿어야만 한다. 꼭 믿어야 한다."

"그들은 우리들 이백 명의 살림살이를 우리들보다 더 잘 안다. 구차한 사람들이 구차한 사람을 알아주는 거야…… 뭐 아니."

"그렇기 때문에 끝까지 믿자는 말이다. 이번 일에는 그들이 꼭 이기고 우리들이 이기고 만다. 두고 봐라."

셋의 얼굴은 긴장될 대로 긴장되었다. 경순이가 이제야 생각 난 듯이

"참 5시에 모이기로 하였다지!"

"그래, 5시야. 우리가 길에서 3시 채 못 되는 것을 보고 왔으니 까 아마 4시는 되었을 걸……. 지금쯤 떠나야 대 갈 텐데 명숙아 어서 같이 가자."

"얘들아, 참 미안해서 똑 죽겠다."

"무엇이 그렇게 미안하냐!"

"점심 대접도 못하고……."

"우리 요새 어디 점심 먹더냐. 별 소리 말고 어서 가 보 자……. 흥 벌이는 못하고 먹는 거는 다 찾아 먹어."

세 처녀는 명숙이집 대문 밖을 나와서 씩씩한 걸음으로 목적 지를 향하여 걸어들 가고 있다.

4

달조차 없는 그믐밤이다. 자정이 지난 지도 이미 오래인 때이다. 이제는 사람의 자취가 아주 끊어졌다. 조심성스러운 발소리……

한 개의 그림자가 가시철망 가까이 이르렀다. 그 그림자는 확실히 사람이다. 머리를 땋아 늘인 여성이다. 그중 쉬운 곳을 골라서 철망을 넘기 시작한다. 등 뒤에는 그리 나무가 많지 못한 산, 앞에는 공장 전체의 뒷모양. 그중에도 건조실과 기관실이 희미한 전등불에 비쳐 마치 안개 속에 파묻힌 것같이 어렴풋이 보인다. 한 길이나 되는 가시철망을 무사히 넘었을 때 저쪽에서 어느 때던지 징만 박아 신은 순사의 구둣발 소리가 들린다. 소스라쳐 놀랐다. 머리끝이 쭈뼛하고 가슴이 두근거린다. 다시 돌아서서 철망을 넘으려고 손과 발을 빠르게 철망에다 대었다.

"아니다. 한번 넘어오기가 어려운 것을 내가 왜 이러나."

이런 생각이 머리에 번쩍 떠올라 다시 돌아서서 잠깐 몸 숨길 곳을 살펴보았다. 조금 등성이진 곳을 찾아가서 몸을 착 붙이고 엎드렸다. 손을 가슴에다가 대어 보니 새가슴같이 발닥발닥하고 숨이 몰아쉬어진다. 이때가 바로 순사의 발소리가 가장 가깝게 들린 때이다.

다시 내려서서 숨을 휘이 하고 내쉴 때는 벌써 순사의 자취가 아주 사라졌을 때이다. 목욕을 하는 곳을 지나고 굴뚝을 지나서 기숙사 가까이 이르렀다. 방방이 불은 꺼져 있다.

"똑 똑……."

뒷들창을 가만히 두드렸다. 아무 소리가 없다.

"다들 자니?"

나직한 목소리로 물었다. 방 안에서 부스럭 하더니

"안 잔다. 누구냐?"

"나는 경순이다."

"경순이 몇 호실이냐?"

"아현 사는 경순이야."

"앞으로 와서 들어오너라. 우리들은 다 안 자고 있다."

컴컴한 방 안에는 한 사람 늘어 꼭 열 사람이 되었다.

"경순아, 너 어떻게 들어왔니?"

"철망 넘어 들어왔단다. 막 철망을 넘고 나니까 순사가 오겠지."

"들키기만 하면 큰일 난다. 그러지 않아도 이 ×의…… 이 밖에 나갈까 봐서…… 까지 저의 집엔 가지 못하게 한단다. 그러니 늬가 들어온 것을 알아 봐라."

"그런 줄도 알지만은 꼭 너희들을 만나야 하겠으니까……. 참 불을 좀 켜라."

"불을 안 준 지가 이틀이 되었단다."

"×× × …………니 ×도 ××면서……."

"×은 오늘 아침까지 ×줘서 ×××지만 낮부터는 우리들이………… 작정하고 …………."

"그렇게 × 줘서 ××고 줘도 …………하서 어떻게 하니……."

"아니다. 우리들은 결심하였다. 이번 일이 끝나게 전까지는 …………그래 저희들도 겁이 나는지 오늘 저녁에 모여서 의논들을 한다더라."

경순이는 감격에 넘쳐 가슴이 뭉클함을 느꼈다. 그리고 눈물이 날 만치 고마왔다.

"얘들아, 나는 이것을 너희들에게 전하러 왔다."

경순이는 자기 품속에 간직했던 봉투 한 장을 꺼내어 맡기고 일어섰다.

"경순아, 조심해서 잘 나가거라."

"염려 마라. 잘들 싸와다구……. 부탁이다. 여러 동무의 부탁이다."

이런 말을 남기고 그는 무사히 가시 철망을 다시 넘었다.

◎

봉투 한 장을 받은 이 방 안의 아홉 명은 궁금하기 짝이 없다. 참다못해 하나가 입을 열었다.

"어느 방에 초가 있을까?"

"이틀 동안에 다 켜 버렸겠지. 남았을라구, 얘."

"앉아서 말만 하면 소용 있니? 내 나가서 구해 보마."

그중에 나이 많이 먹은 계순이가 초를 얻으러 밖으로 나갔다. 여덟 명은 그가 돌아오기를 기다리고 있다.

얼마 후에 한 치도 못되는 초 한 토막과 성냥을 얻어 가지고 돌아왔다. 한 사람 손에서는 봉투가 찢기고 그 속에서 종이 한 장이 나왔다. 그리고 또 한 사람의 손에서는 촛불이 켜졌다.

기숙사에 계신 여러분 형님께 삼가 올립니다. 모든 것을 생각하시고 × …………라고 얼마나 고생들을 하십니까? 형님들의 모양을 눈앞에 그려볼 때에 가슴이 미어지고 주먹이 힘 있게 쥐어질 뿐입니다.
여러분 형님께서 지금 밖에서 헤매고 있는 거운 이백이나 가까이 되는 우리들을 내내겨바(이하 다섯 줄 생략됨)

5

기숙사에 있는 삼백 명 여공의 한데 합친 힘은 무섭고도 컸다. 삼백 명 중에 이백오십 명 이상이 숙련직공인 데는 회사로서도 어찌할 수 없었던지 마침내 …………로 돌아가고 말았다. 그 중에도 단식투쟁을 한 것이 더 한층 힘을 얻게 된 것이다. 닷새 만에 처음으로 괴물 같은 양회굴뚝에서는 시커먼 연기가 다투어가며 픽픽 쏟아진다.

'싸이렌'이 운다.

며칠 안 듣다 들어서 그런지 그전보다 더 한층 강하게 귀를 찌른다. 이리하여 오백 명의 여공들은 웃는 낯으로 다시 고치와 싸우며 실을 뽑게 되었다.

1930. 6. 《조선지광》 91호.

윤기정

1903. 서울에서 출생.
1918. 사립 보인학교 재학 중 임화와 교우. 소설 습작 시작.
1921. 《조선일보》에 「성탄의 추억」을 발표하며 등단.
1922. 염군사에 입단.
1924. 서울청년회 소속으로 카프 창립 주도.
1925. 카프 결성 후 서기국장과 중앙위원 역임.
1927. 《조선지광》에 단편 「미치는 사람」 발표.
　　　《조선일보》에 비평 「'계급예술론의 신전개'를 읽고」
　　　「상호비판과 이론확립」을 발표하며 아나키스트들과 논쟁을 벌임.
1929. 《조선문예》 창간 시 주요 필자로 참여하여 평론 「문예시감」 발표.
1930. 카프 조직개편 시 임화, 김남천 등과 함께 영화 분야에서 활동.
　　　《조선지광》에 단편 「양회굴뚝」 발표.
1931. '카프 제1차 검거 사건' 때 체포. 기소유예로 석방.
1932. 임화와 함께 문학잡지 《집단》 창간.
1934. '카프 제2차 검거 사건' 때 다시 체포. 집행유예로 석방.
1936. 이동규, 한설야 등과 문학잡지 《풍림》 창간.
1937. 《조선문학》에 「거울을 꺼리는 사나이」 발표.
1945. 한설야, 이기영 등과 함께 조선프롤레타리아문학동맹을 결성.
　　　서기장으로 활동. 기관지 《예술운동》에 평론 「예술운동의 신전개」 발표.
1946. 월북하여 조·소문화협회 서기장으로 활동.
1955. 사망한 것으로 추정.

　　호는 효봉(曉峰). 윤기정(尹基鼎)은 사립 보인학교 재학 중이던 1918년 무렵부터 소설 습작을 시작하여, 1921년 《조선일보》에 「성탄의 추억」을 발표하며 등단했다. 1922년에 염군사에 입단하여 파스큘라와의 통합을 주도해 1925년 카프의 창설에 기여하였으며, 이때 김복진, 박영희, 한설야 등과 함께 중앙위원으로 선출되었다.
　　1927년 아나키스트 김화산이 《조선문단》에 발표한 「계급예술론의 신전개」로 촉발된 아나키즘과 볼셰비즘 사이의 논쟁에서 아나키스트들을 비판하며 "프로문예의 본질은 그 투쟁적·선전적 기능에 있음"을 분명히 하여 카프의 '제2차 방향 전환'에 힘을 실었다. 대표작 「양회굴뚝」은 공장 노동자들의 파업투쟁을 소재로 하여 볼셰비키적 창작방법론을 충실히 이행함으로써 카프의 방향 전환 이후의 소설적 경향을 잘 드러내 주는 작품이다.

윤기정은 1945년 광복 후 한설야, 이기영 등과 함께 조선프롤레타리아문학 동맹을 결성하여 서기장으로 활동하였으나, 이듬해 월북하여 조·소문화협회 서기장에 취임했다. 1955년 사망한 것으로 추정된다.

양회굴뚝

목화와 콩

권환

1

"내일 군청서 목화 심으러 오우. 무엇을 심었든지 다 뽑아 버리고 목화 심은다우—."

동리 밖 느티나무 위에서 동리소임洞里所任의 외치는 소리가 초저녁 밤바람에 흘러서 흐릿하게 들린다.

"뭐라고 외는 소린가?"

두윤斗允이가 옆에 앉아 있는 정 선달한테 물었다.

"글쎄 내일 군청사람들이 나와서 목화 안 심은 밭에 목화 심는다는 말 아니야. 감자나 콩이나 무엇을 심었든지 다 뽑아 버리고 목화 심는다는 말 아니야. 그 소리야."

"응, 그 소리야. 아까 구장區長한테 들어서 벌써 알었어."

등잔 밑에 누워서 이야기책 보던 재선在善이가 벌떡 일어났다.

"아니 심어 논 곡식을 뽑아 버리고 목화를 심어!"

"그러믄. 본래 군청서 심으란 걸 안 심었거든."

"뭐시! 아무리 군청 사람들이라고 심어 논 곡식을 뽑고 목화를 심어! 말인가 뭣인가."

한편 구석에서 혼자 짚세기를 삼고 있던 곰보 박대성朴大成이가 소리를 꽥 질렀다. 그는 이 동네에선 단 한 사람인 농민조합원으로 재선이와 만나면 싸웠다. 재선은 면장 일가 조카로서 관청서 하라는 일이면 무엇이든지 다 옳다 하고 떠드는 성벽이 있으므로 동리사람들이 빈정대어서 면장대리라고 불렀다.

"목화든지 무엇이든지 이익만 되몬 심을 낀데 손해되니 하는 수 있어야재."

"손해가 뭐꼬. 난 작년에 죽도록 가꿔서 목화를 따 가지고 공동판매장에 가져가니께 양털 같은 솜 한 근에 이십 전밖에 안 준단 말이다. 그래 다섯 근 가져가서 일 원 한 장 얻어 오니께 우리집 여편네가 우는 소리로 '우리 딸막이 옷이나 해 입힐 걸 갖다가. 다시는 우리 목화 심지 맙시더. 콩이나 무시*나 갈어 묵고.' 한단 말이다. 그래서 금년에 나는 구장이 자꾸 먀기는 목화씨도 기어이 안 받어 하고 면소 앞 밭에 콩을 다 심어 버렸어."

두윤이는 밭이라고는 그것밖에 없는 면소 앞 닷 마지기 밭에다 군청서 기어이 목화 심으란 걸 안 심고 콩 심은 이야길 하였다.

"흥 자넨 그래도 팔러 가서 받을 값을 다 받었신께 괜찮네. 난 열다섯 근을 늙은 놈이 이십 리나 지고 가서 솜 값을 찾으니 한 근에 십팔 전씩 쳐서 열두 근 값으로 이 원 십육 전밖에 안 준단 말이다. 그래 내 목화는 확실히 열다섯 근인데 와 열두 근 값밖에 안 주느냐고 물으니께 군청서 온 양복쟁이가 알어듣지 못할

* 무.

조선말로 '그따위 바보 소리 말어. 열두 근이기에 열두 근이라지. 거짓말이거든 이 장부를 봐! 장부를!' 한단 말이다. 그래 난 다시 할 말이 있어야지 소로시* 목화 세 근을 잊어버리고 왔지."

정 선달은 새삼스럽게 화가 나는 듯이 곰방담뱃대로 목침을 툭툭 두드린다.

"그게야 정 선달이 잘못 달어 그른 줄 알 수 있나. 무슨 그 사람들이 백성을 속일까 봐."

"면장대리, 넌 가만있어. 백성을 안 속일 줄은 어떻게 아누?"

면장대리의 말이 끝나기도 전에 대성이가 누웠다가 벌떡 일어나 소리를 꽥 지르니 면장대리는 깜짝 놀란 듯이 몸을 껀들하였다.

"말이지 목화만 그렇다구 뽕도 없는 땅에 억지로 심어서 밤잠도 몬 자고 누에를 쳐서 꼬치를 가져가면 상고치 한 관에 이 원, 뽕 값도 안 되고 공력 값도 안 되는 걸 뭐. 또 간간이 한두 관은 어데 가는 줄 모르게 잊어버리고."

근검하기로 유명하고 살림 잘 살기로 유명하고 또 양잠 잘하기로 유명한 허춘삼許春三이가 자기 경험을 이야기하였다.

"참말이지 관청 사람들 하는 일은 알 수 없더라."

"그래 그 사람들 심사는 참으로 알 수 없어. 설마 백성을 해되게는 아니 할 텐데."

그들은 진정으로 ××사람들의 심사를 알 수가 없었다. 언제

---

* '고스란히'의 방언.

목화와 콩

든지 백성을 위해서 백성을 이롭게 한다고 하지만 사실에 있어서는 그렇잖은 것이 그들에게는 이상하였다. 이익은커녕 손해가는 목화를 기어이 심으라는 것이라든지 뽕나무를 강제로 심으라는 것이라든지 그 외에 술 담배 같은 것을 제 마음대로 못해먹게 하는 것이라든지 모든 그러한 관청 사람들의 하는 짓이 무슨 심사인지 알 수 없었다. 또 가마니, 꼬치, 목화를 기어이 공동판매장으로 가져오라는 것, 그렇게 헐케 사서 누구를 다 주는지. ××들은 그렇게 비싸게 받아서 다 무엇을 하는지. 그러한 모든 것이 다 그들에게는 알 수 없는 일이었다. 관청 사람들의 심사를 참으로 알 수가 없었다.

"모르긴 무엇을 몰라. ××××을 ××때는 무엇 때문에 ×섰건대……. 다 그런 게야."

두윤이와 정 선달들은 아무 말 없이 앉아서 저 혼자 두 눈을 물근물근하고 있는 대성을 물끄러미 보고 있다. 적어도 그때에는 대성이가 자기들보다 좀 다른 점이 있는 것을 보았다.

◎

작은 토막방은 한참 동안 잠잠하여졌다. 어두운 석유불만 저 혼자 깜박깜박하였다.

"야 다들 뭣 하노. 한패 떠는 중인가?"

"어. 필성必成인가. 오래간만이다. 웃잔 일고? 오늘 저녁에."

"심심해 놀러 왔지 뭐. 이 동네는 어째 봄 농사 다 지어 가나?"

필성이는 낡은 중절모자를 방 가운데 휙 던지고 호주머니에서 단풍 토막 하나를 내어 피운다.

"두윤이 자넨 콩이고 메물*이고 다 심었것지?"

"콩이고 메물이고 이 사람아 큰일 났네."

"큰일이라니 와?"

"내일 군청 사람들이 나와서 심어 논 콩을 다 뽑아 버리고 목화를 심은다네."

"와, 목화 심으란 밭에다 콩을 심으라드나. 하하."

필성은 껄껄 웃었다.

"그렇지만 팔어야 거름 값도 안 되는 목화를 심을 수 있나. 콩 같은 건 가을에 죽이라도 써 묵지만……. 자네들 농민조합에서 어떻게 해볼 도리가 없나?"

두윤의 눈에는 약간 애걸하는 빛이 떴다.

"글쎄 우리 조합에서? 느그가 조합에 들어야 무엇을 어짜지."

"글쎄 말이지."

대성이가 껄껄 웃었다.

필성은 빙그레 웃으면서 한참 동안 아무 말 없이 담배만 피웠다.

"글쎄 사실은 오늘 저녁에 그런 이야기 들어 볼라고 왔는데 글쎄 어짜면 좋을까, 자네들은 어짜면 좋겠어?"

필성은 그의 말버릇인 '글쎄'를 자꾸 거듭하였다.

* 메밀.

목화와 콩

"우리가 무엇을 아나, 군청 사람들이 와서 심으면 심은 대로 보고 있지 어짜근노?"

필성은 또 한참 동안 아무 말 없이 담배만 피운다.

"그러면서 그 이야기 하기 전에 자네들 어째서 (생략)이나 (생략)에서 목화나 뽕나무를 강제로 심게 하고 또 공동판매소란 것을 두어서 목화나 소음을 그저 가져가듯이 헐케 사 가는지 아나?"

"우리가 그런 걸 알 수 있나, 그리 하니깨 하는 줄만 알지."

두윤이와 정 선달은 필성의 무릎 옆으로 다가앉는다.

"그래, 모를 께다."

하고 필성은 단풍을 피우면서 차근차근하게 이야기하였다.

"(생략)에서 농민들을 목화나 뽕을 강제로 심게 하는 것은 농민들의 이익을 위해서 그런 것이 아니고 부산이나 서울이나 동경東京이나 대판大阪에 있는 제사회사製絲會社 방적회사妨績會社의 실 만들고 베 짜는 가음* 만들기 위해서 그러는 것이다. 또 공동판매장이란 것은 농민들의 편리를 위해 둔 것이 아니고 제사회사나 방적회사들에게 헐케 사 주기 위해 둔 것이다."

그러한 이야기와 함께 또 농민이란 건 현 사회에서는 어떠한 처지에 있으며 어찌하지 않으면 도저히 살아 나갈 수 없다는 것, 특히 조선의 농촌은 지금 어떻게 되었는가 여러 가지 이야기를 알아듣기 쉬운 말로 단풍 한 개가 닳은 줄도 모르고 빈 '빨보'를 빨면서 한참 동안 차근차근하게 이야기 하였다.

* 옷이나 이불 따위를 만드는 바탕이 되는 피륙. 주로 옷감의 뜻으로 쓴다.

두윤이나 정 선달은 긴장된 얼굴로 숨만 내쉬면서 가만히 앉아 들었다.

"응 그래. 그래. 그런 걸 우리들이야 알 수 있어야지."

그들은 이제야 참으로 탄복하였다. 필성은 어떻게 그렇게 세상일을 잘 아는지 속으로 탄복하였다. 그들은 이때까지는 필성을 그저 책만 좀 읽었지 세상일은 아무것도 모르는 줄로 알았다. 농사가 짓기 싫어서 농민조합이니 무엇이니 하며 떠들고 돌아다니다가 가끔가끔 경찰서에나 불려가는 사람인 줄로만 알았다. 그래서 필성이나 대성이가 여러 번 만날 때마다

"자네 조합에 안 들란가?" 하면은

"글쎄 차차 들지." 하고 슬슬 피하여 왔다.

그러나 오늘 저녁에 필성의 차근차근한 이야기를 들으니 과연 그럴듯하였다. 참으로 자기들보다 세상일을 잘 아는 것 같았다. 그리고 또 필성은 그들이 이때까지 알고 있는 그러한 필성은 아닌 것 같고 따라서 농민조합이란 것도 그들이 이때까지 알고 있는 그러한 것은 아닌 것을 알 것 같았다.

뿐만 아니라 그들은 지금 이해관계에 적지 않은 일을 당면해 있는 때이다. 그래서 그들은 필성이가 어떠한 좋은 방법을 알고 있지 않은가, 그는 아마 알고 있지 생각하고 한번 듣고 싶었다.

"대강 알았어? 더 자세한 이야기는 일후 또 한번 하지. 그러면 이야기는 그만하고 자네들 내 말대로 한번 해볼래?"

필성은 반쯤이나 웃는 말을 하였다.

"우찌? 될 일이면 해보지 뭐."

그들은 무슨 방법이 있는가 얼른 알고 싶어 모든 눈이 필성한 테 일제히 몰려졌다.

누워 있던 정 선달도 벌떡 일어났다.

"그럼 이래 보지. 내일 군청 사람들이 목화 갈러 오거든 장기 를 꽉 붙잡고 꼼짝도 못하게 해보지."

필성의 말은 역시 반쯤 웃는 소리였다.

"그라모 될까 아무 별일 없을까?"

두윤이와 정 선달은 서로 쳐다본다.

"일은 무슨 일. 요새 신문을 보면 그렇게 해서 안 심고 만 데 가 많은데 뭐. 저 전라도 곡성谷城이라는 데는 여기같이 ×× 강 제로 목화 심은다고 ×× 기수技手니 ×기수니 ×하인이 장기를 가지고 나와서 봄 무시가 뾰족뾰족 나와 있는 밭을 그만 갈어 되빗을라는 것을 농민조합원이 장기를 꽉 붙잡고 못 갈게 해서 기어이 못 심고 말았고 또 경상북도 군위軍威란 데도 목화 심 으러 온 걸 그리 뻗대니께 못 이기고 갔다는데 뭣 그른 일이 퍽 많은데 뭐, 아무리 ××이라도 이편에서 기어이 뻗대면 못 이기 는 게야."

"참 그럴 거야. 아무리 ××사람이라도 거기는 불과 사오 인이 고 이편에서는 수십 명이 되니께."

"그럼 그뿐 아니라 또 이편에서 하자는 일이 당연한 일이니까."

필성은 온 방 사람을 일부러 한번 눌러보았다.

"우리도 그래 보자! 그러면 될 것이야."

대성이가 소리를 치면서 벌떡 일어났다.

"그럼 그래 보자. 우리 젠장 별일 있으나 없으나 한번 해보자. 우리 또 별일 있으면 나중에 한 놈 ×을 요량 하고 해보지 뭐."

두윤이도 벌떡 일어나 쪼그리고 앉는다.

"별일이 있으면 얼마나 이스깨니. ××군청기수가 다 뭐꼬."

정 선달도 일어났다. 온 방은 별안간 열기가 찬 것 같았다. 다만 면장대리만이 한쪽 구석에서 아무 말 없이 앉아서 다른 사람들 하는 이야기만 잠자코 듣고 있다.

"두윤이 자네 밭이 제일 ××에 가춥지?* 그리고 그자들이 제일 먼저 올 건게 우리 그리로 먼저 모여 있자. 그래 거게만 몬 심으기 하몬 다른 데는 그냥 그대로 가지 무엇."

"그라든 그럼."

"그렇지, 그렇지. 됐어, 됐어."

필성이는 역시 껄껄 웃었다.

"그럼 우리 조합에서도 몇이 가지."

"나도 가지, 나도 가. 난 목화 심을 밭도 없지만."

대성이는 제 일같이 또 무슨 기쁜 일 난 듯이 소리를 쳤다.

2

그 이튿날이다. (생략)두윤이 콩밭 저편에서 농민 수십 명이

---

* 가춥다 : '가깝다'의 방언.

목화와 콩

모여 있다.

양복 입은 (생략)기수가 (생략)기수와 (생략)하인을 데리고 나온다. (생략)하인은 쟁기를 지고 소를 몰고 콩밭으로 왔다. 그래서 양복장이 지휘에 좇아 푸릇푸릇하여 있는 콩이랑 위에다 쟁기를 꽂는다. 콩은 며칠 전에 온 봄비를 맞아 어린 양털같이 너울너울하고 있다. 보기 좋게 굵은 푸른 선을 그어 있다.

"왜 목화를 안 심으고 콩을 심었어?"

하두 어이가 없는 듯이 쟁기를 물끄러미 보고 있는 두윤을 보고 양복장이는 소리를 빽 지른다.

"목화는 심어 팔아야 이익도 안 되고 콩은 그래도 양식을 할 수 있어서……."

"그런 말도 되지 않는 소리 말어! 또 설령 이익이 안 되드래도 (생략)에서 심으 했으면 무엇이든지 심어야 되는 게 아니야?"

"그럼 (생략)에서 심으란 건 무엇이든지 심는 게야. (생략)에선 백성을 조곰이라도 이 되게 시켰지, 해 되게는 안 시켜."

빼빼 마른 (생략)기수가 옆에 서서 부축하는 말이다.

"그렇지요. 그렇지만 금년은 이왕 심어 논 것이니깨 그냥 해 먹고 내년은 목화를……."

"안 돼, 안 돼. 그런 소리 말어."

양복장이는 (생략)하인을 보고 손짓을 한다.

"얼른 갈어, 얼른! 무엇을 보고 있어!"

(생략)하인은 어쩌면 좋을 줄을 몰라서 멍멍허게 서 있다가 마지못한 듯이 다시 쟁기를 세우고 소고삐를 한번 당긴다.

"이러, 이러."

늙은 황소는 아무것도 모르는 듯이 앞으로 무긋이 나가려 한다. 푸른 콩 이삭은 커다란 쟁기 밑에서 하나둘씩 쓰러지려 한다.

"안 된다. 안 된다. 난 목화 안 심을란다. 이익도 안 되는 목화 안 심을란다."

두윤은 이렇게 부르짖으면서 쟁기를 꽉 붙잡는다. (생략)은 꼼짝도 못한다. 늙은 황소도 종자 같은 눈만 껌적거리면서 가만히 서 있다.

"왜 이래. 왜 이래. (생략)시키는 일을."

양복장이는 소리를 친다.

"안 되오 안 되오. (생략) 안 되오."

두윤이도 소리를 쳤다.

그러자 또 저편 언덕 위에서 보고 있던 농군 열두서넛이 괭이를 메고 달려온다. 강대성이, 정 선달이, 춘삼이가 모두 그들 중에 섞였다.

"여보게들 이것 좀 봐. 목화 심는다고 시퍼렇게 나 있는 콩을 갈어 되비는 걸 — 이런 일이 세상에 어디 있나."

두윤이는 기운이 나는 소리로 농군들을 보고 부르짖는다.

"목화를, 이익도 안 되는 목화를 심어! 목화도 목화지만 시퍼렇게 나 있는 콩을……."

"아모리 (생략)이라고!"

그들은 그렇게 부르짖으면서 (생략)기수와 (생략)하인을 둘러쌌다. 황소 앞을 막아선다.

목화와 콩

"그래 말이지 안 된다 안 된다 죽어도 안 된다."

두윤이는 더욱 기운을 내어 소리쳤다.

양복장이는 두 눈이 둥그레졌다. 홧불이 활활 일어나는 한편에 또 약간의 겁이 난 것 같았다.

"왜 이래. 왜 이래. 온당치 못하게 관청서 하라는데 왜 이래."

"관청이 다 뭐꼬. 해롭게 시키는 게 관청인가."

"아무리 관이라도 해롭게 시키는데 뭣 하는가."

"(생략)이 다 뭐꼬. ×기수가 다 뭐꼬. 참 (생략)이라 하면 뉘가⋯⋯."

군중이 이렇게 떠드니 양복장이는 두 눈이 더욱 둥그레졌다.

"왜 이리 떠들어. 어쩐 사람들이게 이렇게 떠들어 가! 관계없는 이는 다 가!"

"와 관계없어. 우리도 다 밭 가지고 있다. 목화 안 심으고 콩 심었다."

군중은 그냥 떠들었다.

"(생략)서 하는 일을 이래서는 안 돼. 법률이 있어. 공무방해죄가 되어!"

"엣다 (생략)이라면 뉘가 겁낼 줄 아나."

"목화는 와 강제로 심으라 놓고 공동판매장은 무엇한다고 두어서 목화나 꼬치를 그저 뺏어 가노!"

"오라. 이자가 작년 공동판매장에서 목화 속여 먹은 자 아닌가?"

정 선달이 이제야 알았는 듯이 다가서면서 소리를 친다.

"와 아니라. (생략) 아니야. 그자다. 와 남의 목화를 속여 먹었어. 등수等數를 속이고 근수를 속이고."

"그래 그래. 그라몬 이 사람 내 목화 세 근 내놓아라. 열다섯 근 가져가고 열두 근 값밖에 안 주었지 내놓아 이 사람아."

정 선달은 새삼스럽게 분이 나는 듯이 기수의 양복자락을 당기면서 소리를 질렀다.

"내 목화 두 근 내놓아 그것도 내 피 땀을 가지고 지은 목화다. 오늘은 꼭 내놓아라 어데 능청스럽게."

"이 자식이 왜 이래. 어데 (생략)한테 덤비드노."

기수는 약이 오른 듯이 낯빛을 시뻘겋게 해가지고 정 선달의 뺨을 친다.

"이 사람 봐 젊은 사람이 어데 나 많은 사람을."

"이 자식 버릇없는 늙은이."

기수는 또 정 선달의 뺨을 치며 구둣발로 옆구리를 찼다. 정 선달은 뒤로 자빠졌다.

"이것 봐. 사람을 치는고나. 사람을 쳐! 아무리 (생략)라고 젊은 놈이 나* 많은 사람을 제 아비 같은 사람을!"

정 선달은 이렇게 소리를 치면서 또 일어나면 기수는 또 발로 찬다.

"와이 나 많은 사람을 쳐. 아무리 (생략)라고."

"넌 늬 집에 아비 어미도 없나?"

* 나이.

목화와 콩

"기수면 아무래도 되는 줄 아나 기수가 뭐꼬."

군중은 누가 떠든 줄 모르게 와 떠든다. 괭이가 이리저리 갔다 왔다 한다. 콩밭은 어느덧 수라장이 되었다.

이렇게 되어 있을 때에 어느새 붉은 테 모자들이 자전차를 타고 달려왔다. 면기수가 빠져나가 몰래 데려온 것이다.

붉은 테 모자가 자전차를 밭 언덕 위에 놓고 콩밭으로 들어오는 것을 본 군중은 필성이, 대성이 두 사람을 남겨 두고는 모두 비실비실 뒤로 흩어진다.

"왜 이래 (생략)에서 나와서 하는 일인데 왜 이래."

"나쁜 사람들이야 온당치 못한 사람들이야."

붉은 테 모자는 그냥 그대로 쟁기 옆에 양쪽 손을 허리 위에 얹고 서 있는 두윤과 대성의 뺨을 두서너 번씩 치고는

"나쁜 사람이야……"

하면서 모두 다섯 사람을 끌고 간다. 그것을 본 군중들은 다시 와 모여들어 한 뭉치가 되었다.

"와 잡아가오, 죄 없는 사람을."

"제 아비 같은 나 많은 사람 친 놈은 그냥 두고 죄 없는 사람을 와 잡아가요?"

군중은 이렇게 부르짖으면서 붉은 테 모자 뒤를 따라간다. 그래서 그들은 (생략) 앞마당에서 사람 내놓으라고 자꾸 부르짖었다.

"나가, 나가. 안 가면 너희들까지 잡아갈 테야."

부장이 나와서 소리를 지른다. 그러나 군중은

"잡어가도 좋아요. 그 사람을 내놓기 전에는 안 가요."

하면서 그냥 둘러싸 있다.

그래서 나중에는 붉은 테 모자들이 몽둥이를 들고 나와서 군중을 보고 휘두르면서 쫓아낸다. 그러면 군중은 잠깐 동안 와 흩어졌다가 다시 와 모여들었다.

3

그 이튿날이다. 다섯 사람은 별일 없이 돌아왔다.

"그러면 그렇지 죄 없는 사람을 공연히!"

하면서 여러 농군들은 다섯 사람을 둘러쌌다.

"그래도 우리가 이긴 셈이지. 아무리 (생략)이라도 이편에서 뻗 대기만 하면."

박대성이가 의기양양하게 팔을 뽐내며 소리를 질렀다.

"그리고 이편 하는 일이 당연한 일이거든."

필성이는 기쁜 듯이 웃었다.

"그렇지만 며칠 동안은 영위안심하고 있어서는 안 된다."

그들은 한 열흘 동안을 여덟아홉이 뭉쳐 두윤이 밭과 그 외 목화 심을 밭에 때때로 한참씩 지키다 왔다.

그러는 동안에 어느덧 초여름이 닥쳐왔다. 보리밭은 구렁구렁 금빛을 띠었다. 그래서 목화 심을 시기는 그러구러 지나갔다.

푸른 콩은 때를 따라 잘도 자랐다. 비를 맞아 거름을 먹고 보

목화와 콩

기 좋게 훨훨 자랐다.

◎

그러는 한편에 필성이들은 한참 동안 이 경화동에 분주하게 갔다왔다하였다. 두윤이 집, 정 선달 집, 이집 저집으로 한참 동안은 밤낮없이 밥 먹을 여가도 없이 쫓아다녔다.

그래서 그해 초여름 이 경화동에는 △△농민조합 △△지부 경화동 반班 기旗가 바람에 날려 높이 펄렁거렸다.

1931. 7. 16. ~ 24. 《조선일보》 연재.

권환

1903. 경상남도 창원에서 출생.

1925. 사립 경행학교와 휘문중학에서 공부한 뒤 일본으로 유학하여
야마가타 고등학교 졸업, 교토제국대학 독문과에 입학.

1927. 유학생 잡지 《학조》에 단편 「앓고 있는 영」과
희곡 「광(狂)」을 발표하며 작품 활동 시작.
교토제국대학 졸업. 카프 도쿄 지부 가입 후 귀국하여 《중외일보》 취직.

1930. 카프 중앙집행위원에 선임. 임화 등과 함께 '제2차 방향 전환' 주도.

1931. '카프 제1차 검거 사건' 때 체포된 뒤 불기소처분을 받음.

1934. '카프 제2차 검거 사건' 때 체포된 뒤 이듬해 전향서약을 하고 석방.

1936. 경성제국대학 부속 도서관 사서로 일함.

1943. 첫 시집 『자화상』 출간.

1944. 시집 『윤리』 출간.

1945. 이기영, 윤기정 등과 조선프롤레타리아문학동맹 결성.

1946. 조선문학가동맹의 서기장으로 선출. 시집 『동결』 출간.

1947. 카프 문인들의 월북 때 마산으로 낙향.

1954. 병환으로 타계.

　　본명 권경완(權景完). 권환(權煥)은 일본 유학 시절 사회주의에 심취하였으며,
1927년에 카프 도쿄 지부에 입단하여 김남천, 안막, 임화 등과 함께 일본에서
프로문학 운동을 했다. 귀국 후에는 《중외일보》 기자로 활동하며 1930년 무렵
「무산예술운동의 별고와 장래의 전개책」 「실천적 객관주의 문학으로」 등 다수
의 평론을 발표했다. 이때 '예술대중화 논쟁'에 참여하였으며, 카프 중앙집행위
원에 선임되어 김기진과 박영희 등 카프의 창립 단원들을 축출하고 임화 등과
함께 카프의 '제2차 방향 전환'을 이끌어 볼셰비키 예술운동의 주도적인 인물
로 떠올랐다.

　　권환은 소설보다는 시와 평론 분야에서 주로 활동하였다. 「목화와 콩」은 많
지 않은 그의 소설 작품 중 1931년 7월 《조선일보》에 연재된 단편이자 농민소
설로, 농민을 각성시켜 소작쟁의 등 계급투쟁을 일으킨다는 볼셰비키 창작방법
론을 충실히 따른 작품이며 식민지 농업정책에 대한 직접적 비판을 담고 있다.

　　　　　　　　　　　　　　　　　　　　　　　목화와 콩

권환은 1931년과 1934년의 카프 검거 사건 때 모두 검거되었다 석방된 이후 《조선일보》와 《중앙일보》 기자, 경성제국대학 부속 도서관 사서를 전전했다. 광복 후 이기영, 윤기정 등과 조선프롤레타리아문학동맹을 결성하였고, 이듬해 조선문학건설본부와 통합된 조선문학가동맹 발족을 주도해 서기장으로 선출되었다. 그러나 1947년 조선공산당의 활동이 불법화되어 당 지도부와 함께 임화 등 카프 문인이 대거 월북할 당시 그는 마산으로 낙향하였으며, 1954년 폐결핵으로 세상을 떠났다.

공장신문

김남천

1

가을바람이 보통벌 넓은 들 무르익은 벼 이삭을 건드리며 논으로 몰려왔다.

하늘은 파아란 물을 지른 듯이 구름 한 점 없고 잠자리같이 보이는 비행기 한 쌍이 기자림箕子林 위를 빙글빙글 돌고 있었다.

12시의 기적이 난 지도 이십 분이나 지났다. 신작로 옆에 '평화고무공장' 하고 쓴 붉은 굴뚝을 바라보며 벤또*통을 누렇게 되어 가는 잔디판 위에 놓고 관수는 '마꼬'**를 한 개 붙여서 입에다 물었다. 점심을 먹고 물도 안 마신 판이라 담배가 입에 달았다. 한번 힘껏 빨아서 후우 하고 내뿜으며 그대로 언덕을 등지고 네 활개를 폈다. 눈은 광막한 하늘을 바라다보았다. 파아랗게 점점 희미해져서 없어지는 담뱃내가 얼굴 위에 어물거리다 풀숲을 스쳐서 오는 바람을 따라 그대로 없어지곤 하였다. 그는 연거푸 그것을 계속하였다.

---

 * 일본어로 '도시락'을 가리키는 말.
** 일제강점기의 담배 이름.

— 염려 마라 우리에겐 조합이 있고 단결이란 무서운 무기가 있네 —

　신작로 위에를 뛰어 가며 하는 직공의 노랫소리가 쟁쟁하게 들려왔다. 철로길 옆이라 먼 곳에서 오는 듯한 기차의 소리가 땅에 울려왔다. 그 밖에 이 넓은 보통벌에는 가을바람에 불리는 벼 이삭의 소리가 살랑살랑할 뿐이다.

　때때로 관수의 마음은 몹시 가라앉았다. 혼자서 담배를 빨며 앉았으면 초조한 마음이 가라앉는 것을 느낄 수 있었다.

　그는 최근에 이르러 자기가 완전히 초조해 있다고 생각하였다.

　이렇게도 해보고 저렇게도 해보고 자기 앞에 남겨 놓은 임무를 다하기 위하여 있는 데까지의 지혜와 경험을 털어서 모든 것을 해보았어도 일은 마음대로 되어 가지 않았다.

　어떻게 하면 조그만 불평불만이라도 잡을 수가 있을까? 어떻게 공장 안에서 일어나는 불평불만을 대표하여 그의 선두금은 하나도 없었다.

　관수도 무엇인지 똑똑하게는 몰라도 자기에게 결함이 있는 것을 알고 있었다. 그렇기 때문에 그는 그럴 때마다 누구의 가르침을 받고 싶었다.

　지나간 여름 파업이 완전히 실패로 돌아가고 몹시 전열이 혼란해져서 입으로 옮길 수 없는 악선전이 공장과 공장을 떠돌 때에 돌연히 잠깐 참말로 번개같이 잠깐 동안 만났던 어떤 사나이한테서는 그 후 지금까지 두 달이 되어도 아무 소식이 없었다.

그 사나이가 지금 있으면 얼마나 좋을까 하고 그는 생각하였다. 침착한 태도로 말하던 그 사나이는 말하는 품으로 보아서 결코 이곳 사람은 아닌데 그때 파업의 사정과 또 파업 수습에 관해서 일후에 활동할 것을 어떻게 그렇게 똑똑히 아는지 몰랐다. 평양의 모든 일을 환하게 꿰어 두고 이곳서 사는 사람보다도 잘 알았다.

그를 만난 이후 관수는 혼자서 생각하였다. 물론 누구에게도 그것을 말할 수는 없었다. 자기에게 그 사나이와 만날 시간과 장소를 가르쳐 준 일환이는 그때 벌써 폭×행위 위반으로 끌려갔을 때였다. 좌우간 일환이와 어떤 관계가 있는 사람인 줄은 알 수 있었다. 그러나 일환이는 어떻게 이 사나이를 알았을까?

파업 때에 관수가 자기와 아무 면식도 없는 사람과 이렇게 만난 적은 여러 번 있었다. 그러나 이 방울 같은 눈을 가진 사나이는 그들과는 어느 곳인가 다른 곳이 있었다. 이 사나이를 다시 만난다는 것은 아무리 생각해도 공상 같았다.

"아마 일 개월 안으로 어쩌면 좀 늦게 다시 만나게 되든가 혹은 서로 소식을 듣게 될 것입니다."

그 사나이는 잠깐 머리를 숙이고 생각하다가 다시 머리를 들고 말을 계속하였다.

"일후에 누구를 만나서 인사를 할 때에 그 사람의 성명의 가운뎃자가 타탸 줄이고 열한 글씨 즉 획수가 열한 개이면 그 사람을 믿어 주시요. 또 그러노라면 같이 일할 동무들이 생기겠지요!"

말을 끝맺고 힘 있게 악수를 하고는 다시 뒤도 돌아다보지 않고 가 버렸다.

일 개월이 지나고 이 개월이 지나도 아무 소식도 없었다.

이렇게 언덕 위에 누워서 가만히 생각하면 그 사나이를 만나던 생각이 머리와 눈앞에 떠올랐다.

"타탸 줄 열한 획수― 타탸 줄 열한 획수―."

공장에서 기적이 울었다. 관수는 궁둥이에 묻은 마른 풀잎을 털면서 벤또통을 들었다. 그리고 언덕길을 걸어서 공장을 향하여 걸어갔다.

"관수! 관수!!"

그는 그를 부르는 소리에 머리를 들었다. 그것은 공장 뒤였다. 두서너 직공이 손짓을 하며 빨리 오라고 하였다. 그리고 보니 신작로를 뛰어서 공장 문으로 모여드는 직공들이 많았다. 무슨 일이 생겼나?

"뭐이가?"

"뭐이가 얘―?"

신작로를 뛰어오는 직공들이 지저귀었다. 관수는 벤또통을 덜거덕 소리 안 나게 바싹 쥐고 언덕길을 달음질쳐 갔다.

2

벌써 작업실로 들어가는 낭하*에는 남직공 여직공이 겹겹이 싸여돌았다. 앞에 서 있는 자들은 얼굴이 노기가 올라서 붉으락 푸르락하며 무엇을 소리 높여 고함치고 있으나 지금 달려온 맨 뒤에 선 직공들은 사건의 내용도 모르고 그대로 웅성웅성하기만 하였다. 어떤 젊은 직공은 앞에 선 직공의 뒤를 무르팍으로 떠밀고 후덕떡 하고 뒤를 돌아다보는 놀란 얼굴을 향해 하! 하! 하고 웃었다.

관수는 사건의 내용을 알려고 귀를 기울였으나 잘 들을 수가 없었다. 발을 곤추고 앞을 넘겨다보았다. 일은 결코 낭하에서 일어난 것이 아니고 낭하에서 수도가 있는 물 먹는 방으로 가는 그 사이에서 생긴 것 같았다. 그는 어떻게 해서든지 그 속으로 들어갈 것을 생각하였다. 이번에는 일을 삼아 본다 하는 결심이 덤비는 가운데서도 생각되었다. 그는 몸을 틈에다 비어 꽂고 가운데로 뚫고 들어갔다.

"물을 먹어야 살지 않우!"

그는 그 속에 얼굴을 들었다.

"좌우간 덤비지 말고 조용들 해!"

대답하는 소리는 완전히 떨리는 목소리였다.

* 廊下 복도.

　　　　　　　　　　　　　　　　공장신문

"그 구정물을 먹으라고 수도를 막다니! 직공은 개돼지란 말요?"

너무도 그 소리가 커서 웅성웅성하던 소리가 잦아들고 그 목소리에 군중이 통일되는 듯하였다.

"좌우간 넓은 데 나가 이야기하지!"

"자아 넓은 데 나가서 합시다!"

최 전무의 말을 받아서 군중에게 외치는 것은 고무직공조합의 간부로 있는 김재창이의 목소리가 정녕하였다. 관수는 재창이 목소리를 듣자 벌써 간섭하기 시작한 그의 행동을 직감하였다.

"나가긴 뭘 나가! 여기서 하지!"

관수는 반동적으로 그와 대항하여 이런 말씨가 입에서 튀어나왔다.

"아아 그럴 거 없이 넓은 데 나가 잘 토의해!"

재창이의 말에는 덤비지 않는 숙련된 곳이 있었다. 직공들은 관수의 말을 꺾고 재창이 말대로 돌아서서 마당으로 나갔다.

"밀지 말어! 넘어진다!"

"글쎄, 직공들은 개굴창 같은 우물에 가서 물을 먹으라니. 합쳐 수도세가 몇 닢이나 하겠나! 너무 직공들을 짐승같이 여겨!"

밀려나오면서 관수와 앞뒤에 선 직공들이 침이 튀도록 지저귀었다.

"파업 때에 들어준 대우 개선이란 뭐이야?"

"그러게 말이다!"

웅성웅성하며 마당 안에 꽉 차도록 몰려나왔다. 여직공, 남직공, 늙은이, 젊은이, 시든 얼굴, 열 오른 눈 — '투라'실에서도 '노두쟁이' 고급노동자들이 배합사와 화부들과 같이 머리를 내밀고 '하리바' 직공들의 이 행동을 보고 있었다. 마당에 나오지 못하고 창문에 방울 달리듯이 매달려서 마당을 향해 있는 직공들도 있었다.

"물을 안 먹이겠다고 수도를 막은 것이 아닐세. 그건 결코 그런 게 아니고……."

최 전무가 사무실에서 문을 열고 군중을 내려다보면서 지저귐을 억제하듯이 손을 내들렀다.

"그럼 물 먹겠다고 수도를 틀려던 직공의 뺨을 갈긴 건 누구요?"

비로소 한 개의 굵은 목소리가 군중을 대표하였다.

"그건 그 직공의 태도가 건방져서 일시감정에서 나온 것이지, 결코!"

"듣기 싫다! 물 먹겠다는 것이 건방져?"

앞에서 누군가 소리쳤다. 일동은 그 소리에 가슴이 뭉클하고 갑자기 피가 얼굴로 오르는 것 같았다. 지난여름 파업 이래 전무를 그렇게 욕해 보기는 이것이 처음이었다.

"여러분—."

군중의 한복판에서 관수가 쑥 머리를 올려 밀었다.

"전무의 말을 듣거나 전무와 말다툼을 할 것이 아니라 우리끼리 처리하는 것이 어떻소?"

"그게 좋수다!"

누군가 혼자서 손뼉을 자락자락 쳤다. 그러나 곧 한 사람이 두 사람이 되고 그것이 일동에게 퍼져서 장안이 박수 소리로 찼다. 마당을 들썩하는 박수 소리 속에 알지 못할 소리로 고함을 치는 자도 있었다. 그 바람에 기운이 나서 전무가 열고 섰던 문을 이편에서 확 닫아서 전무를 방 안으로 몰아넣는 자도 있었다. 그럴 때마다 다시 박수 소리가 났다.

관수는 기회를 놓치지 않으려고 박수 소리도 마치기 전에 다시 말을 계속하였다.

"여러분 방금 일어난 일은 이때껏 먹어오던 수돗물을 막고 저어 다릿목에 있는 우물에 가서 먹으라는 것입니다. 그 우물의 물은 감히 먹지 못할 만한 것인 것은 우리들이 잘 아는 바가 아니요?"

"그렇죠!"

창문에 매달린 여직공의 목소리였다. 그 소리에 키득키득 웃는 이도 있었다.

"그런데 벤또를 먹고 물을 먹으려고 밀려간 직공들의 앞에서 그 수도를 열라고 한 직공을 건방지다고 귓쌈을 때렸다니 그런 몹쓸 짓이 어데 있겠소!"

"그놈을 잡아 오자!"

하는 자도 있었다.

"이건 완전히 우리 전全직공의 힘이 약해진 것을 기회로 우리들의 조그만 이익도 빼앗으려는 악독한 술책입니다."

"옳소!"

"그렇소."

"여러분! 파업 때에 들어준 그나마 몇 조건까지 지금에는 하나도 지키지 않는 고주들의 행동을 보시요! 우리들은 종살이가 하기 좋아서 매일매일 냄새나는 고무를 만질까요?"

"결코 아니요―."

가늘고 높은 여직공의 목소리가 날 때에는 조금씩 웃는 사람이 있었다. 관수는 군중을 쭉 한번 살폈다.

"우리는 굶어 죽지 않으려고, 살기 위해서 일하는 거요!"

못을 박듯이 힘을 주어서 뚝 말을 끊고 그는 다시 군중을 살폈다. 군중의 얼굴에는 붉은 기운이 띄었다. 저편 사무실 문 앞에 있는 재창이의 얼굴을 보고 침을 한번 삼키고 다시 말끝을 맺었다.

"우리가 지금 아무 대책도 생각치 않는다면 고주들은 하나씩 하나씩 우리들의 이익을 뺏어서 갈 것이외다!"

(생략) ―이다 하는 자도 있었다. 관수의 말은 여기서 좀 끊어질 것을 보였다. 그때에 재창이는 곧 군중을 향하여 말하기를 시작하였다.

"여러분―."

재창이가 군중의 눈알을 자기 얼굴 위에 모았다.

"이제 관수 동무가 말한 바와 같이 우리는 반드시 무슨 대책이 있어야 될 것이외다!"

"옳소!"

"그러나 우리가 지금 이렇게 흥분한 채로 일을 저지르면 죽도

밥도 안 되고 맙니다. 그리고 또 이런 데서 이렇게 회합을 하면 곧 위험도 하고 그러니까, 우리에게는 조합이 있습니다. 조합에 보고하여서 그의 처결을 기다리는 것이 가장 상책이라고 나는 생각합니다. 노동자는 조합에 단결해야 됩니다. 조합이 있는 이상 우리가 우리끼리 어물거리다가는 크게 망치고 맙니다. 그러니까 새로이 위원을 선거할 것도 없이 조합 집행위원이 있으니까 곧 보고하기로 내게 다 일임해 주시오!"

관수는 대단한 분함을 가지고 그의 말에 반박하려고 하였다.

"여러분! 우리는 우리끼리 일을 처리합시다!"

그는 힘을 줘서 주먹을 내흔들었다.

"관수! 여보, 자네는 법률을 모르누만! 이 이상 더 여기서 떠들문 위험해! 옥외집회로! 애에야 쓸데없소. 같은 값에는 희생자 없이 일을 잘 할 게지! 자아 그러니까 여러분 내게다 다 맡기시요! 그리구 벌써 고주 측에서 알렸는지도 모르니까 곧 헤어지고 맙시다!"

3

관수는 저녁때가 되어도 저녁 먹을 기운이 나지 않았다. 또 한번 그 타락한 간부에게 불평불만을 뺏기고 말았구나……, 그런 생각을 하면 몹시 분한 생각이 나면서도 그 간부한테 속아 넘어가는 직공 일동이 미워지기도 하였다. 내일이 되면 마치 아무 일도 없었던 것같이 기적은 다시 울고 직공들은 다시 묵묵히 신을 붙이고 그리고 그 재창이 놈은 조합에 보고했으니까 무슨 교섭이 있을 터이라는 간단한 한마디로 모든 것을 걷어치울 것이로구나.

관수는 오늘 그 좋은 기회에 조합·간부인 재창이를 폭로하지도 못한 것이 몹시도 분했다. 원통하도록 후회가 났다.

재창이를 폭로하려면 조합도 글렀다고 해야만 한다. 그러나 지금 조합까지 글렀다고 선전하는 것은 옳은 일일까? ― 이런 생각이 마음에 걸려서 그는 항상 재창이를 폭로하기를 주저한 것이었다. 조합……! 아무리 노동자의 이익을 대표한다 하여도 이제는 그것을 폭로하여야 될 것이라는 것을 그는 지금 생각하고 있었다.

어쨌든 오늘 일은 생각만 해도 우울해졌다.

담배가 떨어져서 삿귀*를 들추고 꽁초를 찾았다. 짓눌려서 납작해진 조그만 꽁초를 주워서 곰방이에다 담아서 뻑뻑 빨았다.

"큰아야! 누구가 찾는데!"

부엌에서 그릇 부시던 모친의 소리에 문을 열어 보았다. 한 공장 안에 있는 길섭이라는 직공이 문 앞에 서 있었다.

"들어오지 않구!"

"들어갈 것까지 없어. 좀 나오게!"

관수는 대를 톡톡 털고 밖으로 나갔다.

---

* '삿자리(갈대로 만든 자리)'의 가장자리.

"내가 좀 이르게 올 걸. 시간이 촉박했는데 공회당 앞에 큰 뽀뿌라나무 세 주株가 있을 텐데 그 왼바른편 나무 아래에서 저녁을 잠깐 만나 보자는 자가 있는데……."

길섭이는 굴뚝 뒤로 가서 관수에게 그렇게 전하였다.

"내게? 그런데 어떤 잔데?"

"좌우간 가 보면 알지? 자네 알 사람일세……. 7시 반인데 지금 곧 가야 될 걸!

관수는 머리를 끄덕끄덕하였다. 그가 "그럼 가지!" 하고 대답했을 때 길섭이는 "그럼 늦지 않게 이제 곧!" 하고 다시 한번 되풀이하였다.

"저녁 안 먹고 어델 나가나?"

그가 고무신을 신을 때 그의 모친이 뜰에까지 쫓아 나왔다.

"괜찮아요. 곧 댕겨올 걸!"

그는 공회당을 향하여 집을 나섰다.

관수는 길을 걸으며 생각하였다. 마음에 직감되는 것은 파업이 끝날 때 만났던 사나이의 생각이다. 그 사나이인가? 만일 그 사나이라면 어떻게 길섭이가 전할까? 그것은 그러나 물론 가능치 못할 일은 아니었다. 그러면 그 방울 같은 사나이인가? 그렇지 않으면 내가 알 만한 누구일까? 타탸 줄 열한 획수의 어떤 사나인가? 그는 여러 가지로 상상하며 저물어 가는 교외의 길을 걸었다. 그가 공회당 가까이 가서 어떤 상점의 시계를 들여다보았을 때 바로 정한 시간에서 일 분을 남겨 놓았었다.

그는 마지막 일 분간을 뛰어갔다. 공회당 뒤를 휘익 한번 휘돌아서 뽀뿌라나무 선 곳을 본즉 아무도 없었다. 그러나 곧 어떤 허름한 옷을 입은 사나이가 그 앞에 와 서서 담배를 붙였다. 관수는 가슴이 뛰었다. 그래서 언덕을 뛰어 내려가며 본즉 그것은 자기 옆에서 일하는 창선이라는 직공이었다.

"여!"

그는 담배를 후우 내뿜으며 그에게 손짓했다. 관수는 좀 견주었던 곳이 어그러진 듯한 낙망을 느꼈다. —창선이면 물론 잘 안다. 창선이는, 파업 이후에 신직공 모집에 끼어서 들어와 자기네 공장에서 일하게 된 직공이다. 이 사나이는 물론 타탸 줄과는 아무 상관도 없었다. 이 사나이가 내게 무슨 말이 있단 말인가? —관수는 마음속에 좀 불평을 느끼면서 창선이 가는 길을 따라 묵묵히 걸어갔다.

"자네 지난여름 파업이 끝났을 때 경상골서 어떤 사나이 만나 본 적이 있어?"

창선이는 담배를 훅훅 내뿜으며 그에게 말했다. 물론 창선이 말과 같이 그 사나이를 만난 것은 있다. 그러나 그는 "그런 일 없는데!" 하고 머리를 내흔들었다. 창선이 이름자는 타탸 줄도 아니고 열한 글씨도 아니었기 때문이다.

"없어?"

창선이는 잠깐 관수의 얼굴을 보았으나 곧 딴 것을 생각한 듯이 벌쭉 웃었다. 그는 고개를 끄덕끄덕하며

"내 이름은 사실인즉 박태순일세!"

그리고 손뼉을 내밀고 그 위에 '泰' 자를 써 보였다. 타탸줄 열

한 획수!

관수는 다시금 창선의 얼굴을 들여다보았다. 그리고 그 순간 창선의 손목을 꽉 쥐었다.

"신용하겠니?"

"믿고 말구!"

길가에서 사람의 흔적은 적었으나 손목을 갑자기 쥐는 것이 이상했으므로 그들은 곧 손을 놓았다.

"자세한 말은 다음에 하구 지금 곧 8시부터 같이 갈 데가 있네!"

창선은 길 어구에 나선즉 선두에게서 왼편으로 굽어 돌았다.

◎

창선에게 끌려서 8시 정각에 어떤 집을 찾아갔을 때 관수는 놀랐다.

거기에는 벌써 길섭이, 동찬이, 선녀, 창호 보무에미 등등의 사오 인의 얼굴이 등불을 둘러싸고 있었던 것이다. 그는 성큼 방 안에 들어서서 문을 닫았다.

4

기역자로 지은 넓은 '하리바' 안에서 이백오십 명이나 되는 직공들이 고무신을 붙이고 있었다. 가을 햇발이 유리창을 가로 비추고 햇득햇득하게 떠도는 먼지를 나타낸다.

오정이 가까워 오는데 이 공장 안은 어쩨께 아무 일도 없은 듯이 침묵하였다. 베어 놓은 고무를 틀에다 씌우고 풀칠을 하여 손으로 통통 치는 소리가 노둔하게 들려올 뿐이다. 그리고 직공들의 발자국 소리만이 공기를 더욱 무겁게 하였다.

관수와 창선이, 선녀, 길섭이 등은 몇 번인가 동료들과 섞여서 변소를 다녀왔다.

그들은 이따금 슬쩍 보고는 의미 모를 웃음을 남몰래 하였다.

드디어 12시 기적이 울었다. 그리하여 12시가 되도록 아무 일 없이 그러나 기미 나쁜 공기 속에서 직공들은 일을 하였다.

아무 소리도 없이 덜거덕덜거덕하며 직공들은 벤또를 가지러 갔다. 그리고 자기 각자의 벤또를 골라 가지고 두서넛씩 패를 지어서 공장 문 밖으로 나갔다.

관수는 다른 직공 세 사람의 틈에 끼어서 함께 벤또를 먹으러 갔다.

이 공장에서는 겨울이나 비 오는 날은 방 안에서 그대로 먹지만 대개는 들이나 벌에 나가서 먹었다.

"재창이는 조합에서 무슨 보고를 가지고 왔는지! 도무지 보이지 않누만!"

잔디판 위에 앉으며 관수가 직공들에게 슬쩍 말을 붙였다.

"아마 이제 무슨 보고가 있겠지!"

또 한 직공이 그렇게 대답하며 "에헤엠!" 하고 무겁게 궁둥이를 놓았다.

"엑키?! 이게 뭐이야?"

벤또를 풀던 한 직공이 벤또를 놓으며 여러 사람 앞에 종이 한 장을 내밀었다.

"에게? 내게두 있다."

또 한 직공이 같은 종이를 내놓았다. 관수는 자기 벤또를 들 춰 보는 척하였다.

"내겐 없는데!"

"내게두 없는데!"

"건 내게두 없네! 좌우간 뭐이야?"

그들은 두 패로 갈려 그 종이를 둘러쌌다. 얇은 미통지 한 장 에 복사기로 똥글똥글하게 하나 가득 써 있었다. 처음에 좀 예 쁘게 굵은 글자로

평 화   일

공 장 신 문

고 무   호

하고 쓰여 있었다.

"공장신문? 오오라! 우리 공장의 신문이란 말이로구나! 이건 또 누구 장난이야?"

직공 하나가 웃으며 그렇게 말했으나 그는 종이를 놓지 않고 좀 소리를 내 읽기 시작했다.

"얘! 이건 무슨 그림인가?"

한 자가 아래쪽에 있는 그림을 가리켰다.

"요건 재창이 것이구나!"

"엣키! 요건 최 전무 같다!"

"이게 뭘 하는 게야?"

관수가 종이를 자기에게로 향해 돌렸다.

"하하, 이게 지금 주는 건 돈이로구나!"

그 옆에 있던 직공이 그림 위에 쓴 글귀를 읽었다.

"최 전무한테서 돈을 받는 몹쓸 놈 김재창이의 꼴을 봐라! 하하하!"

그는 종이를 놓곤 웃었다.

"얘 거 재미난다. 좌우간 글을 읽어 보자!"

"지난여름에 우리들의 파업을 팔아먹은 놈은 누구냐? 그건 김재창이 같은 타락한 조합 간부다! 우리들은 그런 놈에게 조금도 우리의 일을 맡기지 말자! 그는 우리들의 마음을 팔아서 자기 배를 채우는 놈이다. 어저께 일어난 일도 우리끼리 처리해야만 된다. 우리의 마음을 꺾고 고주에게 유리하게 하려고 재창이는 우리 편인 체하고 나서는 것이다. 어저께 아무 일도 없게 무사히 한 덕택으로 재창이는 전무네 집에서 술 먹고 요리 먹고 돈 먹은 것을 왜 모르느냐? 벤또를 빨리 먹고 마당에 모이자! 그리하여 재창이를 내쫓고 우리끼리 지도부를 선거하자! 우리 편인 체하고 나서는 몹쓸 간부를 내쫓아라!"

"얘! 건 굉장하구나!"

"그다음 또 읽어라!"

"크게 쓴 글자만 먼저 읽자! 뭐이가 이게? 오오라 공工 자로구나! 거 잘 썼는데 꾸불꾸불하게 썼네! ― 공장신문은 고무직공의 전부의 것이다! 공장신문을 믿어라! 공장신문을 지켜라! 또 그 아래 ― (생략)들은 얼마나 이익을 보나? 전 평화고무 직공 형제들아! (생략)의 준비를 하여라! 다른 공장 형제들도 늘 (생략)준비를 하고 있다! 이제 곧 마당에 모여서 우리들끼리 지도부를 선거하자!"

거기까지 읽었을 때에 관수는 공장 문을 가리켰다.

"얘 저것 봐라! 벌서부텀 이걸 보구 모여드는 게다!"

"정말! 저것 봐라!"

관수가 후더덕 일어섰다.

"벤또 싸 가지구 우리두 다 가자!"

"가자!"

5

박수 소리가 마당 안에 가득 찼다. 모임은 지금 한창 진행 중이었다.

"자아 그러면 우리끼리 준비위원을 선거합시다!"

또 박수 소리가 났다.

"몇 사람이나 할까요?"

한 사람이 번쩍 손을 들었다.

"아홉 사람이 좋겠수다. 그런데 나는 창선이를 천거합니다!"

일동은 그 소박한 말을 웃으면서도 박수를 하였다.

"아홉 사람 좋소!"

"창선이 좋소!"

"여보! 나는 박센네 합네다!"

"박센네 예쁜이 만세―."

남자들이 박수했다.

"여보! 나는 관수요!"

"관수 좋소!"

이렇게 하여 아홉 사람 준비위원이 선거되었다.

"누구 연설해라!"

하는 소리가 나매 뒤를 이어 박수 소리가 났다. 창선이가 쑥 머리를 내밀고 좀 높은 데 올라섰다.

"여러분 이제야 우리들은 우리끼리 선거한 지도부를 가졌습니다. 우리들 아홉 사람(생략) 준비위원회는 죽을힘을 다하여 끝까지 여러분들의 의견을 대표하여 싸우겠습니다. 여러분 자아 일동이(생략) 준비위원회 만세―."

"만세―."

"만세―."

1931. 7. 5. ~ 15. 《조선일보》 연재.

　　　　　　　　　　　　　　　　공장신문

물!

김남천

1

물은 사람에게 하루라도 없어서는 아니 될 중요한 물건의 하나인 듯싶다. 그런 의미에서가 아니라 물은 우리들과 특별히 뗄 수 없는 인연이 있는 듯싶다. 물 — 여기에 다음과 같은 이야기가 있다.

두 평 칠 합二坪七合이 얼마만 한 넓은 면적을 가지고 있는지 나는 똑똑히 알지 못하였었다. 말로는 한 평 두 평하고 세어도 보고 산도 놓아 보았지만 두 평 칠 합 하면 곧 얼마만 한 면적의 지면을 가리키는지 똑똑히 느껴 본 적은 없었다.

그러나 나는 지금 길이와 넓이를 한 치도 틀리지 않게 두 평 칠 합을 전신에 느낄 수가 있다. 그것도 손으로 세거나 연필로 계산하는 것이 아니라 전 몸뚱이를 가지고 그것을 느끼는 것이다.

나는 두 평 칠 합의 네모난 면적 위에 벌써 날수로 일곱 달이나 살아온 것이다. 두 평 칠 합을 전 몸뚱이를 가지고 느껴지는 것은 그 덕택이었다.

내가 이 두 평 칠 합에 살기 전에 석 달 동안 두 평 칠 합을 절

물!

반 가른 조그만 방 안에서 생활한 적이 있었다.

그런데 그 조그만 방은 어쩐지 공연히 넓고 엉성하던 것이 그보다 배 곱이나 되는 이 두 평 칠 합이 이렇게 좁아 보이고 질식할 듯이 빼곡 차서 숨조차 마음대로 쉴 수 없는 것은 어떤 연고일까?

별로 힘든 연고는 없었다.

조그만 방에 생활할 때는 영하 십오륙 도를 상하하는 추운 동지섣달이었고 또 게다가 별로 짐도 없는 방 안을 독차지하고 있었던 까닭이며 지금 이 방에는 열세 사람이 살고 있으며 그리고 또 시절이 구십 도*나 되는 여름이었다. 이외에 별다른 연고는 없었다.

하여튼 나에게는 두 평 칠 합이 몹시 협착하고 빽빽한 듯이 느껴져서 어떻게 할 수가 없었다.

이 평 칠 합 구십도 열세 사람 — 나는 여태 이렇게 숨 막히는 공기 속에서 이렇게 장구한 시일을 생활해 본 적이 없었던 것이다. 물론 나뿐이 아니겠지. 이 속에는 열세 사람 그리고 또 몇백 사람이 그가 끓는 솥 속에나 혹은 타는 불 속에서 살아 본 적이 없는 이상 다 매한가지로 이런 질식할 만한 공기를 숨 쉬고 그 속에서 생활한 적이 없을 것이다.

땀을 흘렸다. 몸뚱이에 두른 옷이 전부 물주머니가 되도록 땀을 흘렸다. 그리고 땀띠가 발갛게 열톡이 져서 말툭하게 곪아 올

* 화씨 90°F는 대략 섭씨 32.2℃.

랐다. 그것이 바늘로 찌르듯이 콕콕 쏘았다.

물론 공장에서 일하는 노동자나 시골서 김매고 물 뿜는 농군이나 또 부엌에서 밥을 짓는 여편네들도 우리들보다 못지않게 땀을 흘린다.

그러나 아무것도 하지 않고 멀거니 앉아서 부채질만 하는 사람들이 이렇게 땀 흘리는 것은 아무래도 보지 못하는 일이었다.

돌중같이 깎은 머리에는 땀띠종이 모여서 헐고 진물이 흘렀다.

오후 3시나 되었을런지 태양에 쪼인 벽돌 바람이 후끈후끈하게 달아왔다.

두 개의 창문을 높이 등 뒤에 지고 꽉 막힌 두터운 바람벽을 향하여 세 줄로 앉은 돌중들은 무릎 앞에 책을 놓고 있었다.

이들 돌중 가운데는 한 개의 하이칼라가 섞여 있었다. 그는 똥통과 이불 사이에 허리를 펴고 누워서 『강담전집講談全集』을 읽으면서 이따금 버드나무를 그린 부채로 무릎을 딱딱 치고 있었다. 그러더니 그만 이마와 콧잔등에 구슬 같은 땀방울을 만들면서 잠이 들고 말았다. 이 작자는 한 달 전에 철도 청부사건에 담합을 하고 몰려들어 온 일본 사람 청부사였다. 그는 동맥경화증으로 혈압이 높다나 낮다나 하더니 횡와허가橫臥許可를 얻어 가지고 대낮인데 가로누워 낮잠을 자고 있는 것이다.

그 옆에 바로 똥통과 타구* 가 놓여 있는 앞에 앉아 있는 간도 친구는 『속수국어독본』을 엎어 놓고 불알과 샛채기에 '다무

---

* 唾具. 가래나 침을 뱉는 그릇.

시'* 약을 바르고 있었다. 기름기 도는 누런 약을 손가락 끝에 발라서는 연신 샛채기** 속으로 가져갔다.

이것을 물끄러미 바라보고 있던 독서회 사건의 서울 친구가 치분***통 뒤에서 약봉지를 뒤적뒤적 하더니 냄새 고약한 조그만 봉지를 손끝으로 꼬집어 들고 표정과 눈짓으로 몇 번이나 "이것 줄까?" "이것 줄까?"를 하였으나 저편에서 한 번도 이편 쪽을 바라다보지 않음으로 드디어 가느다란 목소리를 내었다.

"어어, 어이. 숫개 음약이 좋다 이걸 발러."

그러나 그는 너무 머리를 돌리고 이야기를 하였었다. 드디어 그는 구멍을 따고 엿보고 있는 두 눈을 경계하지 못하였다.

"나니 하나시데 이루까(무슨 얘길 지껄이냐)?"

서울 친구는 잠깐 묵묵히 앉아 있었으나 이윽고 버쩍 약봉지를 쳐들고 양해를 구하였다.

손에 든 약봉지와 두 다리를 벌리고 앉은 간도 친구를 번갈아 보더니 두 눈은 그대로 구멍을 닫고 가 버렸다.

"에히 요놈이 세째 잿끗하드면 다리에 봉퉁이****질 걸!"

나는 그의 뒤에 앉아 있었으므로 부채로 그의 등을 간신히 두드렸다. 사실 이렇게 더운 통에 맨장판 위에 오류 시간 '세이좌正座'를 하면 다리가 각기 앓는 사람 모양으로 될 것은 정한 이치였다.

---

* たむし. 백선(白癬 : 백선균에 의해 일어나는 전염성 피부병).
** '사타구니'의 함경도 방언.
*** 齒粉. 가루로 된 치약.
**** 부러진 데에 상처가 나으면서 살이 고르지 않게 붙어 도톰해진 것.

공기가 들어올 구멍은 합쳐서 일곱 개나 되었다.

천정에 네 개 뒷바람 밑에 한 개 창문이 둘 — 그러나 공기는 조금도 움직이지 않았다. 아무리 힘을 내어 부채질을 하여도 별다른 공기가 불리워 올 이치가 없었다. 옆의 사람의 땀 내음새가 후끈후끈 내 몸에 부딪칠 따름이다.

"이거 살 수 있나!"

이런 소리도 입에서는 나올 여지가 없었다. 벌써 한 달경을 두고 "이거 살 수 있나." "어서 구월달이 왔으면." 하고 되풀이하고 또 춥고 추운 뒤라 그런 한숨말도 이제는 좀처럼 입에서 나오지 않았다.

숨을 쉴 때에는 똑똑하게 가슴이 거북스러운 것이 아니었다. 콧구멍으로 넘어가는 공기가 신선하고 청량하지 못한 탓이겠지. 심장과 폐가 그 공기를 마실 때에는 가슴이 뻑뻑하게 켕겼다.

신선한 공기 대신에 물 — 그렇다. 물이 비록 폐로 들어가지 않고 똥집으로 흘러들어간다고 하여도 얼마나 가슴을 신선하게 할 수가 있으며 이 늘어진 신경과 정신을 얼마나 기운차게 동작시킬 수가 있을 것인가! 입안이 빼빼 마르고 바짝 마른 물기 없는 목구멍만이 달각거렸다.

사실 나는 벌써 몇 시간 전부터 물을 그리워하고 있었다. 그러나 저녁을 먹을 때가 아니면 아무리 죽는다 하여도 물이 들어올 수 없다는 것을 나는 벌써 팔구 개월이나 경험한 것이었다. 그래서 아무리 가슴이 답답하고 목구멍이 말라도 물 생각을 하여서는 안 된다는 습관이 나에게는 꽉 박혀 있었다. 나는 책을

물!

들여다본다. 모든 정신을 책에다 집중하자! 더움과 안타까움 그리고 물을 그리워하는 마음 — 이 모든 것으로부터 나의 정신을 꽉 갈라서 책에다 정신을 넣어 보자!

사실 오랫동안의 경험은 나에게 어느 정도까지 이것을 가능케 하였다. 나의 눈은 명백히 활자의 하나하나를 세었다. 꼬박꼬박 활자를 줍듯이 나의 정신은 그것에 집중하였다.

"미.네.르.바.의. 올.빼.미.는. 닥.쳐오.는. 황.혼.을. 기.다.려.서. 비.로.소. 비.상.하.기. 시.작한.다."

그러나 십 분도 못 계속하여 나는 내가 글을 읽고 있는 것이 아니라 활자를 읽고 있는 것을 깨닫는다. 나는 그 활자가 무엇을 말하고 있는지를 모르고 읽고 있는 것이다.

정신은 다시 풀어지는 태엽같이 팍 늘어지고 만다. 눈가죽이 무거워진다. 그리고 다시금 내 옷이 땀에 젖어 있는 것을 느낀다. 그리고 갑자기 머리털 밑이 따끔따끔 쏜다. 그리하여 내가 두 평 칠 합 방에 살고 있다는 것, 기온이 백 도라는 것, 물이 한 모금도 없다는 것 등등을 깨닫는다. 나는 바른팔에 힘을 넣어 부채를 내두른다.

2

양재기로 하나도 잘 안 되는 짠 국을 가지고 마른 목을 충분히 축일 수는 도저히 없는 일이었다.

나무통 그것의 크기는 작은 바께쓰만 하였다. 이 나무통이나마 하나가 가득 차지 못하므로 물의 양은 아무리 해도 세 되가 될까 말까 하였다. 그것이 저녁으로부터 내일 아침까지 열세 사람이 먹을 물이다. 조그만 국자로 더운 물을 하나씩 양재기에 덜어서 열세 사람에게 삥 돌고 나면 처음 먹고 난 동무는 먹은 둥 만 둥 하였다.

　서로 제각기 퍼먹으면 불공평할 뿐 아니라 질서가 없어진다고 하여 '물 담당'을 하나 내세웠다. 그 '물 담당'이 물을 마음대로 시간을 보아서 분배하기로 결정되어 있었다.

　"한 잔씩 더 하지."

　맨 먼저 먹고 난 함경도 친구가 제안하였다.

　"좋구만! 그거 한 잔 가지구야 어디 셈이 되는가."

　나도 찬성을 표시하였다.

　"셈이 안 된다구 먹어 버리면 밤엔 어떡하나!"

　물통을 꽉 안고 '담당'은 움직이지 않았다.

　밥을 먹고 나서 마루를 쓸고 그릇을 내보내고 할 동안은 약간 약간 기회를 보아 말을 주고받고 할 틈은 있었다.

　"밤에 죽는 것보다 지금 죽는 게 좀 날까?"

　간도 친구의 소리다.

　"지금 누가 방금 숨어 넘어는가."

　그러나 물통을 안고 있는 동무도 물로 배를 채웠길래 뱃심을 버티는 것도 아니고 그도 또한 물통을 들여다보고는 몇 번이나 침을 달각 달각 삼키고 있는 것을 나는 잘 알고 있었다.

"한 통 가득가득이래도 줬으면 안 좋은가."

"패통* 치구 교섭해 보지."

교섭을 한 달 동안 맡아보게 된 전라도 동무는 아무 말도 안 하였다.

"한번 해보지. 질 송사 어데 가서야 못할까."

그러나 전라도 동무는 아직도 아무 말이 없었다. 교섭하는 것이 그리 유쾌하지 않을 건 누구나 아는 바이지만 이 동무는 어쩐지 이번에는 더욱 그런 마음이 덜 생기는 모양이었다.

"요구해두 주지두 않을 걸!"

"글쎄 주지는 않는다 해두 이런 불만이 있다는 것만 알려 주는 것도 할 만한 일이 아닌가."

패통을 쳤다. 복도를 향하여 나무때기 떨어지는 소리가 들려왔다.

물을 좀더 달라는 것 ─ 이건 물론 헴도 안 되는 소리였다. 그러면 물을 한 통 가득가득이라도 달라고. ─ 물통 검사가 낫다. 그리고 한 통 가득 준 것을 다 먹어 버리고는 그런다는 것이 교섭의 결과였다.

교섭은 끝났다.

"물이나 한 잔씩 더 먹세. 자 어떤가?"

"저놈이 다무시는 물만 아는가?"

물 생각을 잊을 만하는데 다시 그런 제안을 한다고 '물 담당'

---

* 보지기(報知器). 교도소에서, 재소자가 용무가 있을 때에 담당 교도관을 부를 수 있도록 벽에 마련한 장치.

이 꾸짖는 말이다.

"사실 사슴이 뿌지지하고 되리 타서 견딜 수 없으니 우선 먹어 보는 게 어떻소?"

사실 물이 없으면커니와 눈앞에 물을 보고는 참을 수가 없었다.

"이렇게 물에 마를 줄 알았다면 수통을 들이대고 먹일 때에 좀 실컷 먹고 올 걸!"

나는 다 웃을 것을 예상하고 이 말을 하였다. 그러나 의외에도 나밖에는 아무도 웃는 사람이 없었다.

"자 구롬 물을 돌읍니다. 반대 없오?"

"없오—."

"없오—."

물은 다시 양재기에 담겨서 한 잔씩 차례로 돌아갔다. 물을 마시고 누구나 아 하고 입을 짭짭 다시었다.

3

"누가 이불을 깔고 자랬어. 응?"

'삼백만 원'의 목소리였다. 그는 언젠가 이야기하다가 들킨 동무를 설교하노라고 국가가 너희들을 위하여 일 년에 삼백만 원씩을 쓴다는 말을 오륙 차나 겸해서 한 일이 있은 뒤부터 이런 별명을 얻었다.

쪽물을 들인 세 겹 이불을 덮는 대신에 궁둥이 밑에다 깔았다고 그것이 규칙 위반이라고 꾸짖는 것이다.

그러나 이 '삼백만 원'이 들어왔다고 하는데 대하여 우리들은 어떤 딴 종류의 희망을 가져 보았다. 이 '삼백만 원'은 규칙만 가지고 또 융통성이 없는 작자이지만 인도적인 쓸모가 약간 남아 있었다. 그래서 어떻게 잘 교섭하면 부채 사용과 또 음료수를 얻을 수 있을는지 모르겠다는 일루의 희망이 우리들을 붙든 것이다.

"부채 교섭해 보지. 삼백만 원인데"

어느 구석에서 이런 소리가 났다.

원래 부채는 사용하던 것이, 누워서 부채를 부치면 잡답을 하여도 부채로 입을 가리거나 또 부채질 소리에 누가 했는지 잡아내기가 불편하다고 하여 금지당했던 것이다.

'삼백만 원'이 들어온 것을 안 바람에 더움과 물에 익어 가면서 어떻게 잠이 들어 보려던 우리는 더움을 더욱 통절히 느끼게 되고 둘둘 흐르는 수도통의 물이 눈앞에 빙빙 돌고 공연히 부채 들지 않은 손이 헤텅해 보였다.

나는 산속에서 흘러내리는 물을 몇 번이나 눈앞에 그려 보게 되었다. 물! 물!

가슴이 바직바직 타고 숨이 목구멍에서 막히는 듯하였다. 나무숲을 거닐며 지나가는 저녁의 싸늘한 바람, 백양나무 잎새를 산들산들 흔드는 그 바람 ─ 나는 일순간도 견딜 수가 없었다.

만일에 내가 이 두 평 칠 합 방에 살지 않는다면 이 견딜 수 없는 욕망 ─ 그리고 지극히 정당하고 자연스러운 이 요구를 관철

키 위하여 몸을 바윗돌에 부딪칠 것을 어째서 아꼈을 것이냐?

나는 열세 사람이 ─ 그 속에는 나 자신도 끼어 있지만 도저히 사람 같이 보이지 않았다.

생명도 없고 피도 없고 열정도 식은 열세 개의 고깃덩어리같이 생각되었다.

모두 죽었는가? 그렇다면 우리들은 물에 대한 요구가 전혀 식어지고 말았는가?

나는 후더떡 일어나서 패통을 칠까 하고 몇 번인가 생각하였다.

그러나 나는 열정적인 것보다는 보다 냉정적이었다. 나는 그때에 내 옆에 누워 있는 '하이칼라'의 존재를 생각하였던 것이다. 그가 교섭하면 나보다도 용이하게 요구를 관철할 수 있는 생각이 번개같이 나의 머리를 지나친 것이다. 나는 '하이칼라'와 이야기하였다. 그리고 '삼백만 원'의 성질 인격 같은 것을 설명해 주고 한시라도 속히 교섭해 볼 것을 종용하였다.

패통을 치고 교섭을 개시하였다. 교섭은 일부분만 성공하였다. 부채는 사용하여라, 물은 수돗물밖에 없다. 그리고 취사장에 가야 길어 올 수가 있다. 그러므로 좀 힘들다는 것이다.

이렇게 교섭이 끝났을 때에 딴 곳에서도 패통 떨어지는 소리가 들렸다. 이곳 저곳 ─ 수삼처에서 그 소리가 들려왔다.

한 십 분 지냈다. 복도 저쪽에서 말하는 소리가 나더니 이윽고 바께스를 들고 덜걱덜걱 들어오는 소리가 들렸다.

아! 이 소리─ 물이 바께스 속에서 흐느적거리는 이 소리─

나는 넓은 바닷가에 서서 하늘과 바다가 한 줄로 맞붙은 것을 보고 이 푸른 물의 웅대함에 놀란 적이 있었다. 나는 흰 비단을 늘어뜨린 듯한 폭포수가 나무숲에 안기어서 떨어지는 광경을 보고 이 장대한 데 간담을 서늘케 한 적이 있었었다.

그러나! 그것이 무엇이리요! 나는 아무 강채도 없는 낡은 바께스에 들었을 한 말도 되나 마나 한 이 물이 움직이는 소리를 듣고 여태껏 늘어졌던 신경의 긴장과 혈액의 약동과 그리고 심장의 용솟음쳐 옴을 느끼는 것이었다. 나의 눈앞에는 산속을 고요히 흐르는 시냇물도 없었다. 백양목 사이를 스쳐가는 여름밤 저녁의 고요한 바람도 없었다. 그리고 방금 바른손에 쥔 부채도 나의 눈앞에는 없었다. 오직 저 바께스 속에 출렁거리는 물이 있었을 따름이다.

이윽고 식통문이 열리었다. 나는 급히 일어나서 양재기를 갖다 대었다.

물이다, 물이다.

"자— 한 모금씩 차례차례로!"

나의 얼굴은 희색이 가득 차 있었다.

나는 딴 동무가 한 모금씩 마시는 동안 나의 차례가 오는 것을 기다리면서 그들의 입을 지키고 있었다. 알지 못하는 사이에 그들의 목구멍이 달깍거릴 때마다 나의 침도 달각달각 목구멍에서 소리를 내고 있는 것을 발견하였다.

나의 차례가 왔다. 나는 잠깐 침착히 물그릇을 받고 그것을 고요히 들여다보았다. 그리고 그릇에 입을 갖다 대고 덜거덕 한 모금 들이마셨다.

목구멍에서부터 똥집까지 싸늘한 물이 한 줄기로 줄을 그으면서 내려가는 것이 똑똑히 알리었다.

식도를 지난다. 위에 들어갔다.

그러나 그때에 곧 나는 불행하여졌다. 이것이 냉수로구나— 하는 생각이 그때에야 비로소 가라앉은 나의 머리에 떠오른 까닭이다.

잘 자리에 냉수를 마시면 나는 반드시 설사를 하였다. 벌써 배가 이상하게 얼어 가는 것 같은 생각이 났다. 나는 끈으로 꼭 배를 동이고 다시 가로누웠다.

얼마나 잤는지 모르나 나는 오랫동안 이상야릇한 악몽에 시달리다가 겨우 눈을 떴다.

배가 아프고 위와 대장과 소장 사이를 물이 꾸르럭꾸르럭 오르내렸다. 진통은 몹시 심하였다. 그리고 뒤가 몹시 무거웠다. 나는 얼굴을 찌푸리면서 매어 달은 거리가비를 뜯어 가지고 몸을 일으켰다. 그리고 똥통 위를 보았을 때 벌써 그 위에 올라앉은 '다무시'가 웃는 얼굴로 나를 보고 있는 것에 부딪쳤다.

"배가 아퍼?"

그는 나에게 물었다.

"응—. 설살세—."

나는 종이를 들고 똥통 옆에 가서 '다무시'가 내려오기를 기다리고 있었다.

1933. 6. 《대중》 1권 3호.

물!

김남천

─────────

1911. 평안남도 성천에서 출생.

1926. 평양고등보통학교 재학 중 잡지 《월역》 발간에 참여.

1929. 평양고등보통학교 졸업. 일본으로 유학하여 도쿄 호세이대학 예과 입학.
　　　재학 중 카프 도쿄 지부에 입단. 기관지 《무산자》에 동인으로 활동.

1930. 평양고무공장 노동자 총파업에 참여.

1931. '카프 제1차 검거 사건' 때 기소되어 2년간 실형.
　　　희곡 「파업조정안」과 단편 「공장신문」 발표.

1933. 단편 「물!」 「생의 고민」 발표.

1934. 단편 「문예구락부」 발표. 카프 제2차 검거 사건 때 검거.

1937. 《조선문학》에 「처를 때리고」 「남매」 발표. 《조광》에 「소년행」 발표.

1938. 학예사에서 첫 작품집 『소년행』 출간.

1939. 첫 장편 『대하』 발표.

1940. 《문장》에 중편 「경영」 발표.
　　　《인문평론》에 연작인 중편 「낭비」를 연재하였으나 미완.

1941. 《춘추》에 「경영」 「낭비」와 연작인 중편 「맥」 발표.

1943. 조선문인보국회 평의원에 선출.

1945. 임화와 함께 조선문학건설본부 설립.

1946. 조선문학가동맹의 중앙집행위원회 서기장으로 선출. 이듬해 월북.

1947. 을유문화사에서 작품집 『맥』 출간.

1948. 북한 최고인민회의 제1기 대의원에 선출.

1953. 남로당계 문인 제거 시 숙청됨.

　　본명 김효식(金孝植). 김남천(金南天)은 일본 유학 시절인 1929년에 카프 도쿄 지부에 가입하였고, 기관지 《무산자》에 임화, 안막, 한재덕, 이북만, 김두용 등과 함께 동인으로 활동하였다. 귀국 후 1930년 평양고무공장 노동자 총파업에 참여하였으며, 이때의 경험을 바탕으로 희곡 「파업조정안」과 단편 「공장신문」을 써냈다. 1931년 무렵에는 임화, 안막, 권환 등과 함께 김기진의 〈대중화론〉을 개량주의라 비판하고 문예운동의 볼셰비키화에 주력하여 카프의 '제2차 방향 전환'을 이끌었다.

김남천은 1933년 안막이 평론 「창작방법문제의 재토의를 위하여」를 발표한 이후 제기된 사회주의 리얼리즘 논의에 참여하면서 이것이 처음 제창된 러시아와는 다른, 조선에 맞는 사회주의 리얼리즘의 방법론을 고민했다. 그 결과 1937년 루카치(Lukács György, 1885~1971.)의 이론을 수용하여 '로만개조론'이라는 문학론을 펼쳤으며, 이 실천으로 첫 장편소설 『대하』를 집필해 발표했다.

1945년 김남천은 임화와 조선문학건설본부를 설립했고, 이 단체가 이듬해 조선프롤레타리아문학동맹과 병합되며 조선문학가동맹이 결성되자 서기장에 선출되었다. 1947년 월북한 뒤에는 제1기 최고인민회의 대의원, 조선문학예술총동맹 서기장을 역임하였고 1950년 한국전쟁 당시에는 조선인민군 종군 작가로 참전하기도 했다. 그러나 1953년 박헌영을 비롯한 남로당 세력 제거 당시 숙청되었다.

암모니아 탱크

이북명

건설 중의, 직장은 이른 아침부터 위대한 기계문명의 행진곡으로 불난 집같이 요란하다.

발갛게 단 리벳*를 힘차게 두드리는 소리, '파이프'를 쾅쾅 집어 던지는 소리, 치기영 치기영 하는 목도 소리, 몇 톤씩 되는 기계를 운반하는 영치기 소리, 감독의 쏘아 버리는 소리, 욕하는 소리, 노랫소리…… 소리 소리가 막 범벅을 개어 직장 안은 그야말로 글자 그대로의 수라장이다.

신마이新米 직공들에게는 어느 것 어느 것 없이 보는 것 듣는 것이 모두 무섭고 위험한 것뿐이다. 직공들은 전쟁할 때의 하졸과 같이 공포 속에서 노동을 한다. 서툰 솜씨에다 이리 해라 저리 해라 하고 감독 사원들이 쏘아 버리는 바람에 그들은 어느 장단에 춤을 출지 모르고 쭈물쭈물하다가는 부상을 한다. 이리하여 이백여 명(R직장에만) 직공들 중에서는 매일 이삼 명의 부상자가 동무의 등에 업혀서 부속 병원의 신세를 진다.

"이 일을 어느 놈이 해먹겠나…… 제기."

---

* rivet. 대갈못. 대가리가 두툼한 굵은 못으로, 철판을 고정할 때 쓰인다.

암모니아 탱크

"할 수 있나, 염통을 속일 수야 없지……."

"이렇게 땀 흘리지 않고는 살 수 없나."

"제 뼈 공신이지……."

직공들은 쉴 참마다 이런 답답하고도 딱한 하소연을 주고받고 하였다.

직공들은 아침에 들어가서는 먼저 감독의 기색을 본다. 감독의 기색이 좋으면 조금 안심하나 그렇지 않으면 종일 쩔쩔매면서 마음을 놓을 수가 없다.

건설 중이니만큼 직공들에게는 일정한 부서가 없다. 아침마다 감독이 그날 부서를 정하여 준다.

"에— 오늘은 암모니아 탱크 안을 소제를 한다."

감독은 한 탱크에 둘씩 여덟 탱크에 열여섯 명의 직공을 지정하여 주었다. 그리고 소제법을 가르쳐 주었다.

죄 없이 감독에게 미움을 받는 동제와 종호가 제이호 '암모니아 탱크' 소제를 맡았다.

'탱크' — 직경이 다섯 자나 되고 높이가 사십 자나 되는 '암모니아 탱크'에는 직경이 일 척 오 촌밖에 안 되는 '맨홀出入口'이 하나 있을 뿐이다.

"야, 이거 컴컴한 게 기가 꽉꽉 막힌다……."

'맨홀'에다 솔을 들이밀었던 동제가 솔을 빼면서 낯을 찌푸린다.

"흥, 그래두 이 냄새 맡으면 폐가 좋아진다구…… 미친놈!"

종호가 뿌루퉁한 소리로 감독을 욕한다.

'탱크' 안에는 가마치* 같은 녹이 더럭더럭 들러붙었다.

동제와 종호가 전등을 들고 '맨홀'로 들어갔을 때 녹 냄새로 콧구멍이 째어지는 듯하고 강기침이 갓 컹컹 쏟아진다. 그러나 그뿐인가. 정신까지 혼미해진다.

"여기서 일을 하라구!"

종호가 투덜댔다.

"오십 전 받고는 못하겠네."

동제가 맞불을 놓는다.

종호, 동제는 '와이어 브러시'로 탱크를 썩썩 닦고는 기름넝마로 문질렀다. 그럴 때마다 녹이 우수수 헤져 떨어진다. 동시에 빨간 먼지가 코 안을 쑤신다. 기침이 사태같이 쏟아진다. 이 먼지 가운데서는 마스크도 아무 소용이 없었다.

"이커, 기침이 나서 못 살겠네……."

동제가 서너 번 연방 기침을 하였다.

"이 사람아! 폐가 좋아진다는데! 잔뜩 맡아 보세."

종호가 빈정댔다. ─"미친놈!"

"몇 푼 벌이 하다가 숨 막혀 죽겠네……."

"제─기, 이놈의 세상이 얼른……."

그때 밖에서 누가 '탱크'를 깨어지라고 떵떵 두드렸다.

이것은 '아부라'**를 피우지 말고 부지런히 일하라는 감독의 신호였다. 그들은 재빠르게 녹을 부비기 시작하였다.

* 누룽지.
** あぶらをうる. 일본어 숙어 표현으로 '농땡이 부리다.'의 의미.

암모니아 탱크

그들이 만들어 놓은 '엘리베이터'에 앉아 새끼줄을 잡아 다니면서 탱크 중허리나 올라갔을 때 동제의 몸이 무너지듯 종호 몸에 쓰러졌다. 회중전등에 비친 탱크 안은 먼지로 꽉 찼다.

"앗." 종호는 급속도로 떨어지려는 '엘리베이터'의 새끼줄을 힘을 다하여 꼭 잡았다. 그러나 힘이 못 채우고 숨이 턱턱 막히는 바람에 종호는 그만 새끼를 늦춰 버렸다. 종호는 동제를 끌어안은 채 '탱크' 바닥에 쿵 하고 떨어졌다.

동제는 질식하였다. 밀폐되어 있던 '탱크' 안에는 탄산가스가 충만하고 있었던 것이다.

둘은 끌어안은 채 한참 정신을 차리지 못하다가 종호가 겨우 일어나서 '맨홀'에다 골을 내밀었다.

"거 늬기 업늬? 사람이 죽는다…… 죽어…….'

그러나 웬일인지 사람 그림자가 하나도 보이지 않고 제일 호 '암모니아 탱크' 쪽에서 직공들이 와아와아 떠드는 소리가 들린다. 종호는 또 한번 소리를 질러 보았다. 그러나 제1호 '암모니아 탱크' 쪽에서만 떠들썩할 뿐이었다.

종호가 겨우 '맨홀'을 뛰어나왔을 때 힘 세기로 유명한 철수가 입술을 꽉 물고 기절한 직공을 업고 직장 문으로 나간다. 다른 직공들은 한 덩이가 되어 서서 아무 말 없이 나가는 철수를 바라본다. 제1호 '암모니아 탱크' 안에서 일하는 문식이가 질식한 것이다.

"일해라 빨리 빨리."

하고, 감독이 모아 섰는 직공을 날려버린다.

"이 사람들 얼른 오게 동제가······."

종호가 바쁜 소리를 질렀다.

"또, 동제가!"

직공들은 우우 하고 제2호 '암모니아 탱크'로 흘렀다.

겨우 '맨홀'로 꺼내 온 동제는 눈, 입, 공장복······ 할 것 없이 새빨간 녹으로 화장되어 있었다.

감독은 낭패하는 모습을 보이고 섰다. 직공들의 시선은 일제히 감독에게 쏠렸다. 말 없는 직공들의 시선에 감독은 어찌할 줄을 모르고 당황하여 덤볐다.

"감독! 이래두 폐를 튼튼케 하지요?"

그때 종호가 감독에게 쓴웃음을 띠면서 빈정거렸다. 그때 각 '탱크'에서 직공들이 막 뛰어나왔다.

"감독을 들여보내 봐라."

"안 들어가면 붙들어 넣어라."

격분한 직공들은 막 떠들어댄다.

"야까마시(시끄러워)! 야랑까, 야랑까(일해, 일해)."

감독은 헛발악을 쓰면서 장달음질 쳐 사무실로 들어간다.

"붙들어라."

"탱크에 집어넣어라."

격분한 직공들은 몰려선 채 떠들어 댄다.

1932. 9. 《비판》 16호.

암모니아 탱크

민보의 생활표

이북명

경비계 문 앞에는 몰려나오는 직공들의 얼굴을 하나도 빼지 않고 지키고 선 군중으로 가득 찼다. 급료 주머니를 타 가지고 금액도 계산할 기운이 나지 않아서 그냥 포켓에 집어넣고 빈 '벤또'를 옆에 끼고 나오는 민보閔甫는 모여선 군중에게 증오의 눈살을 던지면서 흥 하고 코웃음을 쳤다. 그 군중들이란 친척이나 가족들이 아니다. 빚쟁이들이다. 오늘이 급료일이니까 쌀 값 나무 값 장 값 ………을 받으러 몰려든 반갑지 않은 군중이다.

이 모퉁이 저 모퉁이에 빚쟁이한테 붙잡혀서 말시비가 시작된다. 민보는 그런 광경에는 곁눈도 떠 보지 않았다. 민보는 자기 팔을 끌어 다니는 사람이나 자기 이름을 부르는 빚쟁이가 있지나 않을까 하고 가슴이 한 줌만큼 되어서 군중의 사이를 얼른 빠져나왔다. 요행히 민보에게 덤벼드는 빚쟁이는 없었다. 민보는 후우 하고 한숨을 내쉰다.

근심 주머니—

민보는 급료 주머니를 어루만지면서 속으로 이렇게 중얼거린다. 민보뿐 아니다. 종업원들은 급료 주머니를 근심 주머니라고 부른다. 그리고 급료일을 '근심데이'라고 부른다. 아니 이 명사가

　　　　　　　　　　　　　　민보의 생활표

가장 적절한 명사일런지 모른다.

그도 술쯤은 사양할 줄을 모르더니만 — 민보는 아까 직장에서 충호와 춘식이가 이야기도 할 겸 노래도 들어 볼 겸 오래간만에 색시 술집에 가서 놀아 보자고 팔목을 잡아끄는 것을 "아니, 집에 볼 일이 있어." 하고 거절하였다. 민보는 '아니' 하고 거절하는 데 여간 힘이 들지 않았다. 그때 민보의 생각은 이러하였다.

셋이 가서 술을 마시면 한 사람이 두 순배씩 사더라도 한 순배에 삼십 전씩이니까 일 원 팔십 전은 달아나고 마는 것이 아닌가. 그러니까 혼자서 집으로 돌아가던 길에 선술집에 들어가서 소주 너덧 잔 마시고 집에 가면 돈도 이익이고 얼큰히 취할 수가 있지 않은가!

길을 걸으면서 민보는 이렇게까지 양심에 없는 일을 하지 않고는 안 될 자기의 딱한 사정을 생각할 때에 원통하기도 하고 자기 자신이 밉기도 하였다. 민보가 다모토리* 집에서 나왔을 때에는 넉 잔의 소주가 전신에 퍼져서 똑 말하기 좋게 되었다. 민보가 콧노래를 부르면서 자기 집(셋집) 옆까지 왔을 때 자기 아내의 악쓰는 소리가 간간이 들렸다.

"글쎄 주인인들………… 주겠다는………… 성화를……."

"빚쟁이가 왔군……." 민보는 이렇게 직감하고 대문을 들어섰다. 만화에 나타나는 멍텅구리같이 생긴 쌀장사가 마당에서 장부를 뒤적거리면서 아내를 조르고 있다. 순간 민보의 가슴에는

* '큰 잔으로 소주를 마시는 일' 또는 '큰 잔으로 소주를 파는 집'을 가리키는 순우리말.

발작적 분노가 치밀었다.

"돈이 모자란다면서 또 술을 마셨소? 나는 하루 삼시 먹고는 이 성화를 못 받겠소."

남편을 보더니 아내는 울상을 지어 가지고 악을 쓴다.

"듣기 싫다!"

민보는 이렇게 툭한 소리를 치면서 아내를 노려본다. 그리고 아내를 노려보던 그 무서운 눈초리를 돌려서 쌀장사를 쏘아본다.

"선생님, 이거 미안합니다."

쌀장사는 허리가 부러지게 인사를 하면서 안 나오는 웃음을 억지로 지어 웃는다. 민보는 쌀장사를 욕해 주려고 입술을 들먹 거리다가 윗방 문을 사납게 열고 들어간다. 빈 벤또를 아랫방에 던지는 소리가 나고 무엇을 부스럭거리는 소리가 나더니,

"여보, 여편네를 조르면 돈이 나오겠소. 쌀값 얼마요."

민보는 톡톡하게 욕하여 주고 싶었으나 내달에 또 외상 받아 먹을 일이 생각되었다.

"모두 서 말 반三斗五升인데 한 말에 이 원 오십 전씩 팔 원 칠 십오 전입니다."

쌀장사는 연방 허리를 조아린다. 쌀은 백미란 이름뿐 현미에 지나지 않는 것인데 싸래기가 많고 돌이 많아 밥을 지어 놓으면 기름기가 도무지 돌지 않는 이름 좋은 백미다.

아랫방에서 어린애에게 젖을 물리고 앉았던 아내가 아까의 악은 어디로 달아났는지 웃어 보이면서 윗방으로 들어가더니 남편의 귀에다 입을 딱 대고

"쌀값 모두 주지 마오. 모두 주면 내달부터 외상 안 주오."

하고 남편에게 주의를 시켜 준다.

"돈 받으오." 하고 민보는 돈을 내밀면서

"육 원만 받으오. 이 원 칠십 오 전은 내달 간조*에 받소."

"선생님 이러지 말구 모두 지불해 주시요."

쌀장사는 돈을 받아서 왼손에 쥐고 또 오른손을 내민다. 주는 돈을 적다고 안 받으면 한 푼도 못 받는 예가 이 거리에는 얼마든지 있다.

"다 짤리우고 남은 돈이 그것뿐이오."

민보는 배짱을 부린다.

"이렇게 하면 어떡합니까. 남는 것도 없는 것을 한 달씩 외상으로 돌리지 않습니까. 청산합시요."

민보는 케에 하고 트림을 하면서 슬그머니 드러눕는다.

"그래도 우리만치 쌀값 잘 물라고 그러오."

그러나 쌀장사는 찰거머리처럼 들러붙으면서 어떻게든지 모두 받자고 성화를 부린다.

"돈이 있으면 요사이 물지요."

민보는 아내의 말이다.

"그럼 어느 날 몇 시쯤 오랍니까?"

쌀장사는 연필알을 혀끝으로 빨면서 장부를 뒤적거린다.

"아 왜 이리 딱하게 굴어. 떼먹지 않아."

* かんじょう. '품삯'을 속되게 이르는 말.

민보의 음성이 점점 높아간다.

"아니 딱한 건 접니다. 이렇게 외상값을 잘 안 물어 주고야 어디 거래할 재미가 있습니까?"

"참 딱딱하오. 내일이래두 꾸어 준 돈이 오면 상점으로 가져가리다."

민보의 아내는 민망스러운 듯이 얼굴을 찌푸린다. 민보는 눈을 감고 자는 척한다.

"그럼 아주머니, 내 사흘 지나 초닷샛날 저녁때 오리다. 준비해 두시오. 안녕히 계십죠."

사람 냄새도 나지 않는 게 돈푼이나 있다구 ─ 민보는 일어나 앉으면서 후우 하고 한숨을 내쉰다.

"그래도 저 모양에 첩이 둘씩 있다오. 첩의 집이 바로 궁궐 같다오. ─ 에그 이놈의 새끼가 또 오줌을 싼다. 엣 쌍간나 새끼."

아내는 삼룡의 엉덩이를 넙적한 손으로 갈긴다. 민보는 아무 대꾸도 하지 않고 책상 앞에 앉아서 천정만 쳐다본다.

"옛소. 저녁이 저물었소."

아내는 삼룡이를 남편의 무릎에 내려놓고 부엌으로 내려가더니 조금 있다가 쌀을 이는 물소리가 출렁출렁 들린다. 민보는 삼룡이를 노는 대로 내버려 두었다. 다른 날 같으면 공장에서 들어오자마자 가슴에 껴안고 돌아다니면서 달랠 터인데 오늘만은 급료일마다 으레 치미는 흥분이 가슴에 치밀어서 그는 눈턱을 찌푸린다. 뼈 빠지게 벌어서는 한 푼 저축이 없이 그저 입살이*도 바쁘게 거의 거의 살아가는 자기가 한없이 가엾게 생각되었

민보의 생활표

다. 하루도 쉬지 않고 이달도 출근하였는데도 불구하고 돈이 부족이 될 것을 생각하니 기가 딱 막혔다. 모든 것이 귀찮았다.[*]

'제에기 빌어먹을 놈의 팔자.' 민보는 찬 방 안을 좁다고 기어다니는 아들을 한참 보다가 급히 주머니를 책상 위에 내놓고 계산해 본다. 이월 분二十八日 급료의 총액이 이십육 원 칠십 전이었다. 잔업수당까지 합하여 일급 구십 전에 십 일간 야근수당(하룻밤에 십오 전씩) 일 원 오십 전을 합하면 틀림없었다. 여기서 건강보험비 사십오 전, 운동부비 삼십 전, 규약規約 저금(이 저금은 종업원이면 일 원 이상 의무적으로 한다) 일 원 합계 일 원 칠십오 전을 제하고 나면 나머지 돈이 이십사 원 구십오 전이었다. 그 돈에서 술값 이십 전하고 쌀값 육 원을 제하고 나니 남은 돈이 십팔 원 칠십오 전이다.

민보는 책상 서랍 속에서 이월분 생활예상표를 끄집어내어 가지고 대조하여 본다. 쌀값 외에는 아직 지불하지 않았으니 모르겠지만 쌀값이 예상보다 초과되기를 일 원 이십 오 전이나 되었다. 일주일 전에 장인영감이 공장 구경을 와서 사흘을 묵어 가고 또 아내의 어렸을 때 동무라고 하는 젊은 여자가 와서 이틀을 묵어 가는 통에 예상표에 이상이 생긴 것이다.

이월분 생활예상표는 다음과 같다.

---

[*] 겨우 벌어먹음.

이월분 생활표 二月分 生活表

고향古鄕에	십 원十圓
쌀 값	육 원六圓
집	이 원二圓
주대酒代	오십 전五十錢
식료품食料品	이 원二圓
나무값	삼 원三圓
전등료電燈料	육십 전六十錢
기타其他	

민보는 쌀값을 빼 놓고 예상표를 계상하여 보았다. 십팔 원 십 전이다. 십팔 원 칠십 오 전에서 십팔 원 십 전을 제하면 육십 오 전이 남았다(사실은 남은 것이 아니다). 민보는 그 숫자를 내려다보면서 흥 하고 코웃음 친다. 즐겨하는 소주 한번 실컷 마셔보지 못하고 좋아하는 호떡 한 개 못 사먹으면서도 급료는 달마다 모자랐다. 밖에서 바람이 부는지 찢어진 문종이가 파르륵 하고 떨린다.

'응 또 있구나—.' 민보는 생활표에 적히지 않은 외상값을 생각하여 냈다. 전달에 공장복을 사고 떨어진 돈이 일 원이 있었던 것이다.

'에익 종간나 속상해 못 살겠다—.' 민보는 이월분 생활표를 쪽쪽 찢어서 입안에 넣고 악을 써서 씹어서 침과 함께 문밖에다 내뿜었다.

방바닥에 째어져서 시커먼 연기가 새어 올라 목구멍과 눈을 쑤셔 준다. 불을 때던 민보의 아내는 불이 잘 들지 않아서 화가 났는지 혀를 쩍쩍 차면서 뾰루퉁한 소리로 무어라고 중얼거린다. 방 윗목에서 헌 신문지 조각을 찢으면서 장난하던 삼룡이가 연기 때문에 캑캑 하고 기침을 하면서 고사리 같은 주먹으로 두 눈을 부비더니 앙 하고 울음을 낸다. 민보는 암만 달래도 울음을 그치지 않는 삼룡이의 엉덩이를 한 대 때리고 나서 등에다 올려놓았다.

"그놈 새끼를 오리사탕 하나 사 주오."

아내의 소리가 부엌에서 들려왔다. 이달 급료에 여유가 있으면 아들에게 양복과 모자를 사 주어서 모자母子가 기뻐하는 양을 보자던 것도 공상이 되고 말았다. 민보는 찢어진 메리야스 위에다 팔굽 빠진 빨간 저고리를 입은 아들을 볼 때에 가슴이 아팠다. 민보는 급히 주머니에서 오 전 백동화를 한 개 끄집어내어 가지고 삼룡이를 업은 채 밖으로 나갔다. 건넌집이 바로 사탕 가게다. 그러나 사탕 가게란 것은 이름뿐 밀창 앞에 빈 석유 궤짝을 하나 놓고 그 위에 담배를 넣었던 마분지갑을 넷을 놓았는데 오리사탕, 오마께, 때묻은 아메다마,* 먼지 긴 마쪼가시가 한 줌씩 담겨 있을 뿐이다. 허리가 활처럼 구부러진 영감이 나와서 마쪼가시와 오리사탕을 섞어서 오 전어치를 신문지 조각에 싸 준

* あめだま. 눈깔사탕.

다. 삼룡이는 오리사탕 한 개를 쥐더니 울음을 딱 끊었다. 민보는 방바닥에 내려놓은 채 사탕을 쫄쫄 빨아 먹으면서 앉았는 아들을 내려다보고 앉았다. 삼룡의 의복에서는 고약한 지린 냄새가 났다. '개가 아니면 사 입는 양복 한 벌 사 입히지 못하구—.' 민보는 눈을 손등으로 부비었다. 연기 때문에 눈물이 흘렀다. 그러나 그 눈물은 연기 때문에 흘러내리는 눈물뿐이 아니었다.

민보는 아내와 마주 앉아서 숟가락을 들었다. 집 안에는 우울한 공기가 가득 차 있다.

"이달은 돈이 좀 남겠소?"

아내는 삼룡에게 젖을 물리면서 묻는다.

"남을 게 없소." 민보의 우울한 대답이다.

"하루도 쉬지 않고 벌어서는 그저 입살이만 하구."

민보는 밥 한술을 떠 넣고 가자미 꼬리를 한 조각 떠 넣어서 맥없이 씹는다.

"내달부터 잔업을 없애 버린다오."

민보는 후우 하고 한숨을 내뿜는다.

"그럼 일급이 줄어들겠소. 그럼 어떡허우."

민보의 입에서는 다시 말이 없다. 부부는 무거운 침묵 속에서 저녁을 필하였다.

저녁 후에 최 영감이 집세 받으러 왔다 갔다. 나무 장사가 왔다 갔다. 간장 파는 외눈이 노파가 왔다 갔다. 8시 반까지 빚쟁이한테 시달림을 받고 나서 급료 주머니를 계산하여 보니 십 원지폐 한 장하고 십 전짜리 백동화 네 개에 일 전짜리 동화 세 개가 남았다. 삼룡이는 아무 근심 없이 손과 다리를 쭉 뻗어 붙이고 잔다. 민보는 신문지에다 희연*을 말아서 피워 물었다. 아내는 가마목에 쪼그리고 앉아서 삼룡이가 벗어 놓은 헌 샤쓰에다 조각 천을 대고 꿰맨다. 만국지도같이 얼룩이 간 검은 치마에다가 두세 군데 조각 천을 붙인다. 홍색 저고리를 입은 아내는 민보가 보기에도 좋은 감상이 생기지 않았다. 민보는 그 저고리와 치마를 찢어 버리고 좋은 감으로 새 옷을 해 입히고 싶은 순간적 흥분을 느꼈다. 민보는 아내의 얼굴을 한참 바라보다가 얼굴을 돌렸다. 그리고 속으로 '─자네도 고생이 많은 여자이지' 하고 한숨을 지었다. 한 달 동안 이 상점 저 상점으로 다니면서 외상으로 물건을 가져다가 생활해 가는 아내의 정경이 불쌍해졌다. 드문드문 앞거리를 술 취한 사람들이 노래 부르며 다니는 노랫소리가 들려왔다. 아내가 삼룡의 샤쓰를 다 기워 놓는 것을 기다리고 앉았던 민보는 일어나서 밖으로 나가더니 대문을 잠그고 들어왔다. 아내가 마지막 바늘을 빼고 실을 끊는 것을 보고

"인제 자지─." 하고 아내의 손목을 끌었다.

아내는 그렇게 하는 것이 남편의 우울한 기분을 얼마만이라도 위안시켜 주리라고 생각하고 남편에게 빙그레 웃어 보이면서 일어나서 자기 손으로 전등을 껐다.

◎

---

* 일제강점기 시절의 봉초담배(담뱃대에 넣어 피우는, 잘게 썰어 봉지로 포장한 담배) 이름.

이튿날 민보가 공장에서 돌아오니까 아버지가 와 있었다. 아버지는 자기 조상의 제일祭日을 잊어버리는 한이 있더라도 아들의 급료일은 잊어버리지 않았다. 그것을 잊어버린다는 것은 밥 먹는 것을 잊어버리는 것과 같았다. 한 달 만에 처음 만나는 아버지는 그사이에 더 늙어 보였다. 육십에 다섯 살이나 더 꼬리를 단 아버지다. 머리가 더 희어지고 허리가 더 구부러들고 얼굴에 주름이 더 생겼다. 새까맣게 때 묻고 군데군데 기워 댄 광목 바지 저고리와 벗어 걸어 놓은 두루마기에는 빨간 진이 여기 저기 묻어 있다. 아버지의 말을 들으면 함흥 고을로 들어가다가 색의色依 장려원들에게 붙잡혀서 그같이 빨간 물의 세례를 받았다고 한다. 아버지에게 새것을 찾아낸다면 그것은 작년 음력설에 민보가 삼 원 주고 사 드린 망건하고 갓이다. 아버지는 그 망건하고 갓을 자기 생명같이 소중히 여긴다. 길을 가다가 비나 오게 되면 아버지는 망건하고 갓을 벗어서 두루마기 안에 간직한다. 어떻게 소중히 간직하였는지 작년 살 때에 비하면 조금도 색이 변한 데가 없다. 오래간만에 부자간은 한자리에 앉아서 저녁상을 받았다. 민보는 아내를 시켜서 술 십 전어치를 사왔다. 민보는 두 무릎을 꿇고 아버지에게 술을 부어 드렸다. 술잔을 드는 아버지의 손을 보고 민보는 놀랐다. 손금이 마디마디 칼로 에인 듯이 끊어졌다. 그 짬에 때가 새까맣게 들어찼다. 아버지는 나무에는 돈을 들여서 사지 말라고 추우나 더우나 지게를 등에 지고 들로 산으로 풀을 긁으러 다니었다. 구부러진 등에 다 담뿍 긁은 마른 풀 수숫대 뿌리를 지고 돌아오는 때의 아버지의 허리는

　　　　　　　　　　　　　　　민보의 생활표

구부러들 대로 구부러들어서 지팡이가 아니었다면 이마가 땅에 닿았을 것이다. 술을 부으면서 그런 광경을(민보는 경험하였다) 상상하여 볼 때 자기의 못남을 민보는 육신에 느꼈다. 다달이 급료일 이튿날 밤마다 있는 충호네 집모임에도 민보는 전달부터 참석을 못하였다. 한 잔씩 먹으면서 한 달 동안의 괴로움을 이야기하는 모임이다. 성의가 없어 참석 아니 하는 것이 아니라 그의 생활이 그것을 허락하지 않았다. 이런 것을 생각하니 민보는 밥도 맛이 없어졌다.

"너 서식西植이네 소식을 들었느냐?"

아버지는 술을 다 마시고 나서 이렇게 묻는다.

"도무지 못 들었습니다."

"지난 스무날 새벽에 서식의 애비가 돌아갔다."

"예?"

민보는 너무나 의외의 말에 씹던 밥을 흘리면서 놀란다.

"아니 그게 무슨 말씀입니까?"

민보는 밥술을 든 채 아버지 앞으로 한 무릎 나아앉았다.

"그의 아버지는 어떻게 그렇게 됐소?"

민보의 아내도 따라 놀란다.

서식이는 민보와 제일 친하게 지내던 친구다. 서로 가슴을 헤쳐 놓고 이야기할 만한 친구는 오직 민보에게는 서식이뿐이었다. 서식은 입이 무겁고 남이 보기는 바보 같았으나 자기 할 일은 틀림없이 순서 있게 하고는 사이만 있으면 독서를 하였다. 서식은 고독을 좋아하고 깊은 생각에 빠져 있을 때가 많았다. 재

작년 늦은 가을에 민보가 고향을 떠날 때 서식은 민보의 교편을 받아 가지고 S야학교 선생으로 들어섰다. 그러다가 작년 오월에 소관ㅂ주재소에 ××되어 이주일 후에 일ㅂ로 ××되었다. 민보가 아는 것은 그것뿐이었다. 그다음에는 무슨 일로 어떻게 되었는지 도무지 알 도리가 없었다. 그러다가 바로 열흘 전에 민보는 신문지상에서 서식의 사진을 발견하고 놀랐다. 기사 금일 해금 'S 농조 관계자 십팔 명 금일송국'이라는 미다시*로 굉장하게 기사가 실려 있었다. 민보는 자기의 추측이 틀리지 않았다고 생각하였다. 서식의 아버지는 오십이 조금 넘은 건강한 중늙은이다. 아버지는 아들이 그렇게 된 후부터는 동리 늙은이네들이 모이는 데 가서도 노상 죄 지은 사람처럼 쪼그리고 앉았다. 평소의 쾌활하던 성격은 아무 데도 찾아볼 곳이 없었다. 할 말이 있어도 아버지는 기운이 나지 않아서 입술만 들먹거리다가 머리를 수그리곤 하였다. 다른 늙은이네들이 자기에게 그런 언어행동을 보이는 것은 아니었지만 아버지는 혼자 생각에 죄송스러웠던 것이다. 아버지는 서식의 처자를 데리고 고독한 생활을 하였다. "죽일 놈 같으니―." 술이 취하면 아버지는 이렇게 아들을 욕하면서 저고리 소매에다 눈물을 씻는다. 아버지는 고독하게 세상에서 버림받은 듯한 날을 보냈다.

서식의 기사가 신문에 난 그 이튿날 아침에 윤 초시는 서식의 아버지를 불렀다. 윤 초시는 S동리의 부자요 진흥회 회장이었

---

* みだし(見出し). 표제.

다. 윤 초시는 서식의 아버지를 톡톡하게 꾸지람을 주었다. 그리고 그런 배은망덕한 자식놈을 가진 놈에게는 전답을 줄 수가 없다고 그 즉석에서 부침을 떼었다. 서식의 아버지는 닭의 똥 같은 눈물을 흘리면서 애걸복걸하였으나 배짱이 세기로 동리 제일인 (그럴 수밖에 없다) 윤 초시 앞에서는 아무 도리가 없었다. 서식의 아버지는 담뱃대로 뒷짐을 지고 집에 돌아와서 그냥 자리에 누워 버렸다. 이를 악물고 눈을 꽉 감고 몸 한번 까딱하지 않고 누웠다. 그러더니 그날 저녁때부터 신열이 떠돌고 머리가 아프다고 아버지는 신음하였다.

"이놈 천하에 죽일 놈 그럴 수야 있니―." 아버지는 누구를 욕하는지 이런 허황한 소리를 치면서 이를 부드득 갈기도 하였다. 약을 권하여도 마시지 않았다. 그러더니 나흘 전에 바로 자리에 누워서 오 일 만에 서식의 아버지는 그만 세상을 떠났던 것이다. 몹시도 음산한 밤 10시가 좀 넘어서 민보는 아버지의 이야기를 듣고 나서 너무나 허무한 사실에 정신이 아득해졌다. 너무나 청천의 벽력이었다.

"동리에서 상측*은 쳐 주었으나 그 집 일두 참 딱하다."

아버지는 으흠 하고 신음하는 소리를 내뿜는다.

민보는 아무 말 없이 앉아서 도야지처럼 비대하고 누런 돋보기안경 안에서 음분에 충혈한 눈이 늘 그 새新 무엇을 찾고 있는 윤 초시의 모양을 눈앞에 그려 보려고 애를 썼다. 아버지가 숟가

* '상사(喪事 : 사람이 죽은 사고)'의 방언.

락을 놓는 것을 기다려서 민보도 숟가락을 놓았다. 중병을 앓고 난 사람처럼 도무지 밥맛이 나지 않았다.

"그래서 서식이네 부치던 전답은 어떻게 되었습니까?"

"물역 마을 황 서방이 붙이게 되었다더라."

황 서방이란 말을 들었을 때 민보는 모든 것을 깨달을 수가 있었다. 윤 초시에게는 아들이 없었다. 첩을 둘씩 데려왔으나 계집아이들을 낳고는 도무지 잉태를 하지 않았다. 그래 금년 정월에 그 윗동리에서 유명한 대주무당을 불러다 점을 치니까 금년 안으로 동방東方의 처녀 첩을 얻어야 자식을 보겠다고 하였다는 말을 민보는 들었다. 그리고 전달 어느 날 저녁에 고향 이야기가 났을 때 황 서방에게 십칠팔 세 된 딸이 있다는 것을 민보는 아내에게서 들은 일이 기억났다.

"황 서방의 딸이 방금 시집가지 않았소?"

민보는 아버지에게 물었다.

"그 딸이 윤 초시의 소실이 되는 소견이더라."

아버지는 입안의 담배연기를 침에다 섞어서 꿀떡 하고 넘긴다. 침묵이 계속된다. 민보는 손톱을 이로 물어뜯고 앉았다가 책상 서랍을 열고 십 원 지폐를 끄집어내어서 아버지 무릎 앞에 놓았다. 아버지는 아무 말 없이 지폐를 쥐어서 허리띠에 찬 주머니에 정성스러이 집어넣고 나서

"월급이 오르지 못하였느냐?"

하고 묻는다.

"오르지 못하였습니다."

민보의 아내가 삼룡이를 안아서 시아버지 무릎에 놓고 나간다. 늙은이는 입에 물었던 담배를 방바닥에 놓고 삼룡이를 달랜다. 그러나 삼룡이 놈의 새끼는 한 달에 한 번씩 보는 할아버지라 낯이 설어서 고함을 지르면서 운다.

"그놈의 새끼 낯이 설어서 그러우—."

며느리는 밥을 씹으면서 들어오더니 삼룡이를 도로 안아 내온다. 그래도 민보는 머리를 숙인 채 무거운 생각에 빠져 있다. 방 안에는 담배연기가 뽀오얗게 떠돈다.

"이렇게 하구 어떻게 살아가겠느냐. 쉰 냥씩 가져가니 동리 빚을 다달이 열댓 냥씩 물어 가구 쌀을 사 먹구 세납을 물구 하니 어디 남는 것이라구 있니. 제사나 잔치가 한 달에도 다섯 번은 되니 한 냥씩이래도 구조가 댓 냥이 아니냐. 속앓이를 해 누워 있는 네 어미는 너를 보구 싶다구 이번에는 데리구 오라는구나."

아버지는 수염을 어루만지면서 한숨을 내쉰다. 검은 얼굴에는 생生에 대한 불안의 그림자가 떠돌고 있다.

"그러나 아버지, 집에 가 있으면 한 달에 이십오륙 원의 수입이 있겠습니까? 부침이나 많은 거 같으면 또 모르겠습니다. 저도 여러 가지로 생각하고 있습니다."

민보는 속은 곯았으나 겉만 뻔지르한 농촌의 정경을 눈앞에 그려 본다.

"어저께 솔방천에서 윤 초시를 만났는데 윤 초시의 하는 말이 아들이 잘 번다니 부침을 내놓고 아들 있는데 가서 여생을 보내는 것이 어떠냐고 말하더라. 그것도 재미없는 말이야. 그래 생각다 못해 오늘 아침에 기르던 암탉 한 마리를 보냈다."

민보네는 윤 초시네 토지 논 여덟 마지기와 모래×밭 하루갈이*를 부친다. 민보는 아버지의 말을 듣고 가늘게 놀랐다. 불덩이는 자기 발에도 떨어지려고 한다. 민보는 갑자기 앞이 캄캄해졌다.

"그러니 이놈아, 이젠즉 내 생각 같아서는 이렇게 하는 수밖에 없구나. 네가 처자를 데리고 집에 와서 농사를 하든지 네 늙은 애비와 어미를 여기 데려다가 먹여 살리든지 양단간에 어떻게 처리해라."

민보의 입에서는 아무 말이 없다. 민보는 안타까운 가슴을 쥐어뜯으면서 울고 싶었다.

농촌으로 간들 무엇 하느냐―.

그렇다고 영영 텅 비워 둘 내 고향은 아닐 것이다―.

민보는 서식이를 생각하고 윤 초시를 생각하여 보았다. 그리고 생각을 달리 해보았다.

공장이래야 그렇게 안전한 곳은 못될 것이다. 첫째로 인심이 박하고 융통성이 조금도 없고 공기가 좋지 못하여 건강을 해치고 또 언제 무슨 바람이 불어서 그 바람에 자기도 휩쓸려 들어가는지 몰랐다. 부모를 이곳에 모셔온다는 것도 한 모험이라고 생각하였다.

그러면 어떻게 하면 좋으냐. ―민보는 생각하면 생각할수록

---

* 소를 데리고 하룻낮 동안에 갈 수 있는 밭의 넓이. 대략 1천 2백 평가량.

민보의 생활표

기가 막혔다.

"아버지, 잘 생각하여 가지고 처리하리다."

민보는 팔짱을 끼고 앉았는 아버지에게 겨우 이렇게 말하였다.

'이놈의 생활이― 나를 이렇게―.' 민보는 가슴속에서 몇 번이나 이렇게 외쳐 보았다. 순간 일종의 비애가 가슴에 복받쳤다.

"민가는 조상부터 명문이구 귀한 자손이라더니……"

아버지는 영락한 신세 한탄을 하면서 천근같이 무거운 한숨을 내쉬면서 눕는다.

민보는 연필로 헌 신문지 조각에다 '農' 자 '村' 자 '工' 자 '場' 자를 어지럽게 쓰면서 반갑지 않은 과거를 머리에 되살려 본다.

소화 ×년* 여름 ― 몇 해에 한 번씩 주기적으로 내습하는 장마가 한 달 동안을 장차게 계속하더니 S강이 창일漲溢하였다. 제방이 튼튼치 못한 ×면 쪽에서는 촌민들이 불철주야로 헌 가마니에 모래를 넣어 가지고는 제방을 수리하였다. 민보와 서식이는 그때 말하자면 제방 수리를 총지휘하였다. 그러나 천변은 인력으로 못하는 것인가. 그 노력도 수포에 돌아가서 바로 팔월 십삼일 아침에 제방이 미어지기 시작하였다.

이때는 벌써 형세불리를 간파하고 동민들을 고래등이**로 피난시킨 후였다. 곡식이 누우렇게 익어가던 전답은 삽시간에 황해로 변하였다. 가옥에도 토마루 위까지 침수하였다. 낮은 집은 대들보까지 물에 잠겼다.

---

* '소화(昭和, 쇼와)'는 일본 히로히토 일왕의 재위 기간(1926년~1989년)을 일컬음.
** 지명.

동민들은 고래등이에서 노숙하였다. 윤 초시도 하는 수 없이 그동안 먹는 쌀을 자기가 담당하였다.

병자가 생기고 나무가 부족이 되었으나 동리 젊은이들의 눈물겨운 활동으로 한 사람의 희생자도 내지를 않았다. 후에 소관 S주재소에서는 민보 외에 두 젊은이에게 상장까지 내어주었다. 피땀을 흘려 지은 곡식들은 전장에 나갔던 부상병들처럼 꺼꾸러지고 말았다. 흉년이래도 심한 흉년이었다. 농민들은 누구누구 없이 공분과 낙망의 구렁에서 눈물을 흘렸다. 추수를 해 가지고 윤 초시네하고 반분씩을 나누고 보니 민보네 앞에 생긴 것이 쭈그러기 벼 넉 섬하고 조 다섯 말밖에 안 되었다. 동리에서는 살지 못해 떠나는 집이 민보가 고향을 떠날 때까지 세 집이나 생겼다. 동민들이 모여서 윤 초시한테 자기네의 딱한 사정을 이야기하고 삼푼변*으로 내년 가을까지 매회에 십 원씩 차용하여 달라고 수차 애걸하여 보았으나 윤 초시는 처음부터 마지막까지 없다고 내뱉었다. 동민들은 그 돈을 합하여 가지고 볏짚을 사 가지고 대대적으로 비료 가마니를 집단 제조하자던 게 그때 민보의 생각이었다. 그냥 농촌에 있다가는 굶을 수밖에 없었다. 민보는 명년 봄 감자가 날 때까지 살아갈 방도를 생각하였다. 그래 민보는 벼 넉 섬을 팔았다. 한 섬에 삼 원 십 전씩 넉 섬에 십이 원 사십 전이었다. 민보는 그 돈으로 함흥읍에 들어가서 밀가루 세 포대하고 벼뜬겨 넉 섬을 사왔다. 벼뜬겨에다 밀가루

---

* 3퍼센티지 이자.

민보의 생활표

를 반죽하여서 가마에다 쪄내면 떡이 되는 것이다. 처음에는 모래를 씹는 듯하였으나 점점 그것도 맛(?)이 났다. 민보는 그 떡을 먹으면서 겨울 한철을 노동할 결심을 하였다.

그때 N읍에 있는 ××공장에서 직공을 모집한다는 소문을 듣고 민보는 겨울 동안을 공장노동을 하여서 명년 춘궁을 면하자고 N읍으로 뛰어나갔던 것이다. 민보는 그때 임신 팔 개월이 된 자기 아내를 처가로 보냈다. 힘이 세고 손에 못이 박이고 순전한 농촌지라는데서 민보는 아주 쉽게 공장에 들어갈 수가 있었다. 그때 일급이 육십 팔 전인데 잔업수당이 이 할을 가하야 팔십일 전이었다. 민보는 자취를 하였다. 십 원을 집에 보내고도 좀 여유가 있어 민보는 만족하였다. 장가를 가느라고 동리 돈 오십 원을 낸 것도 멀지 않아서 물 것 같았다. 그 이듬해 봄이 와도 민보는 공장을 떠나고 싶지 않았다. 말하자면 공장에 애착을 느꼈던 것이다. 그때 아버지와 상의하고 이듬해 정월에 집에서 어린 애를 낳아 가지고 돌아온 아내를 읍에 데려 내려다 살림을 시작하였다. 아버지도 자기의 고생도 고생이었지만 아들이 돈 벌어 가지고 돌아올 때를 커다란 만족과 희망을 가지고 기다렸던 것이다. 그러나 그것은 민보나 아버지가 생각한 것처럼 그렇게 단순하게 실현되는 것이 아니었다. 급료는 오르지 않는데 물가는 나날이 올라갔다. 살림을 시작하니 십이삼 원씩은 들었다. 작년 유월에 승급이 되어서 잔업수당까지 합하여 일급이 구십 전이 되었다. 좋은 반찬 한번 못 사 먹으면서 이달까지 애를 쓰나 돈은 나날이 부족되었다.

아버지는 잠이 들었는지 코를 곤다. 민보는 일어나서 아버지에게 이불을 덮어 드리고 자기는 아랫방에 나가 누웠다. 아내는 남편의 다비*를 꿰매고 앉았다. 공포와 비애가 떠도는 괴로운 하룻밤이다.

◎

민보는 책상 앞에다 삼월분 생활표를 붙여 놓았다.

삼월분 생활표三月分 生活表

급료액給料額	이십육 원 칠십오 전임. 二十六圓七十五錢也
고향故鄉	십 원十圓
집세	이 원二圓
식료품食料品	일 원一圓
장작薪炭	이 원二圓
전등료電燈料	육십 전六十錢
쌀값米代	칠 원 오십 전七圓五十錢
잡비雜費	이 원一圓
전월외상前月外上	삼 원 이십 전三圓二十錢
소계小計	이십칠 원 삼십 전

* たび(足袋). 일본식 버선을 가리킴.

　　　　　　　　　　　　　　　민보의 생활표

차인부족금差引不足金   오십오 전五十五錢

될 수 있는 대로 더 절약할 일
3월 5일

민보는 살수록 불안을 느끼게 되는 자기 생활을 짬만 있으면
생각하여 본다. 남이 두부를 사다 먹으면 민보는 비지를 사다 먹
었다. 쌀값은 자꾸 올랐다. 전달보다 더 절약하여도 물가가 고등
하니까 남은 돈이라고는 도무지 없다. 삼월달 접어서는 된장에
다 군내 나는 김치밖에 다른 반찬을 사 온 일이 없다. 민보는 이
달 접어 제일 맛나게 먹은 것은 어떤 친구의 집들이에 가서 술과
떡과 국수를 먹은 것과 산비둘기 고기를 먹은 것이었다. 그 비둘
기 고기란 민보가 하루 저녁 좀 늦어서 혼자 공장에서 돌아오
던 길이었다. 구룡 고개에 올라섰을 때 산동에서 꽉 하는 날짐
승의 비명이 들리더니 새 한 마리가 민보의 발 앞에 떨어졌다(그
때 민보는 그것을 암꿩이라고 알았다고 한다). 민보는 날쌔게 그 새의
목을 비틀어서 꽁무니에 차고 달음질쳤다. 그것이 산비둘기였다.
총에 맞았던 것이다. 이렇게 생활이 궁하고 보니 민보는 요행을
바라는 병에 걸렸다. 누가 나를 초대를 하지 않나, 누가 나를 술
한잔 사 주지 않나, 어디 무슨 잘 먹을 일이 없나 하고 민보는 요
행을 바랐다. 민보는 술이 딱 마시고 싶은 때에는 B직장 종업원
일동이 박힌 사진을 끄집어내어 놓고 술을 삼 직한 친구의 얼굴

을 물색하는 것이었다. 물색하는 데 그는 세 명씩 하였다. 처음에 간 친구가 술 사줄 모양이 보이지 않으면 그다음 친구의 집으로 — 이렇게 세 집을 지정하고 떠나는 것이다. 열 번이면 여섯 번은 술을 얻어먹을 수가 있었다. 요행히 얻어먹은 날 저녁에는 아주 기분이 상쾌하여 집에 돌아와서 아내와 실없는 농담을 하면서 웃고 하지만 계획이 틀어져서 돌아올 때의 민보의 얼굴이란 도수장으로 가는 소 모양으로 머리를 들지 못하고 빛깔 없었다. 이런 날 저녁에는 벙어리처럼 한마디 하지 않고 혼자 쪼그리고 자는 것이다.

민보는 하루 한 번씩은 생활표를 들여다본다. 보고 싶어 보는 것이 아니라 당연히 눈에 띄었다. 민보는 생각하다 못해 쇠줄로 각장이를 만들었다. 공장에서 나오면 헌 가마니를 메고 산에 올라가서 마른 풀을 긁는다. 한 번 가서 긁어오면 이틀은 땔 수가 있었다. 공장에서 잔업까지 하고 솜같이 피곤해서 돌아온 민보는 산에 올라가서 나뭇가지를 긁게 되니 육신이 어루만지지 못하게 아프고 가슴이 저렸다. 저녁에 자리에 누워서 아내와 이야기하다가 그만 잠이 든다. 아내는 그런 줄도 모르고 한참 혼자서 이야기하다가 남편의 코 고는 소리를 듣고는 빙그레 웃는 적도 있었다. 삼월이 절반이 더 간 어느 날 저녁이었다. 민보는 술이 만취하여 들어와서 저녁상도 받지 않고 엎드려서 울었다. 그날이 바로 회사가 두 시간의 잔업제를 철폐한다고 선언한 날이었다. 그 게시의 내용인즉 이러하다.

오는 삼월 말일까지는 회사의 건설공사도 완성되고 모든 사무도 정돈이 될 터이니 사월 일일부터는 종래 근무 중에 지불하던 봉급의 이할 부 마시*를 철폐하기로 하고 공장법에 의한 팔시간노동제를 실시하겠다는 내용의 게시였다.

이 게시를 보고 놀란 것은 민보뿐이 아니었다. ×천 명의 종업원은 모두가 낙망하고 생활에 대한 무서운 위협을 느꼈다. 민보는 회사를 원망하지 않았다. 열 시간 하던 노동을 여덟 시간으로 변경하였으니까 일급이 줄어들 것은 뻔연한 일이다. 그러면서도 민보는 자기네에게는 열 시간이나 여덟 시간이나 뼈 빠지는 데는 한가지지만 회사는 큰 이익을 보리라고 생각하였다. 이런 생각을 민보는 누구에게도 말하지 않았다. 그러나 그런 생각을 민보와 같은 입장에 있는 노동자라면 다 알 것이 아닌가!

"여보 글쎄 하루에 구십 전 받아 가지고 간신히 생활을 하던 게 하루 칠십오 전씩 받아가지고 어떻게 살겠소."

민보는 아내의 두 손목을 꽉 잡았다. 마치 세상에 믿을 사람은 당신밖에 없다는 듯이.

"그러니 시아버지 말씀대로 어떻게든지 모두 살 도리를 해야지요."

"그래 당신은 어떻게 생각하오, 농촌으로 가겠소? 그렇지 않으면 양부모를 여기에 모셔오는 것이 어떠하겠소."

민보는 어린애처럼 두 소매에 눈물을 씻는다.

"내가 아우. 귀래** 어떻게 처리하우."

---

* まし. '증가'를 의미하며, 여기서는 '잔업에 대하여 더 붙는 수당'을 가리킴.
** '당신'의 방언.

민보는 역시 종이를 한 장 뜯어서 희연을 말아 붙여 물고 연거푸 대어 몇 모금 디리 삼키고 나서

"그래두 촌에는 집 한 칸이라도 있지 않소. 엉덩이를 들여놓을 내 집이 있으니 암만 생각해 보아도 굶든 먹든 농촌으로 나가는 게 좋을 것 같소."

"좋을 대로 하시오."

아내는 별 말이 없다.

"그럼 이다음에라도 내 하자는 대로 해야 되오?"

민보는 눈물 젖어 있는 눈으로 웃어 보인다. 그러나 그 웃음은 몹시도 쓸쓸하고도 빛깔 없는 웃음이다.

"언제는 말 안 들었다구."

아내는 얼굴을 숙이고 저고리 고름으로 눈을 부빈다. 삼룡이는 어머니 곁에서 시름없이 잔다.

삼룡의 자는 얼굴을 한참 들여다보던 민보는

"여보, 저놈의 새끼가 스물다섯 살 먹을 때는 좋은 세상이 올게요. 모든 것을 부러워 하지 않는 세상이……."

하면서 아내의 얼굴을 본다. 아내도 삼룡의 헝클어진 머리를 쓰다듬어 주면서

"오늘 능 앞 무당에게 점을 치니 천하를 다스릴 큰 벼슬을 할 팔자를 타고 났다고 그럽데다."

아내는 만족한 웃음을 입가에 띠고 남편을 쳐다본다.

"삼룡이 놈이― 호―."

민보와 아내는 천하를 다스릴 삼룡의 얼굴을 들여다보고 앉

왔다.

◎

이레 후 어느 날 저녁이다. 민보는 충호를 찾아갔다. 충호는 읽던 책을 내던지고 민보를 반가이 맞아들이려고 하였으나 민보는 끝끝내 사양하고 이야기할 일이 있다고 충호를 데리고 구룡리 해수욕장으로 나갔다. 그때는 8시 반이나 되었을 때다. 민보는 나가던 길에 소주 두 병을 사서 옆에 끼고 하얀 모래 위를 앞서 걸었다. 충호는 일찍이 보지 못하던 민보의 몹시도 긴장한 태도에 다소 불안까지 느끼면서 아무 말 없이 민보의 뒤를 따랐다. 수분을 잔뜩 포위한 바닷바람은 추웠다. 잔잔한 파도가 모래를 씻고 있다. 하늘에는 별의 그림자도 보이지 않고 음산한 기분이 바닷가에 떠돌고 있다. 검은 하늘은 대지를 무거운 압력으로 내려 누르는 것 같고 검푸른 바다는 무엇을 삼키려는 듯이 무거운 침묵을 지키고 있다. 충호는 민보의 뒤를 따라가면서 민보 하는 모양을 주의하여 본다. 해수욕장 흰 모래 위에 지은 지금은 뼈다귀만 남아 있는 탈의장脫衣場앞까지 오더니 "이쯤 어떤가?" 하고 민보가 충호를 본다.

"좋네."

충호는 무슨 영문인지도 모르고 다짜고짜로 이렇게 대답하였다. 민보는 충호와 마주 앉으니 소주병의 뚜껑을 이로 물어 뺐다. 축축한 모래는 몹시도 찼다.

"우선 한 잔 들게."

하면서 충호에게 유리컵을 내주고 거기에다 소주를 가득 부어 준다. 그사이에 충호는 민보의 얼굴을 똑바로 들여다본다. 어둠에서 민보의 두 눈이 몹시도 빛나는 것 같았다. 어디서인지 방망이질하는 소리가 들려온다.

"민보는 웬일인가?"

충호는 컵을 채듯 묻는다.

"하여튼 들게, 저 안주를……."

민보는 스루메 하나를 주머니에서 끄집어내 준다. 충호는 단모금에 쭉 들이마시고 한 컵 가득 민보에게 부어 주었다. 민보는 컵을 받자 냉수 켜듯이 목을 울리면서 들어 마셨다. 두 컵씩 마시고 난 다음

"충호야 너는 나를 못생긴 놈이라고 욕할 꺼다."

민보는 충호의 얼굴을 똑바로 들여다본다.

"그건 무슨 소린가? 그래, 그런 소리를 하자구 예까지 나를 데리고 왔나. 오, 사람두 못나게."

충호는 톡톡하게 핀잔을 준다.

"아니다, 충호야. 별반 자네가 나를 그렇게 생각한다고 해서 그런 것이 아닐세. 나 자신이 친구들한테 참말 미안한 데가 많았네. 내 자신에 부끄러우니 말을 아니 나겠는가."

민보는 주머니에서 담배를 끄집어내더니 붙여 문다. 성냥을 켰을 때 충호는 비로소 민보의 흥분된 얼굴을 확실히 볼 수가 있었다.

민보의 생활표

"그것은 자네 생각이지. 남의 생각을 알지 못하고 그렇게 말하는 법이 어디 있니."

충호는 술잔을 민보에게 주면서 사방을 돌아다본다. 회사 전용의 부두 쪽이 강한 전광 때문에 환하게 밝다.

"충호. 우리가 생활을 영영 잊어버린다면 어떻게 될까?"

"그것은 십중팔구 불가능할 일이네. 자네가 나 같은 자의 결단력과 용기로서는 도저히 안 되는 것이니."

"그러나 충호야. 나는 생활이란 너무나 큰 짐을 짊어지었기 때문에 이렇게 주리를 펴지 못하고 말았네. 오늘이나 내달이나 하고 막연하나 희망을 바라보고 자네들하고 있으려고 하였네만……."

"무얼? 함께 있지 못하면."

민보는 남은 소주 뚜껑을 이로 물어 뺐다.

"충호 나는 이 거리를 떠나야만 되겠네. 자네를 오늘 저녁에 여기에 데리고 온 것도 그 때문이네."

"떠나다니. 이대로 간단 말인가?"

충호는 한 무릎 나와 앉으면서 민보의 어깨에다 자기 손을 얹었다. 보이지 않는 수평선 저쪽에서 가늘게 기선의 소리가 들려온다. 몹시 몹시도 비애를 느끼게 하는 그 소리다.

"고향에 가서 농사를 하겠네."

민보의 목소리는 눈물로 흐리었다. 오늘 오후 5시였다. 민보가 회사에서 나와 보니까 아버지가 눈이 빠지게 민보를 기다리고 있었다. 민보의 아내는 저녁 할 차비도 없이 어린것을 업고 불안한 얼굴로 남편을 기다리고 있었다. 아버지는 돌아오는 아들을 보더니 주머니에서 봉투 편지를 끄집어내어서 아들에게 주었다. 윤 초시에게서 아버지에게 보낸 통지서였다.

춘경이 멀지 않았는데 농사를 지을 사람도 없는 집에 귀한 토지를 맡길 수 없으니까 오는 양력 사월 초하룻날까지는 소작권 이동 수속을 하겠다는 간단한 것이었다. 민보는 읽고 나서 그 편지를 쪽쪽 찢어 버렸다.

"이놈아 이거 모두 거두고 나하고 같이 나가 농사를 하자. 농사에서 더 좋은 일이 있다. 제발 내 말을 좀 들어라. 이런 변이 어디 있니?"

아버지는 눈물을 흘리면서 아들에게 애걸하였다. 민보는 더 생각하지 않았다. 그 당장에서 농촌으로 가기로 결심하였다.

"아버지, 가리다. 다시 농사꾼이 되겠습니다."

민보도 아버지 앞에서 눈물을 흘렸다. 이렇게 결심하고 나니 민보는 농촌이 몹시 그리워졌다. 그 즉시로 세간도구를 모조리 거두기 시작하였다. 밤 8시나 되어서 아버지는 의농을 지고 민보의 아내는 삼룡이를 업고 살림도구를 한 합 지니고 고향으로 떠났다. 자기는 급료 날까지 있기로 하였다. 민보는 떠나는 아버지와 아내를 보이지 않을 때까지 바라보다가 가슴속 깊이 숨어 있던 모든 감정이 북받쳐서 마음 둘 곳이 없어 그 길로 충호를 찾아가서 데리고 해변에 나온 것이다.

이야기가 끝나자 민보는 컥, 느끼면서 운다.

"이 사람 울긴 왜 울어. 농촌에도 자네 할 일이 많을 거네. 이

거리를 떠나는 것을 못난 짓이라고 생각하는 것은 잘못이네."

"자네만이라도 나의 사정을 알아준다면 나는 기쁜 낯으로 떠나겠네."

민보는 눈물을 씻는다. 둘은 술이 톡톡히 취하였다.

"아네, 알아. 나만 아는 것이 아니라 다른 친구들도 잘 아는 것이네. 농사꾼이 여북 좋은가."

"고맙네."

또 술잔이 왔다 갔다 한다. 술이 끝났다. 충호는 민보를 부축하고 일어섰다. 그들은 사람 없는 해안을 비틀거리면서 걸어서 집마을로 들어섰다. 두 시간 후에나 민보와 충호는 얼굴에다 분칠을 한 계집애에게 업히다시피 해가지고 알지 못할 콧노래를 부르면서 어떤 인찌끼 주점에서 나왔다.

11시를 알리는 공장의 싸이렌이 목쉰 소리로 길게 내뿜는다.

◎

급료일 ─ (사직원은 그 전날 들였다) ─ 민보는 사무실에 들어가서 규약 저금 십칠 원하고 삼월분 급료 이십칠 원 칠십오 전, 합계 사십사 원 칠십오 전을 받아 가지고 동무들한테 돌아다니면서 인사를 하고 기름 묻은 헌 공장복과 찢어진 지까다비*를 꾸려 들고 나왔다.

---

* じかたび(地下足袋), 노동자용의 '작업화'를 이름.

"이 사람 잘 가게."

"부디 성공하게."

한 이십 명 친구들이 경비계 지하도까지 따라 나와서 전송하여 주었다. 민보는 모든 친구들에게서 버림을 받은 듯한 일동 말 못할 외로운 감정에 가슴이 꽉 막혔다. 경비계 문을 나서 공장을 들여다보았을 때는 친구들은 직장으로 들어가 버리고 늘 들어서 귀 익은 기계 소리만 민보의 가슴을 뒤흔들어 주었다. 민보는 한없이 쓸쓸함을 느꼈다. 소리쳐 울고 싶었다. 민보는 최 영감의 집에 돌아와서 집세 이 원과 밥값(사흘 동안 기숙하였다) 일 원을 지불하고 남은 짐을 꾸렸다. 민보는 최 영감하고 술 이십 전어치를 나누고 보따리를 등에 지고 나섰다. '공장아 잘 있거라—.' 그는 이렇게 중얼거리면서 한참 공장 쪽을 내다보았다. 민보는 최 영감에게 고마운 인사를 다시 다시 하였다. '이 꼴이 되어 가다니—.'

민보는 머리를 수그리고 걸으면서 연방 이를 악물었다.

조금 걷다가 민보는 또 발을 멈추고 공장 쪽을 바라보았다. 아침 태양 광선을 받아 공장에서 떠오르는 오색 연기는 유달리도 광채가 났다. 민보는 보따리의 무게도 잊어버리고 언제까지든지 오색 연기를 바라보고 섰다. 춘경春耕을 재촉하는 후끈후끈한 봄바람이 파란 잔디 위를 날아서 민보의 공장복 소매로 기어든다.

1935. 9. 《신동아》.

민보의 생활표

이북명

1910. 함경남도 장흥에서 출생.
1927. 함흥고등보통학교 졸업 후 흥남질소비료공장 노동자로 취직.
1930. 공장 친목회 사건으로 검거. 이후 장진강 수전공사장에 근무.
1932. 《조선일보》에 첫 작품 「질소비료공장」 연재.
　　　《비판》에 「암모니아 탱크」 발표.
1935. 《신동아》에 단편 「민보의 생활표」 발표.
1937. 《춘추》 단편 「답싸리」 발표.
1942. 《춘추》에 「빙원」 발표.
1945. 조선프롤레타리아문학동맹 가입.
　　　조선노동당 중앙위원, 조선작가동맹 부위원장 역임.
1947. 단편 「로동 일가」 발표.
1961. 장편 『당의 아들』 발표.
1975. 장편 『등대』 발표.
1988. 사망한 것으로 추정.

　　본명 이순익(李淳翼). 이북명(李北鳴)은 흥남질소비료공장에서 일했던 경험을 바탕으로 일제 치하 비참한 삶을 살아야 했던 조선 노동자들의 삶과 저항을 그린 첫 작품 「질소비료공장」을 1932년 《조선일보》에 연재했다. 같은 해 《비판》에 「암모니아 탱크」를 발표하였으며 이 작품에서도 공장을 배경으로 산업재해가 빈발하는 열악한 현장에서 일하는 노동자들의 모습을 보여 주었다. 1935년에 발표된 「민보의 생활표」에서는 공장에서 일하며 급여를 받아 가족을 부양하는 '민보'라는 인물의 가계부를 소재로 삼아 당대에 손쓸 수도 없이 몰락의 길로 내몰려 가는 하층민의 삶과 애환을 사실적으로 그려 냈다.

　　소시민 지식인 출신인 다른 여러 카프 작가들의 작품이 관념적이거나 도식적인 모습을 보이는 가운데 현장 노동자 출신인 이북명의 작품은 체험으로부터 얻은 구체적인 현실성을 바탕으로 독보적인 성취를 이뤘으며, 그에게 '조선 최초의 노동자 작가'라는 이름을 가져다주었다.

　　이북명은 두 번의 투옥 이후 노동자를 내세우는 작품을 기피하고 도시 빈민과 소시민의 모습을 그려 낸 「답싸리」 같은 작품을 발표하거나, 일제 말기 「빙

원」이나 「형제」 같은 친일 작품을 써내기도 하였다. 그러나 광복 후 다시 노동
소설로 돌아가 1947년 노동자 계급의 성장 과정을 그린 「로동 일가」를 발표했
고, 월북한 뒤에는 장편 『당의 아들』, 장편 『등대』 등 북한의 경제정책과 당대의
현실을 반영한, 북한 문단의 정통성을 계승하는 작품을 발표했다. 이북명은
1988년 무렵 사망한 것으로 추정된다.

꺼래이

백신애

끌려갔습니다.

순이順伊들은 끌려갔습니다.

마치 병든 거러지* 떼와도 같이⋯⋯.

굵은 주먹만큼씩 한 돌멩이를 꼭꼭 짜박은 울퉁불퉁하고도 딱딱한 돌길 위로⋯⋯.

오랜 감금 생활에 울고 있느라고 세월이 얼마나 갔는지는 몰랐으나 여러 가지를 미루어 생각하건대 아마도 동짓달 그믐께나 되는가 합니다.

고국을 떠날 때는 겹저고리에 홑속옷을 입고 왔으므로 아직까지 그때 그 모양대로이니 나날이 깊어 가는 시베리아 냉혹한 바람에 몸뚱어리는 얼어 터진 지가 오래였습니다.

순이의 늙으신 할아버지, 순이 어머니, 그리고 순이와 그 외에 젊은 사내 두 사람, 중국 쿨니** 한 사람, 도합 여섯 사람이 끌려

* 거지, 걸인을 뜻하는 경상도 사투리.
** coolie. 육체노동에 종사하는 하층 중국인.

꺼래이

가는 일행이었습니다.

'뾰족삿게'*를 쓰고 기다란 '빨또'**를 입은 군인 두 사람이 총 끝에다 날카로운 창을 끼워 들고 앞뒤로 서서 뚜벅뚜벅 순이들을 몰아갔습니다.

몸뚱어리들은 군데군데 얼어 터져 물이 흐르는데 이따금 뿌리는 눈보라조차 사정없이 휘갈겨 몰려가는 신세를 더욱 애끓게 했습니다. 칼날같이 섬뜩하고 고추같이 매운 묵직한 무게 있는 바람결이 엷은 옷을 뚫고 마음대로 온몸을 에어 냈습니다. 모든 감각을 잃어버리고 마치 로봇같이 어디를 향하여 가는 길인지, 죽음의 길인지 삶의 길인지 아무것도 모르고 얼어붙으려는 혼만이 가물가물 눈을 뜨고 엎어지며 자빠지며 총대에 휘몰려 쩔름쩔름 걸어갔습니다.

"슈다!"

하면 이편 길로

"뚜다!"

하면 저편 길로, 군인의 총 끝을 따라 희미한 삶을 안고 자꾸 자꾸 걸었습니다.

길가에 오고 가는 사람들이 발길을 멈추고 애련하다는 표정으로 바라보며, 어린아이들은 어머니 팔에 매달리며 손가락질했습니다.

그러나 순이들은 부끄러운 줄 몰랐습니다.

---

* '삿게'는 러시아 모자인 '샤프까'를 가리키는 것으로 보임.
** 외투의 러시아어. 망토.

'나도 고국에 있을 그 어느 때 순사에게 묶여 가는 죄인을 바라보며 무섭고 가엾어서 저렇게 서 있었더니……'

하는 생각이 어렴풋이 나기는 했습니다마는 얼굴을 가리며 모양 없이 웅크린 팔찜*을 펴고 걷기에는 너무나 꽁꽁 언 몸뚱이였으며 너무나 억울한 그때였습니다. 그저 순이들은 바람맞이에서 가물거리는 등불을 두 손으로 보호하듯 냉각된 몸뚱어리 속에서 가물거리는 한 개의 '삶'이란 그것만을 단단히 안고 무인광야를 가듯 웅크릴 대로 웅크리고, 눈물콧물 흘려 가며 쩔름쩔름 걸어갔습니다.

걷고, 걷고 또 걸어 얼마나 걸었는지 순이 일행은 거리를 떠나 파도치는 바닷가에 닿았습니다.

어떻게 된 셈판인지 순이 일행은 커다란 기선 위에 끌려 올라갔습니다.

어느 사이에 기선은 육지를 떠나 만경창파 위에 출렁거리기 시작했습니다.

"아이고 아빠! 우리 아빠!"

"순이 아버지. 아이고, 아이고 순이 아버지."

"순이 애비 어디 있나? 순이 애비……."

순이는 할아버지와 어머니와 서로 목을 얼싸안고 일제히 소리쳐 울었습니다.

가슴이 찢어지고 두 귀가 꽉 먹어지며 자꾸자꾸 소리쳐 불렀

---

* 팔짱.

꺼래이

습니다.

"여봅쇼. 울지들 마오. 얼어 죽는 판에 눈물은 왜 흘려요."

젊은 사내 두 사람은 순이들의 울음을 막으려고 애썼으나 울음소리조차 내지 못하는 순이 할아버지는 그대로 털썩 갑판 위에 주저앉아 짝지* 든 손으로 쾅쾅 갑판을 두들기며 곤두박질했습니다.

"여봅시오. 우리 아버지가 저기서 죽었어요."

순이도 발을 구르며 소리쳤습니다.

"죽은 아들 뼈를 찾으러 온 우리를 무슨 죄로 이 모양이란 말이요."

할아버지는 자기의 하나 아들이 죽어 백골이 되어 누워 있다는 ×××란 곳을 바라보며 곤두박질을 그칠 줄 몰라 했습니다.

그러나 기선은 사정없이 육지와 멀어지며 차차 만경창파 위에서 출렁거리기 시작했습니다. 그때 한 떼의 물결이 철썩하며 갑판 위에 내려덮으며 기선은 나무 잎사귀처럼 흔들리기 시작했습니다. 그 순간 일행은 생명의 최후를 느끼며 일제히 바람 의지가 될 만한 곳으로 달려가 한 뭉치가 되었습니다.

그때 중국 쿨리는 메고 왔던 보퉁이 속에서 이불 한 개를 꺼내어 둘러쓰려 했습니다. 이것을 본 젊은 사내 한 사람이 날랜 곰같이 달려들어 그 이불을 빼틀어** 순이 할아버지를 둘러 주려고 했습니다.

* 지팡이를 대신한 작대기.
** 빼틀다 : 빼앗다.

중국 쿨니는 멍하니 잠깐 섰더니 갑자기 얼굴에 꿈틀꿈틀 경련을 일으키며 누런 이빨을 내놓고 벙어리 울음같이 시작도 끝도 분별없는 소리로

"으어……."

하고 울었습니다. 그 눈에서 떨어지는 굵다란 눈물방울인지 내려덮치는 물결 방울인지 바람결에 물방울 한 개가 순이 뺨을 때렸습니다.

순이는 한 손으로 물방울을 씻으며 한 손으로는 이불자락을 당겨 쿨니도 덮으라고 했습니다.

"아이고, 우리를 데리고 온 군인들은 어디로 갔을까?"

누구인지 이렇게 말했으므로 일행은 고개를 들어 살펴보니 과연 군인 두 사람의 흔적이 없었습니다.

"모두들 추우니까 선실 안으로 들어간 게로군. 빌어먹을 자식들?"

하고 젊은 사내는 혀를 찼습니다. 그 말을 듣자 순이는 벌떡 일어나

"우리도 이러다가는 정말 죽을 테니 선실 안으로 들어갑시다."

하고 외쳤습니다.

"안 됩니다. 들어오라고도 않는데 공연히 들어갔다 봉변당하면 어찌 하게."

하고 젊은 사내는 손을 흔들며 반대했습니다.

"봉변은 무슨 오라질 봉변이에요. 이러다가 죽기보담 낫겠지요. 점잔과 체면을 차릴 때입니까?"

꺼래이

순이는 발악을 하듯 외쳤습니다.

"쿨니에게 이불 빼앗을 때는 예사고 선실 안에 들어가는 것은 부끄럽단 말이요? 나는 죽음을 바라고 그대로 있기는 싫어요. 봉변을 주면 힘 자라는 데까지 싸워 보시오."

순이는 그대로 있자는 젊은이들이 얄밉고 성이 났습니다. 자기들의 무력함을 한탄만 하고 있는 무리들이 안타까웠던 것입니다.

순이는 기어이 혼자 선실을 향하여 달려갔습니다. 기선은 연해 출렁거리며 이따금 흰 물결이 철썩 내려 덮치곤 했습니다. 일행의 옷은 물결에 젖고 젖은 옷깃은 얼음이 되어 꼿꼿하게 나뭇가지처럼 되었습니다.

선실로 내려가는 층층대를 순이는 굴러 떨어지는 공과 같이 내려갔습니다.

선실 안에는 훈훈한 공기가 꽉 차 있어 순이는 얼른 정신을 차릴 수가 없었습니다. 잠깐 두리벙두리벙 살펴보다가 한옆에 걸터앉아 있는 군인 두 사람을 찾아냈습니다. 순이는 번개같이 달려가 군인의 어깨를 잡아 제치며

"우리는 죽으란 말이요."

하고 분노에 떨리는 소리로 물었습니다.

군인은 놀란 듯이 잠깐 바라본 후 웃는 얼굴을 지으며 제 나라말로

"모두 이리 내려오너라."

라고 말했습니다.

순이는 선실 안 사람들이 웃는 소리를 귀 밖으로 들으며 다시

갑판 위로 올라갔습니다. 풍랑은 사나울 대로 사나워 잠시라도 훈훈한 공기를 쏘인 순이 창자를 휘둘러 몸에 중심을 잡고 한 발자국도 내디디지 못하게 했습니다. 그러나 순이는 일행이 있는 곳을 바라보았습니다.

이제는 아주 얼음덩이가 된 이불자락에다 머리를 감추고 모두 죽었는지 살았는지 움직이지도 않고 있는 것이 보였습니다.

순이는

"모두 이리 오시요."

하고 소리쳤습니다마는 풍랑 소리에 그 음성은 안타깝게도 짓밟히고 말았습니다.

순이는 더 소리칠 용기가 없이 일행을 향하여 한 발자국 내놓자, 사나운 바람결이 몹쓸 장난꾼같이 보드라운 순이 몸뚱이를 갑판 위에 때려누이고 말았습니다. 다시 일어나려고 발악을 하는 그의 귀에 중국 쿨리의 울음소리가 야곡성*같이 울려 왔습니다.

이윽한 후** 군인 한 사람이 갑판 위로 올라와 본 후 순이를 일으키고 여러 사람도 데리고 선실로 내려왔습니다.

선실 안에 앉았던 사람들은 일행의 모양을 바라보며 모두 찌글찌글 웃었습니다.

병든 문둥이 환자 모양이 그만큼 흉할지 얼고 얼어 푸르고 붉

* 夜哭聲. 밤에 우는 구슬픈 울음소리.
** 한참이 지난 뒤에. 얼마 있다가.

꺼래이

고 검고 한 얼굴로 콧물을 흘리며 엉금엉금 층층대를 내려서는 여섯 사람의 모양을 보고 웃지 않을 이 누가 있었겠습니까.

일행의 몸이 녹기 시작하자 시간은 얼마나 지났는지 기선은 어느 조그만 항구에 닿았습니다.

쌓아둔 짐 뭉치에 기대 누운 순이 할아버지는 뼈끝까지 추위가 사무쳤는지 한결같이 떨며 끙끙 앓기만 하고 순이 어머니는 수건을 폭 내려쓰고 팔짐을 낀 채 역시 웅크리고 앉아 있었습니다.

"여기서 내리는 모양이구려."

젊은 사내가 순이 곁에 오며 말했습니다. 순이는 그곳에서 또 다시 내릴 생각을 하니 다시 그 차가운 바람결이 연상되어 금방 기절할 것같이 소름이 끼쳤습니다. 그러는 중에 군인이 일어서서 순이 할아버지를 총대로 툭툭 치며 무어라고 말했습니다.

"안 돼요. 여기서 내릴 수 없소. 이 치운데* 노인을 어떻게……."

순이는 군인의 총대를 밀치며 말했습니다. 군인은 신들신들 웃으며 어서 일어나라는 듯이 발을 굴렀습니다.

"아무래도 죽을 판이면 우리는 또 추운 데로 나갈 수 없소"

하고 할아버지를 가로막아 앉으며 손을 내저었습니다. 군인은 한번 어깨를 움쭉 해 보이며 무엇이라 한참 지껄대니까 선실 안에 가득한 그 나라 사람들은 순이를 바라보며 혹은 웃고 혹은

* 추운데.

가엾다는 듯이 머리를 흔들고 서로 고개를 끄덕이며 중얼중얼했습니다. 순이는 그들의 중얼거리는 말소리에서

"꺼래이, 꺼래이……"*

하는 가장 귀 익은 단어가 화살같이 두 귀에 꽂히는 것을 느꼈습니다. '꺼래이'라는 것은 고려高麗라는 말이니 즉 조선 사람을 가리키는 것이었습니다.

'꺼래이'라는 그 귀 익고 그리운 소리가 그때의 순이들에게는 끝없는 분노를 자아내는 말 같았습니다.

"우리가 지금 웃음거리가 되어 있는 거로구나. 추위에 못 이겨, 또 아무 죄도 없이 죽음의 길인지 삶의 길인지도 모르고 무슨 까닭에 꾸벅꾸벅 그들의 명령대로만 따르겠느냐"

라고 순이는 부르짖었습니다. 그러나 사람들과 군인들은 순이를 무지몰식한 야만인 그리고 무력하고도 불쌍한 인간들의 표본으로만 보였는지 웃고 떠들고 '꺼래이'만을 연발하는 것이었습니다. 그때까지 웃으며 무엇이라 중얼거리기만 하던 군인 한 사람이 갑자기 정색을 지으며 총대로 순이 옆구리를 꾹 찌르고 한 손으로 기다랗게 땋아 내린 머리채를 거머잡고

"쓰까레."

라고 소리쳤습니다. 이것을 본 순이 어머니는 벌떡 군인 턱 밑에서 솟아 일어서며 지금까지 눌러두었던 분통이 툭 튕기듯이 군인의 멱살을 잡으려 했습니다.

---

* '고려'를 러시아식으로 발음한 것으로, 러시아인이 조선인을 낮추어 부르는 말.

꺼래이

"여보십시오. 공연히 그러지 마시오. 당신이 여기서 발악을 하면 공연히 우리까지 봉변을 하게 됩니다."

하고 젊은 사내는 순이 어머니를 말렸습니다. 군인들은 그 당장에 자기들이 취할 태도를 얼른 생각해 내지 못하여 눈만 커다랗게 뜨고 있는 것을 보자 순이는 히스테리 같은 웃음을 꽉 입 안에 깨물며 눈물이 글썽글썽했습니다.

"할아버지, 일어나세요. 아버지 뼈를 찾지는 못했으나 아버지 영혼은 고국으로 가셨을 것입니다. 공연히 남의 땅 사람과 발악을 하면 뭣 합니까."

순이도 울고 할아버지, 어머니 모두 주르륵 눈물을 흘리며 그 조그마한 항구에 내렸습니다.

일행 여섯 사람은 또다시 군인을 따라 이윽히 걸어가다가 붉은 기를 꽂은 ×××에 이르렀습니다. 그곳에 이르니 군인 복색을 한 중국인 같은 사람이 일행을 맞았습니다. 같이 온 군인은 그곳 군인에게 일행을 맡기고 따뜻해 보이는 벽돌집 안으로 들어갔습니다.

순이들은 이제까지 언어가 통하지 못하여 안타깝던 설운 생각이 일시에 폭발되어 그 중국 사람 같은 군인 곁을 따라갔습니다.

"여보십시오."

순이는 그 군인이 행여나 조선 사람이었으면…… 하는 기대에 숨이 막힐 듯이 군인의 입술을 바라보았습니다.

"왜? 이러심둥."

의외에도 그 군인은 조선 사람, 즉 꺼래이의 한 사람이었습니

다. 일행 중 중국 쿨니를 빼고는 모두 너무나 반갑고 기뻐서

"아이고…… 당신 조선 사람이세요?"

하고는 그 군인 팔에 매달리듯 둘러섰습니다.

"내! 나 고려 사람입꼬마."

그 군인은 이렇게 대답하며 순이를 바라보았습니다. 순이는 무슨 말을 먼저 해야 좋을지 몰랐으므로 잠깐 묵묵히 조선말 소리의 반가움에 어찌 할 줄 몰라 했습니다.

"저 젊은이, 당신 남편이오?"

하고 군인은 아무 감동도 없는 무뚝뚝한 표정으로 순이에게 젊은 사내 둘을 가리켰습니다. 그제야 순이는 오랫동안 잊어버렸던 처녀다운 감정을 느끼며, 얼어붙은 얼굴에 잠깐 부끄러운 표정을 지었습니다.

"아니올시다. 이 애는 우리 딸이에요. 이 늙은이는 우리 시아버니랍니다. 저 젊은이들과 중국 사람은 ×××에서 동행이 된 사람인데 알지도 못하는 사람입니다."

순이 어머니는 지금까지 같이 온 젊은이들보다 자기들 세 사람을 어떻게 구원해 달라는 듯이 이렇게 말했습니다.

"여기가 어디예요?"

순이만 자꾸 바라보는 군인에게 순이는 머뭇거리며 물었습니다.

"영기 말임둥? 영기는 ××××××라 합니!"

"여보시오."

곁에서 젊은 사내가 가로질러 말을 건넸습니다.

"우리 두 사람은 해삼위*에 있는……"

하고 말을 꺼냈으나, 그 군인은 들은 척도 아니하고

"어서 들어갑소. 영기 서서 말하는 것 안 임니."

하며 일행을 몰아 마주 보이는 허물어져 가는 흰 벽돌집을 가리켰습니다.

"여보세요. 우리를 또 감금하단 말이요? 우리 두 사람은 '코뮤니스트'입니다. 우리는 감금받을 이유가 없습니다."

라고 두 젊은이는 버티었으나 군인은 들은 척도 하지 않고 앞서 걸었습니다.

"여보시오, 나으리, 우리 세 사람은 참 억울합니다. 내 남편이 삼 년 전에 이 땅에 앉아 농사터를 얻어 살았는데 지난봄에 그만 병으로 죽었구려. 우리 세 사람은 고국서 이 소식을 듣고 셋이 목숨이 끊어질지라도 남편의 해골을 찾아가려고 왔는데 ×××에서 그만 붙잡혀 한 마디 사정 이야기도 하지 못한 채 몇 달을 갇혀 있다가 또 이렇게 여기까지 끌려왔습니다. 어떻게든지 놓아주시면 남편의 해골이나 찾아서 곧 고국으로 돌아가겠습니다."

라고 순이 어머니는 군인에게 애걸을 하듯 빌었습니다.

"여보시오 나으리, 이 늙은 몸이 죽기 전에 아들의 백골이나마 찾아다 우리 땅에 묻게 해주시오. 단지 하나뿐인 아들이요, 또 뒤 이을 자식이라고는 이 딸년 하나뿐이니 이 일을 어찌하오."

순이 할아버지도 숨이 막히게 애걸했습니다.

* 海蔘威. 블라디보스토크.

"당신 아들이 왜 영기 왔심둥?"

군인은 울며 떠는 노인을 차마 밀치지 못하여 발길을 멈추고 물었습니다.

"네…… 휴우, 우리도 본래는 남부럽지 않게 살았습니다. 네…… 그런데 잘못되어 있던 토지는 다 남의 손에 가 버리고 먹고 살 길은 없고 하여 삼 년 전에 내 아들이 이 나라에는 돈 없는 사람에게도 토지를 꼭 나누어준다는 말을 듣고 저 혼자 먼저 왔습지요. 우리 세 식구는 오늘이나 내일이나 하고 우리를 불러들이기만 바랐더니 지난봄에 갑자기 죽었다는 소식이 오니……."

노인은 더 말을 계속할 수 없어 그대로 목이 메고 말았습니다. 군인은 체면으로 고개만 끄덕이더니

"영기서 말하면 안 되옵니. 어서 들어갑소. 들어가서 말 듣겠으니."

하고 다시 뚜벅뚜벅 걸어 흰 벽돌집 안에 들어갔습니다.

조금 들어가니 나무로 단든 두터운 문이 있는데 그 문에는 참새들 똥이 말라붙어 있고, 먼지와 말똥, 집수새* 등이 지저분하게 깔려 있어 아무리 보아도 마구간이었습니다. 집 외양은 흰 벽돌이나 그 집의 말 못할 속치장이 다시 놀라게 했습니다.

덜커덕, 하고 그 나무문이 열리자 그 안을 한번 바라본 일행은 하마터면 뒤로 넘어질 뻔했습니다.

---

* 지푸라기가 흩어진 모양새. 집 안이 정리가 되지 않은 어수선한 꼴.

꺼래이

그 문 안은 넓이 칠팔 평은 되어 보이는데 놀라지 마십시오. 그 안에는 하얀 옷 입은 우리 꺼래이들이 '방이 터져라'고 차 있었습니다.

"아이고머니, 조선 사람들……."

순이 세 식구는 자빠지듯 방 안으로 뛰어 들어갔습니다.

"동무들, 방은 잉것 하나뿐입꼬마. 비좁더라도 들어가 참소."

맨 나중까지 들어가지 않고 버티고 서 있는 젊은 사내 한 사람의 등을 밀어 넣고 덜커덕, 문을 잠그고 군인은 뚜벅뚜벅 가버렸습니다.

순이들은 잠깐 정신을 차려 방 안을 살펴보니 전날에는 부엌으로 쓰던 곳인지 한쪽 벽에 잇대어 솥 걸던 부뚜막 자리가 있고 그 곁에 블리키* 물통이 놓여 있으며 좁다란 송판을 엉금엉금 걸쳐 공중침대를 만들어 두었습니다. 그 공중 침대 위에는 빽빽하게 백의동포가 ××××**의 상자 속같이 옹게종게 올라앉아 있었습니다.

좌우간 앉아나 보려 했으나 가뜩이나 비좁은 터에 또 여섯 사람이나 새로 들어앉을 자리가 있을 리가 없었습니다.

땅바닥에라도 앉으려 했으나 대소변이 질퍽하여 발붙일 곳도 없었습니다.

문이라고는 들어온 나무문과, 그 문과 마주 보는 편에 커다란 쇠창살을 박은 겹 유리문이 하나 있을 뿐이었습니다. 그 쇠창살

---

* 브리키라는 회사에서 만들었다는 양철 물통.
** 원전에는 '딸래장자'로 되어 있다.

도 부러지고 구부러지고 하여 더욱 그 방의 살풍경을 나타냈습니다.

"어찌겠소, 잉? 여기 좀 앉소. 우리도 다 이럴 줄 모르고 왔었꽁이."

함경도 사투리로 두 눈에 눈물을 흠뻑 모으며 목 메인 소리로 겨우 자리를 비집어 내며 한 노파가 말했습니다.

가뜩이나 기름을 짜는 판에 새로 온 일행이 덧붙이기를 해놓으니 먼저 온 그들에게는 그리 반가울 것이 없으련마는 그래도 그들은 방이야 터져 나가든 말든 정답게 맞아주며 갖은 이야기를 다 묻고 또 자기네들 신세타령도 했습니다. 그래서 어떻게 빈줄러내었는지* 순이 세 식구와 젊은 사내 둘은 올라앉게 되었는데 이불을 멘 중국 쿨니는 끝까지 자리를 얻지 못하고, 아니 자리를 빈줄러낼 때마다 뒤에 선 젊은 사내들에게 양보하고 맨 나중까지 우두커니 서서 자기 자리도 내어주기를 기다리고 있었습니다. 순이들은 그래도 동포들의 몸과 몸에서 새어 나오는 훈기에 몸이 녹기 시작하자 노곤노곤하니 정신이 황홀해지며 따뜻한 그리운 고향에나 돌아온 것같이 힘이 났습니다.

"저 되눔은 앉을 재리가 없나? 왜 저렇게 말뚝 모양으로 서 있기만 해."

하며 고개를 드는 노파의 말소리에 순이는 놀란 듯이 돌아보았습니다. 그때까지 쿨니는 이불을 멘 채 서 있었습니다. 순이는

---

* 빈줄러내다 : 비좁은 상태에서 서로 조금씩 당겨서 자리를 만들어 내는 것.

꺼래이

갑판 위에서 이불을 나눠 덮던 그때 쿨니의 울며 순종하던 얼굴을 생각해 보았습니다. 능히 자기가 앉을 수 있었던 자리를 조선 청년에게 양보해 준 그의 마음속이 가여웠습니다. 쿨니가 자리를 물려준 그 마음은 도덕적 예의에 따른 것이 아님은 뻔히 아는 일이었습니다. 그 자리에 자기와 같은 중국 사람이 하나라도 끼어 있었다면 그는 그렇게 서 있지는 않았을 것입니다.

그때 쿨니의 심정은 꺼래이로 태어난 이들에게는, 아니 더구나 보드라운 감정을 가진 처녀 순이는 남 몇 배 잘 살펴볼 수 있었습니다.

순이는 가슴이 찌르르해지며 벌떡 일어나 그 나무문을 두들기기 시작했습니다.

이윽히 두들겨도 아무 반응이 없으므로 그는 얼어 터진 손으로는 더 두들길 수가 없어 한편 신짝을 집어 힘껏 문을 두들겼습니다.

"왜 두들기오, 안 옵누마."

하며 방 안의 사람들은 자꾸 말렸습니다.

그러나 순이는 자꾸만 두들겼더니 갑자기 문이 덜커덕 열렸습니다. 순이는 더 두들기려고 울러 메었던 신짝을 그대로 발에 꿰신으며 바라보니 아까 그 조선 사람 군인이 서 있었습니다.

"어째 불렀슴둥?"

하며 퉁명스럽게 그러나 두들긴 사람이 순이였기에 얼마만치 부드러워지며 물었습니다.

"이것 보세요. 이렇게 좁은 자리에 어떻게 이 많은 사람이 앉을 수 있어요. 아무리 앉아 봐도 다는 앉을 수가 없습니다. 다른 방으로 나누어 주든지 어떻게 해주세요."

하고 얼굴이 붉어져 서 있는 쿨니를 가리켰습니다. 군인은 고 국 말씨를 잘 못 알아듣겠다는 듯이 자세히 귀를 기울이고 있더니

"동무 말소리 잘 모르겠어꼬마, 무시기 말임둥, 앉을 재리가 배잡단 말입꼬이?"

하고 말했습니다. 순이는 기가 막혔습니다.

"참 어이없는 조선 동포시구려!"

김빠진 맥주*같이 순이 입안이 믹믹해졌습니다.** 그때 노파의 손자인 듯한 소년 하나가 하하 웃으며 뛰어나와

"예! 예! 그렇섯꼬이."

하며 순이를 대신하여 군인에게 대답했습니다. 군인은 고개 를 끄덕끄덕하며 두 손을 펴고 어깨를 움찔해 보이며

"할 쉬 없었꼬마, 방이 잉것뿐입꼬마."

하고는 문을 닫아 버리려 했습니다. 순이는 와락 군인의 팔을 잡으며

"한 시간 두 시간이 아니고 오늘 밤을 이대로 둔다면 어떻게 하란 말이오. 상관에게 말해서 좀 구처해 주시오."

하고 말했습니다. 군인은 휙 돌아서며

"동무들, 내가 뭐를 알 쉬 있음둥? 저 위에서 하는 명령대로

* 원전에는 '삐루'로 되어 있다.
** 믹믹하다 : 아무 맛도 느낄 수 없는. 밋밋하다. 여기에서는 말문이 막혔다는 뜻.

꺼래이

영기는 그대로만 합꾸마. 나는 모르겠꽁이.”

하고는 덜컥 그 문을 잠그려 했으나 순이는 한결같이 잠그려는 그 문을 떠밀며

“여보세요. 이대로는 안 됩니다. 무슨 죄예요, 글쎄 무슨 죄들인가요. 왜 우리를. 죄 없는 우리를 이런 고생을 시킵니까. 다 같은 조선 사람인 당신이 모르겠다면 우리는 어떻게 하란 말이요.”

군인은 난감하다는 듯이 다시 고개를 문 안으로 들이밀며

“글쎄, 동무들이 무슨 죄 있어 이라는 줄 압꽁이? 다 같은 조선 사람이라도 저 위에 있는 사람들은 맘이 곱지 못하옵니. 나도 동무들같이 욕본 때 있었꼬마. ××에 친한 동무 없음둥? 있거든 쇠줄글電報 해서 ×××에게 청을 하면 되오리.”

하고 이제는 아주 잠가 버리려 했습니다.

“아니, 보십시오. 그러면 미안합니다마는 전보 한 장 쳐주시겠습니까?”

이제까지 잠잠히 앉았던 젊은 사내 둘은 무슨 의논을 하였는지 군인에게 이렇게 말했습니다.

“무시기?”

군인은 젊은 사내의 말을 알아듣지 못하고 재차 물었습니다.

“전보 말이오. 전보 한 장 쳐 달라 말이오.”

하고 젊은 사내가 대답하려는 것을 노파의 손자인 소년이 또 하하 웃으며

“안입꼬마. 쇠줄글 말입니.”

하고 설명을 했습니다.

"아아! 쇠줄글 말임둥, 내 놓아 드리겠꽁이."

하며 사내들에게 연필과 종이쪽을 내주더니

"동무 둘은 이리 잠깐 나오오."

하며 두 사내를 문 밖으로 데리고 나가 버렸습니다. 순이는 어이없이 서 있다가 문턱에 송판 한 조각이 놓인 것을 집어 들고 문 앞을 떠났습니다. 그 송판을 솥 걸었던 자리에 걸쳐 놓고 그 위에 올라앉으며 그때까지 그대로 서 있는 쿨니를 향하여

"거기 앉아."

하며 자기가 왔었던 자리를 가리켰습니다.

"아! 이 되놈을 그리로 보냄세. 당신이 이리로 오소."

방 안 사람들은 모두 순이를 침대 위로 오라고 했습니다. 쿨니는 그 눈치를 챘는지 순이 자리에 앉으려던 궁둥이를 얼른 들어 손으로 순이를 내려오라고 하며 부뚜막 위로 올라앉습니다.

그의 눈에는 눈물이 핑 돌며

"스파시보 제브슈까."

했습니다. '아가씨 고맙습니다.'라는 뜻인가 보다고 생각하며 순이는 침대 위로 올라앉았습니다. 쿨니는 짐 뭉치 속에서 어느 때부터 감추어 두었던지 새카맣게 된 빵 뭉치를 끄집어내어 한 귀퉁이 뚝 떼더니 순이 앞에 쑥 내밀었습니다. 쿨니의 얼굴은 눈물과 땟물이 질질 흐르고 손은 새카맣게 때가 눌어붙어 기다란 손톱 밑에는 먼지가 꼭꼭 차 있었습니다.

"꾸쉬, 꾸쉬."

한 손에 든 빵 쪽을 묵턱묵턱 베어 먹으며 자꾸 순이에게 먹

꺼래이

으라고 했습니다. 순이 눈에 눈물이 고이며 그 빵 쪽을 받아 들었습니다.

"고맙소."

하고 머리를 끄덕여 보이며 급히 한입 물어뜯으려 했으나, 이미 하루 반 동안을 물 한 모금 먹지 않은 할아버지, 어머니가 곁에 있었습니다. 순이는 입으로 가져가던 손을 얼른 멈추며 할아버지께

"시장하신데 이것이라도……."

하며 권했습니다.

"이리 다고 보자."

어머니는 그제야 수건을 벗고 빵 쪽을 받아 한복판을 뚝 잘라

"이것은 네가 먹어라. 안 먹으면 안 된다."

하고는 또 한 쪽을 할아버지에게 드렸습니다.

할아버지는 남 보기에 목이 막힐까 염려가 될 만치 인사체면 없이 빵을 베어 먹었습니다.

"싫어, 난 먹지 않을 테야."

"왜 이래. 너 먹어라."

하고 순이 모녀는 한참 다투다가 결국 또 절반으로 떼어 한 토막씩 먹게 되었습니다마는 온 방 안 사람이 빵 먹는 사람들의 입을 물끄러미 바라보고 있는 것이었으므로 순이는 차마 먹을 수가 없었습니다.

부뚜막 위에서 내려다보고 앉았던 쿨니는 자기가 먹던 빵을

백신애

또 절반 떼어

"순이, 너는 이것 더 먹어라."

라고나 하듯이 순이에게 주었습니다.

순이는 얼른 손이 나가다가 문득 생각났습니다. 자기들은 중국 사람이라고 자리조차 내주지 않던 것이⋯⋯.

그러나 이미 주린 순이는 두 번째 빵 쪽을 받아 쥐고 있었습니다.

방 안의 사람들은 모두 세 집 식구로 나누어 있는데 도합 열아홉이었습니다. 늙은이, 노파, 젊은 부부, 총각, 처녀들이었습니다. 그들이 순이 모녀를 붙들고 하는 이야기를 들으면 모두 함경도 사람들이며 고국에는 바늘 한 개 꽂을 만한 자기들 소유의 토지라고는 없는 신세라 공으로 넓은 땅을 떼어 농사하라고 준다는 그 나라로 찾아온 것이었는데 국경을 넘어서자 ×××에게 붙들려 순이들처럼, 감금을 당했다가 이리로 끌려왔다는 것이었습니다.

"이 땅에는 돈 없는 사람 살기 좋다고 해서 이렇게 남부여대로 와놓고 보니 이 지경입꾸마. 굶으나 죽으나, 고국에 있었다면 이런 고생은 안 할 것을⋯⋯."

젊은 여인 하나가 이렇게 한탄했습니다.

"우리는 몇 번이나 재판을 했으니 또 한번만 더하면 놓이게 되어 땅을 얻어 농사를 하게 되든지 다시 이대로 국경으로 쫓아내든지 한답대."

꺼래이

속옷을 풀어 젖히고 이를 잡기 시작한 노파가 말했습니다.

"우리가 무슨 죄일꼬…… 농사짓는 땅을 공떠어 준다길래 왔지."

늙은이 하나가 끙끙 앓으며 이를 갈 듯이 말하자

"참말 그저 땅을 떼어 준답두마. 우리는 바로 국경에서 붙들렸으니까 ××탐정꾼들인가 해서 이렇게 가두어 둔 거지!"

하고 늙은이 아들인 성한 사내가 말했습니다.

"아이고, 말 맙소. 아무래도 우리 내지 땅이 좋습두마. 여기 오니 얼마우자 미워서 살겠습디?"

하고 사내를 반박했습니다.

'얼마우자'. 이것은 조선을 떠나온 지 몇 대代나 되는, 이 나라에 귀화한 사람들을 이르는 말이니 그들은 조선 사람이면서 조선말을 변변히 할 줄 모르는 것이었습니다. 분명한 '마우자'*도 되지 못한 '얼'인 '마우자'란 뜻이었습니다.

"못난 사람을 '얼간'이라는 말과 같구려."

하고 순이 어머니가 오래간만에 웃었습니다.

'아까 그 군인도 역시 얼마우자로구먼.'

하고 순이가 중얼거렸습니다. 이 말을 들은 노파의 손자는 또 깔깔 웃었습니다.

"어이고 어찌겠니야, 여기서 땅을 아니 떼어주면 우리는 어찌겠니……"

* 毛子. 함경도에서 러시아인을 이르는 말.

노파는 웃을 때가 아니라는 듯이 걱정을 내놓았습니다.

"설마 죽겠소. 국경 밖에 쫓아내면 또 한번 몰래 들어옵지요,. 또 붙들어 쫓아내면 또 들어오고 쫓아내면 또 들어오고, 끝에 가면 뉘가 못 이기는기강 해봅지요. 고향에 돌아간들 발붙일 곳이라고는 땅 한 조각 없지, 어떻게 살겠습니……."

자기가 먼저 설두*를 하여 데리고 온 듯한 사내가 이렇게 말했습니다.

"아이고 듣기 싫소, 이놈의 땅에 와서 이 고생이 뭣고 글쎄."

"아따 참, 몇 번 쫓겨 가도 나중에는 이 땅에 와서 사오 일갈이四五日耕쯤 땅을 얻어 놓거든 봅소."

"아이고…… 어찌겠느냐……."

노파는 자꾸 저대로 신음만 했습니다.

한시도 못 참을 것 같은 그 방 안의 생활도 벌써 일주일이 계속되었습니다.

아침에는 일찍 일어나 일제히 밖으로 나가 세수를 시키고, 저녁에 한 번씩 불려 나가 대소변을 보게 하는 것이었습니다. 일정한 변소도 없이 광막한 벌판에서 제 맘대로 대소변을 보게 하는 것이었습니다.

하루는 역시 대소변 시간에 순이는 대소변이 마렵지 않아 혼자 방 안에 남아 있다가 쓸쓸하여 밖으로 나갔습니다.

---

* 說頭. 앞장서서 일을 주선함.

꺼래이

그날 밤은 보름이었던지 퍽이나 크고도 둥근 달이었습니다. 시베리아다운 넓은 벌판 이곳저곳에서 모두들 뒤를 보고 있고, 군인 한 사람이 총을 짚고 파수를 보고 있었습니다.

물끄러미 뒤보는 사람들을 바라보며 서 있는 순이에게 파수병이 수작을 붙였습니다.

"저 달님이 퍽이나 아름답지?"

라고나 하는지 정답게 제 나라말로 순이 곁에 다가섰습니다. 순이는 웬일인지 그 나라 군인들이 겁나지 않았습니다. 총만 가지지 않았으면 맘대로 친해질 수 있는 정답고 어리석고 우둔한 사람들같이 느꼈습니다.

"……"

순이도 언어가 통하지 않으므로 말을 할 수 없고 하여 달을 가리키고 뒤보는 사람들을 가리킨 후 한번 웃어 보였습니다.

군인은 아주 정답게 나직이 웃고 입술을 닫은 채 팔을 들어 달을 가리키고 순이 얼굴을 가리키고 난 후 싱긋 웃고 순이를 와락 껴안으려 했습니다. 순이는 깜짝 놀라 휙 돌아서 방 안을 향하여 달음질쳤습니다. 군인은 순이를 붙들려고 조금 따라오다가 마침 뒤를 다 본 사람이 서 있는 것을 보고 그대로 서 있었습니다.

그 이튿날이었습니다. 아침에 식료食料를 가지고 온 군인 얼굴이 전날과 달랐으므로 순이는 자세히 바라보니 그는 훨씬 큰 키와 하얀 얼굴과 큼직하고 귀염성 있는 눈을 가진 젊은 군인이었습니다.

'어제 저녁 파수 보던 그 군인······.'

순이는 속으로 말해 보며 얼른 고개를 돌리려 했습니다. 군인은 싱긋 웃어 보이며 그대로 나갔습니다.

그날 하루가 덧없이 지나간 후 또 대소변 보는 시간이 되었습니다. 공연히 순이는 가슴이 울렁거려 문을 꼭 닫고 방 안에 남아 있었습니다.

이윽고 뒤를 다 본 사람들이 돌아오자 문을 잠그러 온 군인은 역시 그 젊은 군인이었습니다. 순이는 가만히 구부러진 쇠창살을 휘어잡고 달 밝은 시베리아 벌판의 한쪽을 내다보고 있었습니다.

"아이고 어찌겠느냐······."

노파는 밤이나 낮이나 이렇게 애호하며 끙끙 신음을 시작했습니다. 언제나 밤이 되면 한층 더 심하게 안타까워하는 그들이었습니다.

젊은 내외는 트집거리고* 여기저기 신음 소리에 순이의 가슴은 더욱 설레어 적막한 광야의 밤을 홀로 지키듯 잠 못 들어 했습니다.

그 이튿날 아침 일찍 웬일인지 군인 두 사람이 들어와서 먼저와 있던 여러 사람을 짐 하나 남기지 않고 죄다 데리고 나갔습니다.

"아이고, 우리는 또 국경으로 쫓겨나는구마. 그렇지 않으면 왜

* 트집거리다 : 쓸데없이 트집을 잡아 싸우다.

꺼래이

이렇게 일찍 불러내겠느냐."

노파는 벌써 동당발*을 굴리며

"아이고, 아이고 어찌겠느냐."

라고만 소리쳤습니다.

방 안에는 순이들 세 식구만 남아 있고 그 외는 다 불려갔습니다. 갑자기 방 안이 텅 비어지니 쌀쌀한 바람결이 쇠창살을 흔들며 그 방을 얼음 무덤같이 적막하게 했습니다.

세 식구는 창 앞에 가 모여 앉아 장차 자기들 위에 내려질 운명을 예상하고 묵묵히 앉아 있었습니다.

그때 한 떼의 사람들이 일렬로 늘어서서 앞뒤로 말을 탄 군인을 세우고 벌판을 걸어가는 것이 보였습니다.

"어찌겠느냐, 어디를 갑누마……."

노파의 귀 익은 애호성이 화살같이 날아와 순이 세 식구가 내다보는 창을 두드렸습니다.

'이리에게 잡혀가는 모자 잃은 양 떼와도 같이 헤매어 넘어온 국경의 험악한 길을 다시금 쫓겨 넘는 가엾은 흰 옷의 꺼래이 떼…….'

눈물이 좌르륵 흘러내리는 순이 눈에 꼬챙이로 벽에 이렇게 새겨져 있는 것이 보였습니다.

'이 몸도 꺼래이니 면할 줄이 있으랴.'

바로 그 곁에 또 이렇게 쓰여 있었습니다. 순이도 무엇이라고

---

* 다급하거나 안타까울 때 제자리에서 발을 구르는 모양.

새겨 보고 싶었으나 자꾸만 눈물이 났습니다.

'아버지, 아버지는 왜 이 땅에 오셨습니까. 따뜻한 우리 집을
버리시고…… 할아버지와 어머니와 이 딸은 아버지 해골조차
모셔가지 못하옵고 이 지경에 빠졌습니다. 아버지 영혼만은 고
향집에 가옵시다. 순이.'

라고 눈물을 닦으며 손톱으로 새겼습니다.

그날 해도 애처로이 서산을 넘고 그 키 큰 젊은 군인이 문을
열어 주어도 세 식구는 뒤보러 나갈 생각도 하지 않고 울었습니
다.

그렇게 며칠을 지낸 이른 아침이었습니다. 순이 세 식구는 또
밖으로 불려 나갔습니다. 나가는 문턱에서 그 키 큰 군인이 아
무 말 없이 검은 무명으로 지은 헌 덧저고리 세 개를 가지고 차
례로 한 개씩 등을 덮어 주었습니다.

"추운데 이것을 입고라야 먼 길을 갈 것이요. 이것은 내가 입
던 헌것이니 사양 말아라."

하고 쳐다보는 순이들에게 힘없는 정다운 눈으로 무엇이라 말
했습니다.

"감사합니다."

순이들은 치하했으나 군인은 그대로 입을 다물고 순이 등만
툭 쳤습니다. 비록 낡은 덧저고리였으나 순이들은 고향을 떠난
후 처음 맛보는 인정이었습니다.

넓은 마당에 나서자 안장을 지은 두 마리의 말이 고삐를 올리

꺼래이

고, 처음 보는 조선 군인이 손에 흰 종이쪽을 쥐고 서서

"동무들 할 수 없었고마, 국경으로 가라 합니……."

하고는 할아버지로부터 차례로 악수를 해준 후

"잘 갑소……."

라고 최후 하직을 했습니다. 순이들은 아버지 백골을 찾아 가게 해달라고 아무리 애걸했으나 다시 무슨 효험이 있을 리 만무했습니다.

"자 갑누마, 잘 갑소."

그 얼마우자 군인도 처량한 얼굴로 길을 재촉하자 두 사람의 군인이 총을 둘러메고 말 위에 올랐습니다. 그중에 한 사람은 그 키 큰 젊은 군인이었습니다.

황량한 시베리아 벌판, 그 냉혹한 찬바람에 시달리며 세 사람은 추방의 길에 올랐습니다. 벌판을 지나 산등도 넘고 얼음길도 건너며 눈구덩이도 휘어가며 두 군인의 말굽 소리를 가슴 위로 들으며 걷고 걸었습니다. 쫓겨 가는 가엾은 무리들의 걸어간 자취 위에 다시 발을 옮겨 디딜 때 자국마다 피눈물이 고여 있었습니다.

말 등 위에 높이 앉은 군인 두 사람은 높이 높이 목을 빼어 유유하게 노래를 불러 그 노래 소리는 찬 벌판을 지나 산 너머로 사라지며 쫓겨 다니는 무리들을 조상하는 것 같았습니다.

이따금 추위와 피로에 발길을 멈추는 세 사람을 군인은 내려다보고 다섯 손가락을 펴 보였습니다. 아직 오십 리 남았다는 뜻이었습니다.

한 떼의 싸리나무 울창한 산길을 지날 때 어느덧 산 그림자는 두터워지며 애끓는 석양이었습니다.

어머니와 순이에게 양팔을 부축 받은 할아버지가 문득 발길을 멈추더니 아무 소리 없이 스르르 쓰러졌습니다.

"할아버지! 할아버지."

"아버님, 아버님."

부르는 소리는 산등허리를 울렸으나 할아버지는 대답이 없었습니다.

말에서 내린 군인들은 할아버지를 주무르고 일으키고 해보며 이윽히 애를 쓴 후 입맛을 다시고 일어서 모자를 벗고 잠깐 묵도를 했습니다.

키 큰 군인은 다시 모자를 쓴 후

"순이!"

하고 부른 후 이미 시체가 된 할아버지 목을 안고 부르짖는 순이 어깨를 가만히 쓰다듬었습니다.

그때 천군만마같이 시베리아 넓은 벌판을 제 맘대로 달려온 바람결이 쏴아, '싸리' 숲을 흔들며,

"순이야, 울지 말고 일어서라."

고 명령하듯 소리쳤습니다.

1934. 1. ~ 2. 《신여성》 연재.*

* 이 책에 수록된 텍스트는 1937년 『현대조선여류문학선집전경』에 개정하여 실은 것을 따랐다.

　　　　　　　　　　　　　　　　　　　　　꺼래이

백신애

1908. 경상북도 영천 출생.
1922. 한문을 공부하고 영천공립보통학교 졸업반에 편입.
1923. 대구사범학교 강습과 입학.
1924. 경북 경산의 자인공립보통학교 부임.
1926. 조선여성동우회 영천지회 조직 건으로 해임.
　　　상경하여 조선여성동우회, 경성여성청년동맹 상임위원 취임.
　　　이 시기 러시아 시베리아를 방랑하고 귀국.
1929. 단편 「나의 어머니」가 《조선일보》 신춘문예에 당선되며 등단.
1930. 일본으로 유학하여 니혼대학 예술과에 입학.
　　　연극 「개」에 주인공으로 출연.
1932. 귀국한 뒤 결혼하였으나 곧 이혼.
1934. 《신여성》에 단편 「꺼래이」, 《개벽》에 「적빈」 등 발표.
1938. 《조선일보》에 단편 「광인수기」 연재.
1939. 췌장암으로 타계.

　　호적명 백무동(白戊東). 백신애(白信愛)는 일제강점기의 대표적인 항일운동가
이자 여성작가로, 1929년 《조선일보》 신춘문예에 필명 '박계화(朴啓華)'로 출품
한 단편 「나의 어머니」가 당선되어 '신춘문예 첫 여성 작가'라는 기록을 세우며
등단했다. 이전 시기 경북 경산의 자인공립보통학교에 부임하며 '경북의 첫 번
째 여교사'라는 기록을 세우기도 하였으나, 재임 중 사회주의여성단체인 조선
여성동우회에 가입하여 활동한 것이 탄로나 해임되었다. 이후 상경하여 조선여
성동우회와 경성여성청년동맹의 상임위원에 취임하였다.
　　1930년에 일본 니혼대학 예술과에 입학하여 문학과 연극을 공부했고, 1932년
에 귀국한 뒤 결혼을 하였으나 곧 이혼했다. 1934년 무렵 낙향하여 경산군 반야
월의 한 과수원에 기거하면서 작품 활동에 전념하였으며, 이때 체험한 가난한
농민들의 생활이 「복선이」 「채색교」 「적빈」 「악부자」 등의 바탕이 되었다. 「꺼
래이」 역시 이 시기에 지어진 단편으로, 러시아 국경을 넘나드는 조선 빈민들의
비극적인 모습을 그려 낸 작품이다.
　　백신애는 1939년 췌장암으로 경성제국대학병원에 입원 치료 중 타계했다.

2008년 백신애 사후 100주년을 맞아 백신애기념사업회에서 '백신애문학상'을 제정하여 시상하고 있다.

도정

道程

지하련

1

숨이 노닿게* 정거장엘 들러서, 대뜸 시계부터 바라다보니, 오정이 되기에도 아직 삼십 분이나 남았다. 2시 50분에 떠나는 기차라면 앞으로 늘어지게 두 시간은 일찍이 온 셈이다.

밤을 새워 기다려야만 차를 탈 수 있는 요즘 형편으로 본다면 그닥 빨리 온 폭도 아니나, 미리 차표를 부탁해 놨을 뿐 아니라, 대단히 늦은 줄로만 알고, 오 분 십 분, 이렇게 달음질쳐 왔기 때문에, 그에겐 어처구니없이 일찍 온 편이 되고 말았다.

쏠려지는 시선을 땀띠와 함께 측면으로 느끼며, 석재碩宰는 제풀에 머쓱해서 밖으로 나왔다.

아카시아나무 밑에 있는, 낡은 벤치에 가, 털퍼덕 자리를 잡고 앉으니까 그제야 화끈하고 더위가 치처오르기 시작하는데, 땀이 퍼붓는 듯, 뚝뚝 떨어진다.

수건으로 훔쳤댔자 소용도 없겠고, 이보다도 가만히 앉아 있

---

* '숨이 턱까지 차다' 정도의 의미로 추정.

으니까, 더 숨이 막혀서, 무턱대고 이러나 서성거려 보기라도 해야 할 것 같았으나, 그는 어딘가 몹시 유린되어, 이도 흐지부지 결단하지 못한 채 무섭게 느껴지는 더위와 한바탕 지그시 씨름을 하는 수밖에 도리가 없다. 목덜미가 욱신거리고 손바닥 발바닥이 모두 얼얼하고, 야단이다.

이윽고 그는 숨을 돌이키며, 한 시간도 뭣할 텐데, 어쩌자고 거진 세 시간이나 헛짚어 이 지경이냐고, 생각을 하니 거지반 딱하기도 하고, 우습기도 하다.

하긴 여기에 이유를 들려면 근사한 이유가 하나둘이 아니다. 첫째 그가 이 지방으로 '소개'하여 온 것이 최근이었으므로 길이 초행일 뿐 아니라, 본시 시골길엔 곧잘 즈음이 헷갈리는 모양인지, 실히 오십 리라는 사람도 있었고, 혹은 칠십 리는 톡톡히 된다는 사람, 심지어는 거진 백 리 길은 되리라는 사람까지 있고 보니 가까우면 놀다 갈 셈치고라도 우선 일찌감치 떠나오지 않을 수가 없었다.

어디만치 왔을까, 문득 그는 지금 가방을 들고 길을 걷는 제 차림에서 영락없는 군청 고원*을 발견하고 또 그곳에 방금 퇴직 군수로 있는 장인이 연관되어 생각되자 더욱 얼울한** 판인 데다, 기왕 고원 같으려거든 얌전한 고원으로나 뵈었으면 차라리 좋을 것을, 고원치고는 이건 또 어째 건달 같아 뵈는 고원이다. 가방도 이젠 낡았는지 빠작빠작, 가죽이 맞닿는 소리도 없이, 흡사 무

---

* 雇員. 관청에서 사무를 보조하기 위하여 뽑는 임시 직원.
** 얼울하다 : 일 따위가 어그러져서 마음이 불안하다.

슨 보퉁이를 내두르는 느낌이다. 역부러* 가슴을 내밀고 팔을 저어 거리면서, 이래 봬도 이 가방으로 대학을 나왔고, 바로 이 속에 비밀한 출판물을 넣고는 서울을 문턱같이 다닌 적도 있지 않았더냐고, 우정** 농조弄調로 은근히 기운을 돋우어 보았으나 그러나, 생각이 이런 데로 미치자, 그는 이날도 유쾌하지가 못하였다. 돌아다보면, 지난 육 년 동안을 아무리 '보석'으로 나왔다 치고라도, 어쩌면 산 사람으로 그렇게도 죽은 듯 잠잠할 수가 있었든가 싶고, 또 이리 되면 그 자신에 대하여 어떤 알 수 없는 염증을 느낀다기보다도 참 용케도 흉물을 피우고 긴 동안을 살아왔다 싶어, 먼저 고소苦笑가 날 지경이다.

이어 머릿속엔 강姜이 나타나고 기철基哲이 나타나고, 뒤를 이어 기철과 술을 먹던 날 밤이 떠오르고 한다. 술이 거나하게 취했을 무렵이었다. 석재는 오래 혼자서 울적하던 판이라, 전날 친구를 만나니 좌우간 반가웠다. 그날은 정말이지 광산을 한다고 돈을 두룸박***처럼 차고 내려온 기철에게 무슨 심사가 틀려 그런 것도 아니었고, 광산을 하든 뭘 하든, 만나니 그저 반갑고 흡족해서, 난생처음 주정이라도 한번 부려 보고 싶도록, 마음이 허순해졌던 것이다. 이리하여 남같이 정을 표하는 데 묘한 재주도 없으면서, 그래도 제 딴엔 좋다고 무어라 데숭****을 지었든지, 기철이

---

   * '일부러'의 방언.
  ** 짐짓.
 *** '두레박'의 방언.
**** '잘못된 행동이나 일처리' 등으로 표현되는 경상도 방언.

도정

도 그저 만족해서

"자네가 나 같은 부랑자를 이렇게 반가이 맞아 준 적도 있었든가……? 아마도 퍽은 적적했든가 보이—."

하고 웃으며, 술을 권하였다. 그런데 이 '적적했든가 보이—'라는 말을, 그간 어쩌자고 '외로웠든가 보이—'로 들었는지는 모르겠으나 아무튼 그에겐 이렇게 들렸기에 느껴졌던 것이고 또 이것은 그에게 꼭 맞는 말이기도 하였던 것이다. 사실 그때 강羮을 만나, 헤어진 후로 날이 갈수록, 그는 커다란 후회와 더불어, 어떻다 말할 수도 없는 외로움이, 이젠 피부에 사무치는 것이었다.

"그래 외로웠네. 무척……."

기철의 말에 그는 무슨 급소를 찔린 듯, 먼저 이렇게 대거리를 해놓고는 다시 마주 바라다보려는 참인데, 웬일인지, 기분은 묘하게 엇나가기 시작하여, 마침내 그는 만만하니 제 자신을 잡고 힐난하기 시작하였다.

친구가 듣다 못하여,

"자네 나한테 투정인가?"

하고, 웃으며,

"글쎄 들어 보게나. 자네가 어느 놈의 벼슬을 해먹어 배반자란 말인가? 나처럼 투기장에 놀았단 말인가? 노변路邊에서 술을 팔았으니 파렴치한이란 말인가? 아무튼 어느 모로 보나 자네면 과히 추하게 살아온 편은 아니니 안심하게나—."

하고, 말을 가로채는 것이었다. 그런데 또 말이 이렇게 나오고 보면 그로선 투정인지 뭔지, 먼저 당황하지 않을 수가 없었다.

"아니야, 내 말은 그런 말이 아니야. 아무튼 자넨 날 잘 몰라. 자넨 나보다 착허니까. ― 그렇지 나보다 착허지 ― 그러니까 날 잘 모르거든. 누구보다도 나를 잘 보는 눈이 내 마음 어느 구석에 하나 들어 있거든. 특히 '악덕'한 나를 보는 눈이……."

그는 엉겁결에 저도 얼른 요령부득인 말로다 먼저 방패막이를 하며, 눈을 크게 떴다. 그러나 친구는 큰 소리로 웃으며,

"관두게나. 자네 이야긴 들으면 들을수록, 무슨 삼림 속을 헤매는 것처럼 아득허이―."

하고, 손을 저었다.

둘이는 다시 잔을 들었다. 그러나 일로부터 그는 웬일인지 점점 마음이 처량해 갔다. 아물아물 피어나는 회한의 정이 그대로 잔 위에 갸울거리는 것 같았다. 어디라 지향 없이 미안하고, 죄스러워, 그는 소년처럼 자꾸 마음이 슬퍼졌다.

"……난 너무 오랜 동안을 나만을 위해 살아왔어. 숨어 다니고 감옥엘 가고 그것 다 꼭 바로 말하면 날 위해서였거든. …… 이십대엔 스스로 절 어떤 비범한 특수인간으로 설정하고 싶어서였고, 삼십대에 와서는 모든 신망을 한 몸에 모은 가장 양심적인 인간으로 자처하고 싶어서였고…… 그러다가 그만 이젠 제 구멍에 빠져 헤어나질 못 허는 시늉이거든―."

그는 취하였다. 친구도 취하여 이미 색시와 희롱을 하는 터이었으므로 아무도 이야기를 들어주는 사람은 없었으나 그는 중얼대듯 여전히 말을 계속하는 것이었다.

"……거년* 정월에 강娄이 왔을 때, 상기도上氣道 사오 부部의

열이 계속 된다고 거짓말을 했겠다 — 일천 원 생긴다구 마늘 사러는 가면서……. 결국 강의 손을 잡고 다시 일을 시작하는 게 무서웠거든. 그렇지— 전처럼 어느 신문이 있어 영웅처럼 기사를 취급할 리도 없었고 이젠 한 번만 걸리게 되면 귀신도 모르게 죽는 판이었거든…… 부박한 허영을 가진 자에게 이러한 죽음은 개죽음과 마찬가질 테니까…… 이 사람—."

그는 소리를 버럭 질렀다. 그의 거짓말을 함빡 곧이듣고 있는 친구에게 세상 걱정까지 끼쳐 실로 미안하다는 듯이 바라다보는 그때 강의 얼굴이 떠올랐던 것이다.

친구가 이리로 왔다. 그는 말을 계속하였다.

"나는 말일세, 난, 누구에게라도 좋아. 또 무엇이라도 좋고. 아무튼 '나'를 떠난 정성의 정열을 한번 바쳐 보구 죽고 싶으이. ……왜? 왜 — 나라고 세상에 났다가 남 위해 좋은 일 한번 못 허란 법이 있나?"

이리 되면 주정이 아니라, 원정願酊이었다.

"이 사람 취했군. 왜 자네가 남을 위해 일을 않았어야 말이지……."

친구는 취한 벗을 안유하려** 하였으나, 그는 줄곧 외고집을 세웠다.

"아니, 난 한 번도 남 위한 적 없어. 인색하기 난 구두쇠거든.

---

* 지난해.
** 安諭하다 : 안심하도록 위로하고 타이르다.

이를테면 난 장바닥에서 났단 말야. 땟국에 찌든 이음내기* 장사치의 후레자식이거든. ……그래두 자네 같은 사람은 한번 목욕만 잘 허구 나면 과거에서도 살 수 있고 미래에서도 살 수 있을지 몰라. 허지만 나는 말야, 이 못난 것이 말이지, 쓰레기란 쓰레기는 함빡 다 뒤집어쓰고는 도시** 현재에서 옴치고 뛰질 못 허는 시늉이거든……."

"글쎄 이 사람아, 정신적으로 '기성사회'의 폐해를 입긴 너나할 것이 있겠나. ……아무튼 자네 신경쇠약일세. ……그게 바로 결벽증이란 병일세."

친구는 한 번 더 소리를 내어 웃었다. 석재는 그 후로도 간혹 이날 밤에 주고받은 이야기가 생각되곤 하였다. 역시 취담이다. 돌이켜 생각하면 쑥스러웠으나 그러나 취하여 속말을 다 못했을 지언정 결코 거짓말은 아니었다.

이와 같이 노상 그가 곤욕을 당하는 곳이 밖에 있는 것이 아니라, 이를테면 안으로 그 암실暗室에 트집을 잡은 것이었기에 그의 문제는 '인간성'에 가 부딪히고 마는 것이었다. 결국 — 네가 나쁜 사람이라 — 는, 애매한 자책 아래 서게 되면, 그것이 형태도 죄목도 분명치 않은, 일종의 '윤리적'인 것이기 때문에 더한층 그로선 용납할 도리가 없었다. 이번 처가 쪽으로 피란해 오는 데도 무턱*** '염치없는 놈! 제 목숨, 계집자식 죽을까 기겁이지—.'

---

* 대를 이어 어떤 일을 함.
** 아무리 해도. 도무지.
*** 아무 까닭이나 거리가 없음.

도정

이러고 심리적 난관을 적잖이 겪었기에 우선 '우리 집에 내 갈라는데 무슨 참견이냐'고, 대밫질*을 하는 아내나 처가로 옮겨 준 후, 그는 어차피 서울도 가까워진 판이라, 양동陽動서 도기공장을 한다는 김金을 찾아갈 심산이었던 것이므로 이리로 온 지 스무 날 만에 이제 그는 서울을 향하고 떠나는 길이었다—.

아름드리 소나무가 좌우로 갈라 선 산모퉁이 길을 걸으려니 생각은 다시 그때 학생사건으로 들어와 감옥에서 처음 알게 된, 그 눈이 어글어글하고 몹시 순결한 인상을 주는 김이란 소년이 눈앞에 떠오르곤 한다.

문득 길이 협곡을 끼고 벗어 올랐다. '영嶺'이라고 할 것까지는 못 되나 앞으로 퍽 가풀막진** 고개를 연상케 하였다. 이따금 다람쥐들이, 소곤소곤 장송을 타고, 오르내리락, 장난을 치기에 보니, 곳곳에 나무를 찍어 송유松油를 받는 깡통이 달려 있다. 워낙 나무들의 장대한 체구요 싱싱한 잎들이라 무슨 크게 살아 있는 것이 불의한 고문에나 걸린 것처럼 야릇하게 안타까운 감정을 가져오기도 한다.

'저게 피라면 아프렸다—.'

근자에 와, 한층 더 마음이 여위어 어디고, 닿기만 하면 생채기가 나려는지, 그는 침묵한 이, 유곡을 향하여 일말의 측은한 감정을 금할 수가 없었다.

고개를 넘어 노변에 자리를 잡고 그는 잠깐 쉬기로 하였다. 얼

---

* 대거리질. 상대편에게 맞서서 대듦.
** 가풀막지다 : 땅바닥이 가파르게 비탈져 있다.

마를 걸어왔는지 다리도 아프고 몹시 숨이 차고 하다.

담배를 붙여 제법 한가로운 자세로 길게 허공을 향하여 뿜어 보다 말고, 그는 문득 당황하였다. 아무리 보아도 해가 서편으로 두 자는 더 기운 것 같다. 모를 일인 게, 그는 지금껏 무슨 생각을 하고 얼마를 걸어왔는지 도무지 아득하다. 고대 막* 떠나온 것도 같고, 까마득히 먼 길을 숫제 한눈을 팔고, 노닥거리며 온 듯도 싶다. 이리 되면 장인이 역전 운송부에 부탁하여 차료를 미리 사 놓게 한 것쯤 문제가 아니다. 앞으로 길이 얼마가 남았든지간에, 우선 뛰는 게 상책이었다.

그는 허둥지둥 담배를 문 채 일어섰던 것이다.

아카시아 나무 밑 벤치 위에 얼마를 이러고 앉아 있노라니 별 안간 고막이 울리도록 크게, 라디오 소리가 들려온다.

저— 켠 운송부에서 정오 뉴—스를 터는 것이었다.

거진 한 달 동안을 라디오는커녕 신문 한 장 똑똑히 읽어 보지 못하는 참이라, 그는 '소문'을 들어 보구 싶은 유혹이 적잖이 일어났으나, 그러나 몸이 여전히 신음하는 자세로 쉽사리 일어서지질 않는다.

뉴—스가 끝날 즈음해서야 그는 겨우 자리를 떴다. 무엇보다도 차표를 알아봐야 할 필요에서였다.

막 운송부 앞으로 가, 장인이 일러 준 사람을 빼꼼히, 안으로

---

* 고대 막 : 이제 막.

도정

향해, 찾으려는 판인데 어째 이상하다. 지나치게 사람이 많았다. 많아도 그냥 많은 게 아니라, 서고 앉은 사람들의 이상하게 흥분된 표정은 묻지 말고라도, 그중 적어도 두어 사람은 머리를 싸고 테이블에 엎드린 채 그냥 말이 없다. 이리 되면 차표고 뭐고 물어 볼 판국이 아닌가 싶다.

그는 잠깐 진퇴가 양란하였다.

이때 웬 소년 하나가 눈물을 뚝뚝 떨어트리며 밖으로 나온다. 그는 한 걸음 뒤로 물러서며 얼결에 소년을 잡았다. 소년은 옷길을 잡힌 채, 힐끗 한번 쳐다볼 뿐, 획 돌아서 저편으로 갔다. 그는 소년이 다만 흥분해 있을 뿐, 별반 적의가 없음을 알았기에, 뒤를 따랐다.

소년은 이제 막 그가 앉아 있던 벤치에 가 앉아서도 순시껀 슬퍼하였다.

"왜 그래 응, 왜?"

보고 있는 동안 이 눈이 몹시 영롱하고, 빛깔이 흰, 소년이 이상하게 정을 끌기도 하였지만, 그는 우정 더 다정한 목소리로 말을 건넸다.

소년은 구태여 그의 말에 대답할 의무에서라기보다도 이젠 웬만큼 그만 울 때가 되었다는 듯이

"덴노우헤이카*가 고—상**을 했어요."

하고는 쉽사리 머리를 들었다.

---

* てんのうへいか(天皇陛下). 일본의 '천황'을 이름.
** こうさん(降参). '항복'을 이름.

"……?"

그는 가슴이 철썩하며 눈앞이 아찔하였다. 일본의 패망, 이것은, 간절한 기다림이었기에 노상 목전에 선연했던 것인지도 모른다. '그러나 이렇게도 빨리 올 수가 있었던가?' — 순간 생각이라기보다는 그림자와 같은 수천 수백 매듭의 상념이 미칠 듯 급한 속도로 팽갭이*를 돌리다가 이어 파문처럼 퍼져 침몰하는 상태였다. 그런데 이상한 것은 이것은 극히 순간이었을 뿐, 다음엔 신기할 정도로 평정한 마음이었다. 막연하게 이럴 리가 없다고, 의아해하면 할수록 더욱 아무렇지도 않다. 그러나 이상 더, 이것을 캐어 물을 여유가 그에게 없었던 것을 보면 그는 역시 어떤 싸늘한, 거지반 질곡에 가까운, 맹랑한 흥분에 사로잡혀 있었던 것인지도 몰랐다.

"우리 조선도 독립이 된대요. 이제 막 아베 소─도쿠**가 말했대요."

소년은 부자연할 정도로 눈가에 웃음까지 띠며 이번엔 말하는 것이었으나, 그러나 벌써 별다른 새로운 감동이 오지는 않는다.

'역시 조선 아이였구나─.'

하는, 사뭇 객쩍은 것을 느끼며 잠깐 그대로 멍청히 앉아 있노라니, 이번엔 괴이하게도 방금 목도한 소년의 슬픈 심정에 자꾸 궁금증이 가는 것이다. 그러나 막연하게나마 이제 소년의 말에, 무슨 형태로든 먼저 대답이 없이, 이것을 물어볼 염치는 잠

---

* 팽이.
** そうとく(総督). '총독'을 이름.

간, 없었던지 그대로 여전히 덤덤히 앉아 있노라니, 이번엔 차츰 소년 자신이 싱거워지는 모양이었다. 그도 그럴 것이, 얼마나 벽력 같은 소식을 전했기에, 이처럼 심심할 수가 있단 말인가?

소년은 좀 이상한 눈으로 그를 바라보며 말을 건넸다.

"기쁘잖아요?"

그는, 이, 약간 짓궂은 웃음까지 띠며 말을 묻는 소년이, 금시로 나이 다섯 살쯤 더 먹어 뵈는 것 같은, 이러한 것을 느끼며, 당황하게 말을 바았다.

"왜? 왜— 기쁘지! ……기쁘잖구!"

"……."

"너두 기쁘냐?"

"그러믄요—."

"그럼 왜 울었어?"

그는 기어이 묻고 말았다.

소년은 좀 열적은 듯이 머리를 숙이며 대답하였다.

"징 와가 신민 또 도모니(짐이 신민과 함께), 하는데 그만 눈물이 나서 울었어요. ……덴노우헤이카가 참 불쌍해요—."

"덴노우헤이카는 우리나라를 뺏어 갔고, 약한 민족을 사십 년 동안이나 괴롭혔는데, 불쌍하긴 뭐가 불쌍허지?"

"그래도 고—상을 허니까 불쌍해요—."

"……."

"……목소리가 아주 가엾었어요—."

그는 무어라 얼른 대답할 말이 생각나지 않았다. 설사 소년의 보드라운 가슴이 지나치게 '인도적'이라고 해서 이상 더 '미운 자를 미워하라'고, '어른의 진리'를 역설할 수는 없었다. 그는 내가 약한 탓일까, 반성해 보는 것이었으나, 역시 '복수'란 어른의 것인 듯싶었다. 착한 소년은 그 스스로가 너무 순수하기 때문에 미처 '미운 것'을 가리지 못한다, 느껴졌다.

"……넌 덴노우헤이카보다도 더 훌륭허다!"

그는 소년의 머리를 쓰다듬고 일어섰다.

소년은 칭찬을 해주니까 좋은지,

"그렇지만 우리 회사에 사이 상하구 긴 상허고, 기무라 상 가와지마 상 이런 사람들은 주먹을 쥐고 야— 야—, 하면서, 막 내놓구 좋아했어요—."

하고, 따라 일어서며,

"야— 긴 상 저기 있다—." 하고는 이내 정거장 쪽으로 달아났다.

"……그 사람들은 너보다 더 훌륭하고……."

그는 소년이 이미 있지 않은 곳에 소년의 말의 대답을 혼자 중얼거리며 자기도 정거장을 향하고 걸음을 옮겼다. 역시 아무렇지도 않은데, 다리가 약한 후들하는 게 좀 이상하다.

긴 상이란 키가 작달막하니 퍽 단단하게 생긴 청년이었다. 방금 무슨 이야기를 하였는지, 많은 사람들은 입속에 기이한 외마디소리를 웅얼거릴 뿐, 얼이 빠진 듯 입을 다물지 못한다. 너무 긴장한 나머지의 얼굴이라기보다는 기막히게 어처구니없는 얼굴들이다.

"이제부터는 모두가 우리의 것이고, 모두가 자유이니 여러분 기뻐하십시오!"

이렇게 거듭 외쳐 주었으나 장내는 이상하게 잠잠할 뿐이었다.

시간이 되어 차표를 팔고, 석재가 운송부에서 표를 찾아오고 할 때에도 사람들은 별반 말이 없었다. 꼭 바보 같았다.

2

석재가 김이란 청년을 찾아온 지 사흘째 되는 날이었다.

아침에 잠을 깨니, 여느 때와 달리, 먼저 머리에 떠오르는 건 '공산당'의 소문이었다.

눈을 크게 떠 그놈들 붙잡고는 다시 한번 늦근거려 가슴 위에 던져 보나, 그러나 그저 어안이 벙벙할 뿐, 알 수 없는 피곤으로 하여 다시금 눈이 감길 따름이다.

그는 허우적대듯 기겁을 하고, 벌떡 일어나 앉았다.

조금 후 그는 몸이 허공에 둥둥 떠 있는 것 같은, 어떤 내부로부터의 심한 '허탈증'을 느끼며,

'나는 타락한 것이 아닌가?'

하고 스스로 물어보는 것이었다.

사실 그는 팔월 십오일 후에 생긴 병이 하나둘이 아니다. 이제 생각하면 병은 그날 아카시아나무 밑에서부터 시초였는지도 모르겠으나 아무튼 그가 깨닫기는 김이란 청년을 만나서부터다.

그날 차가 서울 가까이 오자 차츰 바깥 공기만이 아니라 기차 속 공기부터 달라지기 시작한 것이, 그가 역에서 내렸을 때는 완연히 춤추는 거리의 모습이었다. 세 사람 다섯 사람 스무 사람, 이렇게 둘레를 지어 수군거리는가 하면, 웃통을 풀어 헤친 또 한 패의 군중이 동떨어진 목소리로 만세를 외쳤다. 그도 덩달아 가슴이 두근거리고 마음이 솟구쳐 얼결에 만세도 한번 불러 볼 뻔하였다. 사뭇 곧은 줄로 뻗친, 금포로 가는 군용도로를, 마냥 걸으며, 그는 해방, 자유, 독립, 이런 것을 아무 모책* 없이, 천 번도 더 되풀이하면서, 또 일방으로는, 열차에서 본 일본 전재민戰災民의, 참담한 모양을 눈앞에 그리기도 하였다. 그것은 정말 끔찍한 것이었다. 뚜껑 없는 화물차에다 여자와 아이들을 칸마다 가득히 실었는데 폭염에 며칠을 굶고 왔는지, 석탄연기로 환**을 그린 얼굴들이 영락없는 아귀였다. 석박귀우는*** 열차에 병대들이 빵이랑 과자를 던졌다. 손을 벌리고 넘어지고, 젖먹이 애를 떨어트리고……. 그는 과연 '군국주의 전쟁'이란 비참한 것이라고 느껴졌다기보다도, 그때에서야 비로소 일본이 졌다는 것을 깨닫는 것이었다.

　　석재가 청년의 집에 당도하기는 밤이 꽤 늦어서였다. 두 달 전에 왕래한 서신도 서신이려니와, 전날 친분으로 보아, 그동안 아무리 거친 세월이 흘렀기로 설마 폐로워야 하랴, 싶어, 총총히

---

* 謀策. 어떤 일을 처리하거나 모면할 꾀를 세움. 또는 그 꾀.
** 아무렇게나 마구 그리는 그림.
*** 석바뀌다. 뒤섞여 바뀌다.

들어서는데, 과연 청년은 반색을 하고 그를 맞아 주었다.

"장성했구려— 어른이 됐구려—."

아귀가 버는 손에 다시금 힘을 주며, 그는 대뜸 감개가 무량하였다.

이때, 그의 가냘픈 손을 청년이 두 손으로 움켜 몇 번인지 흔들기만 하다가 끝내 말을 이루지 못하고 그대로 어린애처럼 흐느껴 우는 것이었다. — 아뿔싸! 그는 일변 당황하면서, 자기도 눈시울이 뜨끈함을 느끼었으나, 그러나 다음 순간, 그것은 어디까지나 그의 눈물이 아니요, 시방 청년이 경험하는 바, 커다란 감동에서 오는, 청년의 눈물인 것을 그는 알았다.

이날 밤 그는 잠을 이루지 못하였다. 무엇인지 초조하여 견딜 수가 없었다. 반드시 울어야만 하는 것은 물론 아니었다. 그러나 아무튼 무슨 감동이든 한번 감동이 와야만 할 판이었다. 어찌하여 나에겐 이것이 오지 않을까? 언제까지나 오지 않을 것인가? 온다면 언제 무슨 형태로 올 것인가?

이튿날 그는 김을 따라, 마을 청년들의 외침에도 섞여 보고, 태극기를 단 수백 대의 자동차가 끊임없이 왕래하는 서울 거리로 만세를 부르며 군중을 따라 보기도 하였다. 그러나 돌아올 땐 또 하나 벽력같은 소식에 아연하지 않을 수 없었다. '공산당'이 생겼다는 소문이었다.

'최고 간부의 한 사람이 기철이라 한다! ⋯⋯이런 일도 있는가?'

그는 내부의 문제 외부적인 문제 일시에 엉키어 헤어날 길이

지하련   511

없었다―.

그러나 언제까지 이러고 앉아서 '나는 타락한 것이 아닌가?'―고, 주지박질을 해본댔자, 무슨 솟아날 구멍이 생길 리도 없어, 석재가 막 자리를 개려는데, 이때 청년이 들어왔다.

"서울 안 나가시렵니까?"

청년이 그의 상태를 알 리가 없었다. 그저 예나 지금이나 침착한 '동지'로만 믿는 모양인지, 앞으로의 계획 같은 것을 부단히 의논하였다. 이럴 때마다 그는

"암 그래야지. 혼란한 시기라고 해서 수수방관하는 기회주의는 금물이니까. 허다가 힘이 모자라 잘못을 범할 때 범하드래도 우선 일을 해야지―."

이렇게, 말은 하면서도,

"하루 집에 있어 쉬려오."

하고, 누워 버렸다.

아침을 치르고 청년이 서울로 떠난 후 혼자 누워 있으려니, 또 잠이 오기 시작한다. 이 잠 오는 건, 어제 들어, 새로 생긴 병이다. 무얼 생각하면 할수록 점점 혼란하여, 갈피를 못 잡게 되면, 차츰 머리가 몽롱하여지고, 그만 졸음이 오기 시작하는 것이다.

'바보가 되려나 보다―.'

그는 걷어차고 밖으로 나왔다.

거기는 옆으로 한강을 낀 평퍼짐한 마을이었다. 섬같이 생긴 나지막한 산들이 여기저기 놓여 있다.

그는 모르는 결에 나무가 많고, 강물이 가까운 곳으로 가, 자리를 잡았다. — 멀리 안개 속으로 서울이 신기루와 같이 어른거리고, 철교가 보이고, '외인묘지'의 푸른 나무들이 보이고, 그리고 한강 물이 지척에서 흘러가는 곳이었다.

잠깐 시선이 어디 가 머물러야 할지, 눈앞이 아리송송한 게, 골치가 지끈지끈 아프다. 눈을 감았다. 순간, 머릿속에 독갑이*처럼 불끈 솟는 '괴물'이 있다. — '공산당'이었다. — 그는 눈을 번쩍 떴다.

다음 순간 이 괴물은, 하늘에, 땅에, 강물에, 그대로 맴을 도는가 하니, 워낙 찰거머리처럼 뇌리에 엉겨붙어 도시 떨어지질 않는 것이었다. — 생각하면 긴 — 동안을 그는 이 괴물로 하여 괴로웠고, 노여웠는지도 모른다. 괴물은 무서운 것이었다. 때로 억척같고 잔인하여, 어느 곳에 따뜻한 피가 흘러 숨을 쉬고 사는 것인지 알 수가 없었다. 괴물은 칠흑같이 어두운 밤에서도 환히 밝은 단 하나의 '옳은 것'을 지니고 있다, 그는 믿었다. — 옳다는 — 이 어디까지나 정확한 보편적 '진리'는 — 나쁘다는 — 어디까지나 애매한 윤리적인 가책과 더불어 오랫동안 그에게 커다란 한 개 고민이었던 것이다.

차츰 흐려지는 시선을 다시 강물로 던지며 그는 생각하는 것이었다. — 김 리 박 서 그 외 또 누구누구…… 질서 없이 머리에 떠오른다. 모두 지하에 있거나 해외로 갔을 투사들이다. 그리

* 도깨비.

고 지금 자기로선 보지도 못하고 이름도 모르는 새로운 용사들의 환영이 눈앞에 떠오르기도 하였다.

그는 불현듯 쓸쓸하였다.

'다들 모였단 말인가?'

그러나, 이제 기철이 최고 간부의 한 사람이라면, 이보다도 우수한 지난날의 당원들이 몇이라도 서울엔 있을 것이다.

'그럼 이 사람들이 '당'을 맨드렀단 말인가?'

그는 다시금 알 수가 없어진다. 문득 기철이 눈앞에 나타난다. 장대한 체구에 패기만만한 얼굴이다. 돈이 제일일 땐 돈을 모으려 정열을 쏟고, 권력이 제일일 땐 권력을 잡으려 수단을 가리지 않을 사람이다. 어느 사회에 던져두어도 이런 사람이 불행할 리는 없다. 그러나, 여기 한 개의 비밀이 있었다. 이런 사람이 영예로워지면 질수록 흉악해지는 비밀이었다. 대체나 '겉'이 그렇게 충실하고야, '속良心'이 있을 리가 없고, 속이 없는 사람이란 외각이 화려하면 할수록, 내부가 부패하는 법이었다.

'목욕을 헌대도 비누허구, 물쯤은 준비해야 허지 않는가?'

다시 눈앞엔 다른 한 패의 사람이 나타났다. 어디까지나 옹종한* 주제에, 그래도 소위 그 '양심'이란 어김길**에서 제 딴엔 스스로 고민하는 척 몸짓하며 살아온 사람들이다. 이를테면 석재 자신 비슷한 축들이었다. 이건 더욱 보기 민망하다. 치졸하기 짝이 없다기보다도, 왼통 비리비리하고, 메슥메슥해서, 더 바라다

* 옹종하다 : 마음이 좁고, 모양이 오종종하다.
** 갈림길의 방언.

볼 수가 없다. 아무튼 통틀어 대매에 종아리를 맞고도 남을 사람들이다.

'그래 이 사람들이 모여 '당'을 맨드렀단 말인가?'

물론 그럴 리는 없다 하였다.

그러나 다음 순간, 그는 얼굴이 후끈 달아옴을 깨달았다. 조금 전 기철이 최고 간부라는 데 앙앙하던 마음속엔 '그럼 내라도 될 수 있다' ― 는 엄폐된 자기감정이 숨어 있지 않았던가? ― 그는 벌컥, 팔을 펴고, 앙천仰天하여 드러눕고 말았다.

얼마가 지났는지, 아이들 떠드는 소리에 눈을 떴다. 그런데, 웬일일까? 하늘이 이마에 와닿아 있다. 실로 청옥같이 푸르고 넓은, 그것은 무한한 것이었다. 그러나 곧 그것은 하늘이 아니라 강물의 착각이었다. 순간 그는 이상한 흥분으로 하여, 소리를 버럭 지르고 일어나 앉았다.

비로소 조금 전 산비탈에 누워 잠이 든 것을 깨닫는다. ― 어느 결에 석양이 되었는지 가을 같다.

그는, 다시 한번 커다랗게 소리를 질러 본다. 그러나, 아무 의미도 없고 또한 아무것도 의미하지 않는 비상히 큰 목소리는, 그대로 웅얼웅얼 허공을 돌다가, 다시 귓전에 와 떨어진다. ― 저 ― 아래, 기를 든 아이들이 만세를 부르며 놀고 있다.

외로웠다.

사지를 쭉― 뻗어 땅을 안고, 잔디를 한 움큼 쥐어 보니, 가슴이 메이는 듯 눈물이 쑥 나온다.

'나는 아직 젊다……. 나는 아직 젊다!'

조금 후 그는 연상 무엇인지를 정신없이, 혜둥대둥 중얼거리고 있었다.

이튿날 석재는 청년을 따라 일찌감치 집을 나섰다.

어제 그는 꽤 어둑어둑해서야 산에서 내려왔던 것이고, 내려와 보니 어느새 청년이 돌아와, 마치 기다리고나 있던 것처럼,

"어델 갔다 오세요?"

하면서, 그가,

"벌써 돌아왔드랬소—."

하고, 대답할 나위도 없이 대뜸 큰일이 났다는 것이었다.

그는 이제까지의 자기 세계를 떠나, 이 씩씩한 후진에게 성의를 다할 임무가 있음을 깨달으며, 옷깃을 바로 하고 정색하여 마주 앉았다. 이야기는 대략, 방금 일본인 공장주의 부도덕한 의도로 말미암아 모든 생산물이 홍수와 같이 가두街頭로 쏟아졌다는 것. 이에 흥분한 종업원 내지 일반 시민들은 가장 파괴적인 방법으로 사리만을 도모하여, 영등포 등지, 공장지대가 일대 수라장이 되었다는 — 이러한 것들인데, 아닌 게 아니라 이야기를 듣고 보니 난처하였다. 한때 피치 못할 현상일지는 모르나, 이대로 방임해 두었다가는 이른바, 그들의 '개량주의 화'의 위기를 초래하여 올지도 모르는 적잖은 사태였다. 이리 되면 그로서도 피안화재시*하고만 있을 수는 없었다.

* 彼岸火災視. 강 건너 불 보듯 하다.

"중앙에서 대책이 없습듸까?"

"책상물림의 젊은이들이 몇 개인의 정열로, 활동하는 모양인데, 너나없이 노동자라면 그대로 우상화하는 경향이 있어 놔서, 일의 두서를 잡지 못허두군요―."

"그래, 김은 어딜 관계하고 있는 중이오?"

"조일 직물과 일이삼―ニ三 철공장인데 뭐보다도 기계를 뜯어 없애는 데는 참 딱해요. 대뜸 ― 우리는 제국주의 치하에서 착취를 받았으니 얼마든지 먹어 좋다는 거거든요―."

"……'자계급'이 승리를 헌 때라야 말이지. 또 승리를 헌 때래두 그렇게 먹는 게 아니고……. 아무튼 큰일 났구려. ……그러다간 노동자 출신의 부르조아 나리다."

두 사람은 어이없이 웃었으나, 사실은 웃을 일이 아니었다. 무엇으로 보나 노동자의 진지한 투쟁은 이제부터라 할 것이었다. 지도자가 맥없이 노동자를 우상화한다거나, 그 경제적 이익을 옹호해야 된다고 해서, 그들의 원시적 요구의 비위만을 맞추어 준다는 것은, 노동자 자신의 투쟁력을 상실케 하는 것 이외에 아무것도 아니었다.

"자칫하면 앞으로 일하기 무척 힘드리다―."

물론 이야기는 이 이상 더 계속되지 않았으나 석재는 청년의 부탁이 아니라도 날이 밝으면 영등포로 나가 볼 작정이었던 것이다―.

곧장 신길정으로 가는 삼가람 길에서, 먼저 서울엘 들러 오겠다는 청년과 그는 나뉘었다.

혼자 일이삼━二三 철공장을 향하고 걸으려니, 또 뭐가 마음 한귀퉁이에서 뛰각태각을 한다. '네가 이젠 공장엘 다 가는구나? 노동자를 운운허구…… 그렇지! 이젠 잡힐 염려가 없으니까……' 이렇게 고개를 들고 일어나는 것을, 그대로 윽박질러 처넣기도 하고 또 때로는 '암 가야지, 반성이란 앞날을 위해서만 소용되는 것이니까. 과도한 자책이란 용기를 저상케 하는 것이고, 용기를 잃게 되면, 제이 제삼의 잘못을 또다시 범하게 되는 거니까……' 이렇게, 누구나 다 할 수 있는 말로다 배짱을 부려보기도 하는 것이었으나 '용기'란 대목에 와서는 끝내 마음 한 귀퉁이에서 '뭐? 용기?' 하고는, 방정맞게 깔깔거리는 바람에 그만 그도 따라 허— 웃고 만 셈이다. 인제 길 가던 사람이 저를 보는 것 같아서 우정 시치미를 떼고 걸으며, 그는 여전히 지지 않을 자세로━'그래, 난 겁쟁이다. 그러다 본시 용기라는 말은 무서운 것이 있기 때문에, 지금 그 무서운 것을 이기는 데로부터 생긴 말이라면, 또 달리는 가장 무서움을 잘 타는 사람이, 가장 용기 있는 사람이 될 수도 있다는, 역설이 나올 수도 있지 않은가? ……나도 이제부터 이기면 되잖나? ……앞으로도 무서운 것은 얼마든지 있을 것이고, 나는 이겨 나갈 자신이 있다━.' 이렇게 콩칠팔 새삼륙*으로 우겨대며 일이삼━二三 철공장으로 들어섰다.

막 정문으로 들어서려는데, 누가,

---

* 콩팔칠팔. 갈피를 잡을 수 없도록 마구 지껄이는 모양.

도정

"김 군 아닌가?"

하고, 손을 잡는다.

깜짝 놀라 쳐다보니 천만 뜻밖에도 그 사람은 민택이었다. 그와 같은 사건으로 들어갔을 뿐 아니라, 단지 친구로서도 퍽 신실한 데가 있는 사람이다.

"……이 사람아!"

그는 이 '이 사람아'를 되풀이할 뿐, 손을 쥔 채, 잠깐 어쩔 줄을 몰랐다. 이런 순간에 민택이를 만나는 것이, 어쩐지 눈물이 나도록 그는 반가웠다.

두 사람은 옆으로 둔대 위에 자리를 잡고 앉았다.

인제 그는 '당'의 구성이 역시 국내에 있는, 합법인물 중심이란 것으로부터 방금 석재 자신에게도 전보로 연락을 취하고 있다는 소식까지 듣게 되었다.

지금까지 그럴 리는 없다고 부정은 해오면서도 열에 아홉은 그러려니, 했던 것이고, 또 이러함으로 이제 와서 뭘 새로이 놀랄 것까지는 없었으나, 그래도 그는 무엇인지 연방 어이가 없다.

"그래 이 사람아— '당'을— 허 그 참……."

이렇게 갈팡질팡하는 모양이 딱한지,

"허긴 그래. 허지만 당이 둘 될 리 없고, 당이 됐단 바에야 어떻거나— ."

하고, 민택이가 말을 하는 것이었다.

조금 후 두 사람은 신길정서 서울로 나가는 전차에 올랐다. — '공산당'으로 가는 길이었다.

철교를 지나고 경성역을 돌아, 차츰 목적한 지점이 가까워 올수록 그는 모르는 결에 가슴이 두근거렸다. 생각하면 일찍이 그 청춘과 더불어 '당'의 이름을 배울 때, 그것은 실로 엄숙한 두려운 것이었다.

그가 전차에서 내려, 군데군데 목검을 짚고 경계하는 '공산당' 층계를 오르기 시작하였을 때는, 오정이 훨씬 지난 때였다. ─ 별안간 좌우에 사람이 물 끓듯 하는데, 이따금 '김 동무!' ─ 하고, 잡는 더운 손길이 있다. ─ 모두 등골에 땀이 자못 차, 얼굴이 붉고 호흡이 가쁘다.

그는 온몸이 화끈하며, 가슴이 뻐근하였다. ─ 얼마나 윽박질리고, 밟히던, 지난날이었던가? '당'이라니 어느 한 장사가 있어 입 밖엔들 냄 직한 말이었던가?

그는 소년처럼 부풀어 오르는 가슴 위에 일찍이 '당'의 이름 아래 넘어진 몇 사람의 친구를 안은 채, 이런 일도 있는가고 이렇게 백주 장안 네거리에서 '당'을 들고, 외로 뛰고 모로 뛰어도 아무도 잡아가지 않고, 아무도 죽이지 않는, 이런 세상도 있는가고, 사람이든 기생이든 나무토막이든, 무엇이든 잡고, 팔이 널치가 나도록* 흔들며, 큰 소리로 외쳐, 묻고 싶은 충동을, 순간 그는 어찌할 수가 없었다.

그는 뭐가 무엇인지, 어느 것이 옳고 그른 것인지, 한동안 정녕 판단을 잃은 상태였다. 그저 웃는 얼굴들이 반가웠고, 손길

---

* 널치가 나다 : '피로하여 몹시 지친 상태'를 이르는 말.

들이 따뜻할 뿐이었다.

복도를 지나 왼편으로 꺾인 넓은 방에서, 기철의 손을 잡았을 때에도 그는 전신이 얼얼한 것이 생각이 그저 띵— 할 뿐이었다. 그러나

"왜 이렇게 늦었나?"

"어찌 이리 늦소?"— 하는, 똑같은 인사를 한 대여섯 번 받은 후, 그가 열 번이나 스무 번쯤 받았다고 느껴질 때쯤 해서, 그제야, 조금 정신이 자리 잡히는 상 부른데, 그런데 이 새로운 정신이 나면서부터, 이와 동시에, 마음 어느 구석에선지, 퍼뜩

'내가 무슨 '버스'를 타려다 '참'이 늦었드랬나?'

하고, 딴청을 부리려 드는 맹랑한 심사였다.

이건 도무지 객쩍은 수작이라고, 허겁지겁 여게 퇴박을 주었는데도 웬일인지 이후부터는 찬물을 끼얹은 듯 점점 냉랭해지는 생각이었다. — 그는 난처하였다.

잠깐 싱—글해서 앉아 있는, 석재를 기철이는 아무도 없는 옆방으로 데리고 갔다.

그를 잘 알고 있는, 기철은 먼저 '당'을 조직하게 된 이유부터 자상히 설명을 하면서,

"자넨 어찌 생각할지 모르나, 정치란 다르이. ……지하에나 해외에 있는 동무들을 제쳐 두고, 어떻게 함부로 당을 맨드느냐고 할지 모르나, 그러나 이 동무들은 아직 나타나지 않고, 일은 해야 되겠고, 어떻건담. 조직을 해야지. 이리하여 일할 토대를 닦고, 지반을 맨드러 놓는 것이, 그 동무들을 위해서도 우리들의

떳떳한 도리가 아니겠느냐 말일세―."

하고, 말을 끊었다.

기철은 조금도 꿀릴 데가 없는 얼굴이었다.

그는 뭔지 그저 쿙― 해서, 이야기를 듣고 있노라니, 야릇하게도 이 '동무'란 말이 새삼스럽게 비위에 와 부닥친다. 참 희한한 말이었다. 어제까지 고루거각*에서 별별짓을 다 하던 사람도 오늘 이 말 한마디만 쓰고, 손을 잡고 보면, 그만 피차간 '일등공산주의자'가 되고 마는 판이니, 대체 이 말의 조화造化 속을 알 길이 없다기보다도, 십 년 이십 년, 몽땅 팽개쳤던 이 말을, 이제 신주처럼 들고 나와, 꼭 무슨 흠집에 고약이나 붙이듯, 철썩 올려 붙이고는, 용케도 냉큼냉큼 불러대는 그 염치나 뱃심을 도통 칭양할 길이 없었다. 물론 그는 십 년 전에 만나나, 십 년 후에 만나나, 비록 말로 표현하지 못할 경우라도, 눈이 먼저, 만나면 꼭 '동무'라고 부르는 몇 사람의 선배와 친구를 알고 있다. 그러나, 이들이 부르는 '동무'는 조금도 이렇지가 않았다. 그러기에 열 번 대하면 열 번, 그는 뭔지 가슴이 철썩 하곤 하였던 것이다.

그는 차츰 긴 말을 지껄이기가 싫어졌다.

"잘 알겠네―."

끝내 이렇게 대답하고 말았으나, 사실 기철의 이야기는 옳은 말 같으면서 또한 하나도 옳지 않은 말이기도 하였다. 어딘지, 대단히 요긴한 대목에 대단히 불순한 것이 들어 있는 것만 같았

---

* 高樓巨閣. 높고 큰 누각.

도정

다. 그러나, 어떻게 된 '당'이든 당은 당인 거다. 그는 일찍이 이 당의 이름 아래, 충성되기를 맹세하였던 것이고……. 또 '당'이 어리면, 힘을 다하여 키워야 하고, 가사* 당이 잘못을 범할 때라도, 당과 함께 싸우다 죽을지언정, 당을 버리진 못하는 것이라 알고 있다. 이러하기에, 이것을 꼬집어 이제 그로서 '당'을 비난할 수는 도저히 없는 것이었다.

잠깐 그대로 앉아 있노라니 별안간, 기철이란 '인간'에 대한 어떤 불신과 염증이 훅— 끼쳐 온다.

그는 모르는 결에 시선을 돌리고 말았다.

좌우간 이상 더 이야기가 있을 것이 그는 괴로웠다.

"자네 바쁘지? ……나 내일 또 들름세—."

그는 끝내 자리를 일어서려 하였다.

그러나 기철은 황망히 그를 잡았다.

"무슨 말인가? 안 되네! 자네 같은 사람이 이럴 거면 '당'이 누구와 손을 잡고 한단 말인가?"

순간, 그는 가슴이 찌르르하였다. 생각하면 그동안 부끄러운 세월을 보냈기는 제나 내나 매한가지였다. 가사 살인 도모를 하고, 야간도주를 한대도, 같이 하고 같이 죽을 일이었다. 뿐만 아니라, 이제 기철이 당의 중요 인물일진대, 기철을 비난하는 것은 곧 당의 비난이 되는 것이었다.

'앞에도 적이요, 뒤에도 적인 오늘, 이것이 허용된단 말인

---

* 假使. 가령.

가……?'

그는 제 자신에 미운 정이 들었다. 이제 와서 홀로 착한 척 까다로움을 피우는 제 자신이 아니꼬왔다.

그러나, 결국 그는 사람 못 좋은 사람이었다. 조직부에 자리를 비워 두었다고, 거듭 붙잡는 것을, 가진 말로다 물리친 후 우선 '입당'의 수속만을 밟아 놓기로 하였다.

그는 기철이 주는 붓을 받아, 먼저 주소와 씨명을 쓴 후, 직업을 썼다. 이젠 '계급'을 쓸 차례였다. 그러나 그는 붓을 멈추고 잠깐 망설이지 않을 수가 없다.

투사도 아니요, 혁명가는 더욱 아니었고…… 공산주의자, 사회주의자, 운동자… 무엇도 맞지 않는 이름들이다. 마침내 그는 '소小부르조아'라고 쓰고 붓을 놓았다. 그러고는 기철이 뭐라고 하든 말든 급히 밖으로 나왔다.

거리에 나서니 서늘한 바람이 후끈거리는 얼굴을 식혀 준다.

그는 급히 정류장 쪽으로 걸음을 옮겼다.

노량진행 전차를 타고 섰노라니, 무엇인지 입속에서 뱅뱅 도는, 맴쟁이가 있다. 자세히 알아 보니 별것이 아니라, 고대 막 종이 위에 쓰고 나온 '소부르조아'라는 말이다.

"……흠……?"

그는 육 년 징역을 받은 적이 있는 과거의 당원인 자신에 대하여 무슨 보복이나 하듯, 일종의 잔인한 심사로 무심코 피식이 고소苦笑를 하는 참인데, 대체나 신기한 말이다. 과시 탄복할 정도로 적절한 말이었다. ─ 지금까지 그는 그 자신을 들어, 뭐니

뭐니 해왔어도, 이렇게 몰아, 단두대에 올려놓고, 댓바람에 목을 댕경 칠 용기는 없었던 것이다. 그러나, 이제 막 피식이 고소할 순간까지도, 차마 믿지 못한 이 '심판' 아래, 이제 그는 고스란히 항복하는 것이었다.

다음 순간 그는 몸이 허전하도록 마음의 후련함을 깨닫는다. ― 통쾌하였다.

그러나 이와 동시에 무엇인지 하나, 가슴 위에 외처, 소생하는 것이었다.

드디어 그는 전후를 잃고, 저도 모를 소리를 정신없이 중얼거렸다.

"나는 나의 방식으로 나의 '소시민'과 싸우자! 싸움이 끝나는 날 나는 죽고, 나는 다시 탄생할 것이다. ……나는 지금 영등포로 간다, 그렇다! 나의 묘지가 이곳이라면 나의 고향도 이곳이 될 것이다……."

별안간 홧증이 나도록 전차가 느리다.

그는 환히 뚫린 '영등포'로 가는 대한길을, 두 활개를 치고 뛰고 싶은 충동에, 가만히 눈을 감으며, 쥼대에 기대어 섰다.

1946. 8. 《문학》 창간호.

지하련

1912. 경상남도 거창 출생.
　　　일본 쇼와여고를 졸업하고 도쿄경제전문학교에 수학함.
1935. 마산 국립결핵요양소에서 임화와 만남.
1936. 임화와 결혼.
1940. 백철의 추천으로《문장》에 단편「결별」을 발표하며 등단.
1941.《문장》에 단편「체향초」,《조광》에 단편「가을」발표.
1942.《춘추》에 단편「산길」발표.
1945. 조선문학가동맹에 참여.
1946.《문학》창간호에 단편「도정」발표.
1947.《조선춘추》에 단편「광나루」발표.
　　　임화와 함께 월북.
1948. 백양당에서 작품집『도정』출간.
1953. 임화 처형 직후 평양에서 목격됨.
1960. 평안북도 희천 부근 교화소에서 사망한 것으로 추정.

　　본명 이현욱(李現郁). 지하련(池河連)은 임화의 두 번째 부인으로 잘 알려져 있지만, 그보다는 이선희·최정희와 함께 1940년대 여성문학의 한 축을 담당했던 작가로 우선 바라봄이 옳을 것이다.

　　지하련은 평론가 백철(白鐵 1908~1985.)의 추천으로《문장》에 단편「결별」을 발표하며 등단했다. 이 작품은 젊은 아내 형례와 그 남편 사이의 심리적 갈등을 다룬 작품으로, 백철은 추천사에서 참신하고도 능숙한 작품이며 "능히 당대 문단 수준을 육박하고 넘칠 것"이라 평했다.

　　지하련은 작품 활동 기간은 길지 않았지만,「체향초」「가을」「산길」등의 작품에서 젊은 남녀의 미세한 감정의 움직임을 섬세하게 묘사함으로써 작가로서의 개성을 확고히 했다.

　　1946년에 조선문학가동맹의 기관지인《문학》창간호에 발표한 단편「도정」은 투옥된 뒤 지난 6년간 일선에서 물러난 사회주의자 석재를 주요 인물로 하여 해방 직후의 소란스러운 공간 속에서 한 양심적인 지식인이 느끼는 소회와, 사회적 모순을 앞두고 갈등하는 내면을 그려 낸 작품이다. 당시 조선문학가동맹이 선정한 제1회 조선문학상을 수상했으며, 이태준의 『해방 이후』와 함께 1945년 이후 한국 사회의 모습을 증언하는 주요한 작품으로 평가된다.

지하련은 1947년 임화와 함께 월북하였으나 1953년 임화가 숙청된 후 행방이 묘연해졌다. 임화의 죽음 직후 평양 시내에서 실성한 채 떠도는 모습이 목격되었다는 증언이 있으며, 1960년 평안북도 희천 부근의 교화소에서 병사한 것으로 추정된다.